梁永安◎著

梁永安

爱情这门课，你可别挂科！

跟梁老师重读文学经典

上海社会科学院出版社
SHANGHAI ACADEMY OF SOCIAL SCIENCES PRESS

目录

Contents

自序：为什么我们还要相信爱情？

大家好！非常高兴有这样一个机会，通过一个系列文学课，和大家来聊一聊爱情问题。这个系列课程的主题是“如果一切毁灭了，让爱情留下来”。

为什么说“如果一切毁灭了”？这不是杞人忧天。我们今天面临的，是一个急剧变化的时代，中国在短短的40余年从农业社会快速转变为工业社会，而且正在向后工业社会迈进。这个时代最大的特点，就是每天都在新陈代谢，今天看上去很坚固的东西，明天就像烟花一样纷纷散开。大家想一想，十年前，我们能不能想象中国现在的模样？电子商务、高铁、私家车、5G网络、庞大的物流网络……快速发展让一切事物都变得速朽，永恒似乎成为一种神话般的梦想。

然而爱情偏偏就是一种追求永恒的愿望，在一切都在速变的世界里，我们渴望有一份不变的情感。樱花落了，第二年春天还会绽放，但人的爱情失去了，永远不会再来。作家们太明白这一点，他们所写的爱情诗、爱情小说，凝聚起来就是一句话：要珍惜！我这里举一个活生生的例子——一位大文豪——1875年出生于布拉格的诗人里尔克。他被称为近代欧洲最伟大的三位诗人之一，一生和一个又一个女性相恋，但最后都无疾而终，为什么？因为他一生最大的渴望就是保持孤独，在孤独中从事自己的艺术创作。他理想中的爱情，是“一个人必须保卫另一个人的孤独”，而且在爱情中，互相在对方身上彻底实现自己的自由。这是一件多么难的事啊，里尔克在给友人的一封信中不由得感叹：人们要想进入爱情，“他们必须用他们整个的生命、用一切的力量，集聚他们寂寞、痛苦和向上激动的心去学习爱。爱的真谛并不是什么倾心、献身，也不是与另外一个人结合，它对每个人来说都是一种崇高的动力，让人去成熟，让自身完成一个世界，为了另一个人而努力完成一个自己的世界，这对于他是一个巨大的、不退缩的要求”。里尔克说的和我们大多数人理解的爱情十分不同，但是他讲出了一个道理：在现代社会，爱情是世界上最难得到的东西！每个人都想自由地生活，都想在恋爱中找到一个让自己无拘无束的理想恋人，男人这么想，女人也这么想，可是，对两个本来陌生的人来说，哪有这样天衣无缝的美妙相遇呢？这就犹如上帝把一个苹果分成两半抛向人间不同的方向，里尔克的爱情就是这两半苹果的重新组合，可是一半遇见另一半的概率几乎是——零！

然而，也有人实现了幸福的爱情，我可以在这里举个例子：1837年，美国有一个名叫霍桑的年轻人，30岁出头，小说写得不错。但他不甘于舞文弄墨，想在政治领域里有一番作为，于是去当了公务员。政治圈里关系很复杂，党派冲突、小圈子文化，都是霍桑不能适应的。他这个人比较率直，浑身都是文学气质，所以在官场上一直混得不如意。1848年，美国总统换届，执政党也换了，霍桑随即被撤职，灰溜溜地回到故乡。这时候的他特别沮丧，觉得一生都暗淡无光。他的妻子却很高兴，跟霍桑说，我早知道你搞政治不行，迟早要被打回来，你就别再想那些政治的事了，专心干对自己最有价值的事。霍桑一脸疑惑，问妻子，什么是对自己最有价值的事？妻子的回答干干脆脆：写小说，你就是一个搞文学的人。霍桑不相信，觉得自己哪有那么好的天分。而且他还有个另外的担忧，丢官回来以后，没有收入了，没有收入怎么维持一家人的生存呢？在社会生活里，很多男人都遇到过这个难题，明明有最喜欢做的事情，却不能去做，因为最喜欢的事不挣钱，为了谋生，只好去打工，天天做自己不喜欢的事情。妻子知道他的担心，接着告诉他，你放心，我早知道你会被赶回来，这些年一直在悄悄攒钱，攒下来的这些钱可以保证咱们家好几年不愁生计，你就安心写作吧！霍桑太感动了，真是娶了个好老婆，她非常了解丈夫是个什么人，知道他的才华在哪里，也知道他的迷失在哪里，在最困难的的时候，她更知道丈夫的未来在哪里，明白他现在的困难在哪里，能够在最关键的时刻帮助他、鼓励他。这就是爱情啊，爱情的力量是无穷的，霍桑立刻投入小说创作，不到一年就写出了经典小说《红字》。

从霍桑夫妇的经历中，我们可以看到：**爱情确实可以改变人的命运，可以使我们在纷乱的社会生活里面找到自己，让生命水落石出。**然而我们也应该知道，霍桑的运气极好，他也许就是遇上了自己的“另一半苹果”，这么美好的爱情，在这个世界上其实是很稀少的。今天的人们都在高速运转的社会里忙碌，也许你在熙熙攘攘的人群中，确实遇上了那个最适合你的人，但你却不认识他，擦肩而过了；而你天天相处的人中，却始终没有让你心动的人。这让人特别感叹，如果爱情很好相遇，谁不愿意愿意放下眼前的功利，去追寻那一份最美好的情感。但是，我们必须明白，那样美好的爱情，不会在一个人无知时来临，要遇到那个非常对的人，需要经历多少风雨、走过多少曲折！就像沈从文当年写给张兆和的信：“我行过许多地方的桥，看过许多次的云，喝过许多种类的酒，却只爱过一个正当最好年龄的人。”这话听上去很浪漫，细细体会是很有深意的。沈从文在湘西的故乡，看到军阀混战，人头滚滚。他那么一个简单的人，看到那些那么复杂的三教九流，看到那么多的残酷。直到他遇到张兆和，一下子他看到了单纯，看到了自自然然的美，心里的爱就像四月的野花一样恣意地展开。他知道这是最好的生活。也就是说，只有自我经历成长到一定程度，我们才能识别和确认，什么才是我们最终所寻的那一个人，是那份美好而罕见的爱情。

真正的爱情从来不会降临到一个不懂爱情的人身上，反过来说，我们要去追求爱情，首先自己必须是一个富有爱的感情的人，是一个懂得爱情的人。只有这样，我们才能在遇到那个人的时候，一瞬间把真爱识别出来，你才能全身心地投入。但是，这仅仅是爱情的第一步，更难的还在下一步：相遇之后有了爱，怎么去保持它、更新它、发展它，怎么让爱情贯穿你的一生？这正是我们爱情文学课分享的重点。《诗经》里写爱情，有一句极深切的话：“靡不有初，鲜克有终。”这是我们在爱情生活里屡见不鲜的一种伤痛。相爱开始的时候都那么美好，却很难长久保鲜。为什么会“鲜克有终”呢？为什么后来就会出现那么多问题，甚至解体呢？莎士比亚戏剧中有很多女性角色都追求爱情，追求幸福婚姻，但有了一场轰轰烈烈的婚礼之后，这些女人却都变得平淡无奇，说不出什么有生命灵趣的话了。似乎人生就是一场婚礼，婚礼之后，女人身陷油盐柴米的繁忙，爱情顿时无影无踪。中国的一份情感婚姻调查发现，如今的离婚有74% 是由女性提出来的，而离婚的理由大部分来自生活琐事。这说明爱情最大的难关是在相爱之后如何生长，如何展开，如何在平淡的日常中过出爱情的美好，这个问题会压垮很多人。

一个人的爱情在生活中被压垮，这是一个特别常见的现象。原

因千种万种，最根本的一条，是人们精神的软弱。软弱是一个巨大的生命缺陷，却偏偏是我们社会的常见病。软弱又特别让人痛惜，明明是一份非常单纯美好的感情，但就是因为这一点点软弱，全部失去。动画片《白雪公主》里，公主被王子轻轻一吻，她就醒过来了。这看上去很美，但为什么一定要别人来吻一下才会醒呢？关键时刻为什么不能靠自己内心的力量，走过生命最艰难的时刻？这是一个非常现代的问题，也是我们关注的重点。从本质上看，软弱虽然常见，却是个短暂现象。软弱是精神的变形，是巨大的压力或困境之下个体的孤独、彷徨和无助。但只要我们转动一下心灵的方向，就会豁然一亮，发现软弱只是一种心理处境，我们可以用坚决的行动跨过去，生活就变成另外一种逻辑。人生往往取决于一瞬间，就看你怎么选择，而这种选择，需要我们的内心动力，爱情常常会给我们带来这种动力。**爱情是对每个人决定性的考验，如果爱情都不能改变你，你的一切注定黯淡无光。**

因为有这样的现实，所以特别需要讨论有关爱情的一系列话题。在这个关于爱情的文学课里，让我们一起聚集能量，焕发爱的热度。

接下来我会进行一系列有关爱情的专题讨论，结合文学名著、电影、戏剧，还有历史上的真人真事，共同思索当代人的爱情之路。不过这方面可以谈的话题太多了，我们只能选择一些更有现实针对性的问题。比如，在爱情中，男性如何走出简单的身体欲望，更加珍惜女性的社会价值、文化价值、精神价值？如何让爱情像《简·爱》里边那样，达到“精神和精神的对话”。在这个问题上，我们一定要建立起坚定不移的现代理念，懂得“爱情是男性对女性最大的尊重”。这听起来简单，实际上却很难。在我们的传统文化里，如同写过小说《围城》的钱锺书先生所说，婚姻没有恋爱这个前提，只有媒妁之言、父母之命，一开始就是身体的欲望。而在一种文化里，青年男女之间若是缺乏自由宽松的精神交往，往往便会把身体的欲望当作爱情，性爱之后或结婚之后就很容易失去了爱的动力。类似这样的问题，都是我们中国人的情感困惑，甚至是跨不过去的坎儿。这些关键性的问题，后面我们一一展开来讲。

1

Thomas Hardy

《苔丝》

Tess of the d'Urbervilles

走出身体，

爱情是男性对女性最大的尊重

苔丝为什么会失去警惕，掉入轻浮男人的欲望陷阱？

女性如何在爱情中超越男性原始的身体欲望，走出自己独立的精神之路？这是我们当下爱情生活中极为重要的难关，也是让女性压力很大的问题。

在传统农业社会，女性的生活是一条窄窄的单行道，用俗话来说就是“嫁汉嫁汉，生娃吃饭”。女性没有社会空间，都是从娘家到夫家，终生在家庭事务中忙碌，没有社会经验，更没有社会权利和社会地位，一切依附于男性。女性群体在生存上几乎没有本质的差异，她们的生命都没有打开，更谈不上独立的文化个性。

工业革命之后，女性的生存境况有了大规模的改变：纺织厂需要纺纱工，公司需要记账员，政府需要秘书，城市需要环卫工人，全民需要基础教育……这些很需要细心和耐力的工作接纳了大量底层女性。为什么接纳？因为资本主义有经济理性，要计算成本和效益。举个例子，美国在 19 世纪初期，小学教师几乎都是男的，为什么到了 19 世纪末期，全国有将近一半的教师都是女的？因为女教师便宜，雇用一个男教师，一个月要给他 15 美元，而雇一个女教师，只要七八美元就可以了。尽管这样，还是有性别上的歧视，这些女教师绝大多数都是单身，因为美国当时规定，一旦你结了婚，学校马上有权解雇你，为了保住饭碗，女教师都不敢结婚。工业革命这样的历史变化，对于女性来说艰难重重，但她们也从中获得了前所未有的社会经验，汲取到远远超出前代的知识和能量。女性在城市空间开拓着自己的文化疆土，有了很多新的精神需求。为适应这些需求，还出现了人类历史上第一批职业女作家，有大量女读者买她们写的书，形成女性自己的公共话语，逐步展开了女性社会化的过程，女性逐渐有了自己的历史感觉和独立意识。

这个时候，男性面对的女性就复杂了，她不仅仅是一个自然女性，也是一个文化女性，一个有精神内蕴的女性。男性如何去爱这样的新女性？男性也没有经验，遇到了历史性的难题。传统农业社会的爱情，男性爱的都是自然女性，《诗经》里的《卫风·硕人》写得多美："手如柔荑，肤如凝脂，领如蝤蛴，齿如瓠犀，螓首蛾眉，巧笑倩兮，美目盼兮。"她的精神内质怎么样？一个字也没提，全是关于身体的赞美。而到了工业革命之后，女性在精神文化上发展起来了，男性在这方面却没有明显的进步，还是习惯于把女性作为一个自然人，忽略她们的社会价值、文化价值和精神价值，缺乏与女性心灵上的共处。

女性在爱情中如何走出男性划定的身体价值？这个问题英国作家哈代一百多年前就注意到了，并把它写进了《苔丝》这本经典小说中。我们本章要谈的，正是这本经典小说中的这一经典问题。

哈代是一位跨越 19 世纪和 20 世纪的作家。他出生于 1840 年。从整个英国来说，1750 年之后，英国逐步进入工业革命的时代，整个社会呈现出极大的物质繁荣。但资本聚集也加剧了贫富差距，阶层分化日益明显，很多农民失去了土地，靠打工、做小买卖维生。哈代正好出生在这个充满变化与动荡的时期，所以他的小说主题很自然地会关注这一时期人的艰难命运，尤其是底层人民。哈代原来是学建筑设计的，1873 年，他的长篇小说《一双蓝眼睛》出版，他的职业作家生涯从此开启。哈代后来写出将近20部长篇小说，还有不少短篇小说。因为哈代的家乡在英国多塞特郡，这个地方古时候叫威塞克斯，而哈代的小说都是以家乡为背景，所以总体被称为“威塞克斯”系列小说。

《苔丝》是“威塞克斯”系列小说中最重要的一部，是哈代41岁时写的，也就是1881年。我们先来讲这本书的第一个问题：苔丝为什么会掉入轻浮男人的欲望陷阱，失去对自己身体的控制？

这本小说的故事情节并不复杂：在多塞特郡的一个乡村里，有一户人家——一对夫妇以及他们的6个孩子。爸爸叫德比，是个普通的农夫，主要是做小买卖。这一天，德比往家走的时候，遇到一个牧师，牧师告诉德比，说他看到一份古老的记载，意外发现德比家族其实是一个很老的贵族家庭，本来姓“德伯”，家世血统很高贵。不但如此，德伯家族还有亲戚在附近生活，住得并不算远。

这个消息对农民德比影响太大了。我们看英国小说或电影，里面好像有很多贵族，其实不是这样。工业革命时期，在英国1000来万人里面，贵族不过2000来家，里面还分公爵、侯爵、伯爵、子爵、男爵五个等级，公爵的地位最高，每年有2万英镑以上的收入。当时普通人一年的收入也不过才十几英镑，这个阶级差别非常大。最低一级的男爵收入较低，但根据英国上院1701年的规定，年收入也不能低于3000英镑，到了1800年，上升到4000英镑，经济上很有保障。这意味着什么呢？如果农民德比真的有这么一个贵族血统，而且附近还有亲戚的话，那么他就能指望这家亲戚给自己一些接济，这样的机会是一般人得不到的。于是德比回家就跟妻子说，想让他们的大女儿苔丝去德伯家认亲，请德伯家给苔丝安排一份工作，这样德比家就能增加一份稳定的收入。

《苔丝》一开始就是从这样一个变化写起，这是德比家一个很突然的变化。人生往往如此：天上突然掉下来一个喜讯，似乎能抹平生活的不如意。德比一家原来的生活十分辛苦，但依靠自己的劳动，每一天的生活都是扎实的，心态也是平稳的。现在天降大运，突然间有了一种机缘，德比的心态就偏离了原来的轨道，一切都变得未知了，生活的逻辑也变得混乱了。人都希望能生活得幸福美好，但这种美好若不是通过自己的劳动得到，里面就会有很多不可预测的东西，会潜伏许多危险，甚至可能会失控。这正是哈代在《苔丝》中首先要表达的思想，可以说，这本小说是从一场潜在的危机开始的。

苔丝是个有点儿傲气的姑娘，这也是漂亮女孩的共同性格。她听到父亲让她去德伯家认亲，非常不愿意去。因为不愿意去富亲戚家认亲，所以苔丝想替父亲多干点儿活，以缓和父亲的心情。正好德比因为知道自己有贵族血统，买了酒喝得酩酊大醉，第二天早晨他没办法赶着马车去做买卖了，于是苔丝自告奋勇，替父亲赶马车运货物。没想到苔丝驾车不熟练，和一个邮政车撞到一块儿，结果拉车的老马被撞死了。由于全家的生活都指望着这匹老马，老马死了对德比家来说真是灭顶之灾。苔丝心里觉得特别对不起家人，这种心情战胜了她自己的倔强性格，她决定答应父亲，去德伯家攀亲，求一份工作。由此我们可以看到，苔丝姑娘的性格既自尊又善良，她原来坚持自尊，有自己的生活选择，但这份自尊导致老马死去，由此她的想法完全转到善良这个方向，开始一心一意为全家人考虑，而不是为自己考虑。正是这种善良导致了苔丝一生的悲剧，但在起初，苔丝完全意识不到这一点，因为她太年轻。太过善良的人，经常会看不清好人恶人，而生活中常常会埋伏着看不见的凶险。

苔丝刚到德伯家，就遇上了亚雷。亚雷是德伯家的独生子，父亲已经去世，母亲双目失明。这个家庭有点钱，亚雷的父亲原来在英国北方经商，后来才来到南方的多塞特。来到多塞特以后，他父亲人生地不熟，从博物馆偶然看到这个地方原来有一个古代的贵族，叫德伯，但已经不知去向，于是就伪造了身份文件，冒充是德伯家的后代，给自己加了一个耀眼的光环。也就是说，这个所谓的德伯后裔是个冒牌货，身份是虚假的。这听上去像是一个拙劣的玩笑，但延伸到实际生活里面，在精神品质方面的后果就很严重，这一家人所有的生存都变得不真实了。**对于一个人来说，他的本来面貌和身份一旦脱离，他的整个生活必然具有很大的欺骗性。**哪怕这个人本性并不坏，但这种欺骗性会渗透到他的言行举止当中，他的生活就会变成一场场表演，久而久之，假的变成真的，真的变成假的，他就会习惯于油滑、轻浮，生活哲学中贯穿着机会主义。苔丝这么单纯的姑娘来到这样一个家庭，当然很危险，前景已处于失控中。

亚雷看到苔丝的一瞬间就被苔丝的美貌所惊讶："嘿，真想不到！这件事太有趣了！哈——哈——哈！多么吊人胃口的姑娘！"这里出现了一个我们今天常见的关键词：颜值。苔丝是一个颜值特别高的女孩子，一个男性看到一个颜值很高的姑娘，内心都会赞叹，产生追求的欲望。这本来是很正常的事，就像《诗经》所说，"窈窕淑女，君子好逑"。从更加久远的历史来看，男性追求颜值高的女性，女性追求颜值高的男性，都能促进人类的进化。因为一个人颜值高不高，它不仅仅是视觉上的简单感觉，还表现出自然生命的圆满度。美国哈佛大学有位生物学教授丹尼尔在 2016 年出版的《人体的故事》中，专讲人类的进化、健康与疾病。他研究发现，人类的脸在 1000 年间缩小了 1%，或者再多一点点，不到 2%，而脸的缩小源于人类对火的掌握，是具有重要意义的进步。原始人脸大，下巴凸出来，眉棱很高。为什么？因为要吃生肉，要嚼那些很坚硬的果子，就必须依靠强有力的牙齿和下巴，这样才有强大的咬合力把食物嚼碎，不然吃不下去也消化不了。后来人会钻木取火了，动物的肉可以煮熟，吃起来很容易，而且也很好消化，这样长期积累下来，人的下巴就越来越往里缩，越来越小，牙齿也变小变细，呈现出今天的样子。所以**高颜值其实是人类进化的表现。**而人类在进化中，也积累下了对于相貌的本能直觉，对健康、活力有了视觉上的审美潜意识，所以说，人们对颜值的追求里边包含着很多基本道理。在脸的中间从上到下画一条直线，两边非常对称的人颜值就好得多，这背后有发育学的道理：人在母亲肚子里，身体不是一整块一下子长出来的，而是各个部分一点点发育，最后聚合在一起。为什么鼻子下面有个明显的人中？这就是聚合留下的痕迹。在聚合的过程中，如果很精密，完成度很高，它的对称性也就很完美，长大了也很好看。那颜值的细节也具有进化意义上的功能性原理。比如，为什么人们喜欢大眼睛？因为大眼睛的神情表现力特别好，更吸引人，更能获得生存和繁衍的机会。再比如，为什么嘴唇红的女人很有诱惑力？这说明她的血脉很通畅，很鲜活。所以女性都喜欢涂口红，用这样的方式表达出旺盛的生命力。

从生物学的角度看，亚雷对苔丝姑娘感到惊艳并不奇怪。但在这个正常的荷尔蒙反应之外，作为人类，除了生物性，还有更重要的文化性、道德性。无论男女，每个人身上都是两个生命的融合：一个是自然生命，另一个是精神生命。自然的生命可以用前面讲的那些进化论的视角来概括，它是自然美。**但我们不能忘记，人还有精神美，包含知识美、道德美、文化美、艺术美。这个精神的特征恰好是人类与动物最大的区别。**古希腊的亚里士多德讲过，植物具有**“营养的灵魂”**，它们为了土地里的养分，为了光合作用，要使劲因地制宜地生长。竹子非常高，而它的根有时候比长出地面的部分还要长，就是为了获得更多的养料，这是出于营养的需求。动物更进一步，是**“感觉的灵魂”**，它能识别一个物体的移动。试想一下，一只老虎如果没有这样的能力，它靠什么去抓捕野牛野羊？这是一种更高的进化，超过了植物。而人更超越，按照亚里士多德的观点来看，人是一种**“理性的灵魂”**，人可以认识自然界，积累各种知识，思考万物的本原；人不能只看到事物的表象，也要看到它的本质。换句话说，**人和人相爱，不仅仅要看颜值，更要看人的内心。**肤浅的人只迷恋颜值，有精神含量的人不但爱对方的颜值，更爱他美好的内在。而在《苔丝》中，我们明显看到，亚雷爱苔丝爱的是什么？说到底，他爱的只是苔丝的身体，而不是她的内心、精神和善良的品质。这个本能的身体取向会给苔丝带来灾难，但年轻的苔丝很难明白这一点。

亚雷这个性情飘飘荡荡的人，脑子里没道德负担，说话很随便，对女孩子就挑好话说，各种承诺随口就来，反正也不准备承担责任。而年轻女孩子没有关于男性的经验，不知道在男性中亚雷这类人多么浮浪，也不知道如何防备。女性很喜欢被赞美，往往在听到男性的夸赞时，不管真不真实，心里都会不由自主地高兴。亚雷这种人说话很廉价，但有一个不可忽视的特长，就是行动力特别强，没有什么廉耻感，进攻性非常强。女孩子面对一个男孩子追求自己，有时候觉得他的行动力强就是浪漫，好像他能做出什么别人做不到的事情就是对自己无限的爱，这真是一个天大的误区，踏在陷阱上还以为是祥云。

苔丝终究只是一个十几岁的女孩，还不成熟，虽然她一开始对亚雷很抗拒，并且有点警觉，小心保持着距离，但在关键时刻却沦陷了：苔丝和一群干农活的女人收工回家，有的女人说话粗鄙，甚至放荡不羁，苔丝不太习惯，脸上就显露出来一点儿鄙视。结果那些人就开始排斥她，一路咒骂她，“骂得相当恶毒”。这时候的苔丝特别盼望有个人出现，把自己和这群人分开。正在这时，暗暗跟踪的亚雷出现了，他知道机不可失，故意请苔丝坐到他的马上，一起回去。小说中这样写道："苔丝头脑极其清醒地意识到这是一个决定性时刻，因此差点儿晕了过去。对于亚雷这样主动给予援助，对于他如此相邀结伴，苔丝在任何时候几乎都会加以拒绝，就像在这之前她已拒绝过好几次一样；此时此刻，道路冷僻这一因素也没有自然而然地使苔丝改变以前的态度。只是因为亚雷的建议是在一个特别的紧要关头提出来的——面对着这些对手，苔丝只要纵身跳上马背，她的愤怒和害怕立刻就能变成胜利——所以她听凭自己一时冲动，攀上篱笆门，一只脚尖踮在亚历克的脚背上，爬到他身后，坐进马鞍里。等到那些喝多了酒的好斗的女人意识到发生了什么事情的时候，马儿已经驮着他们两人跑得老远，转眼就消失在苍茫夜色之中。"

苔丝这时处于一种什么样的心理状态之中呢？英国哲学家罗素说，人性中有四种欲望：占有的欲望、权力的欲望、竞争的欲望、虚荣的欲望。苔丝面对那些粗鄙的村妇时，她被貌似高贵的亚雷请上马背，这给了她胜利者的自豪，占得竞争中的上风。同时，她也享受到虚荣的满足，在那些女人面前很风光。她并不明白，她这两种心理快感正好掉进了亚雷虎视眈眈的觊觎——占有的欲望中。亚雷骑着马故意走远路，把她带进密林里，最后趁又累又乏的苔丝沉睡时，得到了她的身体。一个单纯的姑娘，她的厄运就在这看似偶然的外部因素变化中，突然张开了大口，吞噬着她的躯体。

这部小说的副标题叫"一个纯洁的女人"，这代表了哈代的态度。年轻的苔丝，里里外外遇到这么多身不由己的事，从而一步步陷入悲惨之中。这是个很意外的情节，哈代通过这种意外写出年轻人的局限，写出年轻女孩一失足成千古恨的悲剧。心绪中的一瞬间迷乱，却导致生命如此突然的整体倾斜。这个紊乱看起来是一场意外，但它造成的错乱会带来终生的黑色后果。苔丝接下来的人生灾变，是她自己也没有想到的。

克莱尔为什么不能接纳苔丝的“失贞”，在新婚之夜断然离去？

苔丝到亚雷家干活不久，就被亚雷诱奸了。按照常见传统小说中的情节，一个少爷把一个丫鬟给玷污了，后面的命运大概率是丫鬟忍辱负重，抱着无可奈何的态度跟少爷生活下去。在底层的生活里委曲求全很常见，但苔丝不一样，她的自尊心极强，她不愿屈从于金钱和权贵，一个月后坚决离开了亚雷家，步行返回父母家。这是整个小说出现的第一个亮点，苔丝跟别的姑娘就是不一样，她显示出现代女性的独立性。苔丝内心里的顽强，不仅是一般姑娘的自尊，也是对真挚情感的维护。她绝不屈服于不爱的人，不羡慕亚雷的有钱有势，不肯通过委身于他来屈辱地换取物质的保障。她要用真心来生活，而不是把生活变成功利的计算。

糟糕的是，她回到家一个月后，发觉自己怀孕了。处境顿时恶化，她遭到了村庄里男女老少的嘲讽。更悲惨的是，孩子出生没几天就死掉了。短短几个月里，女性所有的厄运都向苔丝砸下来，使她不得不离开自己的家。这个村庄无法再待下去，它是个伤心之地，也是个冰冷之地，苔丝决定去 40 公里之外的一个奶牛场做挤奶工，离开人们的议论纷纷，让自己获得一份清静。

苔丝敢于离开家乡，一个人背负着屈辱去奶牛场劳动，除了自尊，还有个重要的原因，那就是她对这个世界本来就不看好。苔丝知道，这个人间有很多的不合理，所以她能够面对艰难，在困境中仍然有自立的坚韧。从人性分析的角度看，悲观主义的人有强大的定力，乐观主义的人反而比较脆弱，因为两种人的期待值不一样。小说开始时有过这样一段描写，苔丝和弟弟亚伯拉罕夜里走在路上，亚伯拉罕问苔丝："你说过每一颗星星都是一个世界，是这样吗？"苔丝说："是的。"亚伯拉罕又问："都跟我们的世界一样吗？"苔丝说："我不知道，不过我想，有时候它们好像我们家树上的苹果一样，大多数是好的，润泽可爱，但有几个坏掉了。"亚伯拉罕马上追问："我们住的这一颗星星是可爱的，还是坏的？"苔丝毫不迟疑地告诉弟弟："是坏的。"从这段对话也可以看出，苔丝的性格中带有一点儿悲剧感，这给了她超出自身年龄的承受力。哈代的这段对话有很大的暗示性，它暗示了苔丝生活的世界是"坏的"，而苔丝后来的遭遇深刻证明了这个坏苹果一样的世界是多么扭曲。

小说就是这样结束了苔丝和亚雷的关系，但苔丝没有料到，她在奶牛场很快遇到了另一个男人，这个男人给了她极大的幸福，又给了她痛彻心扉的痛苦。这个男人就是26岁的牧师之子克莱尔。克莱尔和亚雷完全不同，他是牧师的儿子，有两个哥哥。19世纪的英国牧师收入水平差别很大，收入高不高关键是看他的教区有多少教徒，教徒多，捐款的人自然就多，教堂就相对富裕。克莱尔父亲的教堂挺大，教徒不少，收入属于中上等，可以衣食无忧。生活殷实的家庭，在文化、精神方面的投入相应会多一些，对孩子的教育也会丰富一些。我们经常看到：很穷的人忙着求生，生活逻辑很简单，他的人生目标就是要翻身，生命像一柄长矛，非常有进取心，尖锐而清晰，但文化艺术上的宽度不够，对世界缺乏丰富的理解；而另外一种人，家境很不错，从小喜欢音乐、文学、美术，生活中有良好的艺术氛围，但生命的进取心比较弱，生活目标的集中度和稳定性都不够，基本上无法和前面那种非常有进取心的人进行社会竞争。克莱尔类似于后面这种人，他很关心人间正义，思考人的罪恶、道德与拯救问题，为了理解这些问题，他喜欢精神漫游，不愿意固定在父亲的宗教信仰中，更不愿意子承父业去当牧师。克莱尔的父亲打算把三个儿子都送到剑桥大学，然后都培养成牧师，希望后代有修养有信仰。克莱尔的抗拒让父亲很失望，失望之下也就没有把他送到剑桥大学去学习。不去上大学，反而给了克莱尔自由，他来到这个奶牛场，想要亲身感受贫苦劳工的艰辛，为自己今后办大农场做准备。

如此不同的克莱尔遇上了如此不同的苔丝，他一瞬间就觉得这个姑娘不一样，“真是大自然的一个水灵、纯洁的女儿！他好像在苔丝身上看到了某些自己熟悉的东西”。除了长得美，克莱尔敏感地发现这姑娘身上还有一种气质，一种深藏的顽强，一种生命的灵性。克莱尔心里默默地爱上了苔丝，而他的爱与亚雷完全不一样，是发自内心的，他想得很深远。真情的男子表达爱情都会很犹豫，不会只考虑自己爱不爱对方，同时还会考虑自己能不能给对方幸福。越踌躇就越难开口，只能一步一步地靠近，在真诚的行动中获得确信。

从这里我们清楚地看到，克莱尔和亚雷是完全不同的两种男人：亚雷花言巧语张嘴就来，像河边芦苇一样摇来摇去。他并不具备精神的深度和丰富度，只看到了一个“多么吊人胃口的姑娘”，情感的层次很浅。男性对女性的爱可以分成三个层级：第一层是爱上她的“漂亮”。漂亮是看得见的，人所共知、人人喜欢的，连追求精神恋爱的古希腊哲学家柏拉图都喜欢。他写过一首情诗，大致是：我把苹果丢给你，如果你接受，就请收下；如果你不接受，也请你收下，想一想你的红颜，就像这苹果一样。这意思是说，你的美貌其实是很短暂的，就像苹果上面的这种鲜红，很快就没有了，年轻的姑娘，你可要珍惜我，机不可失。第二层是喜欢她的“美丽”。美丽和漂亮听起来差不多，实际上有质的差异。美丽的内涵比漂亮丰厚得多，除了外在的美，还有一种内在品质的光芒，让人感到她从内向外洋溢着美好。一个女性如果没有经历一定的人生淬炼，没有优良的人文修养，很难达到这种美丽的境界。第三层是爱上她的“好看”。什么叫好看？好看是一种感觉，更注重她的内质，即使她不漂亮，也让人感到特别美，“情人眼里出西施”说的就是这种类型。“好看”超越了外貌和身体的逻辑，它是我们人类特有的一种心灵感应，眼睛看不见的美，心看见了。一个生动的例子是英国诗人罗伯特·布朗宁，1845 年他 33 岁，遇上了 39 岁的伊丽莎白。伊丽莎白下肢瘫痪，形容枯槁，但布朗宁一下子就被她吸引住了，因为伊丽莎白从小喜爱阅读古典文学，具有一种诗人气质。不幸的是，15 岁时她从马上掉下来，把脊椎给摔伤了，之后就瘫痪在床，但还是坚持写诗。布朗宁从她苍白的脸色上感觉到了艺术的光辉，毅然向她求婚。结婚之后夫妻情深，伊丽莎白的身体越来越好，最后竟奇迹般地站起来了。再说回《苔丝》这部小说，很有意思的是，在奶牛场，除了苔丝，还有三个漂亮姑娘也喜欢上了克莱尔，但克莱尔只爱苔丝。那苔丝是怎么知道克莱尔爱上了自己呢？哈代描写了一个非常有创意的情节：7 月里，一场大暴雨之后的清晨，苔丝与那三个姑娘去教堂。没想到在谷地里，小路被雨水淹没了。正在一筹莫展之际，克莱尔出现了，他说：“我抱你们走过这片水洼，每一个都抱过去。”这让每个姑娘都心潮澎湃，充满遐想，“因为激动而嘴唇发干”，一个又一个被他抱起来，像做梦似的。当苔丝最后一个被抱起来时，克莱尔对她说：“你知不知道，我刚才干的四分之三，都是为了现在的四分之一呀！”苔丝回答他“不知道”，但急促的呼吸暴露了她的心意，克莱尔情不自禁叫了她一声：“哦，苔丝！”这一声呼唤让苔丝“面颊红得滚烫，无法正视克莱尔的眼睛”。三个姑娘看在眼里，终于明白了一切，沉默了一会儿，她们对苔丝说：“他最喜欢你——最最喜欢的是你！”

苔丝的人生故事来到这里，忽然一片明亮，合适的女人遇上了合适的男人，互相明白心意。按照现在年轻人的性格，毫不迟疑大胆走到一起，就能踏上幸福的大道。但我们不能忘记，这是一个英国 19 世纪的乡村故事，苔丝有一个那时女性最严重的隐私问题，就是和亚雷的往事。克莱尔能不能接受她的失贞？苔丝一点儿把握都没有。克莱尔看出苔丝真心喜欢自己，所以他反复向苔丝表白，苔丝一个劲地拒绝他，但拒绝的时候眼睛里却写满了爱。这让克莱尔特别迷惑，这到底是为什么？这种困局只能发生在两个纯真的人身上。我们可以想一想，如果苔丝决心对克莱尔隐瞒往事，那她绝不会如此苦恼；如果克莱尔是一个有复杂经历的人，他也不难猜想到苔丝难以开口的心事。

后来苔丝挡不住心里的激情，还是答应了克莱尔的求婚，但她还是有纠结："但这是一件对他不公平的事，等他知道了真相也许会要了他的命！"于是苔丝决定，婚礼前无论如何要将不堪往事告诉克莱尔。这样做当然有很大的风险，苔丝的妈妈也来信叮嘱苔丝千万不要将过去的事告诉克莱尔："没有哪个女人会这么傻的，尤其是事情已经过去那么久了，而且根本不是你的错。"妈妈饱经风霜，深深知道这件事的厉害。但苔丝终于还是亲口向克莱尔说出了心里的秘密。

这个关键情节发生在婚礼后的晚上，最幸福的时刻之前。苔丝和克莱尔难以入眠，手挽手到屋外散步。克莱尔喜不自禁，激动中向苔丝坦白了自己过去的一件荒唐事：前几年他心情迷茫，跑到伦敦，跟一个不三不四的女人厮混了 48 小时，但风流过后幡然醒悟，旋即回到严肃的生活中，后来就再也没有跟那个女人联系了。苔丝听到克莱尔如此坦诚，内心里蓦然涌出一股勇气，不但原谅了克莱尔，而且相信克莱尔也会原谅自己。于是她毫不迟疑，把与亚雷的往事一股脑儿全说出来。但苔丝绝对没有料到，克莱尔的反应是如此之大，“他的脸显得憔悴了”。苔丝惊恐地问他：“你不原谅我吗？”克莱尔用陌生的语调回答：“哦，苔丝，这个情况是不能说原谅不原谅的！以前的你是一个人，现在的你是另外一个人。我的上帝呀，遇上这么一种荒唐的——变戏法，怎么可以说原谅不原谅呀！”稍微冷静下来后，克莱尔说出了更冰凉的话：“我再说一遍，我一直爱着的那个女人不是你。”苔丝急忙问：“那么是谁？”克莱尔说出了心里的绝望：“是你这个模样的另外一个女人。”听见克莱尔这么说，“苔丝意识到自己先前担心的事真的发生了。克莱尔把她看作一个骗子了，一个伪装成清白的有罪的女人”。

从克莱尔的剧烈反应中，我们可以看到男性历史悠久、根深蒂固的思维路线：“不贞”的女人都是天性堕落，如果不能把一个完整的身体交给自己的丈夫，那就是本性的不洁。克莱尔不会想到，苔丝的所有苦难都和男人有直接关系：父亲强迫他去德伯家认亲，亚雷设计让她失身，克莱尔把她带到了婚姻里，却在最后时刻变成了陌生人。亚雷和克莱尔那么不同，亚雷垂涎苔丝的肉体，克莱尔能看到苔丝的精神美，但两个男人都逃不出身体的边界。克莱尔一旦知道苔丝不是一个处女，立刻将原因归结到苔丝本人和她的道德品质问题，而不是上层的堕落和下层的不幸。如果克莱尔能够看到当时英国社会普遍的不平等，看到底层人民的身不由己，看到贫苦农民的贫困处境，他就会从丰富的人类情感出发，理解苔丝的坎坷了。但克莱尔这个人总的来说还是太简单，他没有上过大学，生活经历长期局限在一个不太大的范围里面。外部的世界是什么，这个世界的复杂性在哪里，他其实也不太了解。尽管他也在努力地拓展生存体验，但对于世界的见识还是充满了主观的想象，苔丝这样的痛苦经历，是克莱尔难以理解的。我们常常说，单纯是一种优良的品质，但在这个时候，克莱尔的单纯限制了他对苔丝的心灵感应，掉入偏见的黑暗中。

克莱尔在这样的心情下，忽然从一块广告牌上看到一个信息：南美洲的巴西招募英国人去巴西创业，因为那时候巴西地广人稀，特别需要增加人口。克莱尔下决心去巴西，换一个大环境，改变自己的心境，用异邦风情调养受伤的心灵。但到了巴西以后，他的事业和生活都很不顺利，并没有开辟出自己的新天地。巴西的经济、文化发展还很落后，与欧洲相比，各方面都是半原始的状态，克莱尔每天都不顺心。然而不幸中有大幸，他在路途中遇到了一个男人，这个人彻底改变了克莱尔的世界观："这人也是个英国人，也是想到巴西来经营农庄的，不过他来自英国的另一个地区。他们两人这时候都情绪低落，怀念家乡，说的都是体己话……克莱尔便将自己婚姻中所发生的那些事、那些忧愁告诉了他的同伴。这位同伴到过的国家和见过的民族都要比克莱尔多得多，见多识广，思想开明。因此，苔丝那偏离了社会常规的行为、那些囿于成见的人们看来是家庭生活中非常严重的事情，在他看来却完全可以理解，犹如整个地球表面并不规则，并非都是平原，也有高山和低谷。他对这件事的看法与克莱尔大不相同，认为苔丝的过去并不重要，重要的是她将成为一个好妻子，还明白地对克莱尔说，他离开苔丝到巴西来是错误的。第二天，他们两人遇上一阵雷雨，淋得浑身透湿。克莱尔的同伴发烧病倒，在那个周末就去世了。克莱尔为安葬他耽搁了几个小时，然后继续上路。克莱尔对于这位见解通达的陌生同伴除开他那普普通通的名字之外什么也不了解，然而，由于他的去世，他随意说说的那几句话却变得十分崇高，对克莱尔所产生的影响比哲学家们论述详尽的伦理学著作的影响都深刻。与这位胸襟开阔的同伴相对照，克莱尔觉得自己气量褊狭，不禁心中羞愧。他一下子感到自己的观点有许多自相矛盾之处。他以前一直是贬抑基督教精神并崇尚希腊文明的，而在希腊人看来，迫于暴力的屈服不能被认为一定就该遭受鄙视。那么毫无疑问，要是他真正赞成希腊人的这一观点，他也许就会认为，憎恶失身女子这种态度至少不是不可修改的，只要这女子的失身是因为受了别人的欺骗。想到这里克莱尔悔恨不已。”

故事到这里又出现了转机：克莱尔的内心拓展了，他完全接受了苔丝的一切，要回国找苔丝了。苔丝能不能接受他呢？这又是一个极大的悬念。

女性如何在爱情中走出独立的精神之路？

克莱尔在巴西遇到了一个男人，这个男人彻底改变了克莱尔。哈代为什么要这样写？就是要让克莱尔从跨文化的角度扩大生命体验，看到更多元的价值，改变他对苔丝的认识。克莱尔遇到的这个男人有一种自然主义、多元主义的生命观，他认为人类社会“犹如地球表面，并不规则”，认为人生的“过去”并不重要，重要的是当下和未来。这都是 20 世纪之后现代主义、后现代主义的价值观，具有人本主义的平等性。在哈代的这本《苔丝》中，对这个流浪巴西的英国男人描写极其简单，不过几百字，但却是全书的文化之眼，表达了哈代的世界观。从这种观念出发，克莱尔豁然意识到，“迫于暴力的屈服不能认为一定就该遭受鄙视”，“只要女子的失身是因为受了别人的欺骗”，就不应该被人憎恶。悔恨之下，克莱尔决定立刻返回英国，与苔丝重新开始。

这似乎是苔丝生活的希望，一个新的未来将要被两个人打开。这种大放光明的转折是哈代这部小说中不时出现的叙事要素，苔丝的命运也因此而起伏不断，一个下落接着一个上升，一个上升又接着一个更大的下落。一般的小说写到克莱尔回到英国找到苔丝，就差不多到了终局，有情人尽释前嫌，终成眷属。但经典小说的使命就是打破套路，粉碎媚俗的花好月圆。哈代要写出的是，底层人民的苦痛会下沉到什么地步，写出绝望中的弱者会爆发出怎样的反抗，英国的法律体系对底层女性又是多么的冷酷无情。哈代这部小说的最后一部分惊心动魄，释放出巨大的社会批判力，写出了毁灭苔丝幸福的终极原因——不合理的阶级社会。

克莱尔回到英国，震惊地发现苔丝的处境已经发生了天翻地覆的变化：她为了拯救陷入生活绝境的一家人，被迫又回到亚雷身边，用舍身饲虎的苦难为家人换取生存。对于苔丝来说，这是一个哀莫大于心死的过程：她的爸爸毫无征兆地死掉了。这个充满幻想的爸爸虽然平日不太踏实，但仍然是一个家庭的支柱。他一死去，房东不再让苔丝一家人继续住下去，苔丝的母亲，还有5个弟妹的生活都难以为继。

这个时候亚雷又出现了，这个人也有了相当大的变化，他居然变成了一个到处劝人行善的牧师，每天在路边宣讲一种比较极端的教派主张。亚雷的这个变化猛然一看十分滑稽，但仔细想一想，也很符合亚雷的性格逻辑。他不是一个老谋深算的坏人，而是肤浅、虚浮，没有自己的精神支柱，人生走到哪儿算哪儿。此时的亚雷忽然迷上了这种宗教教义，于是就变得慷慨激昂。他总是在变，每一次变化都很真实，但全部人生加起来，就是不停地漂浮，生命像幻影一样。苔丝在路上突然看到他，心里觉得特别不对劲，苔丝的人生全是因为他的恶才掉入这么大的灾难，而他却在这里滔滔不绝地讲善，真是太讽刺了。亚雷也看到了苔丝，后来一打听，知道苔丝在一个农场干繁重的农活，于是就去找她，让她跟他走。

苔丝起初根本不理他，但全家人越来越饥寒交迫，自己成了拯救家人生命的唯一希望，苔丝身上的那种善良品质又开始升起，主导着她走向牺牲自我的方向，终于同意跟亚雷生活在一起。这是多么痛苦的选择，像皮鞭一样抽打着苔丝：“他不是自己的丈夫，然而，她意识到，从肉体关系上来说，只有这个人才是她的丈夫。这样一个意识似乎越来越沉重地压在她的心头。”这是不是一种宿命？在苔丝的宿命意识中，身体，这个女性的核心存在，却总是不能由女性自己掌握。面对给自己带来厄运的亚雷，苔丝却不得不把自己的身体再次交给他支配，这不但是苔丝一个人的悲剧，而是那个时代全部女性的命运。在那样的时代，女性的善良被引导到自我牺牲，温良的品质反而给自己带来灾难。哈代在写苔丝的这个变化时，心里充满了怜悯。

克莱尔回到英国，发现苔丝住在一个不错的宅子里。苔丝一开门看到是克莱尔，极为震惊。克莱尔很激动，告诉苔丝他想和她重新在一起。苔丝的绝望可想而知：这时间是多么错乱啊！她千思百虑，一步步屈从于亚雷的时候，克莱尔正在星夜兼程赶回她身边。如果时间不是这么残酷，她和克莱尔将会开始多么幸福的生活！可一切都来不及了，自己已经变成这样，怎么可能还和克莱尔生活在一起？人生最大的绝望就是幸福就在眼前，却有一座雪山横在中间，心里滴血的苔丝对克莱尔说：“太晚了，太晚了！不要接近我，克莱尔，不——你绝不能接近我，离我远点儿！”又惊又痛的克莱尔说：“我是到处打听才找到你这儿来。”苔丝更加悲伤：“我等啊等，等了你好久，但是你没有回来。我写信给你，你还是不回来！亚雷他一次次说你再也不会回来了，说我是个愚蠢的女人。他对我很好，对我母亲也很好，从我父亲去世之后，对我们全家人都很好——”惊讶之下克莱尔说：“我不明白你的这些话。”

苔丝说出一句痛彻肺腑的话：“他把我赢了回去。”

这个“他”不是亚雷个人，而是整个男权社会，是两性之间自古以来的不平等。在这种不平等中，“丈夫”和“爱情”不是同义词，女性在这个不平等的性别游戏中，始终是输的一方，区别只在于输的方式不一样。

克莱尔听到苔丝的话，心里苦涩无比，他默默走向车站，不知该去哪里，只知道要离开。这时候，这部小说的最高潮到来了：就在克莱尔快走到车站时，苔丝忽然追了上来，她告诉克莱尔，自己把亚雷杀了。最直接的导火索是克莱尔离去后，苔丝痛苦地走上二楼，却被亚雷冷嘲热讽了一番。苔丝对他的仇恨瞬间被点燃，她极其清晰地看到，自己本来可以和克莱尔幸福地生活，就是因为这个浮荡的男人，她的一生全毁了。悲剧的起源来自亚雷，现实的绝望也是因为亚雷，苔丝怒不可遏，一刀把他捅死。

“杀夫”这个情节在很多小说里面都有，例如英国女作家达夫妮·杜穆里埃的《蝴蝶梦》，中国台湾女作家李昂的《杀夫》。一般来说女作家写这种情节较多，而男作家很少见。哈代写的这个情节，完全超出了苔丝的天性，非常震撼，但也非常合理，有着人性上的必然性。听到苔丝这样说，一开始克莱尔觉得难以置信，但他从苔丝的激动表情里看到了真相，更看到了真爱，看到苔丝灵魂深处的纯洁。他毫不犹疑地携手苔丝一起逃亡，虽然两个人都知道绝对逃不出警察的追捕，但在生死一线中实现生命之爱，无论多么短暂，都足以告慰一生。

两个人一路向北跑，最后一直跑到英国中北部的索尔兹伯里，那里有一个世界闻名的原始文化遗址——巨石阵，一圈巨大的石头柱子，还有不可思议的巨石横梁。两人在这个神秘而悠远的地方一起度过了最后一夜，苔丝平静地嘱咐克莱尔，要他在自己死后一定要再成家，娶自己的大妹妹丽莎露，这样就等于自己一直在陪伴克莱尔，“即使我死了，我们两个人也仿佛没有分离”。

苔丝明白自己被抓住之后必死无疑，所以她向克莱尔做了这样的最后交代。果然，在巨石阵度过一夜之后，苔丝被赶来的警察抓走了。小说的结局是，克莱尔和苔丝的妹妹丽莎露站在山坡上，望向监狱，“八角形平顶塔楼的飞檐上高高地竖着一根旗杆，八点过了几分钟之后，有一件东西顺着旗杆缓缓升起，在微风中舒展开来。那是一面黑色的旗子”。升起黑旗，那是宣告正在执行绞刑，这天处死的就是苔丝。

哈代的这部小说写了一个贫穷少女的坎坷命运。将一个“杀人犯”写得那么美好、那么无辜，这在当时相当需要勇气。1837 年到 1901 年是英国维多利亚女王执政的时期，禁欲主义盛行，面对一个“失身”的女子，社会主流不会考虑她遭受的欺骗和侮辱，不会反思社会深层的痼疾，只会指责苔丝这样的女子，诅咒她们是一切罪恶的来源。但哈代不一样，他一生中大部分时间都在家乡多塞特朴实的土地上度过，与普通百姓共同经历生活的风风雨雨，在日常中体会乡民的单纯、朴素，以及他们的无奈、无助。他把这些理解和感情都融入了苔丝这个女孩身上，给予她无限的同情。这种写法特别有历史价值，在文化上实现了一个超前的转型，它把男权视角转换为女性视角，特别是受苦受难的女性角度，为女性倾诉。所以这部小说出版之后，当时的英国上流社会接受不了，一位很有名的文学评论家立刻在报上写了篇评论，第一句话就说:“昨天看到一本名叫《苔丝》的书，我才打开第一页，就不得不站起来去打开窗户，让书里的臭气赶快散发出去。”你看他是多么厌恶这本书！哈代的性情比较温和，但他在文学上的勇敢超出常人，能用另一双眼睛看到深藏的社会问题。在维多利亚女王统治下，当时的大英帝国统领世界，号称“日不落帝国”，表面看上去欣欣向荣，但哈代从所谓的辉煌中看到了社会的黑暗、穷人的苦痛，毅然写出了这本批判现实主义的厚重之作，具有为时代剔骨疗伤的文学力量。

从爱情的角度看，哈代在《苔丝》里提出了一个值得我们深思的问题：男性爱一个女性的时候，如何超越“颜值”或“身体”的局限，看到更重要的内在精神；如何理解女性的处境、向往和价值；如何建立起与女性更深更广的共情。在世界文学中，有很多作品触及这个问题，比如长篇小说《简·爱》，就是一部奠基性的经典作品。这部作品最大的特征是发出非常强烈的女性声音、女性呼吁。什么是女性的呼吁？就是在精神上要求女性与男性平等。作者夏洛蒂·勃朗特1816年出生，在1847年，也就是31岁时写了这本书。写《简·爱》的时候，夏洛蒂·勃朗特在文化观念上已经比较成熟，可以说远远超出了当时的大部分英国男子。她很小的时候就喜欢看书，文学积累深厚，长大了因为家境不好，去富人家当家庭女教师。这个职业听起来很文雅，但实际上在当时就跟仆人差不多。在这期间，先后有两个男人向她求婚，但都被她拒绝了，因为她知道这两个男人都不是爱她这个人，而只是想娶个老婆。30岁以后，夏洛蒂·勃朗特开始专心写作，第二年就写出了《简·爱》。这部小说是中国人最熟悉的外国小说之一，女主人公简·爱的经历跟夏洛蒂·勃朗特有一些重叠，她们都是上流人家的家庭女教师。《简·爱》中的男主人公罗杰斯特爱上了简·爱，简·爱也爱上了罗杰斯特，按照今天的逻辑，既然双方相爱，男人一表白，就大功告成了。其实不然，简·爱面前有两大障碍：一是自己的社会地位与罗杰斯特相差太大，二是自己的相貌普通。所以在罗杰斯特向她表白之后，简·爱有了这段著名的回答：“你以为我会留下来，成为你觉得无足轻重的人吗？你以为我是一架自动机器吗？一架没有感情的机器吗？能让我的一口面包从我嘴里抢走，让我的一滴活水从我杯子里泼掉吗？你以为，因为我穷、低微、不美、矮小，我就没有灵魂没有心吗？你想错了！——我的灵魂跟你的一样，我的心也跟你的完全一样！要是上帝赐予我一点美和一点财富，我就要让你感到难以离开我，就像我现在难以离开你一样。我现在跟你说话，并不是通过习俗、惯例，甚至不是通过凡人的肉体——而是我的精神在同你的精神说话；就像两个都经过了坟墓，我们站在上帝脚跟前，是平等的——因为我们是平等的！”

多么响亮的女性声音！只有打破“习俗、惯例”，只有超越“凡人的肉体”，才会有如此的自信。在《简·爱》之前，也有形形色色的“灰姑娘与王子”的故事，那些故事都有一个共同的特点：姑娘长得都很漂亮，而且因为漂亮，所以引起“王子”的倾心。《简·爱》中的姑娘不美、矮小，却让家世高贵的罗杰斯特深深爱恋，这不仅仅是因为罗杰斯特个人的特殊审美，而是女性精神发展的魅力。哈代的《苔丝》相比《简·爱》的尖锐之处，正在于他写出了男性社会如何粗暴地打碎一个年轻姑娘的生命，而后男性又是如何一步步处死这个破碎的女孩。哈代的这部小说最难写的是克莱尔与苔丝的关系，这种关系直接挑战了女性身体最尖锐的失贞问题，这个问题直到20世纪还是一个重要的文学主题。例如马尔克斯的中篇小说《一桩事先张扬的谋杀案》，虽然是1981年发表的作品，读起来却像一个中世纪的古老复仇故事。

《一桩事先张扬的谋杀案》讲的是，一个叫安赫拉的姑娘，结婚之夜新郎发现她不是处女，按照哥伦比亚的习俗，新郎马上退婚，把安赫拉连夜送回娘家。娘家的人气坏了，逼着安赫拉说出与哪个男人私通。安赫拉为了保护秘密情人，胡说这个男人是纳萨尔。家人都不敢相信，因为纳萨尔是当地品德最优秀的小伙子。虽然不相信，但按照当地的传统习俗，安赫拉的两个兄弟必须去把纳萨尔杀掉。这两兄弟知道这里面有冤情，不想去杀纳萨尔，于是他们到处告诉别人，他们某月某日要去杀人，大肆宣扬的目的是让大家出面阻止，这样就可以给自己台阶下，不用真的去杀人。可他们万万没想到，因为这个小镇好久没出现这种事，大家都很兴奋，巴不得看到杀人案，没有一个人出面阻止。兄弟俩最后没办法了，真的把纳萨尔杀死了。马尔克斯这部小说的核心问题就是男性对女性身体完整性的要求，这个要求变成了一种伦常和禁忌。

完整加上年轻，这就是男性对女性的普遍欲望。至于女性的文化价值在哪里，基本上被忽略了。社会上很多人对于女性的要求，都是关于身体的倒计时，什么时候恋爱，什么时候结婚，什么时候生孩子，全是身体的逻辑，从来不考虑女性不是一个单纯生儿育女的存在，同时也是自由意志的存在，有她自己生命发展的需求。这使得当下的很多女性将婚姻视为洪水猛兽，宁可单身，也要抗拒社会对自己的角色设定。当然也有不少女性努力适应男性标准，在身体上狠下功夫。如今世界的化妆品市场有多大？7000多亿美元，和全世界的军费开支差不多。这当然不是坏事，全看出发点在哪里。如果只会美容，没有精神的独立，那就失去了生命内在的力量。

在苔丝悲惨的命运里，我们看到了她的顽强，她想通过自己的善良和劳动给家人带来温饱，可最后却一步步走向死亡。哈代要写的是历史的不公，这个来自男性社会的不公集中体现在苔丝身上。历史常常这样，占据强者地位的人总把一切问题都归结到弱者身上。在两性之间，把女性妖魔化、荡妇化是屡见不鲜的男性集体偏见，哈代吁求的正是男性必须转变立场。这是一本很有勇气的书，我们今天之所以能接受两性平等，正是因为一百多年前有这样的书冲锋陷阵，为我们清除了精神上的障碍。

2

Emily Brontë

《呼啸山庄》

Wuthering Heights

从“恋”到“爱”，道阻且长

精神的狭隘，扭曲了真挚的爱

今天我们来讲一讲19世纪英国著名女作家艾米莉·勃朗特的长篇小说《呼啸山庄》。

艾米莉·勃朗特出生于1818年，死于1848年，仅仅活了30岁，非常年轻。她是家里的老五，有三个姐姐、一个哥哥、一个妹妹，一家人住在英国北部约克郡山区。爸爸是个穷牧师，养6个孩子很不容易，只能让两个大的女儿去上寄宿学校，这种寄宿学校的条件非常差，吃不饱，老师又非常严苛，学生度日如年，只有贫苦家庭的孩子才会去上这样的学校。艾米莉的两个姐姐在寄宿学校染上伤寒，都死掉了。她们死之前请求父亲，再也不能把妹妹们送进这样的学校，所以后来的三个女儿去上了私人办的学校，情况变得好一些。这个家庭尽管贫穷，但精神生活方面却很富有，艾米莉的爸爸毕业于剑桥大学约翰学院，文学艺术的修养很深。他在家里教孩子们弹钢琴，学绘画，听音乐，读文学，还鼓励她们写作。这些人文艺术的东西表面看上去不实用，但它会给一个人的生命带来丰富的感受，给人性带来温馨的滋养，人在这样的氛围中成长，充满了生命的灵动。特别是写作，它让人从欣赏走向创作，激发了人的创造性，具有心灵解放的意义。这在勃朗特三姐妹的时代非常不容易，当时的女性作家极少，愿意写作的女性几乎没有，女人写作挣不到钱，**写作几乎是一种没有回声的空喊。**艾米莉的姐姐夏洛蒂20岁的时候写了几首诗，寄给当时的大诗人骚塞，请他指教。骚塞回信说，文学不是女人的事情，女性根本没有写诗的天赋。这不是骚塞一个人的傲慢，而是当时整个社会的流行观念。

十分难得的是，勃朗特三姐妹没有气馁，她们出去工作，去辛辛苦苦地当家庭教师，同时还坚持文学写作。1845 年，三姐妹把自己写的诗歌汇集成一本书，自费印刷出版，结果总共只卖出去两本，还把仅有的积蓄都花光了。这看上去是件吃力不讨好的事情，但对三姐妹的激励非常大。一个人的精神发展，需要不断的自我探索。一旦开了头，会让自己有一个新的发现、新的感觉，给心灵一种推动力。写了一本书虽然没挣什么钱，但是出版以后，看到内心的语言外化成了一本书，人就会忽然觉得自己拥有一种能力。这种能力在不写作的时候看不见，一旦写作，自己内心深处的梦想、记忆、愿望便都会调动起来了，人好像又重新活了一遍，生活本身又有了一种新的意义，这是平凡人生中的光荣时刻，而且往往会带来生命的转折。勃朗特三姐妹的诗歌出版后，她们激情不减，1846 年姐妹三人约定，每个人写一本长篇小说，结果不到一年，三个人都写出来了。夏洛蒂写出了《教师》，艾米莉写出了《呼啸山庄》，安妮写出了《艾格尼斯·格雷》。三部小说都寄给了出版商，艾米莉和安妮的作品被接受了，而夏洛蒂的《教师》被退了回来。夏洛蒂并不沮丧，第二年重新开始，写出了传世名作《简·爱》，并受到文学界的高度评价。这一年是 1847 年，夏洛蒂 31 岁，艾米莉 29 岁，安妮 27 岁，正是人生的大好年华。然而厄运也就在她们的高光时刻蓦然降临，1848 年，艾米莉因肺结核去世，1849 年安妮也因为肺病去世；5 年后，夏洛蒂因风寒去世，她是三姐妹中唯一结了婚的人，在结婚后的 9 个月，怀着身孕去世了。天才似乎总是不幸的，但她们的不幸中又有些幸运，她们都在短短的一生中，完成了自己最杰出的作品，给人类社会增添了精神的美好。

在这三姐妹当中，艾米莉长得最漂亮。皮肤白皙，一双大眼睛，眼神灵光闪闪，有一种晶莹的力度，给人感觉很聪明，又有点儿忧郁和伤感。他们一家住在郊野，附近有大片的草地和沼泽。艾米莉喜欢一个人漫步，在荒野中感受自然的气息。她是一个感受极为丰富的女人，但并不轻易对人说，性格有些内敛。这形成了她独特的个性张力——内心里有蓬勃的万物生长，而外表又是那么文静。如何将这生命的涌动释出来？对一个独身女性来说，文学写作往往就是最好的生命呼吸。从人的普遍生存状况来看，**每个人都有内心的热情和浪漫，但这些火焰般的感情和向往常常超出了现实可能性，于是人们就把这种情感悄悄地压制下去，用一些热烈的消费方式，把性情中的能量释放出去，在这个过程中不知不觉就变老了。**人类社会总的来说是中庸的，能够最大限度地容纳人们的平庸化，而不大能接受超出常规的激情，所以，平凡的人生总是很安全的，每一天都给人平衡感。只有那些生命中有海浪般的感情、意志和欲望的人，才不甘于在日复一日的循环中消磨时光，必须找到一个生命的出口，表达出自己内在的呼声。艾米莉正是这样的人，她热爱大自然，贫穷反而给了她极简的生活方式，没有那些优渥生活的繁复细节，可以直接将自己的生命与大地融为一体。无拘无束的乡间漫步，给了她纯粹的诗情，她写了很多境象开阔的抒情诗，诗歌里面不是小情小调，而是高远的至情。例如她的短诗《忆》：

你冷吗，在地下，盖着厚厚的积雪
远离人世。在寒冷阴郁的墓里？
当你终于被隔绝一切的时间隔绝
唯一的爱人啊，我岂能忘了爱你？

如今我已孤单，但难道我的思念
不再徘徊在北方的海岸和山岗，
并歇息在遍地蕨叶和丛丛石楠
把你高尚的心永远覆盖的地方？
你在地下已冷，而十五个寒冬
已从棕色的山岗上融成了阳春；
经过这么多年的变迁和哀痛，
那长相依的灵魂已经够得上忠贞！
我一生的幸福啊，都已和你合葬。
可是，当黄金色的日子消逝，
就连绝望也未能摧毁整个生活，
于是我学会了对生活的珍惜、支持，
靠其他来充实生活，而不靠欢乐。
我禁止我青春的灵魂对你渴望。
我抑制无用的激情迸发的泪滴，
一旦在那神圣的痛苦中沉醉，
叫我怎能在寻求这空虚的人世？

艾米莉的这首诗值得细细地读，因为她写得不但深情，而且广阔，悲欣交集，凝结着对生命的爱与痛。进入 20 世纪之后，世界文学界对艾米莉的诗歌评价越来越高，甚至被英国著名诗人马修称为“拜伦之后无人能比”的大师。所以，我们今天要读懂《呼啸山庄》，一定要先读艾米莉的诗歌，一定要知道，她是用写诗的心情来写小说。她一生写了 193 首诗，而仅仅写了《呼啸山庄》这一部小说。只有明白这一点，我们才能理解《呼啸山庄》为什么写得那么特别，那么无逻辑，那么波涛汹涌。

一般来说，爱情小说在写人的情感的时候，有一种道德的、文化的、政治的理性，比如《天仙配》里，七仙女和董永为什么会相爱呢？因为他们都有爱劳动的朴素品质，同时又很善良，能够互相温暖，相依为命，这构成了他们的爱情的合理性。但《呼啸山庄》完全不同，我们无法用一个理性的眼光去读这个长篇小说，这部小说里面的人物，无论是爱恨、欲望还是行为方式、生活选择，都让我们无法理解。主人公的性格深处都有一种很特别的东西，这些特别的东西交互在一起，就不可遏止地产生了一连串悲剧命运。艾米莉为什么要这样写？她笔下的生活与命运，为什么有那么多的不可理喻？这些是我们阅读的时候要特别关注的地方。

小说一开始，艾米莉就给了读者强烈的窒息感。这种感觉来自小说空间的封闭性，所有的情节都发生在两个相邻的山庄：呼啸山庄与画眉山庄。这样的故事空间符合故事发生的社会背景。小说中的人物生活在 18 世纪中后期，基本上在 1757—1807 年。这是英国工业革命逐渐展开的年代，社会生活开始出现分化，过去都是简单的农民，但这个时候有一些人开始到纺织厂、煤矿工作，或者到城市里经商、打工；不过很多人还生活在小小的村落，过着与中世纪乡村差不多的日子。乡村生活不需要走远，人的活动范围很窄。欧洲中世纪的时候，一个男人一辈子的活动范围不超过 25 英里，大约等于 38 公里。如此狭小简单的生活，人的经验、观念都是很朴素很单一的。一辈子生活在其中的人，并不觉得窒息，反而很舒畅，就像鱼缸里的金鱼，悠然自得地游来游去。但从外部的眼光看，这种生存就太闭塞了，就像是一堵密不通风的铜墙铁壁。艾米莉和她的姐妹是有见识的女子，她们曾经为了筹办法语学校，一起去布鲁塞尔学习法语，还到伦敦等地与文学界交流，因此，艾米莉能够看到人的一个普遍的悲剧：狭窄。**狭窄的生活造成人狭窄的性格、狭窄**

的理念、狭窄的感情、狭窄的愿望，使人们内心所有的美好都扭曲变形，变成毁灭性的能量。

《呼啸山庄》一开始就写得很有象征性，写出了这种狭隘不变的生存方式："'呼啸'在当地是个有特殊意义的词儿，形容描画在大自然逞威的日子里，这座山庄所承受的风啸雨吼。可不是，住在这儿，一年到头，清新凉爽的气流该是不愁的了吧。只消看一看宅子尽头的那几株萎靡不振、倾斜得厉害的枞树，那一排瘦削的都向一边倒的荆棘（它们好像伸出手来，乞求阳光的布施），也许你就能捉摸出从山边沿刮来的那一股北风的猛劲儿了。"这段描写表面上是写北风，实际上是写一种凝固的生存环境，写了不变的环境对人的固化。在这个只有北风的山庄里，人们就像那些枞树倾斜着生活，不可能有丰富茂盛的生命形态。我们可以把这种北风理解为生活的单一性，在单一性中生长的人，都只有一种单向的形态，都是"一边倒的荆棘"。假如这种倾斜的生活中出现了一个新的因素，打开了一个缺口，会引起什么样的变化呢？这种变化，是许多小说的开头，而带来这种变化的典型方式，是小说中出现了一个外来者，这个外来者引起了系统的紊乱，改变了人们原来的生活轨迹。《呼啸山庄》的故事，也是从一个外来者——一个被带回来的流浪儿开始的，带回这个流浪儿的，是呼啸山庄的老主人恩肖。恩肖是一个很善良的人，他在利物浦的街头看到一个五六岁的流浪儿，一看到就放不下，非常怜悯这个瘦得皮包骨头的孩子。恩肖和这个孩子说话，孩子却像个哑巴一样几乎不回答。恩肖牵着这个孩子在利物浦的街上到处走，打听他的父母在哪儿，但是没有任何人能说清楚，于是恩肖先生就下决心把他带回呼啸山庄，当作自己的孩子抚养。

按道理说这是一个感人的故事，释放出来的是人性中伟大的同情心。但实际的情况却不是这么简单。恩肖把孩子带回去之后，给他取名“希斯克利夫”。为什么取这个名字？因为恩肖先生曾经有过一个孩子，这个孩子就叫做希斯克利夫，但不幸在襁褓中就夭折了。恩肖先生给带回来的流浪儿又取了这个名字，实际上是心中怀念那个婴儿，是在疗治内心深处久远的悲伤。因此，从某种意义上说，他的这个善行也不能单纯用善良来解释，很大程度上来源于他内心的情感需求，想用这样的方式弥补自己被打碎的、被刺痛的生活。所以这个善良背后又有一点自我的满足，是一种迂回的自爱。在小说中，我们始终没有看到希斯克利夫为什么流浪，恩肖先生似乎也没有与这个孩子深入地交谈过，这成为一个谜。从大的历史背景看，利物浦在英格兰中部，是英国早期工业化的核心地带，在这个城市里面，有大量的异乡人聚集到这里寻找工作，人和人之间会发生复杂纷纭的交往，人的生活起伏性很大，在这样的城市中，被抛弃的流浪儿就会多一些，这些孩子无依无靠，游荡在城市的各种缝隙里。恩肖先生并没有很大的兴趣去关心他的过去，只是带回来，当作自己的心理安慰，这样的“善良”必然难以建立起深厚的感情，恩肖先生和希斯克利夫之间永远是施恩者和受恩者的关系，高贵者恒高贵，卑贱者恒卑贱。这对恩肖先生来说是沉浸在“善行”的幸福感中，但对希斯克利夫来说就是毁灭性的。他来到了一个庄园主的家庭，尽管备受主人的宠爱，但希斯克利夫的精神深处还是一个乞丐，他的心理世界与环境格格不入。他特别需要一个证明，确定自己高贵的身份。而这个强烈的心理动机，引起了整个呼啸山庄的意想不到的裂变。

引起裂变的直接原因，是恩肖先生对希斯克利夫的溺宠。他把这个孩子带回来之后，对他比对自己的儿女都要好，对希斯克利夫的一切要求都全力满足，这就引起了大儿子辛德雷的极大不满。辛德雷比希斯克利夫大六岁，正是从儿童向少年成长的敏感期，父亲对自己的无视，使他焦虑和愤懑，他的不满自然转移到对希斯克利夫的仇恨上，两个人变得水火不容。他们之间的恶意可以达到什么程度？小说里面写道：恩肖先生买了一对小马回来，把最健壮的那匹给了希斯克利夫。但这匹马后来摔了一跤，腿变瘸了，希斯克利夫立刻对辛德雷说："你得把你的马儿换给我，我不要我自己那一匹了；要是你不肯的话，我就去告诉你爸爸，这星期来你揍了我三次，让他看看，我的手臂一直到肩头都是乌青。"辛德雷打了他一个耳刮子。希斯克利夫不还手，却仍然坚持"你还是马上换给我的好"。辛德雷拿起一个铁秤砣来威吓他，希斯克利夫丝毫不动，冷冷地说："你扔吧，我还要向爸爸告发你，你夸口说，等他一死之后，你就要把我赶出大门，我倒想瞧瞧他会不会先把你当场赶出去。"辛德雷一怒之下把铁秤砣砸过去，正中希斯克利夫的胸口。看到他一头倒了下去，辛德雷大声喊："把我这小马拿去吧，野小鬼，得了！我但愿它摔断你的脖子。骑了它到地狱去吧。你这个讨饭的恶霸，把我父亲的东西全都一一骗了去。只是到那时候你可得把面目露给他看看，你这恶魔的小鬼。请你尝一下！我恨不得它踢破了你的脑壳才好呢！"

"把我父亲的东西全都一一骗了去！"——这句话特别严重。在18世纪的欧洲，乡村社会还是长子继承制，辛德雷原来是唯一的男性继承人。即使希斯克利夫备受宠爱，但这个继承关系是不会改变的。因此，恩肖先生对希斯克利夫的宠爱，实际上给这个孩子制造了极大的忧患，一旦恩肖先生去世，辛德雷马上变成庄园主，而希斯克利夫将立刻回到奴仆地位。辛德雷当下遭受的"不公"，都会变成希斯克利夫未来的灾难。这一点难道恩肖先生不明白？恐怕他自己根本没考虑这个问题。

艾米莉写到这个地方，就触及了人生的一个很本质的问题：一个被固化的人，到底有多少情感的宽度和容量？在呼啸山庄这个沉重的小环境中，恩肖先生除了爱希斯克利夫，就不再具有对其他孩子的深情；辛德雷失去了父亲的专宠，立刻变成了一个仇恨满心的施暴者。希斯克利夫更尖利，他在自卑的笼罩下，只有极度依靠恩肖先生的无限度纵容，才能获得存在感。而他在被宠溺的过程中，没有一点点感恩的心情，因为对狭窄的人来说，感恩是一种极大的压力，只有把它当作理所当然，才能解脱自己。**在这三个人的关系中，看不到人和人之间真正的爱，每个人都只能沉陷在狭窄的情感通道中，没有能力以更大的宽度去接纳他人的情感与尊严。**

要打破这种单一性，需要对世界、对自然更广阔的体验和理解，每一天都不能停止循环，将新鲜的空气注入自己的生命。狭窄最大的假象是质朴，如同恩肖先生，看到流浪儿就难以舍下不管。但他的爱是儿童化的，更多的是自我满足。这在我们当代社会也是一个普遍的问题，很多“爱情”看上去轰轰烈烈如火如焰，但仔细分辨，内核还是爱自己。美国哲学家弗洛姆分析过两种爱：幼稚的爱与成熟的爱。幼稚的爱是“我爱你，因为我需要你”；成熟的爱反过来，“我需要你，因为我爱你”。如果一个人没有爱的能力，只有需要的渴望，那他怎么能够给予他人真实的温暖呢？《呼啸山庄》中的人物大部分处于这样的迷局中，岁月的轨迹越来越走向危机的深处，而危机的爆发，在恩肖的女儿凯瑟琳的爱情选择上，终于点燃了。

焕然一新的凯瑟琳，为何让希斯克利夫绝望？

在这本书中，我们印象最深的就是希斯克利夫和凯瑟琳的爱恨情仇，很复杂，情感、欲望、动机、期待，起伏跌宕，包含了我们男女情感之中几乎所有的激情、所有的痛苦、所有的迷茫。

希斯克利夫、凯瑟琳、凯瑟琳的哥哥辛德雷，和后来迎娶了凯瑟琳的埃德加，这么几个年龄相差不大的同代人，随着渐渐长大，互相之间命运相撞，演绎出激烈的悲欢离合。而所有这些关系的核心，是希斯克利夫和凯瑟琳的爱恨。在这两个人当中，读者的基本印象是希斯克利夫搅动着一切，他有一种不可遏制的邪恶激情，好像是一个占主导地位的人，但这是一个假象。在这个小说里边，所有情感关系的中心，其实是凯瑟琳，她才是《呼啸山庄》的关键。

作为一个女孩子，凯瑟琳出生在一个庄园主的家庭，但是这个姑娘的个性和内心世界与众不同。最鲜明的特点，是不规范，她的性格非常野。这个野不是道德意义上的那种反叛性，而是生命中的原始性、自然性。小说中通过女管家之口，这样形容她："说真的，我也从没看见过像她这样任性的姑娘。她一天里也不止五十次地把我们一个个招惹得按捺不住。从她起身下楼，直到上床睡觉，我们没有一分钟拿得稳她不会淘气捣蛋。她的精神总是像潮水那样高涨，一张嘴永远停不下来——唱着、笑着，谁不陪着她唱、笑，就跟谁纠缠。她是个又野又坏的小东西；可是她又有一双最动人的媚眼，有最甜蜜的笑容和最轻灵的脚步，在全教区中再找不出第二个能跟她相比的。再说，我相信她的心眼儿到底是不坏的；她一旦把你当真弄得哭出来，她很少不陪你一起哭闹的，让你不得不止住了哭反而去安慰她。"

从女管家的描述中，我们可以看到了一个单纯、任性、情感丰富、无羁无绊的女孩，非常可爱，非常真实。这样的女孩，一般都会拥有一个快乐的童年，像一只大草原上的羚羊，自由自在地放飞自我。但在传统社会里，这类女孩在成人化的过程中，一定会遇到极大的困扰，一定会经历巨大的磨难。美国发展心理学家和精神分析学家爱利克·埃里克森指出：12—20岁，是自我意识确定和自我角色形成的时期。在这个时期，每个人都需要寻求个人与社会的统一，认识自己扮演的各种社会角色，逐渐疏远父母，与不同的人建立紧密的关系。这是一个认识自己，认识自己与他人的相同与差异，和逐渐建立心理社会同一感的重要阶段。**在稳定的传统社会中，女孩在这个年龄段被不断地教育，不断地向社会认定的女性角色靠拢，不断地收拢翅膀，努力在心理上适应男权社会对女性的定义，沿着“女孩—恋人—妻子—母亲”的路径完成可见的生命。**这种对女性的“驯化”程序具有长期的历史继承，成为女性代代相传的集体潜意识，但在呼啸山庄却有了例外。凯瑟琳的父母不但无法应付这个野性十足的女儿，父亲还从利物浦带回来一个更加野性的希斯克利夫，让这两个天性放纵的孩子相伴成长、相互强化，成为一对相依相存的野生动物。这样的凯瑟琳，长大了怎么生活呢？清规戒律对她来说不可能适应了，她会如何面对呢？这是个谁都无法预料的问题。

凯瑟琳的爸爸恩肖对自己的女儿非常担忧，对她说：“卡茜，我可没法爱你，你比你那哥哥坏。去，做晚祷去，孩子，去求上帝的饶恕吧。我只怕你那母亲和我一样，一定都后悔养育了你！”爸爸的这个话当然不是恨，而是爱，但爱中又有极大的远忧。在社会生活里，人类对于女孩子的教育首先是端庄，要在很多方面遵循不同场合的不同规矩，凯瑟琳显然是个“危险品”，有很多“成人不宜”的习性。爸爸的担忧在《呼啸山庄》的第五章达到了巅峰，在这一章里，恩肖毫无征兆地去世了，去世前凯瑟琳依偎在爸爸身边聊天：

> 凯瑟琳小姐病着，这可叫她安静下来，她偎在她父亲的膝前，希斯克利夫横躺在地板上，把头枕在她的膝上。我还记得东家在瞌睡前抚摩着她那美丽的鬈发——看到她居然这么文文

静静的，他非常高兴，说道："凯瑟琳，你为什么不能永远做一个好姑娘呀？"她就把头抬起来直看着他，一边笑，一边回答："爸爸，那你为什么不能永远做一个好男人呀？"可是等她一看见他又恼了，她就亲了一下他的手，说是愿意给他唱歌，唱到他入睡。她开始低低地唱起歌来，唱着唱着，他的手指从她手里滑落下来了，他的头沉到他胸前来了。

恩肖就这样去世了，他留在世上的最后一句话是给凯瑟琳的：**"你为什么不能永远做一个好姑娘呀？"**这句话特别有分量，因为在五年前，凯瑟琳的妈妈已经去世，如今爸爸也去世了，凯瑟琳不再是一个女儿，在 12 岁这个成人化的起端，凯瑟琳陷入了角色空白。她不再能够期待依靠父母进入到下一阶段的"恋人"角色，一切只能依靠她自己了。在现实生活中，不少女孩也非常任性，但任性背后有父母的纵容，纵容里是对女儿深厚的亲情。女儿也知道父母甚至他人对自己的放任是深爱，所以她的那种任性在很大程度上是一种幸福的表达，是"女儿性"的一种形态，是快乐。所以，这种任性背后是对父母的深度依靠。现在父亲去世了，对凯瑟琳来说，女儿的身份就变成不可回溯的追忆。这是一个很大的变化，我们在《呼啸山庄》中可以看到，在父亲去世之后，凯瑟琳的那种任性、那种所谓的"坏"，渐渐有所克制了。

凯瑟琳并没有注意到，与她同时转变的还有希斯克利夫。这个被老恩肖从利物浦带回来的孤儿，生活一下子从天堂坠入地狱。老恩肖在世的时候，希斯克利夫是这个家的中心，任何人对希斯克利夫不好，恩肖都会严厉责备、惩罚。但恩肖一死，他的儿子辛德雷回来了，作为长子，他有权利继承整个呼啸山庄，拥有这里的所有财产。这是英国当时的法律规定的，在英国的小说里面我们经常可以看到这种情形。比如《傲慢与偏见》中，班纳特一家有 5 个女儿，没有男孩。所以把女儿成功地嫁出去，就变成一个非常重要的问题。因为英国法律规定女性没有继承权。没有儿子，就会在男主人的那些亲戚里边，按照从近到远的血缘关系，找一个男性来继承财产。由于父亲一旦去世，女儿们是得不到他的财产的，因此在《傲慢与偏见》中，妈妈就很着急，千方百计想把 5 个女儿嫁出去。

在《呼啸山庄》里，辛德雷一回来，立刻把希斯克利夫贬为奴仆，让他和那些仆人住在一起。因为当年辛德雷的爸爸给了希斯克利夫那么多宠爱，现在辛德雷要把它加倍地夺回来。希斯克利夫的生活瞬间被打入黑暗，但他没有绝望，因为他有凯瑟琳的陪伴，心里还有期盼。凯瑟琳和希斯克利夫年龄只差一岁，两个小孩是天真的玩伴，还没有什么社会的阶级意识、贫富意识，他们之间的感情也自然和简单，具有一种非常天然的分享性。也就是说，他们在儿童这个阶段的生命是融合在一起的。而恩肖去世的时候，希斯克利夫 13 岁，凯瑟琳 12 岁，这是一个重要的年龄阶段，希斯克利夫开始走向少年，凯瑟琳开始走向少女，都是即将跨入成人的初始阶段。

这对希斯克利夫意味着什么呢？意味着他童话般的幸运停止了，他也彻底走出了童年。他再往下的生活到底是什么，永远当一个低微的仆人吗？希斯克利夫是一个生存感极强的人，不会甘于这样的命运，生活中什么事情能够让他走出困境？只有凯瑟琳。如果与凯瑟琳结婚，所有的卑微都会消散。这种急剧变化的生存局面，使希斯克利夫与凯瑟琳的关系变得复杂起来，不再是童年的透明天真。从心理层面来说，希斯克利夫对凯瑟琳有一种非常强烈的依靠感，并且催生出一份早熟的朦胧之爱。这份爱中寄托着希斯克利夫唯一的希望，他想拥有底层所没有的一种婚姻，以及这份婚姻带来的身份。

在社会生活中，爱情最大的危机是不堪重负，当一个人把人生所有的希望都放到爱情的期待里，也就把爱情变成了摇摇欲坠的起重机。爱情的本质是一种力量的相互放大，是一种锦上添花，两个人都有对未来的共同向往，都有生命的创造力，相爱就是彼此欣赏，彼此加油，这样才有让人幸福的感觉。如果把爱情和婚姻看成改变命运的救生圈，看成解决自身生存问题的药方，这种所谓的爱其实只是爱自己，动机和欲望都非常狭隘，是把自己的未来强加给对方。而希斯克利夫正是处于这种状况，他对凯瑟琳的感情已经起了变化，表面上很强烈，内在却变得越来越虚弱。

所以对凯瑟琳和希斯克利夫来说，这是一个非常微妙的阶段。如果我们按照浪漫主义小说写法，大概率是凯瑟琳一直依恋着希斯克利夫，不弃不离，不断抗争，最后从哥哥那里拿到一份自己的嫁妆，与希斯克利夫一起到远方去过天长地久的质朴日子。小说如果这样写的话，那就太俗套了，也很肤浅。女孩的成长与选择从来就没有这么简单，在 18 世纪后半期，也就是《呼啸山庄》生活的时代，在有身份的家庭中，女孩子到了 12 岁以后，阶级化的生活细节就越来越繁多了。英国女传记作家莱斯利·阿德金斯在《简·奥斯丁的英格兰》一书里面有很详细的描绘：中上等家庭的女孩长大后“就失去了无拘无束的自由。她们的短裙越变越长，逐渐变得像成熟女人的衣衫：她们要穿上鲸骨以保持良好的体态”；这种衣服自 1710 年起开始流行，“衬裙由鲸骨架或是轻一些的藤条支撑。有时候，衬裙的后部会打褶聚成一团，这是由裙撑撑起的假臀，这种裙撑是一种塞满了软木或是其他东西的衬垫圆轴。随她的长袍两边都卷到屁股，鞋跟太高，不能走也不能跳”；无论天气如何，女士们通常都会戴上手套，“不仅仅是为了保暖，还因为透薄的衬裙引领起一阵厚毛皮手筒以及披巾的风潮。诸如骑行上装或是针织短上衣等男款外套都被改作女用”；18 世纪末，“女士发型的时尚变成在头顶上堆得越来越高，她们在头上戴羽毛或是其他装饰品，使自己连移动一下都十分困难”。不仅仅是服饰，女孩子们还必须学习针线活儿，塑造自己的淑女形象。还要学会跳各种交谊舞，准备参加社会舞会，搭识适龄的青年男子。这些习俗如同一个庞大无边的文化模具，时时刻刻提醒着有身份人家的女孩们清晰地认识自己的阶层属性，在行为方式上融合到自己那个阶级的代代相传中。凯瑟琳面前，正是这样的一个社会轨道。

希斯克利夫完全无法改变凯瑟琳的这种前景，因为他一无所有，不能让凯瑟琳看到另一种生活。虽然他们还在一起玩儿，还是那么亲密，凯瑟琳把自己看过的书带给希斯克利夫看，还陪他去田地里干活儿。到了礼拜天，两个人不去教堂，反而到草原上尽情狂奔，打打闹闹。这很单纯，但单纯抵挡不住成人化的复杂，有一天他们两个无意中跑到附近的画眉山庄，被山庄里的恶狗围住，凯瑟琳甚至被咬伤了。画眉山庄里面住的是什么人呢？是林顿一家，这个家庭里也有一对兄妹，哥哥是埃德加，比凯瑟琳大三岁；妹妹伊莎贝拉与凯瑟琳同龄。这两个人的出现彻底改变了凯瑟琳和希斯克利夫的命运，在惊心动魄的爱恨情仇中，凯瑟琳嫁给了埃德加，希斯克利夫娶了伊莎贝拉。

这雪崩般的大变，是从那群恶狗咬伤凯瑟琳开始。

凯瑟琳被咬伤后，埃德加一家十分关切，让她留在画眉山庄疗养，住了五个星期。凯瑟琳的哥哥辛德雷和嫂子弗朗西斯迅速领悟到，这是一个十分难得的改造凯瑟琳的机会。弗朗西斯经常去探望凯瑟琳，给她带去一些漂亮的衣服，让她穿上后不停地夸奖她，让她焕发爱美的天性，调动她大家闺秀的自我感觉。弗朗西斯这一招很厉害，女孩子很难拒绝这种赞美，更难放弃美丽的衣饰。衣饰这种东西可以无限丰富化，本质上是一种心理满足，让人沉浸其中，不知不觉就消解在上流社会的标准中，改变了自己原来的文化品格。

经过这五个星期的“培养”，圣诞节前凯瑟琳回到呼啸山庄的时候，已经是另外一个模样了。大家以为会看到原来那个“粗野”的姑娘跳下车就冲进屋里，大呼小叫。但实际上完全出乎意料：只见她从一头漂亮的小黑马上跳下来，一看就是个很气派的贵族少女：“棕色的发卷从一支插着羽毛的海狸皮帽子里垂下来，穿一件长长的布质的骑马服。她必须用双手提着衣裙，才能雍容华贵地走进。辛德雷把她扶下马来，愉快地惊叫着：‘怎么，凯瑟琳，你简直是个美人啦！我都要认不出你了。你现在像个贵妇人啦。’……我替她把骑服脱去之后，眼前顿时一亮，在一身出色的方格丝袍底下，闪现出白裤子和发亮的皮鞋。她一双眸子闪烁着快乐的光芒。这时候家里的狗扑过来欢迎她了，她简直不敢去碰它们，怕它们会跳到身上来弄脏她那簇新的好衣裳。”

凯瑟琳的风格神态完全变了，变得让希斯克利夫自惭形秽，都不敢见她了。但凯瑟琳毫无知觉，她目光转来转去寻找希斯克利夫，终于看到了他。这时候的希斯克利夫是多么灰暗啊，自从凯瑟琳住到了画眉山庄，他就变得潦倒不堪，从来不换洗衣服，一头浓密的乱发布满灰尘，蓬首垢面。他一眼看到穿着新装的凯瑟琳，就立刻“躲到长靠背椅子后面去了”。凯瑟琳好不容易发现了他，“飞快地奔去跟他拥抱，一口气在他脸上连亲了七八个吻，这才停下来，倒退一步，迸出了笑声，嚷道：‘哎呀，瞧你，多黑，多别扭呀，还多么——多么好笑，脸绷得多紧呀！’”

辛德雷和他的妻子看到这情景，十分得意，他们知道，分离凯瑟琳和希斯克利夫的计谋得逞了，阶级的界限清晰地出现了。辛德雷假装热情，召唤希斯克利夫：“你走过来好了，你可以过来向凯瑟琳小姐表示欢迎，跟别的仆人一样。”话语中强调着“小姐”与“仆人”的区别，每个字都在锤击着希斯克利夫敏感的心。辛德雷还鼓励希斯克利夫：“握握手吧，希斯克利夫，偶尔一次是允许的。”这种居高临下的口气终于惹恼了希斯克利夫：

“我才不呢，”那孩子总算开了口，说了话，“我不能让人当作笑话。我受不了这个！”他当真要从一圈人中间直冲出去，但是凯瑟琳又把他捉住了。

“我并没意思想笑你呀，”凯瑟琳说道，“我是不由自主地笑了起来呀，希斯克利夫，至少也得握一握手！你恼的是什么呢？那只是你看起来有点怪罢了。只要你洗个脸、梳梳头，那就完全可以了；可是你真脏！”

她很关心地瞧着握在她手里的那几只黑手指，还看了看自己的那身衣服，担心他的手指会给它添上什么并不美观的花纹。

“你不用来碰我！”希斯克利夫跟着她的眼光看，回答道，又一下子把手抽了回来。“我爱多脏就多脏，我高兴脏，我就是要脏！”

这么表白之后，他就把头一低，直向室外冲去。

这场面让辛德雷夫妇多么高兴！他们五个星期来在凯瑟琳身上下的功夫，要的就是这个效果。**阶级差距在儿童时期是一种无形的东西，但在成人化的过程中，会一天天化无形为有形，让凯瑟琳渐渐离开儿童时代的天真无邪。**更为渗透人心的是，画眉山庄的人们都很循规蹈矩，与呼啸山庄的乱风横吹大不一样。画眉山庄代表着社会的常规，代表着社会的标准，是凯瑟琳以前没有体会过的常态庄园主生活。她在那里住了五个星期之后，潜移默化地吸收了世俗社会的生活气质。我们不能过于惊讶凯瑟琳的变化，她本来就是一个庄园主的女儿，画眉山庄的五个星期，不过是打开了一个庄园主的女儿的潜在意识，强化了属于自己阶层的身份认知。这里包含着女性爱美的本能，天然地喜欢很精致、很艺术、很温暖细致、很有品位的生活。父亲去世之后，她不再是庄园主的娇女，告别了儿童期。画眉山庄代表的未来，对这个时候的她是很有安全感的依靠；而在另一面，希斯克利夫是不能给她提供任何东西的，不过是一个从底层上来、又被打回底层的男孩子，他怎么可能伴随自己走向未来？他不可能和自己一起参加舞会，一起出入各种社交活动，他没有资格进入体面人群的空间。

希斯克利夫和凯瑟琳不可逆转地来到两人关系的拐点，这是两个不知道自己内心深处有多么狂野的孩子，此后的每一步，都超出了他们自己的控制，呼啸的命运之风像吹着那些倾斜的枞树一样，强劲地把他们推向死亡之路。所有的预感都集中在希斯克利夫的那句话中："我爱多脏就多脏，我高兴脏，我就是要脏！"

一个无比沉重的故事，张开了它的黝黑大嘴！

为什么青梅竹马的情感难以跨越成年化的台阶？

上一节讲到，凯瑟琳在画眉山庄住了五个星期，疗养被狗咬伤的腿。回来以后，她变成了一个服饰精致的淑女，不再是一个"野姑娘"。这跟希斯克利夫的落魄形成特别鲜明的对比，对他的打击很大，击中了他的自卑。希斯克利夫被恩肖先生带到呼啸山庄来的时候已经记事了，虽然外表上有点酷有点冷，但内心非常敏感。凯瑟琳的变化使他明显意识到自己和凯瑟琳有巨大的阶级差距。所以凯瑟琳回来那天晚上，他一个人躲在房间里，悄悄地哭，第二天又一个人跑到荒野里到处乱走。

呼啸山庄的女管家耐莉特别理解希斯克利夫，因为同是底层人，知道他的痛苦，于是劝希斯克利夫主动亲近凯瑟琳，“你要去跟她亲个吻，然后你要跟她亲亲热热地说话”。女管家还夸奖希斯克利夫长得帅，比画眉山庄的小主人埃德加英俊：“他跟你比，其实就像个洋娃娃，虽然你的年龄比他小，但是你长得比他高，你的肩膀很开阔，你一眨眼呢就把他逼倒了。”听到这话，希斯克利夫叹了口气说：“可是就算我打倒他 20 次也没有用，他不会变得难看，我也不会变得好看起来，我也恨不得有淡淡的头发，白白的皮肤，穿着好衣服，懂得那一套礼节，而且像他那样，以后有很多的钱。”

这个时候，希斯克利夫讲出了他的心里话，他渴望自己属于凯瑟琳和埃德加的那个阶层，他想让自己变得高贵一些，这样他就能和凯瑟琳门当户对。但是他没有希望，在一个等级森严的社会里，这样一个被收养的流浪儿，永远处于非常低微的社会位置。**对于希斯克利夫来说，成长是件特别刺痛的事儿，时光很残酷，会一天天雕刻他，让他一点点呈现出奴仆的悲剧形象。**

就在女管家和希斯克利夫说话的时候，画眉山庄的埃德加兄妹坐着马车来了。在 18 世纪，马车是富裕人家主要的交通工具，也是一种身份的象征。随着埃德加的马车一道来的，还有骑着马的凯瑟琳一家人。希斯克利夫看到他们兴高采烈进了屋，也想主动迎上去，却被辛德雷粗暴驱赶。这个时候，埃德加插上来开玩笑地说，希斯克利夫的头发“像小马的马鬃那样披在他的眼睛上”。希斯克利夫突然爆发了，“他拿起一盆热热的苹果酱汁（他顺手抓到的第一件东西），对准埃德加的脸上、脖子上泼去”。辛德雷暴怒，让人把希斯克利夫关到奴仆的房间里。这是一个非常暴力的场面，希斯克利夫完全失去了心理的平衡，崩溃了。

女管家耐莉看在眼里，马上去注意在场的凯瑟琳的反应。凯瑟琳似乎什么事儿也没发生，与大家谈笑风生。香味扑鼻的筵席一摆出来，凯瑟琳“满不在乎地开始切她面前的鹅翅膀，女管家耐莉为希斯克利夫感到痛心：‘好一个没有情义的孩子呀，’她想道：‘她的老朋友正在吃苦头，她却已经一下子想不起来啦。真想不到她会那么自私。’”之后最伤情的瞬间出现：凯瑟琳“把满满一叉举到了嘴边，可是又放了下来；她的脸蛋儿红了，有两颗泪珠从眼眶里滚了下来。她仿佛失手把叉掉到了地板上。便急忙钻到台布底下隐藏她内心的感情”。耐莉一下子明白了：“她一整天都在活受罪，苦苦地想找一个脱身的机会，独个儿待着，或是去探望一下希斯克利夫。”

“有两颗泪珠从眼眶里滚了下来。”——凯瑟琳怎么会不明白呢，可是她无法抗拒时代为她锁定的命运，无法嫁给希斯克利夫。《呼啸山庄》这个部分写得非常细致，它要表达出女孩成长中决定性的变化。凯瑟琳已经不是那个无拘无束、开怀大笑的小姑娘，她变得复杂了，虽然对希斯克利夫的依恋没有变，但对生活的感觉变了，与世界的关系也变了。她与社会开始新的对接，小说中写道：“凯瑟琳自从在林顿家住了五个礼拜之后，她就一直和他们来往着。跟他们在一起的时候，她没有机会把她野性的一面暴露出来；同时，眼看人家始终对她这样殷勤，她也觉得不好意思变做一头野猫了。这样，凭着她那伶俐乖巧的亲热劲儿，她无意之中把一对老夫妇哄好了，还赢得了伊莎贝拉的赞美和她哥哥的倾心爱慕。这都是她一开头就感到很得意的收获，原来她这姑娘是很有些野心呢。这样，她不知不觉变成了两重性格，尽管她并没明确的要欺骗谁的想法。在她听到人家把希斯克利夫叫作一个‘下贱的小流氓’和‘比畜牲都不如’

的地方，她留神着别做出像他那样的举动来。”凯瑟琳就是这样凭着机巧的头脑，一步步俘虏了埃德加的爱慕，同时也在言行举止上迅速“高贵”起来，渐渐与希斯克利夫拉开了距离。但“她不是一个使心计的姑娘，从不懂得卖情弄俏，显然是怎么说也不愿意让埃德加和希斯克利夫碰在一起。逢到希斯克利夫当着埃德加的面，表示看不起他的场合，她可不能像背着他的时候那样附和几句；而当埃德加向希斯克利夫流露出厌恶和敌对的情绪的时候，她也不敢不以为然，好像人家看轻她的游伴，跟她根本不相干似的。”女管家耐莉“时常要笑她夹在中间不知怎样才好和她有口难言的烦恼”，看到了她的自我矛盾。

作为一个女性，艾米莉在写《呼啸山庄》时，淋漓尽致地表达出女性生存中的心理特征和感情困境。从女性心理学的角度看，和男性相比，女性的心事特别稠密，感觉特别纤细，对生活的体察非常发散，一个男性看起来很直线的事情，女性会四面八方地想，向一切可能性渗透。一个女性感觉到的世界比男性复杂得多，成千上万的意识涌过来，每天都处于感性的情绪漂流中。一个小姑娘在初步打算自己的生活的时候，自身的能量与感觉到的世界非常不对称，常常无法应对，也无法做出非常清晰的认识和判断。对于凯瑟琳来说，她完全不明白，自己和希斯克利夫是什么感情，其中最重要的问题是她并不知道，**“恋”和“爱”是密切相关，但又有本质的不同的两件事。这也是世上男女普遍的困惑，往往把“恋”当作了“爱”。“恋”是什么？“恋”是两条鱼顺流而下的快乐，是两只小鹿满山奔跑的自在，是两个孩子无拘无束的释放，用传统的话来说，是“两情相悦”。“爱”大不相同，爱是逆流而上，彼此汲取着奋斗的力量。爱是独一无二，互相在崎岖山道上体会对方的勇气，互相打开内心的温暖。用《诗经》里的诗句来说，是“溯洄从之，道阻**

且长”。我们经常把“恋”和“爱”放到一起，实际上这两个词相距很远。人间有很多男女都是从“恋”走向“爱”，但中途分离的不计其数，为什么？**因为依恋与深爱之间有千山万水，“爱”需要两个人一步步攀登，共同创造只属于两个人的生命时光。当一条荒道上只有两行脚印的时候，爱情的花朵才会在路边骄傲地开放。**

凯瑟琳与希斯克利夫有着共同的童年，这些时光难舍难忘。但那时他们太小，只是童年玩伴，还没有社会意识，也没有深刻的价值互融，两个人之间还缺少成年化的共同成长。尽管他们的互相依恋十分宝贵，但不是不可替代的。强大的社会将带来更多眼花缭乱的东西，扰乱他们的情意，分化他们的追求。青春是一种残酷的到来，他们不得不做出自己的选择。两个人的阶级差距是痛苦，但也是从“恋”发展到“爱”的机会，正像中国古诗里所说：“梅花香自苦寒来。”但这样的爱情不仅需要百倍的勇气，也需要历史的条件。如果他们处于19世纪大规模工业化、城市化的时期，呼啸山庄外面的世界有多种多样的生存机会，这一对年轻人也许可以逃出去，去远方开辟另一种生活。但《呼啸山庄》写的是18世纪的故事，沉静的山庄太封闭了，凯瑟琳面对的选择太少了，他们在狭隘的生活空间中并没有生长出强大的精神力量，两个人的内心都单薄而脆弱，面对成人化的苦涩都无能为力。

凯瑟琳的心理困境还有一个不可忽视的因素，那就是埃德加：埃德加这个小伙子不但有钱，而且英俊、善良、温暖、包容、忍耐，和希斯克利夫对比起来，埃德加让人赏心悦目。对于一般的姑娘来说，埃德加确实是一个理想的“结婚对象”。但对于凯瑟琳来说，埃德加却少了一点儿精神上的野性和独特的自由感。埃德加拥有优渥家庭男青年的一切，但他没有经历过粗粝的岁月。凯瑟琳嫁给他，可以成为一个快乐女性，但一切喜怒哀乐都是常规的、可预见的，今后的时光里，内心必然是萎缩的，只能成为一个女性传统生活的接受者，被规范到芸芸众生中。这是凯瑟琳心中的不甘，生命力强劲的姑娘，都希望结婚时心甘情愿，但凯瑟琳却感到越来越迷茫。

她需要一个动力，或者一个突变，来解决这个难题，而这个机会来了。《呼啸山庄》第八章，希斯克利夫对凯瑟琳怨恨地说她和自己在一起的时间太少，而凯瑟琳火气很大地反驳："那我应该老是陪你坐着吗？对我有什么好处呢？你跟我谈了些什么呢？你不如索性做一个哑巴，或是一个娃娃吧——你跟我说过一句有说有笑的话没有？做过什么讨人喜欢的事没有？"两人正争吵着，埃德加骑着马来了，希斯克利夫愤愤离开。**凯瑟琳"一眼看出了她这两个朋友间的差别，当一个从这边进来，另一个从那边出去的时候，那鲜明的对比就像是一个触目凄凉、荒山起伏的产煤区，一霎时换成了一片青翠、肥沃的山谷：他的声音和问候的语调，就跟他的容貌一样，也是截然不同"。**凯瑟琳让旁边的女管家耐莉离开，但同情希斯克利夫的耐莉坚持不走，凯瑟琳顿时恼火起来，在耐莉的"手臂上恶狠狠地拧了一把，还只管扭住不放"。不但如此，失控的她还把怒火转向一直跟着耐莉的小孩子哈里顿，"狠命地摇他，直摇得那可怜的孩子面色都发白了"。这野蛮的情形让埃德加惊呆了，"想要搭救那个孩子，不假思索地就去抓住她的双手：不料一刹那间，凯瑟琳一只手挣脱出来，埃德加只觉得自己的脸上也挨了一下子"。

这难道是凯瑟琳的本性？当然不是，这是她内心多日的压抑，是无法排遣的焦虑，她已经接近崩溃了。此时她需要拯救自己，无论如何也要给自己一个精神的出路，她要孤注一掷。她看到埃德加要离开，立刻拦住他。埃德加说："你让我害怕，为你感到羞惭，我从此再也不来啦！"凯瑟琳的女性本能刹那启动，她知道此刻最好的表情是楚楚可怜，最好的方法是欲擒故纵，哭着说："好吧，你要走，请便吧——快给我走吧！我这会儿要哭出来啦——我要哭个半死啦！”埃德加走到院子里，情不自禁回头一看，“突然转回身来，又赶着往屋子里跑，随手把门关住了。”就在这样一个非常时刻，埃德加向凯瑟琳求婚，凯瑟琳毫不犹豫答应了。

凯瑟琳感觉幸福吗？她无法回答。一个无依无靠的女孩子，在自己最失态的时候想挽救一切，做出了终身的决定，她不能想太多。无理性统治了凯瑟琳生命中最重要的时刻，她将为此付出终生的代价。这天夜里，她送走了埃德加，然后去找女管家耐莉，告诉她自己答应了埃德加的求婚。一般来说，一个女孩子答应了一个求婚者，心里会特别兴奋，巴不得让全世界都知道。但凯瑟琳并不是这样，她的心绪非常矛盾、杂乱，无法回答心里的许多问题。耐莉问她为什么爱埃德加？凯瑟琳说一大串理由：“他长得俊俏，跟他在一起很开心”；“为的是他年青，满面春风”；“他将来会有很多钱，我会成为这一带最尊贵的女人，嫁给这样一个丈夫，我会感到得意的”。耐莉说“这都很糟”，因为这些都是很通用的标准，都是生活的外部条件，而不是爱情本身。耐莉问她：“可是天下有钱的美少年还有着呢，也许比他更有钱、更俊俏，那么你怎么不去爱他们呢？”凯瑟琳说：“如果有这样的人，我也碰不到他们呀。在我眼中看到的，再没哪个能比上埃德加了。”听到这样的话，耐莉反问她：“你爱埃德加，埃德加也爱你。一切似乎都很美满称心呀，阻碍又在哪里呢？”

《呼啸山庄》最重要的一段话来了：

> “在这儿，还有这儿！”凯瑟琳回答道，一只手拍着自己的额头，一只手拍着胸房；“总之，在那灵魂居住的地方。在我的灵魂、在我的心坎里，我清楚地知道我是做错了。”……过了一会她又开口说道：

“要是我在天堂里，耐莉，那我会痛苦得要命！……有一次我梦见我在天堂里。天堂不像是我的家。我哭碎了心，闹着要回到人世来，惹得天使们大怒，把我摔了下来，直掉在荒原中心、呼啸山庄的高顶上，我就在那儿快乐得哭醒了。……不说别的，这就足以解释我的心事了。我嫁给埃德加，就像我在天堂里那么不相称。要是我家那个坏哥哥不曾把希斯克利夫作践得那么卑贱，我决不去想到嫁给他的。现在我嫁给希斯克利夫，那可辱没了自己；因此他永远也不会知道我是怎样的爱他；而我爱他可不是因为他长得俊俏，耐莉，而是因为他比我更是我自个儿。不管我们的灵魂是用什么料子做成的，他和我是同一个料子；而埃德加呢，却像月光和闪电、冰霜和火焰那样和我们截然不同。……我生命中最大的思念就是希斯克利夫。即使其他一切都毁灭了，独有他留下来，我依然还是我。假使其他一切都留下来，独有他给毁灭了，那整个宇宙就变成了一个巨大的陌生人，我再不像是它的一部分了。”

回到自己真实内心世界的凯瑟琳是多么清醒啊！她知道自己属于荒原，不属于富人的天堂，但她生错了位置，她不能不按照自己的阶级出身门当户对地结婚。她不能“辱没了自己”，嫁给希斯克利夫，但她清楚地知道自己“做错了”。世界上有多少这样的女性，明明知道“做错了”，还是要走下去！**艾米莉在《呼啸山庄》中书写了女性最大的悲剧：心灵的方向和身体的方向南辕北辙，一个生命分裂成了两半。**读到这里，我们忽然明白，这个女管家耐莉，其实就是艾米莉的化身，她不停地追问着凯瑟琳，怜悯着希斯克利夫，痛惜着天下女性的命运，以北风般的呼啸，召唤更纯粹的爱！

悲剧从来不是孤独的，总是一个接一个。凯瑟琳嫁给埃德加，将希斯克利夫的全部希望都付之一炬，他绝望地逃出了呼啸山庄，三年后怀着黑色的报复欲望归来，一步步实施他的复仇计划。希斯克利夫曾说："我爱多脏就多脏，我高兴脏，我就是要脏！"这一次，他彻底实践了自己的黑暗信念，毁灭了呼啸山庄和画眉山庄的生活。

这是一个疯狂的过程，他肆无忌惮地释放着自己狂野的邪恶：故意引诱辛德雷放纵无度，赌博酗酒，全部财产被希斯克利夫强势收下；他恶狠狠地告诉凯瑟琳，"要是你以为我吃了苦头不想报仇，那我要叫你相信，完全不是这回事，不用多长时间你就会明白"；他处心积虑诱惑埃德加的妹妹伊莎贝拉，和她结婚，然后赤裸裸地宣布，目的只是让她代替她哥哥"吃他的苦头"；更为残酷的是，他让自己与伊莎贝拉的儿子娶了凯瑟琳和埃德加的女儿，以此夺取画眉山庄的财产继承权；不但如此，他还将辛德雷的儿子打入奴仆的队列，喜滋滋地看着他"有头等的天赋，却荒废了"，甚至想象辛德雷"从坟墓里爬出来，破口大骂我亏待了他的后代，那才有趣呢"；这一连串极度仇恨的"复仇"，使凯萨琳、辛德雷、伊莎贝拉、小希斯克利夫先后死去，呼啸的北风中响起一阵阵亡灵的悲号。最后，正如希斯克利夫的妻子伊莎贝拉死前所说："奸诈和残暴是两头尖的枪刺，使用这枪刺去刺仇敌的人，受的伤比仇敌更惨。"希斯克利夫表面上刺倒了一个个"伤害"他的人，本质上却一天天堕入了地狱，他的儿媳妇小凯瑟琳说得痛快："希斯克利夫先生，你可是没有一个人爱你呀！无论你把我们搞得多么惨，一想到你的心这样狠毒，都是因为你受的罪加倍的深，我们也就出了这口气。你真苦啊，不是吗？孤零零的，像个鬼似的，而且像个鬼一样嫉妒别人。谁也不爱你——你死了，谁也不会来哭你，我可不愿意做你啊。"

希斯克利夫当初对凯瑟琳的"爱"，为什么魔幻般地变成了如此骇人的恨？这很难用理性来解释。从发展心理学的原理看，希斯克利夫始终是一个“巨婴”，他从小知道自己出身卑微，和恩肖一家不是一类人，天天生活在焦虑中，在精神和人格上没有正常的自我形成。精神分析学家弗洛伊德曾观察到儿童生活的一个情景：幼儿很喜欢玩一种游戏，将一个球栓在绳子上，嘴里喊着“呼……”丢出去，然后紧拽绳子，喊着“达……”，欢天喜地看着小球又滚回来。丢出与获得，是孩子玩这个游戏的快感，一切都沉浸在自我的感觉中。情感成长不完整的人，往往将自己放得很大，一生玩的都是这个自我为中心的游戏，所有的“丢出”都是为了“得到”，一旦得不到，就不惜毁掉世界。**这样的“爱”根本不具备与他人的共生性，都是以自己为圆心，将人生变成零和游戏的角斗场。**莎士比亚说：“爱情里面要是搀杂了和它本身无关的算计，那就不是真的爱情。”希斯克利夫的悲剧，正在于他直到死去，都没有真正明白什么是爱，更不懂得真爱中包含着忘我，他爱的仅仅是他自己。

然而，希斯克利夫的“儿童性”也有单纯的一面，他不是一个老谋深算的作恶者，当他烧尽了仇恨的能量，当这个外来者撕碎的故事将近结束，他蓦然看到了自己的堕落和痛苦。他对女管家耐莉说：“有一个奇怪的变化正在来到，目前我笼罩在它的阴影里。”他从哈里顿的神情中看到了凯瑟琳，宛如梦幻：“对我说来，还有什么是不跟她联系在一起的呢？有什么不叫我想起她来的呢？我低头看着这屋内的石板地，她的面容就出现在石板上面。在每一朵云里，在每一株树上——充满在夜晚的空气里，在白天，我的眼光无论落在什么东西上，总看得见她——她的形象总是围绕着我。普普通通的男人和女人的脸——连我自己的这张脸——都在嘲弄我，说是跟她多么相像呀。整个世界成了一个可怕的纪念馆，处处提醒我她存在过，而我却失去了她！嘿，哈里顿的模样是我那不朽的爱情的一个幻影——是我不顾一切地想要保持我的权利的一个幻影——是我的堕落、我的骄傲、我的幸福、我的痛苦的一个幻影。可我是疯了，把我心里所想的反复地跟你说；我无非要让你知道，我永远这样孤独，是十分无奈的事。……唉，上帝呀！这是一场好长的搏斗啊，我只希望快快结束吧！”

他真的结束了自己的生命，经历了多天的绝食，在一个雨夜，他静悄悄地死了。人们按照他的愿望，把他埋葬到山岗上，埋在凯瑟琳和埃德加中间。哈里顿后来和凯瑟琳的女儿结婚，呼啸山庄和画眉山庄宁静下来。

人类的过往中埋藏了多少狂喜过、呼号过、挣扎过、绝望过、眺望过的生命，而能实现的却那么平面、那么中庸、那么断裂、那么让人叹息。历史能够容纳一切，我们短短的人生却只能打开一次机遇，失去就永远失去了。《圣经》说：“你们要进窄门！因为引向灭亡，那门是宽的，路是大的，进去的人也多；引到永生，那门是窄的，路是小的，找着的人也少。”《呼啸山庄》的故事，都在那扇宽门里，而那扇窄门，在呼啸的北风中默默无语。

3

W. Somerset Maugham

《面纱》

The Painted Veil

当婚姻变成解决问题的捷径，

那将是漫长的苦难

大美人凯蒂为什么变成了“结婚困难户”？

接下来我们谈一谈英国作家威廉·萨默赛特·毛姆的长篇小说《面纱》。

毛姆出生于 1874 年 1 月，去世于 1965 年 12 月，从他生活的年代来看，离我们其实还不远。1874 年是个什么样的年代呢？正是大英帝国称霸全世界，号称日不落国的辉煌时期。这个时候英国的统治者是维多利亚女王，维多利亚女王 1837 年登基的时候，英国虽然是欧洲的一个重要国家，但还不是卓然超群的霸主。而当她去世的时候，大英帝国已经是一个横跨四海的强大帝国了。英帝国那时拥有的领土多达 3600 万平方公里，经济总量占了全世界的 70%。这种好日子一直延续到 1914 年第一次世界大战开始，也就是维多利亚女王去世 13 年后才算终止。从那之后英国经过了一个迅速衰落、瓦解的过程，特别是第二次世界大战之后，美国霸权取代了英国，英国结束了从 18 世纪中期工业革命开始领跑世界的高峰时代。

毛姆既看到了大英帝国蒸蒸日上的年代，同时又见证了大英帝国逐渐衰落的过程，可以说他体会了一次巨大的历史过山车。这样的历史视野，对一个作家来说是千载难逢的。在这么庞大的历史空间里边，毛姆的生活就变得非常有世界性、人类性。维多利亚女王时代，全球有 17 亿人，英国本土当时有 3900 万人，但归属于大英帝国的土地上有 3.8 亿人，分布在五大洲。有这样一个历史条件，毛姆可以游历全世界，文化经验非常宽广。

然而毛姆的个人生活又是不幸的，充满了波折。他出生于巴黎，父亲是一个律师，在英国驻法国大使馆工作。10岁那年，他的父母都去世了，然后他被送回英国，由他的伯父抚养。到了1892年，18岁的毛姆去了德国的海德堡大学学习，主要是学习哲学和戏剧，一年后又回到了伦敦，在伦敦的圣托马斯医学院学了5年医，看起来他要做一辈子医生了。然而他对医学兴趣不大，反而对文学创作越来越钟情，1897年他决定弃医从文，专门写小说。但是写来写去没有什么社会影响，于是他又开始写话剧，这一下子大放光彩，变成当时英国最火的戏剧作家。火到什么程度呢？在1908这一年，伦敦的四个剧院同时上演他的四个剧本。这是莎士比亚之后从来没有出现过的盛况。谁也没料到，1913年，39岁的毛姆写了一本厚厚的长篇小说《人生的枷锁》，从此之后他的主要精力都用在写小说上面了。《人生的枷锁》这本书充满悲剧感，其中有一段话很有意思，批评了一种貌似强大、实际上很虚弱的理想主义："他一向具有一种对生活的热爱，在他眼里，他遇到过的理想主义在很大程度上是一种对生活的懦怯的退缩。理想主义者自动地逃避生活，因为他受不了那种人群的竞争挤撞；他没有力量去奋斗，所以就把这种奋斗说成是庸俗的；他虚荣，由于他的同伴没有用他对自己的估价来看待他，他就以蔑视他的同伴来自我安慰。"

写完《人生的枷锁》之后，毛姆的生活发生了很大的变化，主要是第一次世界大战爆发了，他的生活随风起舞，在全世界飘荡。他上前线去当救护员，甚至还当过英国的特务，专门在瑞士日内瓦搜集情报。1916年他又去了南太平洋，这一趟旅程对毛姆特别重要，尤其是法属波利尼西亚，那里有个大岛叫塔希提，生活着很多土著，还有法国、英国来的殖民者。受这个热带岛屿人文地理的启发，毛姆写了一本著名的长篇小说《月亮和六便士》，还有一些短篇小说。这些小说透露出毛姆创作思想的变化，他开始注意从大自然的角度，从原始文化的价值着眼，反思西方文明的症状，比如他写的短篇小说《爱德华·巴纳德的堕落》，主人公是一个美国芝加哥年轻人，事业顺畅，爱情幸福，被派到塔希提岛办事。结果他去了以后渐渐失去了音讯，只好派人到这个岛上找他。去了一看，他已经完全改变了，这个爱德华·巴拉德根本不想回芝加哥，前程和爱情都不要了，他就愿意在岛上和一个土著女人自然地生活，在海风里朴素地度过一生。毛姆想用这个小说证明一个原理：抛弃城市对人的重重扭曲，人在纯粹的大自然里才能恢复本性。长篇小说《月亮和六便士》影响更大，它以法国艺术家高更为原型，写了一个艺术家抛弃一切来到塔希提岛，这个艺术家原来是个证券经纪人，过得好好的，却突然抛弃世间的一切，跑到这个南太平洋的岛上，过着一种纯艺术的生活，最后死在这个岛上。这本小说中有一句广为流传的话：“追逐梦想就是追逐自己的厄运，在满地都是六便士的街上，他抬起头看到了月光。”这是毛姆对两种截然不同生活的深刻描绘，在遍地现实主义的世界上，却有这样一种艺术至上的理想主义者，不顾一切追寻心中的月光与梦境，这是何等的明澈，又是何等的苍茫！**人世间大多数人都没有经历过这样一个精神寻找的过程，一年年生活在“天经地义”的惯性中，投入的生活都没有经过自己的选择，毛姆在《月亮和六便士》中用艺术的聚光灯，描画出一个寻找生命价值的孤独者，打开了一个特别深刻宏大的一个主题。**这个主题毛姆想了很多年，1944 年，第二次世界大战炮火横飞的时候，他又出版了长篇小说《刀锋》。这部小说更有哲学气息，主人公是投身第一次世界大战的美国空军飞行员拉里。这个年轻人眼看战争中的生生死死，想不明白人为什么而活，为什么而死；不明白人和人之间为什么有温情，同时又有那么残酷的仇恨。战争结束之后，他与挚爱的恋人分手，周游世界，寻找终极体悟，最后到了印度，读了印度的《奥义书》，从古老的哲学中找到了答案，看到了西方物质文明的压抑性，生命为之一亮。

《刀锋》这本小说是毛姆在美国写的，1940 年他去了美国东部，1946 年战后回到欧洲，1948 年，写了他的最后一本小说，此后就没有再进行小说创作了。总的来说，毛姆是一个非常多产的作家，他写了 20 部长篇小说、100 多部短篇小说、30 个剧本、大量的散文，以及回忆录、文学评论。在文学史上，既能写戏剧又能写小说的作家其实不多，真正把这两种文学样式都写好的，那就更少了，大概只有俄罗斯作家契诃夫可比。很有意思的是，毛姆的书在全世界卖掉 5000 多万册，恐怕仅次于《圣经》和莎士比亚，但英国很多文学家对他评价不高，认为他是一个通俗小说家，不能登大雅之堂。我觉得这里面的原因是文学风尚变了，1850 年之后，工业文明崛起，大众文化蓬勃发展，引起了文学家的普遍忧患，担心文学被商业化，失去独立的品格。为了维护文学的自由与独立，现代主义文学开始强调孤独的价值，故意把文学作品写得扑朔迷离，对抗大众趣味，以此维护文学的纯粹，维护人类精神的超越性。波德莱尔、普鲁斯特、卡夫卡等作家的作品作为现代主义文学的圣典，但普通大众却很难读懂欣赏它们。相比之下，毛姆居然有 5000 多万本的销量，一辈子挣了 1 亿多美元，就很自然地被归入畅销书式的大众写作了。毛姆其实也很看不起那些让人看不懂的作家，他在回顾自己一生创作的书里谈过，文学创作不能隐晦，不能写得看上去好像很有意境，但却让读者摸不着头脑。他说他就是喜欢写得直截了当，非常清晰，不管是故事、情节、人物、观念，都写得令人喜闻乐见。

了解了毛姆的写作历史，再来看他的长篇小说《面纱》，就不难理解他为什么要写这样一部小说。

这个小说有一个特点，就是和我们中国人有关系，这是以中国为背景创作的一个长篇小说，这在毛姆的小说里面是独一无二的。之所以写了这个小说，是因为 1920 年毛姆来到了中国，先到香港，然后到上海，随后沿着长江一口气到了四川，到了成都，然后又去了中国北方，游遍了北京城。这短短一年的中国之行对他的文化冲击很大，长城、茶馆、南方稻田、北方麦苗、大烟、竹林、官员、绅士、传教士、乞丐……难忘的经历，让他写出了三部作品：一部话剧、一部游记、还有一部就是长篇小说《面纱》。这是他第一次来到这样一个充满神秘感的东方文明大国。《面纱》里边有一个小场景，是女主人公凯蒂遇到了一位满族女人，这个女人嫁给了一个西方人。凯蒂看到这个满族女人非常吃惊，"她的坐姿给人印象很深，得体大方，丝毫不显拘谨。涂满胭脂的脸上，一双眼睛很沉稳，深不可测，她是不真实的，她像是一幅画，纤弱优美得使凯蒂相形见绌。命运将凯蒂带到中国以后，她对这里的事物不是不屑一顾，就是心怀鄙视。即便是对她常来往的那个圈子也是如此，但此刻她的心里朦朦胧胧升起一种遥远神秘的感觉。是的。她方才意识到这里是东方，古老、玄异、深邃的东方。从这位体态优雅的女子身上，凯蒂隐约看到了东方的理想和信仰。与之相比，西方人的所谓信念，就显得粗鲁野蛮了。这里的人们过的是一种截然不同的生活，与她分属两个世界。"这段话，可以说也表达了毛姆对于中国文明的一种直接感受。

我们知道毛姆看到了西方文明中的精神困境，并于 1919 年写了长篇小说《月亮和六便士》。那么带着重重问题的英国人，来到中国这样一个东方国度，他们会有什么样的精神转变，有什么样的命运呢？这正是毛姆想要写的主题。

小说的中心人物有两个：一个是英国姑娘凯蒂，另一个是细菌学家瓦尔特。凯蒂已经25岁了，还没有确定的结婚对象。她长得很漂亮，“人人都说她是个美人，大大的褐色眼睛既活泼又水灵。一头泛着红色光泽的卷发，一口精致漂亮的牙齿，让人赏心悦目的皮肤”。但是她也有缺点。就是她的脸颊过于扁平，鼻子也略显大了一点，还不算绝世美人，毛姆说“她的美貌很大程度上依赖于年轻”。对于这样的女孩儿来说，25岁就是一个坎儿。从传统来看，英国女子14岁左右就开始准备进入社交界，她们要练很多东西，社会礼仪和女红等，为出嫁做准备。在20世纪初期的英国，大多数姑娘一般到21岁左右就都嫁出去了。

那么为什么凯蒂到25岁还没有自己的恋人？这和她的妈妈有很大的关系。

凯蒂的妈妈是一个什么样的人呢？她对生活充满了操控感，丈夫和女儿都是她的控制对象：“丈夫伯纳德·贾斯汀干活勤奋，韧性十足，才华横溢，但是缺乏上进心。贾斯汀夫人十分蔑视他。但贾斯汀夫人不得不酸溜溜地承认，她的成功只能寄望于丈夫，于是她想方设法逼他为己用。她在丈夫耳边喋喋不休，毫无怜悯。她颇费心机发掘任何可利用之人。她对能给丈夫引介案子的律师极尽谄媚巴结，与其夫人混得亲密熟稔。她对法官及法官夫人们极尽奉承，在有前途的政治新星身上也费尽苦心。”这么一个不省心的女人，对待女儿的婚事，自然也会费尽心思地计算得失：“贾斯汀夫人觉得有必要在凯蒂少女初成时给她找好婆家。凯蒂最终出落成的容貌着实惊艳夺目：她的皮肤依然是她最美的地方，而她长着长睫毛的眼睛熠熠有神，看了令人心旷神怡，谁都想多看一眼。她天性活泼，随时给人带来欢乐。贾斯汀夫人在她身上倾注了所有的感情，感情底下隐藏着残酷和心机，这是她所拿手的。她深谋远虑，现在她要给女儿找的不是一个好丈夫，而是一个杰出丈夫。”

如果我们宽容一点看，贾斯汀夫人的这般算计，在19世纪末期到20世纪早期也不算太过分。在当时的欧洲，女子对婚姻的主要考量还是男方的职业前景、财富，同时兼顾道德品质和个性特征。法国历史学家在《私人生活史》第5卷里曾写道：“人们之所以结婚，是为了今后在困难的生活道路上彼此帮助和支持，同时也是为了生儿育女，为家庭增加财富、传承财富，通过促成子女的成功而达到自己的成功。”在这个主流制度下，母亲尽量让女儿嫁得好一些，也无可厚非。问题在于，贾斯汀夫人的小聪明过了头，她完全不明白，世界之广大之丰富，不是为某一个人的小心思设计的。**在这个世界上，一个人如果格局太小，只是用自己的小打算去算计这个世界，最后的结局一定是聪明反被聪明误，生活变成一堆碎屑。**小说中写道：“为了使女儿得以和优雅绅士们结识，贾斯汀夫人充分发挥自己的天才，频频谋得参加舞会的机会。凯蒂成了一朵交际花。她既美丽又风趣，很快便使十多位男士坠入爱河。不过他们当中没有一个合适的，凯蒂与他们继续友好地交往，同时小心和他们保持着距离。南肯辛顿的客厅一到礼拜天的下午就挤满了前来追求爱情的年轻人。贾斯汀夫人面带冷酷的微笑，满意地观察着她房子里发生的一切，让男士们别离凯蒂太近，对她来说不用费吹灰之力。凯蒂和每个人打情骂俏，同时不忘在这群男士中挑拨离间，从中取乐。但是他们若当众求爱，正像他们每个人都做过的那样，凯蒂会圆滑地拒绝他们，却不用说出那个‘不’字。”母亲是女儿的第一个教师，这一对母女配合得如鱼得水，似乎得心应手，但结果却出乎她们的意料，21岁的凯蒂始终没有寻找到自己的如意郎君，这变成了她的致命伤：“第一年很快过去了，完美的丈夫没有出现。之后的一年也是这样。但她依然年轻，还可以等下去。贾斯汀夫人告诉朋友们，要是一个姑娘到了21岁才嫁出去，那真是一个悲哀。然而第三年过去了。紧接着又是第四年。两三个以前的崇拜者还在向她求婚，但谁叫他们身无分文呢。一两个比她小的小伙儿也开了口。此外还有一位退休的印度官员，现为王室顾问，他有53岁了。凯蒂依然频繁出现在舞会上，先是温布尔登、王宫，然后是爱斯科赛马会、亨利市。她享受着每一场舞会，但依然没有地位、收入都令人满意的男士向她求婚。贾斯汀夫人渐渐地有些按捺不住了。她察觉到凯蒂开始有意吸引40岁以上的老男人。她提醒女儿再过一两年她就不那么漂亮了，而漂亮姑娘可是年年都有。”

贾斯汀夫人的肤浅，直接导致了凯蒂的两难处境。贾斯汀夫人觉得自己的女儿是一个非常漂亮的女孩子，所以应该找到最上流的男子，必须是“杰出丈夫”。而从凯蒂来说，她也像社会上很多女孩子一样，尽管有时也反感母亲对自己的控制，但在无形中她又接受了她的影响，潜移默化地接受了母亲的婚配标准。所以凯蒂和男性交往的时候，总觉得他们都很好，但是还不够杰出，始终无法投入自己的真心。这样的状态有很大的问题，实际上母女两人把美貌资源化了，她们想把婚姻变成自己利益最大化的大买卖。这是一个无限的恶性循环，愿望水涨船高，越来越不满足，永无止境地在虚无的期待里消耗生命。**真正的爱情往往并不来自长年累月的计算，甚至也不来自结婚的预谋，而是遇上了一个人，不得不和他或她结婚，因为对对方非常爱恋，不可遏制，有奋不顾身的激情。这样面对爱情当然有两种可能：一种是遇上了自己最爱的人，真情实意地去实现它；还有一种是一生没有遇到，但是心里一直保持着这样一种非常美好的情感，这也是一种幸福。**凯蒂的问题是，她尽管抗拒妈妈对她的控制，但是她还是默默地接受了母亲的理念。这样的理念其实就是一个商业的逻辑，以自己的投入获得最大的利润。

《面纱》一开始，就写出了凯蒂的艰难，她已经 25 岁，21 岁的妹妹已经订婚，按照当时的社会习俗，姐姐未嫁，妹妹只能等待。凯蒂的婚事迫在眉睫，但那个适当的结婚对象还未出现。这种压力不但来自个人的处境，也来自人类社会的普遍特性。从社会发展史的角度看，女儿出嫁不但是两个家庭的大事，更是人类进化的必经之路。人类在原始社会的早期就发现，一个部落近亲繁殖，会出现大量的遗传病，于是逐渐形成了一种婚配模式：有一个性别必须离开出生的部落，到别的部落结婚，生儿育女。在当今世界形形色色的人群聚落中，99% 都是女性脱离自己原来的血缘家族，嫁到非亲非故的外族去生活。当然也有例外，如今南美亚马孙雨林中就生活着一个纯女性部族，1000 多个女人生活在一起，男孩子长大了统统赶出去，绝不留下。生儿育女怎么办呢？她们会经常观察附近的部落有什么体格健壮的帅哥，然后出其不意地把他们抓回来，直到他让女人怀了孕才放回去。这些男人也很愿意被抓，往往故意在女性部落周边转悠，展示肌肉，让女人们快点抓自己。这当然只是整个世界的极端现象，绝大多数社会还是男婚女嫁，女性在生物学意义上变成了“人类遗传基因的交换者”。凯蒂尤其不能例外，小说中写到，凯蒂一家居住在伦敦的南肯辛顿区，这是伦敦有名的富人区，都是传统生活秩序强有力的继承者，这里的富豪们坚守着传统的男权社会习俗，空气中散发着浓浓的保守主义气息。凯蒂生活其中，尽管处在这个群体中的财富末流，但越是低微越是有攀升的欲望，很少有决绝的反叛者。

《面纱》的情节写到这里，毛姆写出了人的一种处境，这种处境潜藏着突变的强大能量，因为身处绝境的人太渴望出路，任何意想不到的变化都是可能的。**问题会扭曲人生的目光，为了解决眼前的问题，人们会用最快捷的方式改变处境，化解压力。这时候，人们**

会忽略一个深重的生活教训：爱情从来不是一个问题，它是人类最真实的情感。在这个精神化的选择面前，只有爱和不爱两种存在，没有任何东西可以替代它。有的人可以不带着爱情去结婚，这也是一种生活方式。但凯蒂并不是这样，这个漂亮女子不擅长扭捏作态，本性率真，虽然母亲控制着她，但不可能遏制她的本性。她的性格很简单，直来直去，“或许是凯蒂的过度热情吓跑了高官贵爵的子弟们，每次向他们发出邀请时，凯蒂的亲昵程度都让他们望而却步”。这是凯蒂十分可爱的一面，但也是让母亲特别恼火的事情，觉得她极其愚蠢：“贾斯汀夫人怒不可遏，经常毫不留情地给凯蒂脸色看。她问凯蒂还要她的爸爸养她多久。为了给她撑排场，几乎把他挣来的钱全都花光了，而她没有把握住一次机会。”

25 岁的凯蒂，终于到了无路可走的境地，而就在这时，一个男人出乎意料地出现了，这就是细菌学家瓦尔特。他毫无征兆地向凯蒂求婚，凯蒂爽快地答应了他。凯蒂是“一气之下嫁给了他”，她和他都不知道，他们走向的是一条毁灭之路，在踏上这条道路的起端，凯蒂心里藏着没有实现的爱情期待，瓦尔特知道自己娶了一个肤浅的女人，但他无以言表地爱上了她。

他们都将为此付出代价。

无爱的婚姻，大多会爆发出一次浪漫的出轨

25 岁的凯蒂生活发生了突变，她要结婚了，要嫁给一个她完全不爱的人，这个人就是瓦尔特。这两个人的第一次相遇是什么情景，凯蒂完全想不起来：“她想不起来他们第一次相遇是在什么时候，在什么地方。订婚之后她才从瓦尔特那里得知那是在一场舞会上，是

朋友们把他拉去的。那时凯蒂当然不可能多注意他了。要是真和他跳了舞的话，也是因为凯蒂一贯的好脾气，任何一个请她跳舞的人她都不愿拒绝。一两天后，在另一场舞会上，瓦尔特来到凯蒂的面前同她讲话，而凯蒂对他还一无所知。然后她恍然大悟：凯蒂参加的每场舞会瓦尔特都在场。‘你知道，我已经和你跳过十多次舞了。现在你必须告诉我，你叫什么名字。’最后，凯蒂以一贯的方式笑着对他说道。”这个细节有些反浪漫，看不到了爱情小说极其珍贵的“第一眼”。**在这个世界上，男女相爱，特别难忘的往往是第一次看见对方，那种陌生中的惊喜、那棵从心里忽然长大的木棉花树，让独自游走的灵魂忽然遗忘了自己，生命的激流一瞬间化河为瀑，坠向那人。**如同托尔斯泰的《安娜·卡列尼娜》，沃伦斯基在火车站第一次看到安娜，一下子改变了他的生命轨迹：“他道了声歉，往车厢里走，但又觉得想再看安娜一眼。倒不是因为她非常美丽，她的身姿优美素雅，而是因为她从身旁走过时，那漂亮的脸蛋上有一种特别温柔亲切的表情。沃伦斯基回眼望她时，恰好她也转过头来。她那双在浓密睫毛下变得深暗的、闪闪有神的灰色眸子，正亲切地注视着他的脸，仿佛在辨认他似的，但立即又转向站台上走过来的人群，像在寻找什么人。从这短暂的一瞥中沃伦斯基发现，在安娜脸上，在那闪亮的眼睛和微带笑意的红唇之间，有一股压抑着的活泼生气。似乎她身上充满了过剩的精力，按捺不住要从她那闪亮的眼神和微笑中不时地泄露出来。安娜有意掩饰自己眼中的光彩，然而它禁不住在隐隐的笑意中闪现。”托尔斯泰并不算是一个特别浪漫的作家，但是这一段写出了“初见”的美好。人生必然会经历种种风雨，但最美好的一瞬就是爱情最美的定格，甚至有时可以锚定一生的爱情。毛姆的《面纱》完全相反，凯蒂根本没有“第一眼”的记忆，这是一种悲剧性的预告，为后来凯蒂的婚外情埋下了伏笔。

瓦尔特不同，他第一眼看上凯蒂，就默默地喜欢上了她。他参加凯蒂参加的每一场舞会，注视她，靠近她。当他后来向凯蒂表达自己的爱慕的时候，凯蒂非常吃惊，因为瓦尔特根本不是他喜欢的那种类型。小说中写道："他个子不高，一点也不强壮，又小又瘦，皮肤发黑，也没留胡子，脸上轮廓分明，再普通不过了。他表达爱意的方式相当地内敛，不像其他爱上凯蒂的男孩。他们大都大胆地向她表白，告诉她他们想亲吻她。这样的人的确不少。但是瓦尔特·费恩从不说她的好话，也很少谈起自己的心迹。他实在太少言寡语了。"所以凯蒂觉得跟他待在一块儿，一会儿就浑身不自在——"他太死气沉沉了"。

从这两个人的初期交往，我们可以看到他们的爱情出发点差异极大。凯蒂追求的是"乐中之爱"，期望两个人在一起特别欢乐，一言一行都充满情趣。而瓦尔特实践的是"命中之爱"，并不看重两个人的谈笑风生，而是用朴素的生命本色去表达爱。这两个人之间不但有性格的断层，还存在着感受方式、行为方式上的明显差异。从浪漫主义的角度看，这两个人走到一起是极其荒诞的，而从现实主义的眼光看，他们之间必然存在着一个方舟般的公约数，将双方带入婚姻。

这个方舟就是香港。

瓦尔特是受雇于当时香港殖民当局的细菌学家，他说结婚后两人先去意大利蜜月旅行，然后去中国香港，他在那里有一份收入稳定的工作。这让凯蒂特别兴奋，有一种远走高飞的感觉。当她把这个打算隐晦地告诉妈妈时，"贾斯汀夫人没有做声，但在沉默中隐藏着不快。凯蒂脸红了，她明白妈妈现在不在乎自己嫁给谁，她一门心思只想让自己早点离开她的家"。冰冷的现实，使凯蒂激发出对婚后生活充满激情的想象，忽然觉得自己也很爱瓦尔特了。当瓦尔特向她告白:“我太愚蠢了。我想告诉你我爱你胜过这个世界上的一切，可是我就是开不了口。”那一刻，凯蒂“竟然有点感动”，瓦尔特的“死气沉沉”也变得可以理解了:“瓦尔特当然不是那么冷漠，只不过是他不会交际罢了。现在凯蒂比以前任何时候都更喜欢他。妹妹多丽丝11月就要结婚了。那时瓦尔特会去中国。要是凯蒂嫁给他，那么她就会和他一起去。给多丽丝当伴娘可不太妙，能躲开是最好不过了。要是多丽丝结了婚，而她还是单身，岂不更显出凯蒂是个老处女。那时就没人想再搭理她了。对她来说嫁给瓦尔特不是十分中意，但是毕竟是一场婚姻。况且中国的生活也很令人向往。她已经受不了妈妈那张冷嘲热讽的嘴了。跟她同岁的姑娘早就都嫁了人，几乎个个连孩子都有了。她也懒得再去探望她们，跟她们谈论她们的心肝宝贝。瓦尔特·费恩会给她带来新的生活。”对凯蒂这姑娘来说，人生最大的事情莫过于结婚，此时她下定决心了:“她转向了他，露出了信心十足的微笑。‘假如我鲁莽地答应你，你打算什么时候娶我？’瓦尔特惊喜地喘了一口气，刚才还是苍白的脸一下子红光满面。‘就是现在！马上。越快越好。我们去意大利度蜜月。八月和九月。’”

于是，两个沉浸在幻觉中的人说出了贻误终生的话，凯蒂伸出了她的手，说:“我想我非常喜欢你。你必须给我时间让我适应你。”瓦尔特急忙问:“那么你答应了？”凯特告诉他:“我想是的。”

不仅仅是凯蒂和瓦尔特误入迷途，人世间有太多这样的爱情迷局。人最不适合在困境中谈恋爱，也不适合在“男大当婚，女大当嫁”的“常理”中决定婚姻。爱情可以分为“爱情的条件”和“爱情自身”两个部分，前一个只是手段，后一个才是目的。我认识的一位婚礼摄影师说过，拍婚礼不是拍婚纱和钻戒，也不是金童玉女的光彩照人，而是拍幸福。凯特和瓦尔特互相提供的是什么？是幸福吗？显然不是，而是“爱情的条件”。凯蒂有美貌，瓦尔特也到了应该结婚的年龄；而瓦尔特有东方异国的工作，收入不菲，在凯蒂的向往中，这是脱离伦敦被动生活的最好选择。她想改变自己的命运，推翻心里的压抑，带着自己内心没实现的生活热望去结婚。她根本没有意识到，她并没有真正地恋爱，她是带着自己最大的一个问题去结婚的。这个问题必然会造成后来更大的问题。**爱情的逻辑就是这样：如果为了解决眼前的人生难题去结婚，必然会带来更大的悲剧。**

凯蒂到了香港之后的感觉彻底证明了这一点，她终于发觉：“从他们结婚那天起她就后悔了，天天后悔。瓦尔特是个老古董，让她厌恶、厌恶、厌恶！瓦尔特自命天高，谁也比不上他，这太可笑了。他身上没有一点幽默感。凯蒂讨厌他孤芳自赏，讨厌他冷漠自制。要是一个人只对自己感兴趣，那自制就太易如反掌了。瓦尔特令她感到恶心。他的吻让她无比厌恶。他凭什么那么自以为是？他跳舞跳得糟糕透顶，到了晚会上他尽会泼冷水，他既不会弹奏乐器也不会唱歌，他不会打马球，他的网球打得比谁都差。他会玩桥牌？谁稀罕桥牌。”

凯蒂的这种感觉，是另一个男人打开的，他就是香港助理布政司唐森。

凯蒂跟着瓦尔特来到了香港。瓦尔特每天大部分时间都在实验室，他一门心思去做自己的工作，对凯蒂彬彬有礼，细节上也很照顾，“他对凯蒂总是谦敬如宾。她一进门，他便会起身站立。她要下车，他会伸手搀扶。要是碰巧在街上遇见她，他一定对她脱帽致敬。她要出屋，他会殷勤地为她开门。进入她的卧室和梳妆室之前，他必先敲门。他对待凯蒂不像她见过的任何男人对待妻子那样，倒像是把她当成乡下来的同乡。这滑稽的情形让凯蒂高兴了一阵，但也不免厌倦。如果他能更随意一点，他们就会更亲近些。”瓦尔特始终像一个冷静的看护者、照顾者，没有浪漫和温柔。女性是十分需要赞美和呵护的，而瓦尔特的举动让凯蒂觉得，她自己的婚姻非常缺乏爱的温度，瓦尔特是个极其“不懂”她的人。也就是在这样一种心情下，她偶然遇上了香港的助理布政司唐森。唐森这个男人很有魅力，言谈风趣，虽然已婚，却对所有的女性都细致温柔体贴，在任何场合下都能游刃有余去应对各种人，使环境氛围变得非常欢乐。41 岁的他身体非常好，一看就是一个非常强壮有力的男人。唐森一看到凯蒂立刻就被她迷上了，他主动展开进攻，凯蒂和他一下子就好上了。这毫不奇怪，对于凯蒂来说，她是个没有实现爱情的女人，心底有一座熔岩滚滚的小火山，一旦遇到唐森，大火顿时喷出了岩层。这种燃烧的感觉她觉得特别好，正如书中所写：“25 岁的少妇和 25 岁的姑娘，有着天壤之别。结婚之前她是个玫瑰花的花骨朵，花瓣边缘已经萎缩发黄；而后一夜之间，这朵玫瑰花盛开了，她清亮透彻的眼睛似乎更加柔情似水，她的肌肤令人叹为观止。你不能把她比喻为桃子，或者鲜花。而恰恰应该反过来，她又像个 18 岁的姑娘了，她的魅力前所未有。”毛姆的这段描绘写得特别生动，描绘出了女性“存在就是被感知”的主观世界。25 岁的凯蒂刚刚结婚，她没结婚之前，感觉自己在一群姑娘里边已经太老了，所以心情是很沉郁的。但是一结婚，25 岁作为一个少妇一下子变成最年轻的了。所以她一下子就神采飞扬，觉得自己似乎又焕发出一种非常非常特别的生命力。凯蒂的这种感觉证明她还是很天真，很幼稚，很缺乏身处这个浮华人世的精神定力。她阅历太浅，没有眼力看穿唐森，不知道他是一个风月老手，是一个顶级渣男。

男性中的风月老手都具备一项基本技能：很懂女人，特别善于撩动女人的“水性”，给她们被夸赞、被爱的陶醉感。凯蒂第一次相遇唐森，就被他吸引住了：

凯蒂看到一个高大英俊的男人走上前来。

凯蒂介绍瓦尔特："这位是我的丈夫。"

"请允许我坐在二位的身边。"他说道。

他的话让凯蒂颇感愉悦，暗藏的敌意立即烟消云散。他的眼神似在微笑着，她发现他的眼里曾闪过片刻的惊奇。凯蒂不会看错，这让她禁不住笑了起来。

"我想我无法享用今天的晚餐了，"他说道，"虽然多萝西说这顿晚餐美味至极。"

"为什么不呢？"

"有人应该告诉我。真应该有人事先提醒我一声。"

"关于什么？"

"谁也没跟我提过。我竟然即将和一位绝顶美人相会。"

"我不知道该如何回答你。"

"不必回答，只需我一个人来说。毫无疑问我会把这话说上1000遍。"

这段对话精彩飞动，唐森情场高手的心机和凯蒂情意迷离的单纯相映成趣，一场有真有假的游戏拉开了序幕。凯蒂完全不了解唐森这种类型的男人，他看上去年轻有为，很有才华，但是内心深处却是一个充满了游戏感的人，也是充满了自恋的人，更重要的是他还是一个非常自私的人。这种自私从外表上看不出来，隐藏在内心，表面上非常优雅。在《面纱》中有一个名叫沃丁顿的西方男人，他熟悉唐森，曾评价他："这是个什么人呢？他会闹些风流韵事，但都不真心。他一直小心行事，从不惹火上身，不给自己找麻烦。"而这个人，他在香港殖民当局的行政系统中混得很好，因为“政府不需要聪明的人。聪明的人有主见，而主见就是麻烦。政府要的是亲和圆滑，永远不犯愚蠢错误的人，而唐森他就是这样的人。他将会爬到这个金字塔的顶端，为了这样一个功利主义的目标，他所谓的爱情都是一些小打小闹，而伤害的人永远是别人，他会非常小心地保护好自己，不让自己有任何损失”。在《面纱》这个小说中，沃丁顿是一个思考者、一个很有洞见的人，他不仅为唐森的功利主义感到担忧，也感到耻辱。

可惜凯蒂听到沃丁顿的话时已经太晚了，她初到香港就认识了唐森，完全没有这样的一种辨别力，所以她跟他偷情，一开始跑到市井中的小店厮混，后来还把唐森带到了自己家里。**他们的感情不能说完全是虚假的，世上所有的偷情都有真实的互爱，甚至也有值得珍惜的一面。只不过这种爱如烟花，不能天长地久。**凯蒂也是在这样偷偷摸摸的出轨中体尝到男欢女爱的热烈：“从前她从未真正恋爱过，原来爱情如此奇妙。这会儿尝到了爱情的滋味，她倒突然对瓦尔特有点同情，虽然他的爱一度折磨着她。凯蒂一开始时半开玩笑地戏弄唐森，不想唐森却十分受用。起初凯蒂还有点担心，这下就完全成竹在胸了。凯蒂取笑他，唐森一领会了她的意思就笑起来，把凯蒂逗得够呛。他被她弄得又惊又喜，她想这些天来的戏耍一定让唐森精明多了。然而享受了激情的滋味之后，凯蒂调整了手法，开始欲擒故纵，玩的兴致比以前淡了很多。凯蒂竭力做到不痛不痒，就像竖琴师的手轻盈地抚过琴弦。唐森被搞得一头雾水，而她大笑不止。”这是凯蒂整个生命中最欢乐的一段时光，假如没有这段恋情，她的人生是不是更悲剧？这是一个需要走出道德去考虑的问题。

樱花总有落地的那一天。就在他们偷情了一年多后，一次瓦尔特中午回家，听到了里面的动静。他想打开房门，但又忍住了，默默走掉。凯蒂发现了，却并不觉得为难，她确信唐森会离婚，然后光明正大地娶她。**沉陷在“被爱”幻觉中的女人都是这么自信，都以为自己的深情一定也是对方的深情，却不明白世界上有一种感情的底色叫逢场作戏，终究有玩不下去的时候。当女人以为来到第二春的起点的时刻，其实已经是负情男人的终点。**唐森从来就没有打算跟凯蒂结婚，他不是一个为爱情而不顾一切的人，只不过是满足一下情欲的渴望。情节的发展果不其然，当凯蒂急切地向唐森提出结婚的时候，唐森决然地拒绝了她。

这个时候凯蒂才终于意识到，自己是多么愚蠢，犯了一个多么大的错误。更加让凯蒂吃惊的是在这关键时分她才发现瓦尔特尽管不动声色，羞于表达，看起来枯燥无味，但实际上内心特别丰富，对一切洞若观火。**瓦尔特面对要和他离婚的凯蒂说了一段惊心动魄的话：“我知道你愚蠢、轻浮、头脑空虚，然而我爱你；我知道你的企图、你的理想，你势利、庸俗，然而我爱你；**我知道你是个二流货色，然而我爱你。为了欣赏你所热衷的那些玩意儿，我竭尽全力。为了向你展示我并非不是无知、庸俗、闲言碎语、愚蠢之极，我煞费苦心。我知道智慧将会令你大惊失色，所以处处谨小慎微，务必表现得和你交往的任何一个男人一样像个傻瓜。我知道你仅仅为了一己之私跟我结婚。我爱你如此之深，这我毫不在意。据我所知，人们在爱上一个人却得不到回报时，往往感到伤心失望，进而变成愤怒和尖刻，我不是那样的。我从没奢望你来爱我，我从未设想你会有理由要爱我，我也从未认为我自己惹人爱慕，对我来说，能被赐予机会爱你就应该心怀感激了。”

看到这里，我们不能不感叹瓦尔特这个人太奇特了。他不是没有激情，而是他把这个世界看得太透彻，把凯蒂看得太清楚，他的视野里一览无余，没有什么可以让他好奇和激动。他眼睛里有一个洞察万物的显微镜，他不但看到人海茫茫，更看到了人们精神深处的病菌涌动。这样的人不应该爱上任何女人，因为所有的男人女人都有缺陷，华丽的袍子下都爬满了虱子。但瓦尔特归根到底还是个生物性的人，理性之外，还有无理性的喧哗与骚动，他无比痛恨自己，因为自己不可遏止地爱上了凯蒂。他这样告诉凯蒂："我恨我自己。"他想不通自己为什么没有办法逃离这份感情，他不明白，这是宿命，是命中之爱的无解。**他唯一的办法，就是让自己表现得跟社会上那些庸庸碌碌的男人差不多，不给凯蒂压力，让凯蒂一点点融入自己的生活，融入自己的内心。但这种冷静也很可怕，是人生中的另外一种病，让人面对爱情失去本色，太有设计感，失去了本真。换句话说，这也让爱情彻底变味，变成另外一种通关游戏，就像一个巨大的阴谋，费尽心思去实现它。**

对瓦尔特来说，凯蒂的出轨完全打碎了他对于生活的控制，让他心如死灰。幻灭感促使他向香港殖民当局申请去中国南方，去一个叫湄潭府的地方。这个地方发生了霍乱，到处死人，他要到那个地方去研究病情，救死扶伤。这表面上听起来很英勇，是悬壶济世的人道主义。但其实埋藏着一个非常冷酷的打算：他要带着凯蒂一起去，两个人很可能都会死去，也可能是死去一个，一切都是未知数。瓦尔特不怕死，他甚至希望自己死去，让凯蒂活下来，希望用这样一种残酷性获得生命的结局。**《面纱》的情节就是这样来到一个非常关键的转折，爱与恨骤然转变成生与死的赌局，无爱的婚姻，就是这样冰凉无底。**

凯蒂无奈之中跟着瓦尔特来到了中国南方的湄潭府，这个地方很热，绿油油的农田里，随处可见的霍乱病人奄奄一息。瓦尔特没日没夜地去抢救病人，成为当地的救星。凯蒂在湄潭府很惊奇地发现，大家对瓦尔特那么尊敬，那么热爱，他变成了一个特别有价值的人。而凯蒂本人来到这里之后，尽管身心俱疲，她还是看到以往从未看到的崭新生活。特别是湄潭府修道院的女院长，她出身于法国贵族家庭，拥有很多城堡，却奋不顾身来到中国，以悲天悯人的深爱，带领着一群修女救助孤儿，救助患上霍乱的人们，丝毫不顾自己的生死。她是活在另外一个精神世界的神圣女人，她们的生命价值和信仰融合在一起，温暖又宽阔。凯蒂深受感动，毅然加入修女们的队伍，到医院里救助霍乱病人。

在湄潭府这个死亡之地，她和瓦尔特走入同一项事业中，他们的感情能起死回生、重新开始吗？

瓦尔特为什么临终时说“死的却是狗”？

凯蒂跟着瓦尔特来到中国南方的湄潭府之后，看到了遍地的死者，还看到了那些患者的绝望。在黑色的瘟疫阴影中，她还看到了修道院的修女们前赴后继的英勇。“凯蒂感觉自己像是进入了另外一个世界，一个超然于宇宙之外的世界。那些空荡荡的房间和白色的走廊虽然简陋，却似乎有一种迷离、神秘的气息游荡于其间。那间安置患者的小礼拜堂看上去是那么粗陋俗气，几乎可以说是一派惨相，然而它却具有某种雄伟的大教堂所没有的东西。它的彩窗和油画是如此拙劣，然而它所包含的信念，人们对它所怀有的崇高情感，却赋予了它纯净的灵魂之美。在这个瘟疫肆虐的中心地带，修道院的工作却是如此一丝不苟，有条不紊，简直就是对这场劫难的嘲讽。”

更令凯蒂惊奇的是瓦尔特，修女们对他赞不绝口，她们说瓦尔特：“体贴细心，温柔和善。要是有人病了，那正是他显露身手的时候；他聪明的脑瓜自然知道怎么不弄疼你，上手一定又轻又柔。这个人一出场就让你病痛全无，你不夸他妙手回春才怪呢。”不同的生活环境会让不同的人大放光彩，在湄潭府这个生死之地，瓦尔特变成了英雄和救星。凯蒂感到“不得不承认他的身上有出众的优点，甚至有那么一点不易被人察觉的伟大之处。而凯蒂竟然不爱他，却爱了一个她现在觉得不值一文的男人，这真是怪事”。凯蒂面对面貌一新的瓦尔特，忽然发现自己以前生活得很渺小，那些情欲都很可笑，令人感到耻辱。她跟女修道院长说，“我不懂的事情实在太多，生活是那样的奇特陌生，我就像一个一辈子坐井观天的人，一下子看见了大海，我喘不过气来，同时又兴致盎然，我不想死，我要活下去！我的心渴求着未知的世界！”

古希腊哲学家赫拉克利特说过：“人不能两次踏进同一条河流。”这句话用来描述女性最恰当不过。在《面纱》中，凯蒂是精神之变的象征，是不断打开世界、探索未知的新女性。“一切皆流，无物常住。”一切都在流动，都在不断地变化，不断地产生和消灭，这正是世界的本质。凯蒂懊恼自己曾经沉溺于与唐森的孽情，但她并没有因此一蹶不振，她觉得“那种事对于一个女人来说没有什么，一结束就是完了”。凯蒂在湄潭府这个遍布霍乱的地方获得了一种新的世界观，这种世界观面向未来，面向人类生命生生不息的再创性。**从未堕落过的人是一个简单的好人，而从沉沦中走出来的人，更能领悟生存的方向，这在凯蒂身上得到了深刻的验证：**“修道院内的工作让她的精神焕然一新。每天早晨太阳刚刚升起，她就风风火火地赶到修道院，直到西沉的夕阳将那条小河与河上拥挤的舢板铺洒上一层金色，她才从修道院回到他们的房子。……她感觉自己在不断地成长。没完没了的工作占据了她的心思，在和别人的交往中，她接触到了新的生活、新的观念，这启发了她的思维。她的活力又回来了，她感觉比以前更健康，身体更结实。如今她什么都可以做，就是不会哭了。”

如果瓦尔特也像凯蒂一样每天迎接新的太阳，这两个人的情感将会如何发展呢？这只是一个虚拟性的问题，因为瓦尔特的时间指针永远地定格在了凯蒂出轨的那一刻，他全部的爱和恨都凝固了。变化中的凯蒂最大的愿望是重新得到瓦尔特的爱。她向瓦尔特道歉，她说：“我对你太不好了。我做了对你不忠的事。”而瓦尔特“像木桩一样牢牢地钉在那里，他不做声反倒更加吓人”。凯蒂向他表达钦佩：“我为你骄傲，瓦尔特。”瓦尔特说：“我没听懂你的意思，我不知道你到底想做什么。”凯蒂很难过，问他：“你真的那么看不起我吗？”瓦尔特声调古怪的回答令她绝望：“不，我看不起我自己。”

“我看不起我自己。”——这是一句多么痛苦、多么黑暗的话！人类生命的宝贵性，正在于精神内核的可改变性。如若万物凝固不变，我们的一切文明、一切启蒙、一切变革、一切人道主义都失去了意义。面向变化的人生才是鲜活的，而瓦尔特却无法做到，他“像木桩一样牢牢钉在那里”，始终无法摆脱过去的阴影。他痛恨自己为什么还是那么爱着凯蒂，虽然他知道凯蒂已经变了样。奥地利哲学家维特根斯坦说：“一个人与环境格格不入的时候，他的一切理智就失去了应有的正常，显出各种病态。只有让他回归本性，才会有良好的结果，使一切显出正常。”瓦尔特知道，自己永远回不到正常的生活中了，自己在精神上已经死了。他拼命地拯救霍乱病人，内心里却是在亲吻死亡，迫切希望自己在肉体上归于沉寂。这一点凯蒂看出来了，她想“这一切已经一目了然了。和笼罩在心头的对死亡的恐惧相比，和那天她偶见的神圣的自然之美相比，他们之间的事儿不是过于渺小琐屑了吗？一个愚蠢的女人红杏出墙又能怎么样？为什么她的丈夫就不能轻描淡写，过去就让它过去了呢？瓦尔特枉为聪明一世，到了这会儿孰轻孰重也分不清。他当初是情人眼里出西施，把凯蒂当成无价之宝供奉起来，后来才发现她是金玉其外，就再也不肯原谅自己，也不原谅她。瓦尔特的灵魂已经裂成两半儿了，他苟活到现在纯粹是一派假象。当真相豁然摆在眼前的时候，他的生活其实就已经完了。明摆着的事，他不会原谅凯蒂，因为他根本不能原谅他自己”。

这两个人似乎就要在瓦尔特花岗岩般的凝固中分崩离析了，但时间还是敞开了一个意外的可能：凯蒂惊喜地发现自己怀孕了。“她忽然涌起想哭的欲望。如果一个男人爱他的妻子，他的妻子也爱他，得知这个消息时他们应该欢天喜地拥抱在一起。”凯蒂心里特别清楚，这是她和瓦尔特重新开始的最后希望，在湄潭府艰辛的工作中，凯蒂发现瓦尔特十分喜欢孩子，抱起孩子的时候笑得特别灿烂，仿佛他自己也变成了一个孩子。女修道院院长立刻注意到这一点，她告诉凯蒂，她看出来瓦尔特想有个孩子。

凯蒂赶紧把自己怀孕的事情告诉瓦尔特，瓦尔特的反应出奇地冷静，他不动声色地问：

> “孩子的父亲是我吗？”
>
> 凯蒂猛吸了一口气。他的声音里有某种吓人的东西，他太冷漠太镇定了，哪怕一丁点感情也绝不轻易外露，他这个人简直就像个怪物。她不知为什么想起了在香港看过的一件仪器，人们告诉她仪器上的针虽然只是微微震动，但是1000英里外就可能已经发生了一场地震，1000个人会在这场地震中死去。凯蒂看着他，他面无血色，这种脸色以前她曾见过一两次。
>
> 他看向了地板，身子也朝一边侧了过去。“嗯？”
>
> 凯蒂攥紧了手。她知道如果她说了是，对他来说就意味着

一个新的世界来临了。他会相信她，毫无疑问他会相信她，因为他想信。然后他就会尽弃前嫌原谅她。她知道瓦尔特虽然害羞，但是他的心里藏着无尽的柔情，随时准备对人倾注出来。他绝不是记仇的人，他会原谅她。只要凯蒂给他一个借口，一个触动他心弦的借口，从前的是是非非他都会既往不咎。他绝不会兴师问罪，旧事重提，对此凯蒂可以一万个放心。或许他是残酷的、冷漠的，甚而是有些病态，但是他既不卑劣也不小气。如果她说了是，便会从此扭转乾坤。

凯蒂开始哭了。她撒了那么多的谎，现在不怕再撒一个。如果一句谎话将会带来好事，那又何乐而不为呢？谎言，谎言，谎言到底算什么？说“是”将会轻而易举。她几乎已经看到了瓦尔特狂喜的眼神和朝她张开的手臂。但是她不能。不知为什么，她就是不能。这几个苦难的礼拜以来，她所经历过的一切——唐森和他的卑劣、霍乱和正在死去的人们、嬷嬷，甚至那位滑稽的小酒鬼韦丁顿，似乎都在她的心里留下了什么，她变了，连自己也认不出自己。尽管她被美好的前景深深地打动了，但她感到在她的灵魂里，一群旁观者似乎正在惊恐地好奇地望着她。除了说真话，她别无选择。

“我不知道。”她说道。

瓦尔特吃吃地笑了，笑声像幽灵一样诡异。凯蒂不禁浑身颤抖。

这一段是整个《面纱》的核心，两个人的形象在这里发生了决定性的逆转。作为一个有医学知识的人，瓦尔特完全清楚，凯蒂不可能知道孩子的父亲是谁，若是宽恕，若是有爱，瓦尔特可以回避这个问题，让生活的创痛就此结束，让新来的小生命打开崭新的生活。这当然非常艰涩，需要告别既往，需要重新组织自己的生存方式。然而，这都是瓦尔特做不到的，他缺乏凤凰涅槃的再生力，缺乏必要的遗忘，缺乏活在当下的鲜活。最重要的是，他是一个消极的理想主义者，不能接受生活的不完美，任何一个残缺，都会让他痛不欲生。他不能改变世界，于是只想毁灭自己。

而此刻的凯蒂其实可以给瓦尔特一个出路，她可以轻轻地说出一个“是”字改变一切，“她几乎已经看到了瓦尔特狂喜的眼神和朝她张开的手臂”。瓦尔特多么需要凯蒂的这个谎言，需要依靠这个谎言打开心结，需要这个自我欺骗来编制“生活依然完美”的幻景。但此时的凯蒂已经转换了世界观，来到湄潭府之后，她经常漫步河边，心头流动着与赫拉克利特一样的心情，“河水十分平静，但还是能察觉到水在流动，远远望去，给人一种逝者如斯的悲凉感受。一切都在流走，过去之后可曾找寻到它们留存的痕迹？凯蒂觉得人类也和这河中的水滴一样，永不停歇地流走，彼此摩肩接踵却又相隔万里，大家融成一股无名的潮流，直至汇入大海。既然人世间的一切都是如此短暂易逝，没有什么能够长久留存，而人们却常常为了区区小事互不相让，两败俱伤，那不是太可悲了吗？”她想让瓦尔特越过心里的一道魔障，想让他变成一个随着时间前行的新人，因此，她决定说真话，让生存回归真实，让两个人的未来从真实起步。

瓦尔特的希望之火悄然熄灭了。他非常渴望凯蒂能欺骗自己一下，因为欺骗也是一种爱。他此时是一个彻底的弱者，卑微地企望凯蒂给自己一个幻觉。但凯蒂这时候“除了说真话，别无选择”。若是她说了假话，必然使生活永远沉陷在谎言中，每一天都摇曳在海市蜃楼般的虚假中。这个孩子的出现像一颗流星，让瓦尔特眼前一亮，瞬间之后却又更加黑暗，永远看不见光明。

瓦尔特从此以后埋头工作，不顾死活，不顾防护去救治霍乱患者，最后他也感染了霍乱，终于要去世了。

凯蒂这时候来到瓦尔特身边，她很想安慰瓦尔特，她想向他表白自己。她说："我刚走了一段难走的路，现在我已经全好了。"人生谁没有一段"难走的路"呢？凯蒂想唤回瓦尔特的生活勇气。但沃尔特对这句话毫无反应，凯蒂"意识到瓦尔特就要死了，她只有一个想法，那就是消除他心里郁积的怨恨，让他安安静静地死去。如果他原谅了凯蒂，那么就是原谅了他自己，也就可以心平气和地瞑目了。"

书中这样写道：

"瓦尔特，我恳求你的原谅。"凯蒂蹲了下来说，她怕瓦尔特现在承受不住任何的力量，因而没有用手碰他。凯蒂说："我为我所做过的对不起你的事而感到抱歉。我现在追悔莫及。"

瓦尔特没有发出声音，好像根本没有听见凯蒂的话。她不得不继续向他哭诉。她有种奇怪的感觉，好像此时此刻瓦尔特的灵魂变成了一只振翅的飞蛾，两只翅膀因为载满怨恨而沉重不堪。

凯蒂不由得唤着他："宝贝儿。"

他暗淡干瘪的脸上微微动了一下，几乎察觉不到，但是仍然叫她惊恐得一阵痉挛。她以前从来没有这么称呼过他。或许是他行将消亡的错乱的意识，误以为她曾经这么叫过他，误以为那只是她的口头语之一，小狗、小孩儿、小汽车，她都这么叫。

然后可怕的事情发生了。凯蒂把双手攥在一起，竭尽全力控制住自己的神经，因为这时她看到两滴眼泪从瓦尔特干枯的脸颊上流了下来。

“呃，我的至爱，我亲爱的，如果你曾经爱过我——我知道你爱过我，而我却太招人恨——我乞求你原谅我。我没有机会表示我的悔意了。可怜可怜我。我恳求你的原谅。”她停住了，屏住呼吸看着他，急切地期待着他的回答。她看到瓦尔特想要说话，心脏猛地跳动了一下。如果在这最后的时刻能帮他从怨恨中解脱出来，那就将是凯蒂给他带来的痛苦的一个补偿。

瓦尔特的嘴唇动了，他没有看她，眼睛依然无神地盯着粉刷过的白墙。凯蒂凑到他的身上，想要听清他的话。

瓦尔特说得十分清晰：“死的却是狗。”

“死的却是狗。”——这句话太深刻了，太重要了，概括了瓦尔特和凯蒂走过来的所有痛苦。什么是“死的却是狗”？瓦尔特引用的是英国古典诗歌里面的一句话，诗歌中写道，一个善良的人养了一条流浪狗，他希望给这条狗全部的爱，却没想到这条狗恶狠狠地把主人咬伤了。伤势很重。大家都觉得这个善良的人要死了，但最后的结局是狗死了，人活下来了。瓦尔特临终为什么要说这样的话？是不是他意识到自己生命的悲剧性？

狗和人的角色是可以转换的，一开始是凯蒂伤害了他，凯蒂像一条狗咬伤了他。但后来瓦尔特变成了狗，下决心把她带到这样一个流行霍乱的地方，让两个人拥抱死亡。凯蒂在这个死地获得了新生，而瓦尔特却不能从痛苦中解脱出来，他眼中的凯蒂还是一个罪人，他要拽着凯蒂一同下地狱。他们之间的角色发生了一个颠覆性的变化，瓦尔特的心中没有流动的水流，他每天踏进同一条河，他将自己拴在过去的沉重中，仿若拴在怨恨之链上的狗。他死了，在生命的最后时刻，他明白自己一切都错了。

生活从来就不是完美的，人人都会走过一段荆棘路，留下抹不去的伤痕。如同毛姆所说：“在人生的旅途上，非得越过一大片干旱贫瘠、地形险恶的荒野，才能跨入活生生的现实世界。”**我们在生活里永远不要把自己变成一条心怀魔障的狗，要始终记得自己是一个可以不断生长的人，要始终对生活、生命有敬畏，有期待，有相信，有开创。世界是流动的，不是为任何一个人设计的，它无时无刻不在变化，爱情也会在枯枝上面开花。**

《面纱》这本小说写到这里，基本上就进入一个收局了。可没想到毛姆给了我们一个意外，他还想写出凯蒂在流变中的迷幻，写出人性的脆弱。凯蒂在瓦尔特死后，因为怀着孕，被修道院长劝回香港生孩子。回到香港之后，那个助理布政司唐森又来看她，而且把她接到自己家里居住，两个人之间突然又撩动起看起来很荒诞的情欲。毛姆在这里要表达什么？也许他不想把凯蒂写成一个神圣女子，她身上仍然有七情六欲带来的混乱。她并没有对瓦尔特有负罪感，因为她想明白了，“说到底她并不爱他，从来也没有爱过他”。唯一爱过的，却是这个无情无义的唐森。当唐森“把脸凑向她的脸，她扭到了一边。唐森又来亲她的嘴唇。凯蒂听不清唐森在说着什么甜言蜜语。唐森的胳膊紧紧地搂着她，她感觉自己是一个迷路的小孩，现在终于安全地回到了家。凯蒂轻声地呻吟着，闭上了眼睛，满脸都是泪痕。他终于找到了她的嘴唇，他的双唇贴上来的时候，凯蒂觉得一股力量穿越了她的身体，如同上帝的光芒一般辉煌热烈。那是一种幻觉，她似乎变成了一支燃烧殆尽的火炬，周身光辉四映，好像飞升幻化了一般。”毛姆在这里写出了对于人性的悲观，写出了生命深处的破碎性、偶发性。这种状况连凯蒂都看不起自己，她大声对唐森说：“我没觉得自己是人，我觉得我像一只动物。猪、兔子，或是狗。呃，我没有怪你，我和你一样坏。我屈服于你是因为我需要你，但那不是真正的我。我不是一个可憎、放荡、像野兽一样的女人。我绝不是那样的人。我的丈夫刚刚躺到坟墓里，尸骨未寒，而你的妻子对我这么好，说不出地好，而那个躺在床上对你充满了渴求的人，她绝不是我，她是藏在我身体里的野兽，邪恶的可怕的如同魔鬼的野兽。我唾弃她、憎恨她、鄙视她。从此以后，每当我想起她来，我都将会恶心得必须呕吐。”

凯蒂是多么矛盾啊，人是多么伟大，又是多么渺小！有的人努力生活在伟大中，有的人苟且地生活在渺小中，凯蒂既不伟大，也不渺小，她在摇摇晃晃地前行。这个唐森曾经告诉她：“亲爱的，你必须理智。我们必须诚心地面对现实。我不想伤害你的感情，但是我必须告诉你事实。我对我的事业倾尽所有。谁也不敢说有朝一日我不会当上总督。殖民地总督是多么叫人神清气闲的职位。除非我们把这件事压下去，否则我一点机会也没有。虽然我可能不会因此黯然离开官场，但我身上将永远背着这个污点。”凯蒂天真地问他：“当初你有必要告诉我这个世界上除了我其他的你都不想要吗？”他只是冷冷地回答：“呃，亲爱的，当一个男人爱上了你，他说的话是不能字字当真的。”唐森的一生都在盘算，盘算中爱情不值一文，这让凯蒂最后毅然摆脱了这重燃的欲火，褪去了弱者的蝉翼，决然回到英国，开始新的生活。凯蒂经过一番精神上的淘洗，经过在中国的经历，她意识到在这个世界上一个人应该承担创伤，应该去投入一个非常有意义的未来。

这就是《面纱》的主要情节。这个小说写出了人生的道理：我们总是问题重重，我们总是想摆脱问题，但与此同时我们人生里边永远都会有一种新的境遇，不过这种境遇不是每个人都能遇到的，因为人性深处确实有太多的自我矛盾，人生实在太渺小，生命不是一个天生坚固的存在，所以我们需要什么呢？我们生活在这个世界上，我们要承受各种打击，而在这个过程中我们可能会不断获得对自我的认识，在这个认识过程中，我们会发现一个完全没有想到的自我。**人生需要一天天撩去挡在眼前的各种面纱，面纱阻挡我们认识世界，也阻挡我们去真正地理解自己。幸福是撩开，苦难也是撩开，但只有撩开之后，我们才有真正的生活。**

4

Karen Blixen

《走出非洲》

Out of Africa

女性的全球化，

注定颠沛流离

不凡的女性精神之旅，经常从庸俗的欲望开始

本章我们来讲一讲丹麦作家凯伦·布里克森的长篇小说《走出非洲》。

这是一部发表于1937年的作品，这部小说的一个传奇之处在于尽管它是位女作家写的，却被很多气质粗犷、具有浪漫硬汉情结的作家所称赞。例如美国作家海明威，1954年他因为小说《老人与海》获得诺贝尔文学奖，但是他在授奖仪式上说，他的这个奖其实应该授予凯伦·布里克森。可见这位女作家作品的魅力是相当大的。1957年，凯伦·布里克森获得诺贝尔文学奖提名，并进入最后四人名单，可惜最终没有获奖。1959年，她再次进入诺贝尔文学奖候选人前四名，这回可以说十拿九稳，因为她在四个人里面排名第一位。谁也没有想到，最后宣布的却是意大利诗人夸西莫多获奖。为什么呢？完全是文学之外的原因：一个叫约翰松的评选委员提出，诺贝尔文学奖设立以来，北欧作家获得诺贝尔文学奖的比例太高，已经引起世界文学界的强烈不满，如果1959年再授给这位丹麦女作家，评奖委员会在舆论上有压力。这理由并非空穴来风。诺贝尔文学奖从1901年开始颁发，其中有5年没有评奖，到1969年，64位获奖者中有11位北欧作家，很多人都认为瑞典这个北欧国家评选的诺贝尔文学奖，实在是太偏袒北欧人。就因为这个缘由，凯伦·布里克森与诺贝尔文学奖失之交臂。但同样也因为这个原因，世界文学界

都将凯伦·布里克森视为世界顶级作家。

为什么这位丹麦女作家会有这么高的文学声誉呢？我们先看一下她的创作历程。

凯伦·布里克森1885年4月出生在丹麦，她的祖父是一个贵族，有男爵封号，还是个著名的冒险家，参加过法国军队去非洲打仗。她的父亲是八个兄弟姐妹中的老七，按照欧洲的长子继承制，她的父亲没资格继承祖父的男爵封号，但他很会挣钱，全世界跑，还跑到美国做皮货贸易，跟一个印第安女人生了个孩子。1879年他34岁的时候，回到了丹麦，在首都哥本哈根北面不远的地方买下了一个庄园。六年后的1885年，凯伦·布里克森就出生于此。现在这个庄园还保留着，里面有凯伦·布里克森纪念馆。

凯伦·布里克森的家里很有钱，但她父亲精神压力很大，因为他在周游中染上了梅毒，身体很差，常年住在疗养院，在凯伦10岁那年，她的父亲上吊自杀了。父亲去世之后，这家人生活没遇到什么问题，一家人常到国外去度假，凯伦还有钱去巴黎学绘画，物质条件非常优渥。但是那时候的欧洲，男性还是家庭的支柱，凯伦一家尽管有钱，但父亲去世了，这家人在社会身份上还是有低人一等的感觉。到了1909年，凯伦24岁，要考虑婚姻大事了，这时候她就特别想嫁给一个贵族，好让自己有上流社会的荣耀。她看上了一个瑞典人，名叫汉斯·冯·布里克森，是她的远房表兄，比她小两岁，是一对双胞胎中的哥哥。为什么看上他？主要是他有男爵封号，年轻的凯伦这时候很有虚荣心，跟着时尚潮流走。当时很多有钱人家的女儿嫁给贵族，要的就是这个名分。据史料记载，光是1900年，就有500位美国有钱人家的姑娘嫁给了欧洲贵族。20世纪初期美国小说家亨利·詹姆斯写过一本著名的长篇小说，就是写一个富有的美国姑娘如何倾慕老欧洲的文化，专门跑到英国，要在没落贵族中寻找如意郎君，后来上当受骗。

凯伦没有料到，她看上的这个男人一点儿也看不上她，情路不顺。凯伦干脆又去追双胞胎中的弟弟布鲁尔·冯·布里克森，这一次成功了，两个人很快结了婚，凯伦如愿成为男爵夫人，妇随夫姓，自己的名字也变成凯伦·布里克森。

这已经是1912年的事情了。结婚之后，布里克森夫妇很快去了非洲东海岸的肯尼亚，去那里建了一个咖啡园。

为什么到肯尼亚种咖啡呢？因为肯尼亚是全世界最适合种植咖啡的地方。肯尼亚东面是大海，从海平面向西，经过一片小平原，地势迅速升高，达到2000多米，地理环境十分多样。在1000米到2000来米的山上，气温较低，咖啡的生长期很长，出产的咖啡口感层次感非常好，释放感丰富，还有种略酸的柑橘味儿，香浓沁人。这些咖啡是19世纪末期从巴西引入肯尼亚的，此时在全世界已是声誉高涨，市场价格一路攀升。

所以布里克森夫妇结婚后就去了肯尼亚，在离肯尼亚首都内罗毕12英里远的恩贡山上买了个咖啡园。这个咖啡园非常大，有6000英亩。这么大的山地，并不是全种了咖啡，地盘上还有一些原住民，还有一些政府所说的“非法”部落。真正的咖啡园大概有2000多英亩。这个规模是很大的，肯尼亚的咖啡主要是小农种植，一家人种五六英亩，这种散户式的种植有一个好处，每一家做出来的咖啡口味都不相同，很有特色。比较起来，布里克森夫妇的咖啡园就太大了，是一个大产业。大产业需要大资金，他们的钱从哪儿来的？其实是凯伦出的，她的丈夫家虽然是贵族，但没什么钱，说得直接一些，就是凯伦用娘家的钱，买了一个男爵夫人的名号，这个大咖啡园，等于娘家人给凯伦的一份嫁妆。

这位布鲁尔·冯·布里克森心里也清楚，凯伦和自己结婚为的是虚荣，并不是对自己深深的爱。衡量一个婚姻，最重要的因素，是看自己愿不愿意为对方而改变自己。二人世界和一个人生活有质的区别。**恋爱的特点是互不相让，像天上飞翔的云朵，不管男女都个性毕露。但婚姻大不相同，婚姻是地上的连理枝，婚姻需要互为第一，总是将对方放在第一位。很多人过不了这一关，以为婚姻是放飞自我的理想圣地，对方是自己的燃料，结果刚刚起飞就紧急迫降了。**所以，如果婚姻中没有爱情，无论男女，肯定不愿在婚姻中放弃自己，都会我行我素，将对方看作空气。布鲁尔·冯·布里克森想，既然凯伦并不是为了爱情和自己结婚，这就像一桩买卖，自己给了对方贵族名号，也就完成了自己的义务，因此婚后也不必有什么约束。于是到了肯尼亚之后，他就到处游猎，到处找女人，自己的家反而住得很少，像个旅店一样。这个人原来就很风流，风流中染上了梅毒，一结婚又把梅毒传给了凯伦，凯伦一辈子都深受梅毒的伤害，一直没有治好。

这听上去有些悲惨，但凯伦一开始并不这样认为，她结婚后给弟弟的信里说了这件事，但她并不悲观，甚至还不可思议地沾沾自喜。这封信里有一句话："我付出这么点儿代价，却得到了男爵夫人的头衔，很值得啊！"我们今天的人听到这话，会觉得她太傻了，太不靠谱了，还有什么比健康的身体、独立的精神重要呢？一个男爵夫人的称号，就那么光彩吗？但在20世纪初期，整个社会等级森严，在当时的社会只认两个东西：地位与金钱。贵族有政治与文化地位，资本家有金钱，要追求"两全其美"的生活，必须抓住这两头。凯伦家很有钱，缺的就是贵族的荣耀，凯伦的这种需求，比一般的老百姓强烈多了。一般老百姓没有权也没有钱，很容易接受自己的命运，接受"平平淡淡才是真"的人生哲学。

1913年布里克森夫妇去了肯尼亚，一直到1931年，这个种植园实在办不下去了，凯伦不得不离开了肯尼亚。其间，1919 年她和布里克森离了婚，离婚后与另一个英国人相恋，这个英国人叫丹尼斯，两个人的深情交往长达 13 年。丹尼斯是个体育高手，骑马、打板球都很在行，而且他还是个技术高超的飞行员。1931 年，丹尼斯飞机失事，去世了，此时凯伦的咖啡园也被野火烧毁了。双重打击下，凯伦离开了肯尼亚，回到了丹麦。回到丹麦之后，她夜不成寐，反复回想自己在非洲的经历，长达 18 年的心路历程，她想用写作把它表达出来。1934 年，她出版了短篇小说集《七篇哥特式的故事》，受到了当时文学界的高度评价，还受到著名的女文学评论家勃兰兑斯大力推荐。1937 年，她发表了自己最著名的作品《走出非洲》，后来又陆续写了《冬日的故事》(1942)、《最后的故事》(1957)、《命运轶事》(1958)、《草地上的阴影》(1960) 等作品。随着年龄增长，她的文学声誉越来越高，但身体也越来越差，深受梅毒的折磨，骨瘦如柴。她 1962 年去世，去世时体重才 60 来斤。这位女作家很不容易，一辈子走了很多路，经受了很多起伏坎坷，成名很晚，发表《走出非洲》的时候已经 52 岁了。她去世后，丹麦人将她视为与经典作家易卜生并立的文学大师，她的头像被印在丹麦的纸币上，丹麦还为她出过特种邮票，她成为丹麦文学的伟大标志。

凯伦·布里克森的一生让人感慨。她和布里克森结婚时那么功利，她想用收获一个男人来获得世界。但绝望的婚姻使她转向了经营咖啡园的艰巨奋斗中。劳动彻底改变了她，她在劳动中直接拥抱了大地，其间没有男人健壮的身影。**从收获男人到收获世界，这是《走出非洲》对女性文化最大的贡献。创作这样的小说，需要伟大的独立精神，把“爱情”这个女性文学的传统主题放到第二位，而把人生自由的创造性放到了女性生存的中心。**19 世纪的女性文学范式，是简·奥斯丁的《傲慢与偏见》，是夏洛蒂·勃朗特的《简·爱》，里面的女主人公历经曲折，最后都必须获得美好的爱情。《走出非洲》本来可以也写成一本荡气回肠的爱情小说。但是凯伦的经历给了这本小说另外一个视角，凯伦与布里克森 1912 年来到肯尼亚，婚姻伤痛累累，不得不在七年之后离了婚。离婚之后凯伦与英国人丹尼斯情感热烈，最后却是生离死别的结局。这样的起伏跌宕，完全可以写得沧桑凄美、爱恨交加，但凯伦的《走出非洲》不是这样，她写出了一种更广阔的生活、更超越的精神、更加复杂的生存体验。这部小说翻译成中文有大约 24 万字，写凯伦与丹尼斯爱情的不到 3 万字。主要的部分，都在写肯尼亚各种人物的生活。草原、高山、飞鸟、猛兽、索马里人、马赛人、殖民者、尖顶房、原始舞……这片古老的大地，每一天都上演着生生死死，爱情只是大自然中的一道暖光。我们看看这部小说的开场：

在非洲的恩贡山脚下，我有一座农场。恩贡山向北绵延 100 多英里，赤道在这儿横贯而过。

农场海拔超过 6000 英尺。这儿的早晨和傍晚清朗安谧，能见度极高。白日里，你会觉得自己站得很高，太阳近在咫尺。到了深夜，则气温骤降，清冷无比。凭借其独特的地理位置和海拔高度，恩贡山呈现出一幅地球上绝无仅有的风景画卷。这里的土地并不肥沃，也没有繁茂的植被，好似一片被净化过的非洲土地，飘浮在 6000 英尺高空中，散发着浓郁的非洲气息，凝聚了非洲大陆的精华。整体色调干黄焦黑，酷似陶器的色彩，零落散布着一些高大的树木。树木的叶子单薄脆弱，树冠的形状与欧洲的不同，不是弓形或圆形的，而是层层叠叠地向水平方向延伸，看起来有点像棕榈树，又像是一艘艘马上要扬帆远航的帆船，全部笼罩在一种浪漫的英雄气概中。如果是一片树林，林子的边缘就会呈现出一种奇特的形态，远远看去，好像整片树林都在轻微地颤抖。光秃秃的老荆棘树弯弯曲曲地散落在辽阔的草地上；草儿散发着芬芳的香气，闻起来很像百里香和桃金娘，有时候味道特别浓烈，几乎有些冲鼻子了；花儿都小小巧巧的，像是长在小山包上一样。不论是草地上的，还是原始森林里匍匐植物和藤蔓上的花儿，都是如此。只有在长雨季开始的时候，才会有硕大的百合花骤然开放，散发出浓郁的香气。站在这片土地上，视野极其开阔，你看到的一切都显得非常伟大、非常自由，给人一种无与伦比的尊贵感。

面对这样的大自然，如果我们仅仅用“爱情”的玫瑰色去涂抹它的全部，那是多么肤浅和狭窄！这是一片值得敬仰的土地，是全世界人类的起源地。700 万年前，古猿从这里开始分化，经过能人、直立人、海德堡人，在 20 万年前进化为智人，形成我们现代人。人类学家在肯尼亚发现了 150 万年前的直立人化石，这个被取名图尔卡纳的男孩，手持石斧，健步如飞，是地球上最早出现的智能物种。**凯伦·布里克森在这亘古不变的风景画卷中看到了“无与伦比的尊贵感”，人类在其中像个幼稚的孩子，爱情在这里获得了应有的尺度，它只是大地上一株四叶草，不是整个草原和山峦。**

凯伦·布里克森在肯尼亚重生了，她 18 年的非洲生活经历，打造了她和世界新的关系，走出了女性文学的旧模式。人们有种历史已久的固定看法：女性生来就是感性的，都是家庭化的，探险、开拓、奋斗，都不是女性的特长。《走出非洲》正面回答了这样一个问题：女性到底应该选择一种什么样的生活。摆在面前的有两种截然不同的方向：一种是按部就班，遵循着社会的主流价值，沿袭着大多数人普遍的生活道路，考上一个很好的学校，找到一份不错的工作，结婚成家，过上衣食无忧的生活，直到70岁，房子大存款多，一生平顺完美。另外一种就不一样了，可能每一个明天都是未知，都需要勇气去面对空白，每一天都给自己机会去尝试新东西，日子风风雨雨，千山万水走遍，活到70岁，钱少房子小，只存下一大堆到处游走拍下的照片，还有旅途中写的一张张稿纸。这是完全不同的两种人，社会都需要，都有逻辑上的合理性，不能说前面一种庸俗，后面一种文艺。如果社会没有前一种人，就没有继承性和稳定性，很快就会崩溃；而若是没有后面那种风雨兼程的人，这个世界上就不会出现哥伦布，也不会有莎士比亚，更不会有那些伟大的的发明家、冒险家、探险家。两者互补，相辅相成，这是宇宙定律。

但问题是，一个女性，只能选择一种生活，到底应选择什么方向？这是一个大问题。《走出非洲》写出了一个在受苦中播种大地，在播种中展开自由的女性。女主人公失去了咖啡园和恋人，但她一点儿都不后悔，她感到了幸福。**以往女性的幸福只来自爱情，但凯伦的幸福来自土地。**在她的笔下，在土地上自由地哺育出香气四溢的咖啡，是多么美丽的人生图景：“能够在一片地形极不规则的荒凉土地上，看到这么一大片根据种植规律生长着、铺展着的咖啡，感觉还是相当不错的。当年，我在非洲大陆上空飞翔，从空中慢慢熟悉着咖啡园的样子，内心充盈着骄傲和自豪。……当雨季来临，咖啡树开花时，在毛毛细雨中，在薄雾的笼罩下，好似有一团白垩云飘浮在600英亩的土地上，那景象真是美得摄人心魄。咖啡花味微苦，闻起来颇似黑刺李花儿的味道。咖啡果成熟后，整个咖啡园就变成了一片红色的海洋。有时，咖啡豆会在午夜被烘干出炉，此时的场面可谓美丽壮观，令人惊艳：厂房高大壮观，本来漆黑一片，此时亮起了数不尽的防风灯；灯光下，有蜘蛛网和咖啡壳在厂房里飘荡飞扬；无数黑色面孔围在烘干机的周围，虽然满是焦灼，但也神采奕奕、容光焕发。此时此刻，我们的工厂宛如埃塞俄比亚人耳垂上的宝石，在非洲大地浩瀚的夜幕中，闪闪地发出耀眼的光芒。”

这样的醉人美景，不会自己来到。女性对这种生活的选择，往往是逼出来的。如果布里克森能够吃苦耐劳地耕耘咖啡园，能够悉心地照顾自己的妻子，凯伦还会百分百地投入到繁重的劳动中吗？显然没有这样的可能。她会像肯尼亚的其他贵妇一样，在一场场沙龙、酒会、家宴中忙个不停，充当合格的上流社会的女主人。我们从英国女作家伍尔夫的小说《达洛卫夫人》中不难看到上流社会的贵妇们过的是什么日子："在每天的腐败、谎言、闲聊中逐渐失去。"**幸福与不幸的逻辑转换就是这样吊诡：很多人追求看得见摸得着的物质生活富足，最后却感到人生空空如也。有的人被生活抛入绝望，却过出了诗意。《走出非洲》写出了一个走出常规的女性，而且写出了独特的幸福体验，拥有了自己的天地，这是所有的物质丰足、所有的爱情甜蜜都不能比的。在这样的体验面前，一切痛苦都值了，个体微小的生命融化在永恒中，时间不再粗粝，空间一望无际。**

这不仅仅是这部小说中的女主角凯伦的感觉，所有融入土地的女性都会产生这样的改变。小说中瑞典中年女性英格里德的父亲和丈夫都是瑞典军官，“她不仅长得漂亮，而且心地善良。她在恩乔罗有一座农场，偶尔会从农场抽身一两天，不去管她的火鸡或水果蔬菜，来我的农场上做客。她像奴隶一样在地里勤奋劳作。在和这种生活做斗争的过程中，她深深地爱上了这片农场，爱上了她的牛和猪，爱上了这里的土著和蔬菜，甚至爱上了这片非洲土地上的土壤。”她热爱农场到了狂热的地步：“为了这片土地，她甚至愿意把自己的丈夫和孩子都卖掉。”凯伦与她交往，无比享受这“美好的时光”。凯伦与英格里德正是现代社会的新型女性关系，她们互相鼓舞、互相扩大，如大颗的雨点打入河面，一圈圈相连。

正是因为有这样心路漫漫的体验，凯伦在大火烧了咖啡园，不得不离开肯尼亚的前夕，也充满着自立于大地的自豪感。她内心沉淀着岁月的磨炼，“慢慢地才意识到，很可能这一幕就是我所寻求的答案，而且是最为纯粹的精神层面的答案。在这个过程中，我得到了尊重，变得与普通人不一样，虽然方式有点怪异。我朝着某些力量大声呼喊，这些力量反而比我自己更加重视我的尊严，它们怎么可能给出其他答案呢？”她甚至消融了女性最敏感的时间感，走出非洲之时，也走出了时光的囚禁，过去、现在与未来，都凝固在顿悟的一瞬：“为了赎回自己的人生，我一次次地放弃自己拥有的东西，到了最后变得一无所有，我自己本人倒变成了最微不足道的东西，被命运抛弃。那些天正好是满月。月光照进空荡荡的房间，在地上留下窗上的图案。我想，看着这间屋子的月亮或许正在好奇，在这样一个空荡荡的房间里，我还要住多久。‘啊，不对，’月亮却说，‘时间对我来说是没有意义的。’”

“时间对我来说是没有意义的”——这句话彻底走出了个体的封闭，看到了生命的无限。人的一生，就像是地表上一道浅浅的笔痕，地球轻轻一转，就消失了。**我们不需要把自己放得那么大，要把自己的生命放在一个更广阔的尺度上，打破那些得失的纠缠，仰观宇宙之大，俯察品类之盛，融入丰袤的万物生长。男人如此，女人亦然**。

凯伦的艰难转变：从收获男性，到收获大地

上一节我们讲到，凯伦在离开肯尼亚的时候，她心里有一种与

日月同在的东西，甚至可以说生命回归到了宇宙里边。一个女作家，写出如此的永恒性，跨越了凡俗的时间和空间，非常了不起，也十分难得。

《走出非洲》没有一般长篇小说的复杂情节结构，它的故事本身是很简单的，整本小说像一篇长长的记事散文，类似一部回忆录。而且还有意识地回避了一个很重要的元素，没有写她和丈夫布里克森之间的情感伤痛，这个丈夫好像消失了一样，又好像只是一个隐约存在的背影。也许这是作家的一个难言之隐，虽然由于无法从正面描写，但从另一个隐形的角度，更深地表达出内心的痛苦。这样的写法，可能还有一个更深的含义：《走出非洲》中没有常见的“男主人”，少了一个“顶梁柱”式的男人，反而更能凸显女性独立奋斗的力量。凯伦当初为了一个“男爵夫人”的头衔嫁给了布里克森，这个庸俗的起点，却在婚姻的断裂中一步步迈向了精神独立。在现代社会，常常有这样的事：**庸俗的人生欲望把人带入了一个不一样的生活，顶着逆风却达到了纯净之地。**哥伦布当年迎风远航，起初的目的是为了发大财，他哪里知道，他的个人欲望推动的冒险之旅，打通了五大洲，开创了人类伟大的大航海时代。心怀财富之梦的男性在全世界到处跑，女性也随着男人走向全球化，默默地充当配角，打理家庭事务。女性殖民者一般来说不会介入社会公共事务，也不主导大规模的生产，但是在《走出非洲》中，一切都不一样了，凯伦没有男人可依赖，她必须放下情感，将自己变成一个超越性别的人，去应对咖啡园的大量问题，与方方面面的人打交道。如此一来，凯伦彻底走出了传统女性固守的私人领域，获得了多样丰富的社会关系。哲学家说，人在本质上是社会关系的总和，凯伦的生命内在完全变化了。以往的很多小说，女人一旦遭遇丈夫的“不爱”，生命立刻变得空白，变得尖锐而痛苦，酗酒啊，歇斯底里啊，甚至与人私奔。总而言之，不是毁灭，就是脱轨。但是《走出非洲》探索了另外一种可能，写出了一个女人在忘我的投入中获得了新生命，在艰难中爆发出人生的创造性，这是前所未有的女性文化变革。

我们还要注意到，凯伦的独立精神也包含丹麦民族气质的熏染。凯伦的这个家庭，从祖父到父亲都有探险家的胆略。这和丹麦这个国家的历史背景有关。现代丹麦尽管不大，但是它的历史却不平凡，它的民族来源，很大一部分是维京人。维京人（古挪威语：v í kingar）是什么人？在欧洲历史上，“维京人”是中世纪英国人和法国人对北欧入侵者的称呼，主要是指来自挪威和丹麦的北欧人。维京人也被称为北欧海盗，擅长挥舞战斧，驾着帆船游荡在欧洲大陆、北极、北美洲，到处抢夺，甚至大量贩卖俘虏发财致富。丹麦曾经有过一个雄霸天下的海盗时代，大约公元 700 年开始，一直到公元 11 世纪，将近 300 年的时间，丹麦的海盗十分厉害，被称为“维京时期”（Viking Age）。不光欧洲大陆受不了他们，最后连英格兰都吃不消了。怎么办呢？ 11 世纪的时候，法国国王最后想出一个无奈的办法，把法国西北部诺曼底附近的一块地方送给维京人，让他们定居下来，成立一个叫作丹麦的新国家，不要再惹事。这一招很灵，维京人终于安生了。知道了这样的历史，我们就不难理解丹麦的文化其实是很有闯劲的，女性在这种文化中处于弱者，不显山不显水，但当她们失去了依靠，血液里面的维京人野性遗传燃烧起来，这些女人绝地反击的劲头，必然是十分强劲的。

当女人自己走出家门，不再跟随在男人的身后，第一个感觉往往是耳目一新，她们豁然看到一个阔大的时空。每个人都有自己的心理空间和心理时间，女性往日局促在琐细的家庭事务中，会把各种家庭用物看得很重，不停地购买形形色色的“必需品”，将屋子里填得满满。而凯伦在走过辽阔非洲之后，终于明白生命最重要的是自由，是人与大自然的心灵之约。她在离开非洲时，“把所有的家具都卖掉”，只是“把自己所有的书都放进了箱子里，平时就坐在上面，也会把它们直接当餐桌用”。然后，“房子慢慢地变回了它原本的样子，看起来像头盖骨一样高贵。里面凉爽宽敞，带着回音，房前草地上的草长得跟台阶一样高。最后，屋子里终于什么都没有了。凯伦想这种状态要比之前的更适合人居住。她对法拉说：‘我们真应该一直保持这个样子。’”这是女性生存的新感觉，超出了日常的边界，停留在传统惯性中的人很难理解其中的含义。庄子在《秋水》中写道：“井蛙不可以语于海者，拘于虚也；夏虫不可以语于冰者，笃于时也；曲士不可以语于道者，束于教也。”庄子说，对井里的蛙不可与它谈论关于海的事情，是由于它的眼界受着狭小居处的局限；对夏天出生死亡的虫子不可与它谈论关于冰雪的事情，是由于它的眼界受着时令的制约；对见识浅陋的人不可与他谈论关于大道理的问题，是由于他的眼界受着所受教育的束缚。在辽阔的非洲生活过后，关于家是什么，凯伦·布里克森有了新定义，那就是精神的自由之所，《走出非洲》中要表达的，是如此强烈的现代女性意识，实现了巨大的视觉转换。在这样的新视觉中，凯伦不再想写一个女人依偎在男人身边的“幸福故事”，更不会去费力编造起伏跌宕的情感传奇，那都是小聪明，她要带着我们去看一个女性视野中的新世界。

这个女性新世界最鲜明的标志，是凯伦对于非洲本土文明与外来欧洲文明的敏锐观察。她对大自然的描写雄浑壮阔、色彩绚丽，淋漓尽致地释放出这片土地的地理之美。小说里有不少篇幅近距离地描写了肯尼亚大群大群的野生动物，书里这样写道：“我见到过一个水牛群，一共有 129 头。它们通体黑色，体型巨大，像是很多铁疙瘩，头上的角威猛有力，不断地在水平方向摇晃着。它们一头接一头地从古铜色的天空下走过，走出晨曦中的薄雾，看起来好像不是一步步接近我，而是就在我眼前突然被创造出来，然后被派到了凡间。我也见过在茂密的原始森林里穿行的象群。阳光透过繁盛的藤蔓斑斑驳驳地洒下来，象群缓缓地向前行进，好像是要去世界的尽头赴一场约会，看起来极似一条放大了的波斯地毯边线——地毯古老且价值连城，边线由绿色、黄色和深棕色渲染而成。我还多次见到过横穿平原的长颈鹿队伍。它们浑身散发出一种奇特的、独一无二的、植物式的优雅，就好像不是一群动物在行走，而是很多花朵在缓慢移动。这些花朵硕大无比，非常罕见，带着长长的茎和斑点。我也看到过两只犀牛在清晨漫步。晨间的空气太过寒冷，它们的鼻子有点受不了，总在那儿吸气喷气。它们像两颗有棱有角的巨石，在长长的山谷里互相嬉戏，一起享受着生活。我甚至还见到过高贵的丛林之王——狮子。有时是在日出时分，当弯弯的残月还挂在当空时，草丛在月色下泛着银光，平原一片灰蒙蒙，狮王猎杀归来，满面红光地穿过平原，向家的方向走去，像一道黑线一样从草丛中掠过。有时是在正午时分，狮王的家族躺在低矮的草丛里午睡，它就躺在正中央。我还见到过它躺在自家非洲花园的金合欢树树荫下小憩，树荫面积巨大，地上柔软无比，躺在上面如在春日般凉爽。”这样壮观的非洲自然视觉，在凯伦之前的女作家作品里是从未有过的，非常原生，非常美丽，非常野性。

我们应该注意到，凯伦写这些动物世界，写这个自然背景，有她历史的批判性。工业革命之后，殖民主义、帝国主义迅速向全世界蔓延，蔓延的时候带着一种“欧洲中心论”的优越感，殖民者认为历史就是不断地从原始社会向工业社会进化，西方人带来的仪器、工程设备、科学知识，甚至那些屠杀了无数原住民的火枪大炮，都是欧洲先进的证明，非洲土著应该顶礼膜拜，他们的命运必须听从殖民者的安排。这种欧洲中心主义，自然也是欧洲男性强权的延伸，对殖民主义正当性的歌颂，就是对西方男性权力全球化的肯定。这种支配欲的膨胀，本质上是无尽的占有欲，背后是庞大的工商业资本的贪婪推动。凯伦·布里克森对肯尼亚乃至非洲的原住民境遇无限同情，以独立女性的视角写出了自己的观察。尤其是对于肯尼亚土著人的生动描绘，熠熠生辉，让人赞叹。

凯伦笔下的原住民，有着与欧洲人迥然不同的智慧，他们的脑回路布满直觉和感应，而不是西方人的刚性逻辑。“如果你问他们一个问题，他们也不可能直接告诉你。比如，你如果直接问他，你有多少头牛，他们会故意逃避着回答：‘就像我昨天告诉你的那么多。’欧洲人觉得这种回答很伤感情，但这种直接的询问同样也会伤到土著的感情。如果你死缠烂打地问下去，非要他们解释自己的行为，他们会尽可能对你让步，让你陷入一种古怪的、可笑的空想中，把你引入错误的方向。”凯伦一开始感觉是这些原住民害怕西方人，因而故意含糊其辞。但后来她明白，“这些害羞的人并不怕我们。他们的危险意识要比白人差很多。在游猎的途中或在农场上面临险境时，在我和身边的土著伙伴们眼神交汇的那一刻，我就意识到我们之间存在着很大的距离，他们好像在猜测为什么我会对面前的险境如此恐惧。这让我觉得，或许对于他们而言，生活已经融入了他们的每一颗细胞中。他们就像是深水中的鱼儿，完全无法理解我们对溺水的恐惧，而我们是永远都无法做到这一点的。他们之所以能够如此笃定，之所以能拥有游泳这项技能，大概是因为他们拥有着一种特殊的智慧。而这种智慧，即使是我们最古老的祖先，都不曾拥有过。在地球的各大洲中，只有非洲会这样教你：神和魔是一体的，它们是世间最高的权威，永生不灭且共生共存，永远都不会单独存在。

非洲土著人不会糊里糊涂地看待他人，也不会孤立地看待事物”。凯伦在这里写的是人类文明的多源性，是不同文明之间的巨大差异。我们今天衡量一个现代人的精神含量，首先应看他能不能容纳这些差异，能不能对不同的文明之间的差别有真诚的敬意。

在《走出非洲》中，凯伦最痛心的事情，是看到殖民者对非洲大地的毁坏，特别是在她卖掉咖啡园之后，新的买主“要把所有的咖啡树砍掉，把这片土地划片出售，用作建筑用地，因此他们也就不再需要这些土著人了。出售交易刚刚达成，买主就限令这些土著人在半年后搬出农场”。凯伦气愤至极，她知道“根据这里的法律，土著人自己不能购买土地”，而土著人多么依恋自己的故土，“他们要比身处文明世界的人感受更加强烈”。她想起当地的马赛人，他们“当年被迫从铁路以北的故乡迁移到如今的马赛保留区后，也把故土山峰、平原和河流的名字带了过来，并以它们为新家的山峰、平原和河流命名。如果要离开长期居住的土地，他们必须把周围认识的人一起带走，这样才能证明他们的存在，在迁移过去很多年后，他们还会谈起之前居住过的农场的地形和历史”。凯伦夜不成寐，为土著人的未来焦虑，她愤然奔走于殖民当局的权力部门之间，要求给原住民生存的土地，她大声告诉殖民者：“就在不久之前，在我们仍然有记忆的不久前，这个国家的土著人还毫无争议地拥有着这片土地。他们那时从来没有听说过白人和白人的法律。虽然目前他们在生活中没有什么安全感，但土地对他们来说仍然是固定的、不动的。贩卖奴隶的人贩子们把他们拉到市场贩卖，但也有一部分留了下来。被卖掉的土著人在东方流浪着做奴隶时，会时时刻刻想着回到这片高原，因为这里有他们自己的土地。有着黑色皮肤和清澈眼神的非洲土著老人，与同样拥有黑色皮肤和清澈眼神的大象非常相似。他们站在非洲大地上，一副庄严沉稳的模样，周围的世界在他们昏暗的脑海中慢慢地聚集、堆积。他们是大地的化身。”这是凯伦在肯尼亚生活 18 年里最光荣的时刻，她不再为自己的利益奋争，而是为被压迫被剥夺的非洲人搏斗。通过她的呐喊，殖民当局最终不得不同意了凯伦的吁求，“终于同意为我的非法棚民们拨出一片土地，就位于达戈雷蒂森林保护区内。他们可以在那里重新建立起自己的居住区，而且那儿也离我的农场不远。在农场消失之后，他们还能保留自己的样子和名字，作为一个群落生活下去”。

凯伦在即将离开非洲的时候，做了一件伟大的事，她心里非常清楚，她争取的不仅仅是土地，更是人类危在旦夕的一种古老文明。书中这样写道:“土著人是非洲血和肉的化身。这些在广袤的风景画中生活的小人儿，要比大象、长颈鹿、生长在河边的那些高大的含羞草式的树木，以及在大裂谷上空高高耸立的隆戈诺特死火山更能真实地反映非洲。所有的人都在表达同一个核心思想，都是同一个主题的不同表现形式。他们不是由不同元素堆积而成的统一体，而是由同类元素堆积而成的异类体，就像橡树叶、橡子，以及橡树上的其他物质，都是源自橡树。我们这些穿着长靴、整日行色匆匆的欧洲人，与周围的这幅风景画完全不协调，但土著人就与周围的一切非常协调。这些有着黑皮肤、黑眼睛，个子高高瘦瘦的人，无论是在旅途中还是在田地里，无论是在放牧，还是举办大型舞会或者是讲故事，都恰似活脱脱的非洲在散步，在跳舞，在招待你。土著人外出旅行时，常常是一个接一个地排着队走路，因此非洲土著人的道路都很狭窄，即使是最好的路也是如此。在这片高原上，你常常会想起这句诗：高贵着的，永远是土著人；平凡着的，永远是迁徙过来的人。”殖民主义者和帝国主义者从来就不会这样看待非洲文明，凯伦·布里克森从一个女性的角度发现了非洲的文明之光，独具慧眼。为什么说非洲人是由同类元素堆积而成的异类体？关键之点是非洲的文明与大自然紧贴在一起，不同地域的原住民都有很大的文化共同性。这种文化看待一切都很自然，不会像殖民者具有非常强烈的征服意志，摧毁一切阻碍自己目标的东西。我们现在看非洲地图会有些奇怪，为什么那里的不少国家边境线是笔直的？那是殖民者不问青红皂白用尺子划出来的，强迫非洲人接受。大地上哪会有这样笔直的线条呢？不同的部落、不同的民族都是随着山脉、河流、丛林、湖泊的环境变化，各自安居在自己的家园。殖民者把国界这么一划，看起来纸上作业很方便，却造成了无穷的后遗症，不同的部族被强行划到一块儿，矛盾重重，甚至发生种族间的大屠杀，给历史留下一个个死结。非洲现在的很多种族冲突、民族冲突、部族冲突，都跟这个有关系。

凯伦·布里克森转动了文化的角度，从非洲人的眼光看非洲，立刻看到了原住民独具一格的价值。《走出非洲》中有一段写得特别好："非洲东部的人际交往活动比较活跃。这种交往活动的大门，首先是由旧时代的象牙商和奴隶贩子打开的。到了现代，欧洲的移民和大型野兽狩猎者再次打开了这道门。从高原上的牧童到成年人，几乎每个土著人都面对面地见过许多自己种族外的人。他们见过英国人、犹太人、波尔人、阿拉伯人、索马里印度人、斯瓦希里人、马赛人、卡维朗多人。这些人对于他们，就相当于西西里岛人对于爱斯基摩人。我们甚至可以说，土著人是世界居民，而不是通常人所认为的土气的乡下人。""土著人是世界居民"，这个感觉别开生面，只有与土著人站在同一个方向，才会真切体会到其中的真实。令人遗憾的是，能和凯伦·布里克森一起转动的殖民者还是太少了，她的一己之力，不可能改变黑非洲的沉陷。她回到丹麦之后，收到黑人部落的来信，里面说："现在，你所有的仆人天天都很不开心，因为你离开了这个国家。如果我们是鸟，我们就会飞过去看你，然后我们再飞回来。然后是你的农庄，它过去对母牛、小妞、黑人都是好地方。现在，什么都没有了，没有牛、山羊、绵羊，什么都没有了。现在，所有坏人心里都很高兴，因为你的老仆人们又变成了穷人。”这么一封仆人的来信，不仅写出了凯伦·布里克森女性的怜悯，还有哀伤。

在《走出非洲》中，凯伦·布里克森并没有把殖民者写成天下乌鸦一般黑，也写出了殖民者的天真与可爱，让我们读起来兴趣盎然。书里面有几个殖民者，从欧洲人跑来肯尼亚，觉得自己能够在殖民地创大业，结果东撞西撞，非常潦倒，最后失败而归。其中有个人名叫克努森，来自丹麦，“一生尝试过很多事业，他尤其钟爱那些关于大海、鱼或鸟的事业，但他从来没有成功过。他告诉我，他曾经在维多利亚湖畔经营过一家渔业公司，公司里有在湖面绵延好几英里的世上最好的渔网，还有一艘摩托艇。战争开始之后，这一切都化为了乌有”。虽然克努森已经老了，双目失明，但他脑子里还在筹划着一个伟大计划：“把奈瓦沙湖底的上千吨鸟粪捞出来。要知道，这些鸟粪可是从创世纪那天就开始被那些游禽丢在这儿的。”这个堂吉诃德式的老人最后还是悄然去世了，“那时已经是四月的天气，长雨季马上就要开始，平原上刚刚长出新草。傍晚，我和卡曼特出门想到新长出的草里找点蘑菇，却发现了老克努森躺在那条小路上。”许多殖民者心怀梦想来到非洲，到最后却默默死去，西方殖民历史中人数最多的，就是这些无声无息的人。

老克努森在殖民者中属于潦倒者，而《走出非洲》里的另一个年轻人伊曼纽尔森则是到肯尼亚寻找别样生活的漫游者。这个瑞典小伙子在肯尼亚首都内罗毕的一个饭店做领班，“总是不停地陷入生活的麻烦境地”，是个不合时宜的年轻人。突然有一天他路过凯伦的农场，想借一点钱，然后步行到邻国坦桑尼亚去。凯伦觉得他在骗钱，因为步行走这条路要穿过一片危险的马赛人保留区，那一带也没有什么水，而且有很多狮子。但凯伦还是留他吃了晚餐，还给他收拾了一个房间，留宿了一夜。在聊天时，才知道这个年轻人是个悲剧演员，在瑞典的时候演过很多经典话剧。一谈起戏剧，这个男人眉飞色舞，特别在行。让凯伦震惊的是，这个流浪的男人居然还结过婚，他说他在非洲什么也不会，到巴黎却可以做一个优秀的咖啡馆招待员。凯伦问他为什么不去巴黎？他急忙说："巴黎？不可能。我就是在很危险的时候从那儿逃跑的呀。"这个伊曼纽尔森的生活真是有点神秘啊！他乐天知命，总是说自己过得很惨，却又宽慰自己，"在世上所有的人当中，总要有人过得惨一些。不是这个人就是那个人"。

凯伦第二天送别了他，给了他 55 卢比，看着他走了，"在清晨的微风中，他的黑色长风衣在他的双腿周围不停摆动，风衣口袋外面露出葡萄酒瓶的脖子。此时，我心中满满的全是爱和感激，这是留守在家的人对在世界上游逛的旅人、行者、水手、探险者和流浪汉的感情。走到山顶后，伊曼纽尔森转过身，摘下头上的帽子，朝我挥舞着，长发在他的额前不断地飞舞"。书中的描写很寥落，很诗意，很艺术，很自由，伊曼纽尔之所以不肯离开非洲，就是贪恋这片土地为他带来的这份人生。

看到这里，我们为凯伦·布里克森感到幸运。她在非洲看到了完全不同的世界，相遇了完全不同的人，如果凯伦一直安稳地在丹麦住着，靠家里的钱，靠着一个男爵夫人的称号，虽然可以过得很体面，但她永远看不到非洲的的这些画面，永远体会不到人在途中的诗意，永远激发不出心灵深处的灵性，更不会去关注非洲黑人的历史悲情。**我们的生命不是一个粽子，不能被粽叶一层层包裹起来，我们要如莲花，在夏季的风中一天天打开。我们的梦想和我们的现**

实世界之间有难以跨过的差距，我们如何给自己一点儿飞翔的余地？就看你能不能像凯伦一样，走入非洲，走出非洲。

“走出”，一个伤感而开阔的女性探索历程

这一节我们讲讲这本小说中的男女之情，尤其是凯伦·布里克森与丹尼斯的爱情。

凯伦的父亲在军队担任过军官，他在给家人的信里这样说：“我们热爱战争，这是一种激情，就像对其他事情的激情一样。你爱手下的士兵，就像爱年轻的姑娘，而且爱到发狂。这两种爱互不排斥，这一点姑娘们都知道。但是，对姑娘们来说，你每次只能爱一个；而对士兵的爱，则可以辐射到整个兵团，如有可能，你还希望范围可以再扩大一些。”但在《走出非洲》中，土著姑娘们这种“你每次只能爱一个”的心愿，却永远不能实现。这里很贫穷，农牧社会的生产力非常有限，和工业文明对比起来，物质生产的效率低很多。在贫穷中，最基本的需求是对财产的强烈欲望，这种欲望碾压着男人与女人的本能与愿望，女性被财产化，被明码标价，婚姻也成为了市场行为。小说中有一个名叫万博伊的土著女孩，她从运咖啡的牛车上往下跳的时候摔倒了，“紧跟而来的牛车车轮从她小小的黑色头颅上碾压过去，碾碎了她的头骨，车辙里留下了一条细细的血印”。她年迈的父母从咖啡园里过来，看到女儿就扑在她的身上嚎啕大哭。书里说“这对他们来说是一笔巨大的损失，因为这个女孩已经到了结婚的年纪，会在结婚的时候给他们带来山羊、绵羊和一两头小母牛。从她出生后，父母就梦想着这一切了”。看一看，书里的这种写法，女孩长大卖出好价钱，几乎是原住民家庭的普遍愿望，

哪怕是骄傲的土著马赛人。马赛人的祖先“觉得和基库尤人通婚是一种侮辱”，但马赛女人的生育能力很差，为了延缓消亡，这个奇特的民族不得不追求年轻的基库尤女孩，这给基库尤人家庭带来了致富之路，有个名叫卡尼纽的老年基库尤男子，“女儿们都很漂亮。他用这些女儿从保留区边境换回了许多毛皮光滑、活蹦乱跳的小母牛”。连基库尤人的大酋长基纳恩朱也加入了这个行列，把自己 20 多个女儿都嫁给了马赛人，然后从对方那儿得到了 100 多头牛。

从男性的角度看，这风俗很有趣。但从一个现代女性的角度看，会很难过。爱情在哪里呢？无论在什么社会发展阶段，男女之间的天然之爱总是存在的，只是看人们能不能实现它。在基库尤人的诸多原始舞蹈中，有一种舞是这样跳的，书里写着：“女孩们故作庄重地站在年轻男人的脚背上，搂着男人的腰，而男人们则从女孩的头部两侧伸出双臂，双手紧握一根矛，时不时地提起它，用尽全力去击打地面。这真是一幅美好的画面。姑娘们藏在自己男人的怀里，躲避着外界的一切危险；男人们保护着她们，甚至还让她们站在自己的脚背上，以免被蛇咬，或被其他危险物袭击。跳上几个小时之后，他们的脸上会浮现出天使般的狂喜和入迷，就好像他们真的已经准备好随时为对方死掉一样。”这令人陶醉的场面，才是男女之间应有的样子，如同这本小说里所说：“热爱女人和女性气质，是男性的特征；热爱男人和男性气质，是女性的特征。”然而社会生活与自然本性之间总是障碍重重，社会地位、贫富差距在非洲部落中也是难以跨越的鸿沟。《走出非洲》用现代社会的眼光观察到，虽然肯尼亚的原住民形形色色，但女性的婚姻几乎都是攀附性的，她们都想在婚姻中向上流动，提升自己的社会地位：“所有的女孩对自己的价值都看得很重。信仰伊斯兰教的女孩是不能嫁给比自己地位低的男人的，一旦这种事发生，她就会让自己的家族蒙羞，且受到责难。

但男孩就能娶比他地位低的女孩，而这种婚姻对他来说还是好事。因此，年轻的索马里男子常常会娶马赛女子为妻，索马里女子可以嫁给阿拉伯人，但阿拉伯女孩就不能嫁到索马里，毕竟阿拉伯人要比索马里人高贵，因为他们与先知穆罕默德的关系更近一些。在阿拉伯人内部，出生在先知家族里的女孩不能嫁给不是先知家庭的男孩。凭借着性别，女孩们有权利要求更高的社会地位。索马里人很敬重母马，所以他们本能地觉得，这种规则与种马场里的规则很相似。”当凯伦·布里克森告诉这些女孩，“在欧洲的某些国家里，父亲们会免费把女儿嫁给她们的丈夫”，这些部落女孩都大惊失色，书中写道:“她们不相信世上真有这样的事情。那些父母们，还有那些放任自己受到这种待遇的女孩们真是可耻至极！他们的自尊心在哪里？他们对女人，对童贞的尊重又在哪里？她们对我发誓，如果她们自己不幸生到这样的部落里，一辈子都不会出嫁。”

奇怪的是，这些部落女孩并不觉得自己弱势，反而感到自己是男女关系中的主人。她们会反过来给凯伦讲故事，大部分都是童话般的爱情喜剧:“这些故事有一个共同特点，就是女主角都比男性人物强大，在故事里最后都是赢家，不管她们贞洁与否。女儿们讲故事的时候，母亲就面带微笑坐在那儿听着。可以说，这是一个封闭的女人世界。我总感觉，在房间的墙壁和其他女性‘防御工事’的后面，存在这么一个伟大的理想：女人主宰这个世界的黄金时代终将到来。”更奇怪的是，面对这些姑娘，男人们也毫无卑微感，都觉得自己是女性的征服者:“索马里男人对女人永远不会知足，永远会垂涎三尺。对他们而言，女人代表的是高质量的生活。他们当然也希望拥有马、骆驼和家畜，但这些动物永远都不会比女人重要。”女人特别喜欢男人的傻气，“也会鼓励男人的这种天性”，尽量从男人那里获得更多的财富，“为了保持自己的价格，她们也会做出重大的牺牲。如果没有男人，她们连一双拖鞋都穿不上；她们不属于自己，永远都要依附于男人，依附于她们的父亲、兄弟或是丈夫，而她们永远都是生活给予男人最高的奖赏。真是很奇怪，索马里女人能从男人那里得到多少丝绸、多少金子、多少琥珀和珊瑚，对于双方来说，都会是一种荣誉”。这里写的是要结婚的女人，那还没有结婚的年轻姑娘怎么办？“没有嫁人的年轻姑娘们还没有男人可供她们盘剥，于是就整日躲在帐篷似的房子里，把头发整理得漂漂亮亮的，盼着哪天去征服‘她们自己的征服者’，勒索‘她们自己的勒索者’”。

这样的女性生活幸福吗？一言难尽。在《走出非洲》里的肯尼亚，原始的野性和生存的交换性密不可分，维持着精妙的平衡。凯伦·布里克森避免做出轻率的评价，她回想起了丹麦的传统女性，心头流动着另一种伤感，书中写道：“每当在这样的场合看到这些非洲女孩，我就会清晰地记起丹麦的上一辈女人。在我的印象里，她们总是套着裙子撑架，拖着狭长的裙裾。在我母亲那一代和祖母那一代，北欧斯堪的纳维亚女人们常常会在各种大型的男性宗教仪式上招待客人，例如秋季去射杀野鸡，追捕各种猎物。她们是文明化的奴隶，主人却是品行良好的野蛮人。”

美好的爱情应该是什么样子？这是凯伦在《走出非洲》中要回答的问题，答案就在她和英国男子丹尼斯·芬奇-哈顿的真挚感情中。

丹尼斯“颇受大家的欢迎和尊重”，但他“好像总是无家可归，总是在到处流浪”。这不是因为贫穷，他和维多利亚时代的工业文明不是一个路子：“他不仅是运动健将和冒险家，也是音乐家，而且对艺术还有着狂热的喜爱，他一定能在所有时代里崭露头角、引人瞩目。但在我们的时代里，虽然他表现出色，出尽风头，但总感觉无论他走到哪里，他都与那儿格格不入。留在英国的朋友们一直都想让他回国，甚至还为他制订了在英国的职业发展计划，但最后他还是留在了非洲。”之所以留在非洲，根本的原因是“土著人本能地喜欢他”，他也喜欢土著人。他是一个有着古典气质的男人，“在 19 世纪以前的任何文明时代里，他都能够自在随意地生活”。这样一个罕见的人，让凯伦十分感叹，在凯伦眼中，“社会没有遗弃他们，世界上任何地方也都没有遗弃他们，是时代遗弃了他们。他们根本就不是这个时代的人。只有在像英国这样的国家里，才会有他们这样的人。他们是人类返祖现象的有力证明，应该出生在一个更早的时代，一个以后不可能再有的时代。在我们这个时代里，他们没有家，只能四处游逛”。

一份好的爱情，必然有共同的视野，相爱于共同喜欢的生活。在四处游猎的生活中，丹尼斯经常住在凯伦家中，他把自己的书和唱片都放在凯伦那里。书里这样写道：“他在农场总是很高兴。他只在想来的时候过来，而农场也知道他的一项全世界都没察觉到的特质——谦逊。他从不做自己不甘愿的事，也从来不会说什么狡诈的话。”凯伦爱上丹尼斯，是开始于辽阔无际的天空。丹尼斯酷爱飞行，他带着凯伦一次次遨游蓝天白云，让凯伦“体验到了最强烈、最激动、最深入人心的生活乐趣”。在历史上，男人女人从来没有在一个高度上看世界，男人远走高飞，女性固守家庭。而丹尼斯和凯伦，却在高高的俯瞰中获得了共同的感受。飞翔是他们独有的空间，这空间装满了蓝色的爱情，也打开了生机勃勃的非洲大地：“在非洲高原上空飞翔，你能感受到极具震撼力的视觉体验。那里有时而变幻无常，时而组合在一起的光和色，令人叹为观止；有彩虹挂在一片碧绿、被阳光笼罩的大地上；有巨大的、垂直的云朵；有狂野的黑色风暴在你的周围奔跑跳跃；还有如鞭的暴雨倾泻而下，眼前立即变成一片白茫茫。在大裂谷、苏瓦山和隆戈诺特火山群上空飞行时，我们感觉好像已经飞了很远很远，飞到了月球的背面。有时我们会在低空飞行，还能看到平原上的动物。此时此刻，我们会感觉自己是上帝，刚刚把这些动物创造出来，还没有委派亚当去为它们取名字。”

在飞行的喜悦中，凯伦和丹尼斯找到了自己的生存定位，他们知道，彼此都是爱自由的人，不愿意被束缚在地面上。从天空看非洲大地，大河在草原上奔流，城市中的人如蚂蚁一样密密麻麻地爬行，生命被压缩在扁平中：“想到住在城市里的人，我就感到很悲哀。他们的生活完全就是一种苦难，一种被奴役的状态。无论怎么活动，他们感受到的只有一个维度。他们就好像被谁牵着似的，始终沿着一条线向前行走。如果想要把生活从直线拓宽到平面，从一维世界进入二维世界，你就要在荒野中漫步，就要去穿越一片丛林。那真是一种对奴隶的伟大解放，就像法国大革命一样。而在空中的飞行，就完全进入了一个自由的三维世界。经历了长时期的流放和幻想，那颗思乡的心终于投入了宇宙的怀抱。”飞行中的凯伦从高空望向大地，欣喜地感觉到自己有了一个新的发现：“啊，我知道了，就是这样的。现在，我好像理解了一切。”

理解了什么？理解了自由，自由的人才拥有自然，拥有自然的人才拥有爱情。《走出非洲》中描写得最美的空中视觉是纳特龙湖：“白色的湖底在湖水中闪闪发光，湖水呈现出一种摄人心魄的、非常清澈的蔚蓝，让你不得不闭上一会儿眼睛。湖面上栖息着成百成千的火烈鸟，它们呈圆形和扇形呼啦啦地散开，像是落日的光线，又像是中国丝绸或瓷器上的绝美艺术图案，在我们的注视中不断地变换着形状。”而脱离了自然的火烈鸟是悲惨的，小说中有一个触目惊心的场面：有一次凯伦乘一艘法国轮船从埃及的塞得港去马赛，船上托运着 150 只火烈鸟，要送去马赛的季节公园。“它们被关在肮脏的大笼子里，周围盖着帆布，每个笼子里关了 10 只鸟，彼此之间站得很挤。负责这些鸟的饲养员告诉我，他预计要在途中损失 20%。”这些火烈鸟一路惊恐，在大海翻腾中失去平衡，经常会折断腿。“夜里的地中海狂风大作，轮船砰地撞进海浪里，每一次浪击，我都在黑暗中听到火烈鸟在尖叫。每天早晨，我都看到饲养员拖出一两只死去的火烈鸟，把它们扔到船外。这些尼罗河上的贵族飞禽、莲花的姐妹，原来像日落时飘落的云朵一样美丽，现在变成了一团松垂的粉红和鲜红色羽毛，插着一对瘦长的细杆。死去的鸟在水面上漂浮一小会儿，紧跟着轮船上下拍打几次后就沉没了。”

火烈鸟的厄运是鲜明的象征，映衬着人间的种种悲伤。爱情常常有真心的开始，却无法横渡社会的风浪。《走出非洲》写到这样一个鹦鹉的故事：一个 16 岁的丹麦小水手随船来到新加坡，在一间妓院和一个中国老妇人聊天。“当她听说他来自一个欧洲遥远的国家时，拿出一只她的老鹦鹉，告诉他，很久很久以前，这只鹦鹉是她年轻时相遇的一个出身显赫的英国情人送给她的。”这只鹦鹉语言天赋极高，可以说很多国家的语言，给整间妓院带来了大都会的情调。但有一句短语，是中国老妇人的英国情人把鹦鹉送给她之前教会鹦鹉的，她一直没听懂，也没有其他客人能理解是什么意思。很多年过去了，她也不再问，但这个丹麦小伙儿的到来，让她又点燃了希望。当老妇人让鹦鹉说出那个句子时，丹麦小伙儿发现是古希腊语。鸟儿非常缓慢地说着，这丹麦小伙儿听出来了，这是古希腊女诗人萨福的一句短语：“月亮沉落，昴宿星也寂静了，午夜已经过半，时针嘀嗒、嘀嗒，我孤枕一人。”老妇人听了，“咂吧着嘴唇，转动着她的小斜眼。她让丹麦小伙儿再说一遍，然后点点头。”看到这里我们自然会想，当年那英国情人为什么要留下这句话？这就是爱的命运，太多太多的不可实现，心意在嘀嗒嘀嗒的时光中老去。爱情是多么伤人的事，有时相见不如不见。

凯伦和丹尼斯的爱情飞行，注定潜藏着阴影，不一般的生活，必有不一般的危险。丹尼斯深深地懂得这一点，他和凯伦有一番关于死亡的对话，寓意很深：凯伦告诉丹尼斯，死后要葬在肯尼亚恩贡山上，丹尼斯立刻说，他也想被葬在那里。“从那次开始，有时我们开车进山，丹尼斯会说：‘我们开去我们的墓地吧。’一次我们在山里扎营寻找水牛，下午时分走到斜坡上仔细查看了一下。那里有一片极好的视野，在日落的光辉里我们能同时看到肯尼亚山和乞力马扎罗山。丹尼斯当时躺在草地上吃橘子，他说他就想葬在这里。我自己的埋葬处要再高一点。两个地方都能看到远在东边森林里的我家。尽管理论普遍认为万物终有一死，但我想，我们在下葬的第二天回来，永久地回来。”他们这样谈论着死亡，其实是在谈论着爱的永生。他们要永远依偎在一起，沉眠于非洲的高山。有爱情就不惧死亡，互相都知道，他们有永恒的相伴。

永别终于在冥冥中到来。这一天丹尼斯要飞去内罗毕机场，“他已经发动汽车，但又关掉引擎，回来找一本诗集，他说突然想带它上旅途。他一脚踩在汽车踏板上，一手指着书，给我朗读一首我们讨论过的诗。”这是一首辽远的诗，自由而深情：

我看见灰雁飞过平原
野雁在高空充满生气——
从地平线到地平线，矢志不渝
它们的灵魂梗在喉间
——它们发灰的洁白为浩瀚天空扎上缎带
太阳的光辐洒遍褶皱的丘陵

他挥挥手，远去了。第二天他飞回来的时候，飞机瞬间剧烈摇摆，然后开始旋转，“最后像一只鸟一样俯冲下来，一头栽到了地上”——丹尼斯就这样死去了，突然又必然。他实现了自己的心愿，被埋在恩贡山上，从那里“可以俯视整个平原和平原上的牛与野兽”。日出日落时分，总是有狮子在墓地出没，“有一头公狮和一头母狮会在那附近站上很久，有时干脆躺在墓地上”。

人的生命总有终结，怀着爱情死去，胜过灰暗地苟生。懂得这个道理的人，从不会在不爱中将就。《走出非洲》里有一个决然的故事：桑给巴尔岛的苏丹儿子要和波斯沙王的女儿结婚，英国女王夫妇丈夫把一套精美茶具作为结婚礼物送给了他们，祝愿新婚夫妇生活美满。可是这一对新人还没完成婚礼就散伙了，原因是“新娘不愿意放弃骑马的爱好，就把她的马也放在帆船上带了过来，这条船上全是她的嫁妆。但桑给巴尔岛是禁止女人骑马的。所以，麻烦就来了。最后，公主宁愿放弃丈夫也不愿放弃她的马，两人的婚姻也就完了，沙王的女儿又回到了波斯”。没有爱的婚姻到处都是病症，区别只是睁开双眼还是闭一只眼。这波斯沙王的公主绝不委屈自己，她不愿把自己的家当作一个精神病院。丹尼斯死去了，凯伦失去了恋人，但比起波斯公主，他们还是太幸福，人生中哪怕真爱了一天，也是值得的。

凯伦·布里克森已经去世60年，《走出非洲》风靡全世界，被翻译成40余种文字。1985年，美国著名导演西德尼·布拉克把这本小说改编为电影，影片的主线变成了凯伦和丹尼斯的爱情，并获得六项奥斯卡金像奖。大众文化的心愿是花好月圆，而真实的世界苦辣甜酸俱全。至今，凯伦在肯尼亚的农场故居依然保持着原样，成为一个旅游热点。在这个故居里的一角，摆放着一台老式留声机，这是丹尼斯送给凯伦的原物。客厅外面是个大花园，抬头能看到雄伟的乞力马扎罗山。硬汉海明威曾经对这座山魂牵梦绕，但他从未来过，而瘦弱不堪的凯伦，却在这儿度过了18年的风雨岁月。**女人常被看成弱者，但只要心里有梦，女人就可以出现在任何地方。一部《走出非洲》，讲的就是这个美幻的女性传奇。**

5

Richard Yates

《革命之路》

Revolutionary Road

在不爱中获得自由，

在自由中获得爱

两个拒绝中产阶级格式化的年轻人如何相遇？

这一章我们来讲一讲美国作家理查德·耶茨的长篇小说《革命之路》。

耶茨出生于1926年，去世于1992年，活了66年。对于他来说，1952年很有意义。这一年他26岁，在美国的《大西洋月刊》发表了他的第一篇小说。在这之前，他写了15篇小说，多次投给美国著名的杂志《纽约客》，但是都被拒绝了。这次自己的作品能够被《大西洋月刊》看中，耶茨深受鼓舞，此后的40年，耶茨一共写了7部长篇小说，还有2本短篇小说集。用他自己的话来说，他所有作品写的都是人的孤独，特别是人在孤独中的焦虑，他这样说："如果说我的作品有一个主题，我怀疑这个主题并不复杂，那就是绝大多数人都生活在一种无法逃脱的孤独中，他们的悲剧也在于此。"

正如耶茨自己所说，他的一本短篇小说集的名字就是《十一种孤独》。其中有一篇短篇叫《万事如意》，写一个叫拉尔夫的年轻人就要结婚了，在这个大喜的日子里，他心里在想什么呢？他想买一个漂亮的旅行包，带着这个包和新婚妻子一起去旅行。但是他是一个小职员，收入很有限，而他想要的这个包售价40美元，他觉得太贵了。他有个同事叫埃迪，这个同事劝他不要买，他可以借给拉尔夫一个。拉尔夫觉得这也是可以的，虽然心里觉得有点低三下四，但他叹了口气还是同意了。埃迪和拉尔夫去参加一个朋友们的聚会，庆祝他结婚。拉尔夫没有想到，在那个聚会的地方，大家一边纵情唱歌，一边拿出一个崭新的旅行包，就是拉尔夫原来看上的那个包，原来朋友们悄悄地为他买了一个。这让拉尔夫特别感动，他告诉大家，他马上拿着这个包去看他的未婚妻，然后再回来与大家欢聚。拉尔夫拿着包去看新娘格蕾西的时候，心里飘飘的，想的全是等一会儿怎么和大伙狂欢，对于和自己的新娘见面，纯粹只是应付先前的约定。新娘格蕾西也在焦急地等待，左等右等，好不容易等来了，自然高兴万分。格蕾西特意穿着一身新买的睡袍，很性感，她想和拉尔夫分享这个甜蜜的时刻，特别期待拉尔夫的爱抚。但拉尔夫的心思完全不在格蕾西身上，怎么办呢？他为了掩饰自己的心不在焉，就故意把一只手伸到格蕾西的乳房上，努力用这个动作表达自己很爱她，抚摸之中，拉尔夫很冷静地说，自己还要回去跟那些弟兄们聚会。格蕾西希望他能留下来，自然非常失望，但是也只能挤出一丝笑容说："啊，亲爱的，你是对的。"耶茨在这么一个很短的小说里，写出了男女之间情感上的距离。马上要结婚了，拉尔夫的精神状态还是沉浸在自己的欲望中，他特别珍惜最后的这个单身星期五，同时发愁着从今往后，许多快乐"都将被抛到身后了"。这和格蕾西的热切盼望，简直是冰火两重天。**结婚这么一件幸福的事情，在耶茨笔下，变成了男人最后的狂欢，男女之间表面的浪漫下，冷冷的都是孤独。**

耶茨为什么会把孤独作为他的创作主题呢？这和他的经历有关系。他出生于纽约，父母在他三岁那年就离婚了，原因是两个人的性情都太文艺，而且不得志。他的爸爸想当一个男高音歌唱家，但从来没有实现，后来只是做了一个普通的推销员。他的妈妈想当一个雕塑家，也没有实现，故而心情郁闷，经常酗酒。父母离婚后，耶茨和姐姐跟着妈妈一起生活。他妈妈很有文学气质，喝醉了会大声朗诵经典长篇小说，这让耶茨从小就感受到一种非常疯狂的文学氛围。1944 年他 18 岁，高中毕业。这一年正好是第二次世界大战末期，在整个欧洲，美国军队、英国军队、苏联军队都在围攻法西斯德国。耶茨报名参军，然后去了欧洲战场，但是没怎么打仗，在欧洲染上了肺炎后，很快就退役回到了纽约。1948 年，他结了婚，靠着政府的退伍军人补偿金维持生活。1951 年，他和全家都去了欧洲，并开始了他的写作生涯。尽管他非常投入，专心致志地写小说，但始终穷愁潦倒，全家人生活窘迫，连付房租都有些困难。1959 年妻子和他离婚了。在生存压力下，耶茨开始给电影公司写剧本，挣点微薄的稿酬。直到 1961 年，他终于发表了长篇小说《革命之路》，受到文学界甚至整个文化界的高度评价，获得了美国国家图书奖的提名。美国国家图书奖奖金不高，只有一万美元，但分量很重，每一年限定提名 5 部文学作品，进入提名榜相当不容易。从这以后，耶茨被文学界普遍看好，但在大众市场却没有什么起色，单本小说销量从来没有超过 12000 册。从文学史来看，他的销量并不算很差，爱尔兰作家詹姆斯·乔伊斯的短篇小说集《都柏林人》，初版只卖了 379 本。但比起当红作家，耶茨作品的市场就差得太远，1960 年，美国作家哈珀·李发表长篇小说《杀死一只知更鸟》，第一年就卖出 250 万本。相比之下，耶茨完全无法靠文学写作来维生，他时断时续地干过教师、代笔写手，但他嗜酒，常常烂醉如泥。1968 年他又结了一次婚，六年之后再次离婚。1974 年之后的耶茨，每天生活在波士顿的一个狭小房间里，屋里只有一张简陋的写字桌、一台打字机、一个装满酒的冰箱，还有满地被踩死的蟑螂。1992 年，他因为肺气肿并发症，动手术的时候黯然去世。

为什么我们要讲这样一位孤独的作家？最重要的原因是，耶茨是一位先知型的作家，他在 20 世纪 50 年代，就敏锐地看到了美

国社会普遍存在的一个巨大的问题：中产阶级生存方式的千篇一律，人们精神世界的空虚无聊，以及少数探索者的孤独与焦虑。《革命之路》中有这样一段对纽约白领阶层的描写，书里这么写道："那些男人多么的渺小，多么整齐划一，而且严肃得多么可笑。他们都留着夹杂着灰发的小平头，身上穿着绊扣领，脚步匆忙。他们源源不绝地涌现在车站里、在大街上，直到一小时后他们才会停下来。到时，等候着他们的办公大楼会把他们一个个吞噬进去，包裹起来。如果站在其中一幢大楼，隔着城市纵横的峡谷看向另一幢大楼，就会感觉像是在观察一个巨大无声的昆虫饲养所，那里面有成百上千的穿着白色衬衫的小人，要么在翻弄着文件，要么皱着眉头拿着电话听筒，在春天千年如一日地流动着的白云底下，上演着一场场愚蠢至极的演出。"这种场景，我们在文化分析里边把它称为"工蚁社会"，在这种社会，人们到处忙忙碌碌，受控于权力和资本，人生逐渐变成他人设计的程序中的一个小小的数码。

耶茨的这种观察和当时美国主流社会的自我感觉完全不同，1945 年美国获得第二次世界大战的胜利，取代英国登上了西方世界的领袖地位，整个国家充满着自信和乐观。当时的美国经济欣欣向荣，消费浪潮席卷了每一个家庭，大量的新发明涌向生活：洗衣烘干一体机、中央吸尘器、按键式电话、电热毯、电动地板打蜡机、电动卷笔刀、电动开罐器……当时的美国制造了世界上一半的商品，将近 60% 的美国家庭工资收入进入中产水平，达到 5657 美元。如此繁荣景象，使美国人对自己的政治制度、自由市场经济坚信不疑，社会弥漫着保守主义的文化气质。在当时的美国大学里，如果一个年轻人说要当时代的改革家，往往会遭到无情的嘲笑，因为大家实在看不出来社会还有什么需要改变的余地。1954 年 2 月，美国总统艾森豪威尔在一次共和党人的聚会上，坚定地鼓励所有的人不要惧怕保守主义这个词，“千万别害怕使用这个词”，要做主流社会生活方式的维护者，反对一切离开“正确轨道”的异端。在歌舞升平的陶醉中，消费社会的扩散力重新塑造了美国人的生活追求，人们的视觉与味觉都在狂欢，艺术也廉价地迎合着这种轻快的精神需求。当时出现了一种极其表面化的“数字油画”，这种绘画的制作方式十分“科学”：先在一块油画布上精心画出细密的小格子，编上号，每个编号对应一种颜色，然后画匠甚至顾客自己将色彩填入正确的格子，最后“创作”出一幅经典名画。这样的“作品”自然没有什么原创的力量，散发着浓浓的工业流水线的气息。但当时的人们却热衷于这类“艺术”。除艺术之外，女性风尚变化更大，在生活“新浪潮”中，女性纷纷脱离上一代人矜持端庄的风格，开始流行帆布鞋、亚麻靴、木屐、细高跟“裸脚背凉鞋”，美国的历史书中这样描绘这一时期的潮流：“因为女性穿上长裙后露出的腿部长度有限，那些双腿修长的女人就想穿着稀奇古怪的鞋子、五颜六色的尼龙袜和各种各样的鞋带吸引别人的注意力。但不管从什么角度看，那些帽子都毫无道理可言。那些不实用的搭配——手套和奇形怪状的手提包也是如此。倘若这些奇装异服有什么社会意义，那就是证明了女性直觉，她们有权利犯错，有权利做没有价值的事情，有权利变化无常。”

在这样一个时代，唯有那些对生命保持着清醒的感受，对人生价值满怀着疑问的少数人，才能警觉地看出这种保守主义、消费主义洪流的巨大隐患。20 世纪 50 年代，美国文学艺术界出现了几部堪称经典的警世之作，为我们反思历史提供了文化通道。1951 年，小说家塞林格出版了他最著名的作品《麦田里的守望者》。小说的主人公霍尔顿只有 16 岁，是纽约一所著名高中的学生。他知道“人生的确是场大家按照规则进行比赛的球赛”，但是他无意参与这样的竞争，不愿意像大多数人那样考名校、挣大钱、买豪宅、开靓车，不愿意像其他男孩那样将头发烫成“鸭屁股”。于是他不断挂科，最后被开除，被迫流浪纽约。但他并不沮丧，他在探索，他拒绝了那种没有思想的可悲状态，他觉得没有思想的人“甚至在还没有真正开始寻找之前，就已经停止寻找”。令人惊讶的是，这本书一出版，就成为热门，中学校园到处都是穿风衣、倒戴红色猎人帽的“霍尔顿”，**一本充满反叛性的书，就这样被溶解成为轻松的流行，点缀着孩子们格式化的生活。**

另一个美国社会的敏锐观察者是来自瑞士的摄影家罗伯特·弗兰克。1955—1956 年，33 岁的瑞士摄影师弗兰克得到古根海姆基金会的资助，驾驶一辆破旧的二手车，在美国周游了 48 个州，拍摄了两万多张照片。1958 年，他从中选出 83 张，结集为一本名叫《美国人》的影集出版。在这个当时被称为“人间天堂”的美国，弗兰克却拍出了另一种模样，颓然、感伤、冷漠、焦虑、孤独、不安、疏离……《美国人》出版后，很多人感到愕然，甚至有人抨击弗兰克“以一种充满恶意的眼光拍摄了美国”。直到 1959 年后，美国社会深藏的各种危机全面爆发，民权运动、嬉皮士运动、女权运动、反战运动、垮掉的一代……一次次惊天动地的狂潮，全面印证了弗兰克的预感，人们这才意识到他是一个多么深刻的时代观察者和预言家！《美国人》中的照片并不讲究对焦、平衡、黄金分割，用传统的摄影标准看，很多作品可谓“不及格”。但是，作为一个受过严格系统摄影训练的摄影师，弗兰克在瑞士出道很早，他的摄影技术无懈可击。拍《美国人》之前，他为时装杂志拍广告图片，收入丰厚，普遍受到肯定。但他只干了半年，极度厌恶商业摄影中的矫揉造作，断然离开，一心要“要制作真正的当代的记录”。他立志要“不断地拍摄照片，不断地寻找”，要通过自己独特的视觉“传达现实的本质、形态与气氛”。这些独立的观念，使他跳出了摄影圈的陈规戒律，用自己的摄影方式展现出别人看不到的美国。这本《美国人》，现在已经是摄影经典，一幅幅照片都告诉着人们，应当如何用相机记录大众生存的本质。

另一位作家展示的美国，更加让人惊骇。1959 年 11 月 16 日，位于美国中部的堪萨斯州发生了一起轰动四方的凶杀案：一个名叫赫伯特·威廉·克拉特的农场主和他的妻子，以及两个十几岁的孩子在家里被人用猎枪打死。一个月后案情水落石出，凶手是两个白人青年佩瑞和迪克，他们杀死四个人，抢了 40 美元、一副望远镜和一只便携式收音机。著名作家杜鲁门·卡波特在跟踪调查这一案件，记录了 6000 多页的采访笔记后，写出了非虚构长篇《冷血》。卡波特采访两个杀人凶手时，起初无论如何也无法理解，为什么这两个凶手与被杀的一家人无冤无仇，却能爆发出那么大的杀气？经过六年的长期采访，卡波特一层层剥开了两个杀人者的心理历程，发现了美国社会底层的严重病症。其中那个名叫佩瑞的青年有印第安血统，长得非常壮实，眼神写满忧郁。他把自己的日记本交给了卡波特，日记里讲述了他痛苦的童年。佩瑞的母亲是马戏团的演员，离婚后带着佩瑞漂流四方，酗酒、外遇，让孩子生活得像个小孤儿。佩瑞小学三年级就辍学，多次出走，不断犯盗窃罪。很多次被抓进看守所，在看守所里，有一个女看守经常毒打他，甚至在他的阴茎上涂不明来路的药膏。佩瑞眼中的美国是一片荒蛮之地，“从未有人教过我分辨是非，我高兴去哪儿就去哪儿，想干什么就干什么，直到碰上警察找我麻烦”。佩瑞还喜欢看书、喜欢写诗，但他就是这样一步步丧失了对人间的温情，向“有钱人”举起了利刃。卡波特十分震惊，他深深体会到自己的成长过程与佩瑞的相似性，只不过自己侥幸成为了一个著名作家，而佩瑞却坠入深渊。卡波特说：“我与派瑞像是在一个家庭里长大，只是有一天派瑞从后门走了，而我，走了前门。”

与这些警醒的文艺家们有所不同，耶茨这部长篇小说《革命之路》更加注重青年人的精神演变，聚焦在这样一个更加具有先锋性的生存问题上：**年轻人如何认识自我的价值，年轻人的爱情如何获得真实的内核，年轻人如何与自己的时代保持思考性的距离？**这些问题在任何社会阶段都是极其重大的生命疑问，但在耶茨所处的20世纪50年代，这些问题空前地尖锐化了。为什么尖锐化？因为经济发展太迅速，生存空间被物质的丰裕填满，很多人过得心满意足，却完全丧失了反思意识。只有冷静观察生活的作家，才会为之痛苦，为之焦虑，才会从另一个角度去观察现实生活中的那些麻木。这样的作家当然不会受到当时的人们的重视，他们的作品受到冷落，那也是必然的。类似的例子比比皆是。1851年，美国作家麦尔维尔出版了长篇小说《大白鲸》，这部作品第一次以广阔的海洋为背景，揭示人类如何屠杀那些美丽的鲸鱼，导致船毁人亡的可悲结果。这本小说出版以后，只卖出去5本，备受冷落。直到1900年之后，大工业在美国造成了很多生态问题，人们才意识到，人类不可遏制的欲望，会遭到自然多么残酷的反击。《大白鲸》忽然被重新发现，受到广泛的赞扬，成为传世的文学经典。耶茨的《革命之路》几乎重复了麦尔维尔的传奇，2008年美国著名导演文德斯将《革命之路》搬上了银幕，主演是1998年电影《泰坦尼克号》的两位男女主角：莱昂纳多·迪卡普里奥和凯特·温丝莱特。这部电影引起了巨大的轰动，人们突然醒悟，去世了16年的理查德·耶茨是一位多么有洞察力的作家，他在人们表面上活得很幸福的时代，就写出了精神深层的焦虑。这种焦虑在平庸忙碌的生活中，是完全体会不到的。美国文学界因此把耶茨称为“焦虑时代的伟大作家”，这种赞誉是前所未有的。

现在我们就来看看这部小说是如何揭示生活的沉重。

小说中的男主人公名叫弗兰克·惠特，女主人公名叫爱波·惠特，他们是一对夫妻。故事开始于1955年，发生在纽约附近的一个名叫“革命山庄”的居住区。弗兰克“是个整洁壮实的年轻人，还差几天才满30岁。他留着一头修剪得很整齐的黑色头发，长相俊美，但不是那种非常惹眼的类型。广告摄影师会让他扮演那一类很有眼光的顾客：懂得挑选做工精致但是价格又不昂贵的商品的人，尽管轮廓没什么特性，但他的脸孔却不寻常地变化多端”。在小说的开始，他正坐在一个小剧场，看“桂冠剧社”的话剧演出，他的妻子爱波是其中的女主角。“舞台的幕布升起，台上布景的后墙还在抖动，因为幕后人员刚匆匆地离开现场。……爱波·惠勒刚一亮相，礼堂就低声回荡着‘真是太讨人喜欢’的赞叹。很快人群中开始有人一边用手肘轻触身边的人，一边低声赞美着：‘她确实很不错。’有些观众自豪而又庄重地点着头，他们恰巧知道爱波在不到10年前曾就读于纽约一所顶尖的戏剧学校。她今年已经29岁，灰金色头发，身材高挑。她那贵族式的美没有因为蹩脚的灯光而有所折损。她所扮演的角色似乎正是为她量身定制的。虽然生养了两个孩子使她的臀部和大腿稍嫌丰满，但她的举止恰如其分地表现出一个少女的羞涩与优雅。”

她轻声说着台词：“有的时候我能感觉到好像自己浑身上下都在散发着光芒，而这时我只想到外面去做一些完全疯狂的不可想象的事情。”

这个不平凡的开场，把弗兰克和爱波带到了聚光灯下：弗兰克“变化多端”，爱波想做“完全疯狂的不可想象的事情”，两个浑身充满不确定能量的青年夫妇，他们的人生轨迹是如何交汇到一起的呢？《革命之路》写得很简单，完全没有其他爱情小说中的那些漫长与复杂：七年前的一个酒吧聚会上，他们一个眼神对上了，瞬间决定了一切，小说里这样描述了他们的相遇：

一个晚上，在莫宁赛得山庄的派对中，刚刚吞下四大口威士忌的弗兰克选择做一个胜利者。

他穿过半间屋子的陌生人，走到这个秀发光亮、双腿修长的女孩身边。毫无疑问，她是“第一流女人”。

“我想我没听清楚你的名字，你是帕米拉吗？”弗兰克问。

“不是，”她回答，“帕米拉在那边。我叫爱波。爱波·约翰逊。”

不到五分钟，他发现自己可以让爱波·约翰逊发笑。他不仅可以让她那双大眼睛紧紧盯住自己，还可以让她的瞳孔随着他的谈话上下游动，就好像自己面孔的形状和肤质有莫名引力。

“你是做什么的？”爱波问。

“我是个码头装卸工人。”

“不，我是说真的。”

“我也是在说真的。”如果不是担心她可能知道老茧和水泡之间的区别的话，弗兰克会把手掌伸给她看。之前那个星期，在一个五大三粗的大学同学的引荐下，他每天早上都到码头上去搬运水果箱。他自己把这份劳动称为自愿的“健体塑身”。

弗兰克说：“不过从星期一开始我会有一份更好的工作，在一家自助餐厅当夜间收银员。”

“我指的不是那个，我的意思是你到底对什么真正感兴趣。”

“亲爱的……”弗兰克毕竟还年轻，面对刚刚认识不久的女人就如此大胆叫对方“亲爱的”还是会让他脸红。“亲爱的，如果我知道答案的话，我想我们谈不了半个小时就会把我俩给闷死。”

五分钟之后，两人步入舞池。弗兰克发觉爱波的腰部在他的手掌下轻柔滑动，如此贴合，就好像是专为他的抚摸而生。一周之后，几乎直到现在，在贝休恩大街上的公寓里，爱波美妙的裸体躺在他身边，天蒙蒙亮，发着蓝光，她的手指从他的脸庞上滑过，从眉毛到下巴。她轻声呢喃道：

“真的，弗兰克，我真这么觉得。你是我见过的最有意思的人。”

我们看，一场邂逅，让两个不知道自己“到底对什么最感兴趣”的年轻男女怦然心动了。简短的对话呈现出人生选择的不确定性，这在那个同质化泛滥的时代是稀少的，也是美丽的。这种稀少像摄影工作室里的显影液，将两个不同于他人的青春男女叠合到了一起，他们在彼此身上看到了自己，看到了自由。弗兰克看到了一个“第一流女人”，爱波发现了“最有意思的”男人，世界刹那有了光，爱情的降临，只需要几秒钟。

他们结婚了。

他们真的相爱吗？

他们的未来会发生什么？

去巴黎，一种审美中的非现实飞翔

在爱情小说中，男女相遇是最关键的环节。表面上看这是偶然的、发生在一瞬间的事，但实际上，背后却有漫长的道路。就像我们在日常生活中经常用一个词，“来龙去脉”。每一个人，无论男女，都有自己的来路，从家庭、村落或城市到求学、求职、工作……一路走来，没有一个人是相同的。生活经历的不同，也形成每个人精神世界的差异。这种差异，也在很大程度上决定着一个人对未来的想象和追求，也就是说，“来龙”对“去脉”有着不可忽视的影响。**对于爱情来说，两个人的“来龙”是不相干的，是两个陌生人走到了一起。而他们的“去脉”却是紧密相连，甚至是生死相关的。因此，男女相爱，最关键的是两个人有没有共同的未来。如果我们把“来龙”称为存量，那么“去脉”就是增量，爱情的双方共有的，只有这个增量。有的人选择恋爱对象的时候，只注重存量，看对方的财富、地位、才华，等等，而不看对方和自己属不属于一个世界，不看两个人有没有幸福的增量。这样的选择往往是断头路，根本走不远，甚至一起步就熄火。**

但是我们如何去判断一个人的“去脉”呢？这就需要我们认真体会对方的“来龙”，明白对方的精神历程。对于现代人来说，这是一个特别困难的事情。现代社会成年男女相遇，大多是萍水相逢。尤其是在转型社会，从农业社会转向工业社会、后工业社会，大量的人在迁徙，从乡村到城市，从小城市到大城市，我们相遇的每个人，几乎都是平面化的，都是生命的一个片断，很难看到彼此的过去、看到彼此的成长轨迹。在传统的农业社会，人一生定居在家乡，互相看着彼此长大，是熟稔的相邻聚落，互相知根知底。而现在的人，相互之间看不到精神纵深，只能凭一瞬间的印象去感知对方。从自由自主的角度看，这是一件好事，人们可以从传统的家族束缚、等级束缚中解放出来，实现自己内心的自由。但从相知相依的角度看，这种疏离和松散又充满了未知性，造成很多“去脉”不同的人走到一起，陷入虚幻的爱情，最后一拍两散。**可以这么说，“爱上”这件幸福的事，在当今这个时代，很容易变成危险的错觉，拉开“一见误终生”的序幕。**

弗兰克和爱波，他们各自的来路如何？

弗兰克的父母亲过世好几年了。他的父亲是“一个有点谢顶，眉毛很浓密的男人。他的嘴只有一个形状，不是表现狂躁，就是表现愤怒”。他的母亲总是“戴着一副无边框眼镜，头发别着发兜，在嘴唇上小心翼翼地涂抹着口红”。父亲厄尔·惠勒具有操控一切的欲望，常常“让弗兰克掰开他捏紧的拳头，他年小力弱，双手使尽全力也无法掰开一个指头，拳头剧烈地颤抖，这时父亲的笑声便会在厨房里响起来。弗兰克嫉妒的不仅仅是父亲手上的力量，还有他双手的坚定和敏感”。然而，在家庭之外，弗兰克父亲的职业生涯从来没有顺畅过，他本来是纽约诺克斯公司纽瓦克分公司的经理助理，“侥幸逃过了大萧条时期大规模的裁员和失业”，还差点儿成为诺克斯公司总经理的助手，但最终还是没能竞争到这个高级管理的位置。“父亲直到生命的尽头也没能理解为什么会失败。从开始到最后的沉沦，弗兰克父亲始终没能理解这次的失败和接下去一连串的打击到底是怎么回事。后来的几年他总是被调来调去，直到战后很快就退休了，退休之前从原来的经理助理被调到宾夕法尼亚州哈里斯堡去做普通的推销员。”这样一个大公司的中级职员，就像是资本链条上的一颗螺丝钉，每天都渴望在阶层社会中“上升”，但总是备受打击。1949年，美国剧作家阿瑟·米勒在话剧《推销员之死》中早已写出了这种人生的灰暗。这部戏剧的男主人公名叫威利，是纽约一家服装公司的市场推销员，一年四季开车到处跑，推销公司生产的各式服装。他相信通过自己的努力，一定能够创造比别人更好的生活，实现自己发财致富的美国梦。然而在他辛苦了36年之后，老板却把他解雇了。最后，威利在疲惫和孤独中自杀，结束了幻觉中的一生。这部话剧讲的绝不仅仅是一个极端的现象，而是底层白领的普遍状态。所以美国作家保罗·利伯曼评价说：这部戏剧“是衡量国家及其人民经济、家庭、价值观和梦想的尺度。威利成为美国式自夸、自负和自欺的象征。但每个人都心系这位深感好运不再、意志消沉的男人”。

与阿瑟·米勒的《推销员之死》不同，耶茨的《革命之路》要写一个进一步的问题：威利这样的梦幻破灭者已经衰亡，过去了，他们的后代又将怎样生活？我们在《革命之路》中看到，弗兰克坚决拒绝走父亲的那一条道路，他要创造全新的自我。14岁那年他计划了一次出逃，“他把课余的时间都用来计划坐火车从美国东部去西海岸。他在铁路图上策划了好几条备选的路线。还在心里试演着怎么应对流浪汉成群的场面”。他甚至“在军需用品店看好了衣物和装备，包括李维斯的夹克和裤子，带肩章的军装款卡其布衬衣，还有鞋头和鞋跟镶上钢片的高统靴子。一顶他爸爸的老呢帽，只要在防汗带里塞点报纸就能戴合适”。可是一切都是纸上谈兵，最后他在同学的嘲笑声中悄然结束了这份异想天开。1944年弗兰克高中毕业，在18岁的黄金年龄毅然报名参军，开赴第二次世界大战欧洲战场。他的这段军旅生涯并不长，甚至没怎么打仗，经历过一次长长的行军后，突然听到德国法西斯阵营投降了。尽管没有真正出生入死地拼杀过，退伍军人的身份仍然给了他无比的荣耀，回到美国以后，他依靠政府对退伍军人的特殊照顾，进入哥伦比亚大学学习，意气风发。“他头上骄傲地戴着‘退伍老兵’和‘知识分子’的光环，勇敢地接受着这些称号，就像他以同样的勇气穿着那件故意做旧的斜纹软呢夹克和褪了色的卡其布长裤。”名不副实的虚荣笼罩着他，让他在生命最需要踏踏实实磨炼的年龄段漂浮起来。他和退伍同学的身边“总是有数不清的女孩围着打转，并且愿意跟着他们来公寓”。弗兰克享受到了“生命中第一次被人敬仰的感觉”，他喝着啤酒眉飞色舞地高谈阔论，身边常常是“一片轻声的赞同”，说他“只需要时间和自由去找到自己”。这让弗兰克“从来没有怀疑过自己拥有与众不同的天赋和前景”，庆幸自己“没有特定的志趣。正因为没有什么特定的目标，他也就避免了特定的限制，整个世界和生活本身，都能成为他选择的领域”。

弗兰克的这种状态其实是一种严重的精神危机，他所有的荣耀都不是自己挣来的，而是时代的天空掉下来的馅饼。美国是个极为崇尚个人价值的国家，整个社会对退伍军人有着特别的尊敬。在美国人看来，一个人用生命来保卫国家，这是最大的牺牲，整个国家对战争归来的军人，应该给予最优厚的待遇。第二次世界大战结束时，美军总兵力超过 1100 万人，是当时美国总人口的 10%。1945 年 8 月，日本投降，当年 10 月美国开始大规模裁军，到 1948 年底，美军精简到 170 多万人，削减的速度惊人。美国政府专门成立了退伍军人事务部，供职人员高达 38 万人，负责为退伍军人发放退休金、参战补助金、残疾抚恤金和死亡抚恤金，为退伍军人设立人寿保险，提供医疗服务、住房贷款，资助退伍军人进行深造，帮助退伍军人就业。弗兰克在战场上几乎一枪未放，就获得了这些荣耀和待遇，他在潜意识中有了一面虚假的镜子，将自己放上了不凡的云端。因此他下决心不走寻常路，不愿随大流找一份体面的工作，只是“偶尔打一些奇奇怪怪的零工挣口饭吃，脑子里则不停地想着事情”。真实的自我与虚幻的自我意识之间有巨大的距离，他不得不努力模仿各种高大上的“男子汉形象”，打造自己的人设：他不辞辛苦，以“非常性感”的姿态走路，“不自然地把一只肩膀抬高一两寸，挺直脖子”；每次在暗处点燃香烟的时候，“他会小心地保持一种形象：皱着眉头，就像一个饱经风霜的硬汉，啪一下掀开打火机，用手护住火，火光闪烁照耀出一个男人昙花一现但却无比强烈的图像（很多年前他经常在黑暗的卫生间里对着镜子这样练习）”；他会悉心地注意自己的细枝末节，“刻意把说话的声音压低，头发要梳理整齐，被他啃得凹凸不平的指甲要遮盖起来”……

弗兰克的这种表演性套路，看上去有些滑稽，但细细体会并不可笑。处于社会中下层的青年，心理世界往往是双重的：仰望天空，有一层又一层比自己高的社会等级，感觉到压抑和不公；俯瞰大地，又不甘心于沉寂在不平等的宿命中，内心燃烧着拔剑而起的奋斗欲望。这样的心劲儿，比起中世纪那些驯服的底层青年，是历史的大幅进步。中世纪的底层社会毫无上升的希望，铁笼一样的等级制和世袭制，牢牢地牵制着下层人的命运。只有在欧洲近现代社会，出现了“天赋人权”的新观念，很多普通人才变得野心勃勃，内心充满了对未来的想象。这不是坏事，但问题在于，弗兰克的追求太空洞了，缺乏真实的社会价值，他每天生活在光环中，沉醉在美好的幻觉中。如何衡量一个人的生存质量？其实很简单：每天都反思一下自己，看看在知识上有没有增加，文化视野的宽度有没有扩大，情感的含量有没有更加丰富，行动性有没有增强。借用中国古代贤人曾子的话来说，就是“吾日三省吾身”。**而弗兰克处于什么状态？是无休无止的自我循环，仿佛一捆稻草，用一根幻想的绳子捆着，看上去是人生的丰收，实际上并没有劳动的内在。这样的生**

活表面上风光，内心却是空洞的，没有真正的独立性，总是需要外部的赞美来确定自己。他每天站在自设的舞台上，没有观众的掌声，他根本活不下去。

而对一个这样的男人来说，最大的赞美，莫过于找到一个“第一流女人”，通过美人的臣服，可向世人证明自己的男性魅力。“他最烦心的是，在接触过的女孩里还没有一个可以让他有一种纯粹满足感。其中有一个面孔相当迷人，但是有着不可原谅的粗脚踝；另外一个非常有头脑，但是总有一种想要像母亲一样去照看他的欲望，真令他厌恶；总之这其中没有一个是第一流的女人。”

终于，这个女人让他遇上了，她就是爱波。

爱波遇到弗兰克之前，生活中充满了“阴暗的故事”。她的父母曾经“有一场浪漫的婚恋，在大西洋上让船长主持婚礼，然后又在孩子不满一周岁的时候草草离婚”。她出生后，直接被妈妈“送到了玛丽姨妈家”。爱波 20 岁的时候，父亲在波士顿的一家旅店里开枪自杀了，过了几年她母亲也在西海岸一家戒除酗酒恶习的疗养院里去世。爱波的生命从未被温暖地关爱过，她在不同的姨妈家之间被送来送去，淡漠的感情，使她几乎把姨妈们“忘得差不多了”。年幼时父母偶尔来看她，是她“唯一开心的事情”。在极度的情感匮乏中，爱波像抓住救命稻草一样，将父母看成“她真正爱的人”。在父母去世之后，爱波珍惜地保存着为数不多的纪念物：“她在不同年龄时期拍的照片，在草地上，要么跟父亲一起，要么跟母亲一起。还有一张她母亲的小小的肖像；一个镶着皮革相框的发黄照片，她父母的合影。她的父母身材高挑，衣着优雅，站在一棵棕榈树下，旁边写着‘1925 年，戛纳’；她母亲的结婚戒指她也精心保存；一枚古董胸针藏着一束外婆的头发；还有一匹小小的白色塑料马，只有一个表坠大小，估计价值只有两到三美分，爱波还是收藏了很多年。”这让人有些伤感，她极力渲染对父母的爱，为的是让自己在这个破碎的世界上有一份念想。这念想表面上是爱父母，内核中是竭力证明父母对自己的爱。这些纪念物像一条蜘蛛丝，亮晶晶地闪动着爱波渴望被爱的女性本能。和弗兰克结婚以后，她谈起父母，依然说："我爱他们的衣着，我爱他们说话的方式，我爱听他们跟我说关于他们的生活。”弗兰克虽然习惯于沉浸自我，但听到这话时，一眼就看到了爱波的孤独，“除了把她搂在怀里，弗兰克没别的事可做了。他可怜她得到的太少了”。

但是，如果我们因为爱波的漂泊往事，就将她划入卑微的弱者，那可大错特错了。这绝不是她自己的定位，她进过艺术学院，受过戏剧专业的高等教育，艺术的王国，是她自我拯救的天梯。坎坷的生活给了她悲伤，她要用艺术的自由来否定现实。所以，她根本不会喜欢在现实中春风得意的男人，而当她一看到弗兰克，顿时看到了一个自我放逐在社会主流边缘的流浪者。她爱他对现实的拒绝性，她期待与弗兰克一起创造与别人不一样的独特生活。婚后她对弗兰克说的一番话真切展现了她的愿望，爱波说："我对‘现实’的评价很奇怪很低。……一个有头脑的男人年复一年像狗一样做着一份他根本无法忍受的工作，每天回到一所他无法忍受的房子里，生活在这块他无法忍受的郊区。而且家里等着他的妻子同样不能忍受这些东西，不能忍受跟一群担惊受怕的小人——哦，弗兰克，其实你不需要我来告诉你，我们所处的这个环境到底有多糟。我说的很多东西其实只是重复你的话。就在昨天晚上坎贝尔夫妇在这里的时候，你记得你说过郊区的人总不去正视现实，就像一切与己无关吗？你还说每个人都把孩子浸泡在泛滥虚伪的情感中来抚养长大。”爱波对弗兰克说这些话，是为了唤起弗兰克的同感，爱波并不会想到，弗兰克完全承担不起她的热望，他只能竭尽全力做出爱波喜爱的样子："每天早上弗兰克一定比爱波醒得更早，从床上跳起来，这样她只能看见他精神奕奕的样子，而不是刚睡醒时脸部肿胀、表情迷茫的模样。他会在烛光中咬紧牙关，这样他看上去就会显得坚毅而有魄力。只是长时间的表演让他大牙酸疼。有时候，弗兰克会憎恨自己使用这样的伎俩来达到目的，甚至隐隐地把爱波也迁怒在内，因为她竟然会这么轻易被这些虚伪的表演打动。这都是些什么幼稚玩意儿啊？"

一个徒有其表的小伙儿，一个追逐别样生活的女孩儿，就这样在虚空中相遇了，他们毫不犹豫地结了婚，丝毫没有预感到双双走到了悬崖边缘。他们要找一所浪漫的房子，安置自己不同寻常的未来。他们找到了房屋中介人吉文斯太太，吉文斯太太"很快就弄清了他们想要的房子有一点点特殊，他们想要一个改建过的小谷仓或车屋，或者一个废旧的小客栈，需要有一点魅力。这样的要求她很讨厌，不得不告诉他们，这些的房舍早就没有了"。但她还是劝他们不要灰心，吉文斯太太知道有一处他们可能会喜欢的地方，这个地方"结构简单，线条干净不拖沓，草地整理得很好，对孩子们是再合适不过了"。她开着车，带两个年轻人去看那幢房子："就在下一个拐弯处，你们看，这一带的路况也好了一些，对吧？现在你们就要看到它了——就在那里。看到那栋白色的小房子了吗？很讨人喜欢吧？你看它在小山坡上自得其乐的样子。"

爱波一眼就看上了它："那所房子的轮廓慢慢从细长的橡树丛中展露开来。房子不大，是木质结构的，高高伫立在混凝土地基上。房子中间有一个很大的窗，远远看去像一面巨大的黑色镜子。"爱波兴奋地说："嗯，我觉得这房子确实挺可爱的，你说呢，亲爱的？不过，当然，这里也有一个很大的落地窗。我想我们到哪儿都逃不掉落地窗啦。"弗兰克跟着开口了："我也这么觉得，但我想一扇落地窗不会破坏我们的个性的。”

两个年轻人看上的是一幢郊区独立房屋，他们想在这幢“革命山庄”的房屋里，开始他们“个性化”的生存。但他们忽略了自己身处的大环境：离家不远的地方，是星罗棋布的相同的住宅，无数中产阶级，正在这里享受着“美好的生活”。美国作家威廉·曼彻斯特有一本很著名的书《光荣与梦想》，这本书中写道：“1958 年前的 10 年里，定居区建成的 1300 万套新住宅中，大约有 1100 万（85%）建在城市外。农场和中心城市的难民聚集在乡镇，这些地方，在战胜日本那天尚不存在。尤其值得注意的是，城市丧失了活力。在过去，它曾是雄心勃勃的年轻人向往的地方，现在，这些人已不断流入城市周边社区、弯曲的超级街区，那里有复式花园洋房、红砖迷宫和修剪整齐的草坪。那里居住着新一代人，摇摆世代和他们的甥侄辈……在郊区，一种类型完全不同的群体正逐渐占上风，‘他向的美国人’。这些人的动力来自他们渴望不断被人喜欢。托克维尔在 100 多年前就发现了支撑这个论点的证据，他指出，虽然美国人自豪地谈论他们的个人主义，但美国人特殊的才能，也是他们最大的潜在的弱点根源，那就是他们彼此合作的作风。他预言，如果美国失去了这种动力，便会通过牺牲所有其他美德而加强社会性的美德，并创造一种多数人的专政。**他写道：‘在平等的年代中，无论人们为自己制定了什么政治法律，你都可以很肯定地预见到，对公众意见的信任将如宗教信仰一般，而大多数人将成为先知。’在这种情况下，危险是个体可能会‘因自己的渺小和软弱无力而被压倒’。**这正是威廉·怀特等批评家认为他们所看到的 20 世纪 50 年代郊区的现象。”

《光荣与梦想》中描绘的，是美国大规模中产化在居住社区方面的新景观。1956 年，美国白领阶层的数量历史性地超过了蓝领工人，收入的提高使大量建设、出售郊区独立住宅区成为新的现实。从历史来看，中产化是现代经济发展的必然，占据社会大多数的稳定的中产阶级，是发达国家的普遍存在。有庞大的中产阶级，才有向心力强大的共同价值观，才有对未来的普遍共识。但中产阶级又是一个庸碌的庞大群体，彼此处处可见的相似性，往往淹没一个人的独立意志。如同《光荣与梦想》中所说："在新开发的区域，似乎每个人都受雇于庞大又漂浮不定的合作机构。'摇摆世代'已经成为技术员的一代，成为可互相调换的部件。这些人都知道这一点，而大多时候也喜欢这一点。可以肯定的是，他们经常将生活比作乏味的折磨，但他们的绝望是佯装的绝望。如果他们觉得他们被囚禁，那他们的监狱也是史上最舒适的监狱，这一点他们自己也会明明白白。"

在这一大片"最舒适的监狱"中，时时刻刻被包围在"佯装的绝望"里，爱波和弗兰克能不能保持他们的"个性"？他们能走出一条什么样的"革命之路"？两根貌似"会思想的芦苇"，会不会旺盛地飘散自己洁白的芦花，给人人相似的中产阶级生活带来些许变化？这正是耶茨要深入探求的核心问题。

孤独中理解爱，人却已随风飘逝

弗兰克和爱波在革命山庄住下了，他们打算七年之后生两个孩子，在这之前他们要自由地生活，寻找自己的道路，做一生最喜欢的事情。然而还没有等他们想个明白，忽然爱波发现自己怀孕了。确诊之后，爱波"高昂着头，像是在表达震惊、不信任、愤怒，又或者是责备，可能是这几种情绪中的一种，也有可能是全部，还有可能什么都不是"。弗兰克"紧紧靠在她身边，身上不停在冒汗，下巴僵硬，脸上还竭力展露出微笑"。他们不是对这个小生命的到来紧张无措，而是对意外的怀孕格外茫然，因为这打破了他们原来的生活计划，他们根本没有做好过三口之家生活的准备。爱波忽然说，她的一个女朋友知道一种万无一失的自我流产的办法，怀孕三个月后就可以实施。弗兰克一听“气得快要炸开。让他怒火中烧的并不是爱波打掉这个孩子的打算——这个打算，天知道，其实相当不坏——最刺伤他的是，她打算一个人秘密地实行一切，找到那个女孩和流产的办法，买好了橡胶吸液器，并且排演了这一番说辞。就好像弗兰克可能只是她计划里的一个障碍，一个必须要肃清的挡路石，以便事情能达到最高的效率。这就是他不能忍受的事情”。

一次意想不到的怀孕，顿时把两个人的关系变得混乱不堪。

在这个世界上，爱情要过三关：当恋人、当夫妻、当父母。有的男女是最好的恋人，浪漫热烈，说不完的情话；有的男女是最好的夫妻，一起甜酸苦辣过日子，温馨美好；有的男女是爱心融融的父母，和孩子一起走过年年岁岁。很多人第一关过得很漂亮，第二关就不行了，当得了恋人，当不了夫妻；有的人第一关、第二关走得不错，第三关过不去，因为油盐柴米的事太多了，无法承担养一个孩子的复杂细节。在《革命之路》中，弗兰克和爱波还想尽情享受两人世界的甜蜜，完全没有做好当父母的准备。弗兰克反对爱波流产，只是因为爱波的流产计划打破了他对生活的主导权。他们都没有感觉到这个孩子的出现，是他们生活中的一种幸福，这也从一个侧面显露，他们的情感生活中还缺乏一种深层的连接。为了这件事，他们的争吵“持续了整个晚上。两个人怒吼，扭打，摔椅子，从屋里闹到屋外，还从到楼下闹到大街上”。争吵过后的第二天，爱波扑到弗兰克的怀里哭起来，告诉他：“我知道你说的是对的。对不起，真的对不起。我爱你，我会给他取名叫弗兰克，然后送他去上大学，以及做一切该做的事。我答应你，我答应你。”弗兰克“搂着怀里那个驯服顺从的女人，吻着她：‘哦，亲爱的，我亲爱的宝贝。’”但他心里却在想：“这不是最糟糕的事情吗？我并不比她更想要一个孩子。”

这一幕显得有些滑稽，引起的后续更是一发不可收拾：一个女儿出生后，他们又生了个男孩，弗兰克沮丧地感觉，“从那一刻开始，他的生活就由一连串他不想要做的事情组成”。他为了养家糊口，不得不找职业介绍所里的老同学，告诉他：“我现在需要一份工作，挣到足够的钱来混过接下来的这一两年。”极具讽刺意味的是，老同学最终给他介绍的是弗兰克爸爸埋没一生的诺克斯公司。弗兰克别无选择，只能接受。“他慵懒地对付掉每天的工作，用猫一般的姿态在公司里踱步。”而爱波过得与其他中产阶级少妇毫无二致，每天带孩子做饭，那些“独特生活”的愿望，似乎不见踪影。

时间是生命最大的消磨器，当一个人在永无休止的重复中度过每一天，他在生命深处会一点一点地腐朽，阴暗的腐朽会催生出很多色彩不明的霉菌。植物需要光合作用，生活需要吐故纳新，人生的境界不进则退，人若不成长，必然萎缩。弗兰克工作快满一年的时候，深深感受到他的个人理想和诺克斯公司那些机器人的理想之间的荒谬反差：“在诺克斯这种公司最大的优点在于，每天早上九点你可以切断你脑子的电源，让它停止一整天，而没有人会看出脑子转不转动有什么区别。”就在这种精神状态下，弗兰克忽然对一个往日不屑一顾的女孩发生了兴趣。这个女孩名叫莫琳·格鲁布，是公司这层楼的接待员，“她圆脸，宽鼻子，长得确实不很漂亮。她化了很浓的妆，可能是为了掩盖不很好的脸色，正如她在眼角勾画的小黑尾巴，是为了让双眼显得更大，而且相互的间距更远。她精心整理的头发可能是她最大的缺陷——她小时候头发肯定像一堆乱糟糟的枯草，估计一淋雨就会原形毕露。好在她的嘴非常好看，完美的牙齿，丰润的嘴唇有着杏仁蛋白软糖的细腻”。一向追求第一流女人的弗兰克，却不知不觉对莫琳有了一种莫名的冲动，“要搂住她，把她带到某个地方去（也许是邮件收发室，也许是备用的货梯），在那里他可以坐下来，让莫琳坐到自己的腿上，脱掉她身上的宝蓝色毛衣”。

这并不完全是弗兰克的好色。一个男人，忽然对自己原来根本就不会靠近的女人兴致勃勃，那一定是他精神内部发生了劣变。弗兰克的无聊和空虚需要填补，被压抑的性情需要刺激，他需要用性的放纵来证明自己。

弗兰克很轻易就把莫琳哄到了手，在莫琳的床上翻云覆雨。做爱结束的时候，“他们分别瘫倒在沙发床上”。一个男人和女人逢场作戏，最鲜明的标志就是完事之后马上想走。弗兰克当然不例外，他打算“立刻穿上衣服，然后在30秒以内离开这个地方”。而莫琳虽然肤浅，但人很单纯，有些不知所措：“她快速地坐了起来，伸手抓起宝蓝色的毛衣遮挡住身体。但接着她又感到犹疑，心想这个时候再没必要矜持地遮遮掩掩了，于是又让毛衣滑落下来。然而赤身裸体让莫琳很难堪——或许这才是最该矜持、最该维护自己尊严的时候呢；她又捡起毛衣覆盖在乳房的前面，还叠起双臂紧紧地搂着它。”弗兰克不失时机地俯身轻吻了她的嘴唇，说：“听着，你真是个很棒的女人。保重。”

弗兰克就这么轻松地回了家，他万万没有料到，全家人都在等待他，今天是他的生日！迎接他进门的爱波“递给他一个装满了威士忌和冰块的老式玻璃杯，然后消失在黑暗的客厅里。现在他已经听见客厅传来孩子徒劳地遏制着的嬉笑声，以及擦亮火柴的声音”。随后他走进房间，“先是看到妻子和孩子的三张脸，然后才发现是什么东西让他们的脸笼罩在摇曳不定的黄色光亮中：一个蛋糕上插的蜡烛。然后缓慢的、尖锐的歌声响了起来：‘祝你生日快乐……’”听着家人的祝福歌声，他感动而羞愧，这个生日，也是他的堕落日啊！他急切地对爱波说：“我应该先冲个澡。”爱波拦住他：“不，不用的，求你不要。不要先去冲澡，我不让你去。”弗兰克坚决地说：“我真的得去，爱波。”爱波大为奇怪：“为什么？”弗兰克不解释：“就是因为我真的得去。”当热水流过身体，弗兰克感觉“莫琳·格鲁布就像第二层皮肤那样贴在他身上，必须用尽全力地擦拭，才能把她铲除掉”。

弗兰克更没有想到，爱波在他30岁生日的这一天，为他安排了一个“重生”的计划：去巴黎。爱波的决定是“今年秋天全家移居欧洲，在那边开始新生活”。到了巴黎，弗兰克“什么样的工作都不用去找”，爱波对弗兰克说：“你可以去做七年前就该去做的事情了。去找你自己。你可以去看书，去学习，去散步，去思考。你会有很多时间。这是你生命中第一次有时间去弄清楚你到底真正想做什么。而且你有时间和自由去做这件事。”爱波在海外政府机关做文书工作的报酬，她可以挣到足够的钱养活一家，甚至还有余力雇请一位保姆在她上班的时候照顾孩子。用她的话来说，这简直就是一个完美无缺的计划，她只是奇怪为什么自己此前从来没有想到过。

弗兰克大吃一惊，起初感觉是天方夜谭，但细细回味，忽然萌发出英雄归来的自豪感。这不正是一种不同于他人的生活吗？当年他在欧洲参战的时候去过巴黎，“好几次紧急行军时他匆匆穿过了城市；他知道怎样从这些地方去到当时的美国驻军地点或红十字俱乐部；他当然还知道怎样去巴黎的红灯区皮尔嘉广场，怎样挑选好一些的妓女……他很喜欢那里建筑物的古典气息，夜晚来临时柔和的路灯在树上投下的淡绿灯影，还有每次他从咖啡馆经过的时候，遮阳篷下坐满了愉快地交谈的人群”。两口子一番长谈后，欣然决定辞去工作卖掉房子，奔向巴黎。

这仿佛是个浪漫的重生故事，但他们都忽略了一个关键的问题：在纽约无法精彩的人生，难道到了巴黎就会焕然一新？人不变，外部空间一变，生命就不一样了吗？**世界上很多人都把自己的美好前景定位在“远方”，似乎地平线的尽头才有无限的诗意，才是解放自己的不二法门。这是一大误区，是人性的软弱和逃避。从哲学上看，人要超越自身当下的生存，有“异地超越”和“就地超越”两条途径，“就地超越”最有普适性。**中国禅宗公案中有一则故事：唐代一个小和尚追随鸟巢师父修道，三年之后觉得学得差不多了，于是向鸟巢禅师道别。师父问他：“你要到哪里去？”他说：“暂无落脚之处，只想到别处走走，学习更精深的佛法。”鸟巢禅师说：“我有一个东西要让你瞧一瞧，也许能帮助你知道自己要往哪里去。”说罢拿出一根羽毛。小和尚不以为然，问：“这根羽毛何来佛法可言？”鸟巢禅师淡淡一笑：“万物皆藏佛法，就看你如何去体会。真理并不在远方，就在我们的心中。”这个禅宗故事讲了一个简单的道理：没有领悟生命真谛的人，走到哪里都是茫然的，顿悟来自长期的磨炼，而不是依赖空间的转换。

更为错乱的是，爱波“去巴黎”的计划是自己默默筹划的，她想再造一个弗兰克，像上帝一样让他重返生命的伊甸园。她对弗兰克充满了幻想，要通过“再生”一个弗兰克，实现自己的人生梦想。她鼓励弗兰克：“像你一样优秀的男人并不多，……每个人都知道，只要你有那么一次机会找到你自己，那么这世上就没有什么你做不到的事情，没有你担任不了的角色。当然了，这都不是重点，你无需非同寻常，但你也应该去寻找自己。你明白吗？”她激励弗兰克：“现在是你的本质被桎梏起来了，是你，真正的你，被一再地否认，否认和否认。”弗兰克梦幻般地问她：“那么我的本质是什么呢？”爱波“轻柔地拉着他的手，划过臀部，然后停留在自己平坦的腹部，并再次把它们按紧”，爱波轻轻地说：“你难道不知道吗？你难道不知道吗？你就是这个世界上最宝贵最美好的事物，你是一个真正的男人！”

在爱情和婚姻中，有一个常见的糟糕现象，那就是想改造对方，让对方符合自己的期待。婚姻不是愚公移山，不是重建山河，而是自自然然地相处，是天设地造的相融。只有在大裂谷一样的婚姻情感中，才会有爱波这样的“改造工程”。这让弗兰克更自我陶醉，也更加空心化。他的本性并不是一个“生活在别处”的人，他对现状的一切不满，不过是没有得到现实的肯定而已。

这个天大的真相，很快就暴露无遗。当弗兰克踌躇满志地向朋友们叙说自己去巴黎的远大计划时，如他所愿地获得了大家艳羡的时刻，然而事情突然发生了一个大转折：弗兰克为诺克斯公司撰写的宣传册受到高层的高度赞扬，他不经意间变成了公司颇有价值的员工。大主管波洛克称赞他：“这份东西可真是了不起啊。托莱多的与会者都很喜欢。”他告诉弗兰克，“我跟这个行业里顶级的广告人和销售人员谈过，也和一些最出色的计算机技术人才和全国最优秀的管理人员谈过，我们得出一致的结论：这是一种全新的工作，我们需要培养出全新的人才来掌握它。”波洛克要和弗兰克组织一个新的团队，“派他到全国各地去会见各种各样的人，民间团体、商务论坛、销售同行，还有客户或潜在客户”。波洛克最重要的一句话是：“弗兰克，你是我最需要的那个人！”

弗兰克终于熬出头了，远远超出了他的父亲在诺克斯公司的成绩。他干劲十足，撰写公司产品的宣传册时，“成了一个充满能量的魔鬼”。在社会生活中有两种人：一种人是生活艺术化，一种人是艺术生活化。生活艺术化的人会有很多浪漫的想法，但是他们的生命本质还是属于现实社会，文学音乐、电影、美术，等等，都是他们喜爱的东西，但并不是他们生命的根本。这样的人在年轻的时候总是有一种自我误解，以为自己对艺术的感觉就是自己的本性；但他们在社会生活中走过一段路之后，就知道自己最需要的还是现实的成就，那些对艺术的热爱都是生命的余情。而艺术生活化的人不一样，他们的灵魂是艺术，现实只是他们不得不居住的地方，他们生活中的一切细节都是他们艺术心情的表达。中国台湾作家三毛和恋人荷西去了撒哈拉沙漠，荷西生日的时候，三毛送给了他一个从沙漠里捡来的很大的牛头骨。这牛头寄托着三毛爱情中的生生死死，很梦幻。然而弗兰克不属于这一类，他是现实中的人，现实对他的肯定，一下子让他豪情勃发，心里决定不去巴黎了。但他还不敢直接告诉爱波，他要用曲折迂回的语言，“启发”爱波自己放弃去巴黎的想法。

我们绝不能说弗兰克这样的改变很庸俗。人类的生活需要不同的人来组成，生活艺术化的人和艺术生活化的人都是社会必不可少的部分。这个无需多言的简单道理，对爱波却是一个晴天霹雳。当她意识到弗兰克已经被诺克斯公司拉住的时候，她发现重新打造一个新的弗兰克的希望破灭了，她对未来的生活绝望了。

也就在这时，爱波意外发现自己又一次怀孕了，而弗兰克大喜过望，这不正好是一个不去巴黎的理由吗？他委婉地劝告爱波，这时候去巴黎，太冒险了，而且她的执著，实际上是一种“情感失调”。爱波一听万念俱灰，几乎陷于崩溃。她已经没有欲望和弗兰克争论，一切都变得无意义了。在冷静的绝望中，爱波在酒吧狂烈的鼓声中，和平日并无好感的男人谢普·坎贝尔拥抱在一起，我们看书里的这一段描写：

于是一切都在汽车的后座发生了。就在这里，在这个狭小

的黑暗空间，在汽油、孩子套鞋和后座罩布的混合气味里，他们缠绵、挣扎，

一缕沁人的清风带来史蒂夫·科维克今晚最后一轮鼓乐独奏；在这里，谢普·坎贝尔终于满足了爱的欲望。

“哦，爱波。”结束的时候，他轻柔地放开爱波，把自己的外套脱下来叠好枕在她头下面，让她柔弱的身体独自躺在后座上，而他则缩着蹲在下面，握着爱波的双手说，“哦，爱波，这不是偶然发生的事情。听我说，我一直以来都——我，我爱你。”

“不，你不要那么说。”爱波说。

“但这是真的。我一直都爱着你。我这么说并不是——听我说。”

“谢普，请你不要这样。我们静静地待会儿，然后你就开车送我回家。”

谢普长叹了一声：“我猜你肯定觉得我是个白痴，对吗？”

“谢普，你不要这么想。”

微弱的光亮只能隐约显现她脸部的轮廓，但不足以让他看清她的表情，或者分辨出她到底有没有表情。

“不是那么回事。坦白说，问题在于，我其实并不知道你是谁。”

一阵沉默。“不要跟我打谜语。”谢普低声说。

“我没有。我真的不知道你是谁。”

谢普看不到她的脸，但他至少可以触碰它。于是他像盲人一样伸出手去，让自己的指尖从她的鬓角滑落到脸颊上。

“而且即使我知道，”她说，“恐怕也不会有什么帮助，因为你懂吗，我也不知道自己是谁。”

这段话读起来痛彻心扉，这就是耶茨要写的现代生存：人和人之间“并不知道你是谁”，甚至“也不知道自己是谁”。**孤独是彻底的，每个人都是自己的陌生人，却还要去爱，去融和一体，去生儿育女。**

敏感的弗兰克直接感受到爱波的极度失望，他太想挽回爱波对他的爱，他孤注一掷地把自己和莫琳的私情告诉了爱波。只要爱波伤心或愤怒，那就意味着她还在乎自己。没想到爱波的反应却如一口枯井，她沉默了一阵子，看来是在思考，然后很漠然地耸了耸肩说：“我已经说过了，我什么感觉都没有……我知道。如果我还爱你的话，我应该会难过的。但是你知道我已经不爱你了。我现在不爱你，从前也不曾爱过，只不过我到这个星期才明白这一点。”

爱波和弗兰克的“革命之路”走到了尽头，她决定冒着生命危险，自己流产腹中的胎儿。她尝试着给弗兰克写一段留言，她写道：**“你所谓的“爱”，其实是自欺欺人的幻觉。你懦弱地蜷缩在这个幻觉之中。其实你跟我一样清楚，我们之间什么都没有，除了相互的蔑视和不信任，以及最丑恶的，从对方的弱点当中寻找满足。**这就是为什么你说我没有能力去爱的时候我会大笑不止。这就是为什么我再也不能忍受你碰我一下，这就是为什么我再也不相信你想的东西，更别说你说的东西。”

写完之后，她默默地想了想，把它丢进了垃圾桶——说这些已经没有意义了。于是她又重新写了一段：

亲爱的弗兰克：不管发生了什么，请你不要责怪自己。

她差点儿习惯性地附上一句“我爱你”，不过最后她还是及时制止住自己，只是朴实地签下了“爱波”。随后她走上楼，为自己流产，于痛苦中死于大出血。

爱波和弗兰克是不幸的，他们是两种完全不同的人，却在最年轻、最朦胧的年龄相遇了。他们看到了对方的寻找，却不知道寻找的是不同的生活。一个人固然可以过不同的生活，但生存一旦认真起来，调和的余地就没有了。他们其实都是很优秀的人，太多的人没有像他们一样向往过、挣扎过、对立过、失望过，太多的人小心翼翼地避难就易、避繁就简、避远就近，在人性的软弱中度过一生。如果我们换一个角度，离开那些传统定义下的幸福观，爱波和弗兰克的生生死死，也未尝不是人间的另一种爱情。

爱波死后，革命山庄“整片地方又变得生机勃勃，明亮干净，窗户里重新有了灯光”。爱波和弗兰克的房子卖给了新人，一对“开朗的年轻人——布雷斯夫妇。她很甜美，说话也很有趣；他比较沉稳，话比较少，看来在城里一定有份了不起的工作”。

弗兰克虽然也忙碌地投入新建公司的事务，但他已经失去了灵魂，了无生趣。在往日邻居的眼里，他是一个“走着，说着，笑着的，却没有生命的男人。听到他一开口说话，以及握着他干瘪无力的手，他就知道弗兰克的生命能量已经枯竭了”。这时候弗兰克真正感受到爱波对他来说是唯一的。我们不能说弗兰克没有获得过爱情，爱情最真实的感觉，是失去了那个人，就失去了世界——可惜他明白得太晚，一切都消失了。

6

Milan Kundera

《生命中不能承受之轻》

Unbearable Lightness of Being

爱情如同诗行，

燃烧在预料之外的瞬间

遇见真爱之前，生活都是一场场游戏

本章我们来讲一讲米兰·昆德拉的长篇小说《生命中不能承受之轻》。

米兰·昆德拉是中国读者十分熟悉的一位捷克作家，为什么会熟悉他？首先是因为在中国启蒙主义理想主义盛行的20世纪80年代，他的两部小说被翻译到中国，一部是中篇小说《为了告别的聚会》，另外一部就是我们今天要讲的《生命中不能承受之轻》，由湖南作家韩少功翻译，当时的书名是《不能承受的生命之轻》。后来他的其他作品也陆续翻译到中国，比如著名的《生活在别处》《笑忘录》《不朽》……“生活在别处”和“不能承受的生命之轻”这两个书名成为当时中国文艺青年的流行用语，融入了20世纪80年代中国理想主义一代的精神生活。可以说，米兰·昆德拉是中国改革开放以来影响最大的外国作家之一。而他的这本《生命中不能承受之轻》，也是对中国文艺青年影响最大的作品之一。

要理解《生命中不能承受之轻》这本书，先要了解一下捷克这个国家。从历史上看，大约1500年前，一批斯拉夫人移居到今天的捷克和斯洛伐克一带。800多年前这个地区被称为波西米亚王国。讲到“波西米亚”这个词，我们就很熟悉了。它来源于古代波西米亚王国的游牧民族，尤其是吉普赛人。这些人的穿着鲜艳，服装面料特别厚实，装饰着流苏、珠串，生活流动不定，给人一种自由浪漫豪放不羁的印象。我们今天对那些有点儿叛逆、独立的文艺青年，往往给他们贴上“波西米亚”的标签。这其实有一点儿反讽，古时候的波西米亚人很穷，他们居无定所，具有流浪者的洒脱。而我们今天所说的“波西米亚”，实际上是中产阶级文化中的一个亚种，要想过今天的波西米亚生活，还需要有点钱，不然连“波西米亚”青年常穿的那件皮衣也买不起。

大约400年前，波西米亚被崛起于欧洲的哈布斯堡家族征服，并入所谓的神圣罗马帝国，后来又被纳入奥匈帝国的统治之下。第一次世界大战之后，奥匈帝国瓦解了，捷克和斯洛伐克合并成立了一个新国家。第二次世界大战之后，捷克斯洛伐克被纳入到苏联领头的社会主义阵营。直到1992年，捷克和斯洛伐克分家了，捷克变成了一个和中国江苏省差不多大的小国。它西面是德国，北面是波兰，南面是奥地利，东面就是分出去的斯洛伐克。从这段历史来看，捷克是一个小国，四周大国掀起的每一场风暴，都会淹没它。120多年前，它被奥匈帝国统治，1939年被德国占领，1945年后又被苏联笼罩，1993年以后才算成为一个完整的独立国家。这样的曲折历史，使捷克人对民族生存有一种复杂的感觉，如同出生在捷克首都布拉格的现代作家卡夫卡所说：**“每个人都是沉默的，孤独的。对世界和自己的评价不能正确地交错吻合。我们不是生活在被毁坏的世界里，而是生活在错乱的世界里。我们就像被遗弃的孩子，迷失在森林。当你站在我面前，看着我时，你知道我心里的悲伤吗？你知道你自己心里的悲伤吗？”**

米兰·昆德拉出生于1929年，正是捷克斯洛伐克相对和平的历史阶段。他从小学钢琴，哪怕是第二次世界大战战火纷飞的时候，也没有中断。“二战”结束之后，他又迷上了雕塑和绘画，后来上大学，学的是哲学和电影。他的专业背景，使他的文学创作带有很强的音乐感和反思性，经常会跳出具体的描写，直接以音乐般的节奏，流入抽象的哲学化思考。1958年，29岁的他开始写小说，1967年发表的长篇小说《玩笑》引起了极大轰动，在捷克斯洛伐克卖了几十万册。这本书之所以这样受欢迎，是因为他写出了人生的荒诞，也写出了人生的真诚。《玩笑》里面的主人公叫路德维克，是一个年轻的学生。他喜欢一个叫马凯塔的女孩子。为了表现自己很有个性，路德维克经常喜欢在马凯塔面前说一些反潮流的话。这个时期正好是1948年，以苏联为首的社会主义阵营和以美国为首的资本主义阵营正在进行冷战，马凯塔去参加政治学习，她给路德维克写信，写得特别乐观，说资本主义国家很快就要爆发革命了。路德维克故意给她泼冷水，回信说“乐观主义是人民的鸦片，积极精神是冒傻气”。没想到马凯塔把路德维克的信交给了上级，这可把路德维克害惨了，他被大家异口同声地批判，尤其是他那个所谓好朋友泽马内克，把他平时的“黑话”都揭发出来。最后，路德维克被送到矿山去劳动改造，干苦力。生活本来充满意义，这一下子全完了。路德维克苦熬多年，好不容易离开了做苦役的地方，他想报复泽马内克，就去勾引他的妻子，没想到居然还勾引成功了。成功之后他才发觉，泽马内克早就想把妻子抛弃掉，他巧妙地利用路德维克，曲线实现了自己的计谋。路德维克觉得生活跟自己开了一个天大的玩笑，一切都是那么荒诞。《玩笑》这部小说既有现实的批判性，也有对人性的洞察，更加重要的是，这部小说把世界的本质归纳到一种荒谬性的逻辑中，奠定了米兰·昆德拉文学写作的基本气质。

如果历史是一条直线，那么米兰·昆德拉的文学生涯可能就会沿着这种幽默荒诞而又冷峻的风格写下去。然而人类社会永远是不平静的，总会出现意想不到的改变。1968年，对于捷克的历史，甚至对于整个人类的历史来说都是极其重要的。这一年的春天，捷克的领导人杜布切克宣布实行新的社会改革，史称“布拉格之春”。这次改革引起了苏联的极大警觉，经过几个月的纵横捭阖，苏联当政者决定出动军队镇压。8 月 20 号晚上，捷克首都布拉格的机场收到一条苏联客机的求助信号，说出现了故障，需要紧急迫降。飞机降落之后，冲出来几十名特战队员，占领了机场，随后大批的苏联军用飞机落下来，冲进捷克的还有 20 万苏联阵营的军队、5000 辆坦克。捷克的改革就这样被强行终止了，整个国家的文化风向瞬间倒转，米兰·昆德拉的这本《玩笑》被宣布为“禁书”。不仅如此，他在电影学院的教师职务也被开除，生存顿时困难起来。好不容易熬了 7 年，捷克政府终于同意米兰昆德拉一家人移居法国。一开始他在法国西南部布列塔尼地区的雷恩大学当老师，三年之后搬到巴黎，并且加入了法国籍。1984 年他发表了自己最重要的作品——长篇小说《生命中不能承受之轻》，引起了世界范围的巨大轰动。1995 年捷克政府授予米兰昆德拉国家最高奖功勋奖。2019 年 11 月捷克正式恢复了米兰·昆德拉捷克公民身份。

不过与政府给的奖项荣誉相比，对于一个作家来说，自己的文学生命更为重要。2017 年 3 月，米兰·昆德拉的主要作品被法国伽利玛出版社收入“七星文库”正式出版。这是一项了不起的荣誉，历史上有 200 来位作家被收入七星文库，在世时被收入的作家只有 12 位，而目前还在世的只有米兰·昆德拉一位。七星文库收入的都是最经典的文学作品，这显示了米兰·昆德拉在世界文学中的重要性。从这里我们更能体会这本《生命中不能承受之轻》的分量，如果没有这本长篇小说，米兰·昆德拉的文学成就会逊色很多。

《生命中不能承受之轻》究竟是一本什么样的书呢？

这部长篇小说的主人公叫托马斯，是一个医术精湛的脑神经外科医生。他“是一个十足的单身汉胚子”，前前后后共有 200 多个情人。“他要尽力为自己创造一种没有任何女人提着箱子走进来的生活，那就是他的房里只有一张床的原因。”他从不留情人过夜，他告诉情人们：“只要有外人在身边他就不能入睡，半夜之后都得用车把她们送回去。”这是为什么呢？因为他经历了一场失败的婚姻，内心中有着对女性的深深恐惧。“他和妻子共同生活不到两年，生了一个孩子。离婚时法官把孩子判给了母亲，并让托马斯交出三分之一的薪水作为抚养费，同意他隔一周看望一次孩子。而每次托马斯去看孩子，孩子的母亲总是以种种借口把他拒之门外。他很快明白了，为了儿子的爱，他得贿赂孩子的母亲，多送点昂贵的礼物，事情才可通融。托马斯知道自己的思想与那婆娘格格不入，试图对孩子施加影响也不过是堂·吉诃德式的幻想。这当然使他泄气。又一个星期天，孩子的母亲再次取消他对孩子的看望，托马斯一时冲动就决定以后再也不去了。”这样一来，“没人同情他，父母都恶狠狠地谴责他：如果托马斯对自己的儿子不感兴趣，他们也再不会对托马斯感兴趣。他们极力表现自己与媳妇的友好关系，吹嘘自己的模范姿态与正义感”。这一段经历给托马斯“留下的唯一东西便是对女人的恐惧。托马斯渴望女人而又害怕女人。他需要在渴望与害怕之间找到一种调和，便发明出一种所谓‘性友谊’。他告诉情人们：唯一能使双方快乐的关系与多愁善感无缘，双方都不要对对方的生活和自由有什么要求”。为了确保“性友谊”不发展成为带“侵略性的爱”，他与老情人们见面很讲究“轮换周期”，做到“无懈可击”。

托马斯的这种生活态度，用中国人的话来说，就是“一朝被蛇咬，十年怕井绳”。他竭力想在获得性快乐的时候又不陷入深情，保持轻松的游戏感。从人类精神文化的发展史来看，这也是一种很有历史根基的价值观和生活方式。2300多年前，希腊哲学家伊壁鸠鲁提出，道德的善必须是快乐的，“如果抽掉了嗜好的快乐，抽掉了爱情的快乐以及听觉与视觉的快乐，我就不知道我还怎么能够想象善”。但伊壁鸠鲁不是一个穷奢极欲的享受者，他反而提倡生活要简朴，要去除那些生活的复杂，在单纯的心灵生活中感受幸福。这里包含着一个很重要的问题：**好的生活需要一种极简化的能力，要用心灵的力量去调控好自己的生存，去除那些一团乱麻的东西。**托马斯实际上也想“极简”，这个婚姻的失败者，他不想再和任何一个女性走得太近，始于友谊，止于友谊，避免失控。所以他制定了一个“三三原则”：“如果你一下子与某位女人连续三次幽会，那以后就肯定告吹。要是你打算与某位女人的关系地久天长，那么你们的幽会，每次至少得相隔三周。”

然而，托马斯调控自如的“性友谊”突然失灵了，因为他遇上了特丽莎：“七年前，特丽莎家乡的医院碰巧发现一例复杂综合性神经病。他们请了托马斯所在的布拉格医院的主治大夫去会诊，可主治大夫碰巧坐骨神经痛，行动不便，于是派托马斯去代替他。”这个小镇有好几个旅馆，托马斯碰巧被安排在特丽莎工作的旅馆里，又碰巧在走之前有足够的时间闲待在旅馆餐厅里。特丽莎碰巧当班，又碰巧为托马斯服务。正是这六个“碰巧”把托马斯神差鬼使地推向了特丽莎。

这六个“碰巧”看上去是偶然中的偶然，但实际上又有必然性。那一天特丽莎“在餐馆的醉鬼们中曲折穿行”，她忽然看到了一个男人与众不同：“他的桌子上放着一本打开了的书，这个店子从未有人把书打开放在桌上。”而特丽莎为什么会注意到这个男人呢？因为她自己也爱读书，“她只有一件武器来与这个包围着她的恶浊世界相对抗：那就是从市图书馆借来的书，首先又是小说。她读了大量小说，从菲尔丁到托马斯·曼。”书对于特丽莎来说，有着不一般的意义，书使她获得独特性：“她喜欢腋下夹一本书在街上走。这与 100 年前花花公子们的华美手杖一样有意义，使她与其他人区别开来。”托马斯的那本打开的书，吸引着特丽莎的视线并转向了这个男人，偶然性转化成一种机遇，男女之间的视觉蓦然有了“看见”的发现感。

托马斯也看见了她，微笑着说：“请来一杯白兰地。”他开口的时候，实际上很轻佻，像一个玩笑。但那一刻，餐馆里的收音机放起了音乐，是贝多芬的音乐，托马斯和特丽莎的命运交响曲就这样拉开了序幕：“当她端着白兰地绕出柜台时，她努力想弄懂这个机遇的启示：她应召给一位吸引着她的陌生男人送白兰地的时刻，偏偏就是她听到贝多芬之瞬间，这是多么巧！”巧合随后源源不断：托马斯告诉她，自己住的是六号房间，特丽莎突然想起父母离婚前住在布拉格的房子也是六号。特丽莎回答托马斯：“你住在六号房，而我六点钟下班。”

这个暗示被托马斯领会了，他说：“行，我的火车七点开。”

特丽莎下班时，一出旅馆大门就看到了托马斯，他“坐在一张黄色的长凳上，能清楚地看到旅馆大门。那个长凳，正是她以前读书时常坐的那张凳子！于是她知道，那陌生人便是她的命运”。

在西方小说中，邂逅是一个千变万化的场景，男女之间的邂逅能不能转化成一种爱情。这在不同的文化背景中，逻辑是不一样的。**东方爱情故事往往比较含蓄，从相识到表白是一场长途跋涉，试探和揣测徘徊反复，生命力大半消耗在等待对方的确定上，男女间的很多情感，就是在这样的过程中断了线**。中国现代作家施蛰存写过一篇小说《梅雨之夕》，讲的是一个男子从公司下班，在濛濛梅雨中步行回家。雨中看到一个没有带伞的美丽少女，鼓起勇气邀她同打一把伞回家。一路上这个男人心潮涌动，想起初恋的女友，想起老婆阴郁的目光，满脑子烟花般的想象。走到道别处，他忽然感觉这个少女一点儿也不像自己的初恋，心里悄悄松快了。想法多行动少，无奈中给自己一个解脱的理由——这是很多男性的心理状态。《生命中不能承受之轻》不一样，这部小说非常强调爱情的一个原理：**“人类生命只有一次，我们不能测定我们的决策孰好孰坏，原因就是，在一个给定的情境中，我们只能作一个决定。我们没有被赐予第二次、第三次或第四次生命来比较各种各样的决断。”**既然生命如此短暂，人生应该做什么样的决断呢？托马斯意识到，人生只能做那些“非如此不可”的事情，而不是其他的细枝末节。在爱情中，更是如此。“非如此不可”的事情，都是超出自己的理性，走出了自己意志的控制，不得不发生的必然之事。

托马斯与特丽莎，两个人都沦陷到这种“非如此不可”中。他们在旅店外面坐了一个小时，就分开了。一个星期以后，特丽莎忍不住一个人奔到了布拉格，找到了托马斯。开门的那一瞬间，“托马斯把她揽在怀里，还不到一分钟，他们便做起爱来”。托马斯自己也很吃惊，这完全不是原来的自己，“他慢慢感到了一种莫名其妙的爱，却很不习惯。对他来说，特丽莎就像个孩子，被人放在树脂涂覆的草筐里顺水漂来，而托马斯在床榻之岸顺手捞起了她”。

草筐里顺水漂来的孩子——这是多么神幻的感觉。米兰·昆德拉用这样的联想，为爱情画上神圣的光环。这个比喻来自《圣经》：埃及法老为了征服以色列人，命令接生婆将生下的男孩全部丢到水里去淹死。有一对夫妻生下了第三个孩子，这是个特别壮实的小男孩。接生婆没有把他扔到水里，而让这对夫妻把孩子藏起来养大。但这个孩子的哭声特别响亮，满大街都能听到。为了挽救孩子的生命，这对夫妻想到，法老的女儿特别善良，她会不会收留自己的儿子呢？于是他们就找了一个蒲草编的筐，把小孩子放进去，让他顺河漂流，漂到王宫附近。法老的女儿真的看到了草筐，她特别可怜这个孩子，于是就把他收留下来，还给他找了个奶妈，这个奶妈正好就是他的亲妈。法老的女儿给这个孩子起了一个名字叫摩西，摩西长大后明白了自己的出身，后来带领以色列人走出了埃及，找到了自己的生存之路。在《圣经》中，摩西率领下的“出埃及记”，象征着以色列人的新生。**而在《生命中不能承受之轻》里，托马斯感觉特丽莎让自己突破了一切定义，像顺水漂来的孩子一样，突如其来敲响了自己新命运的钟声。这命运是自己人生神秘的唯一性，是无法回避的必然。**“她既非情人，亦非妻子，她是一个被放在树脂涂覆的草筐里的孩子，顺水漂来他的床榻之岸。托马斯突然清楚地意识到自己不能死在她之后，得躺在她身边，与她一同赴死。那不是因为爱情，又是因为什么呢？托马斯的无意识是如此懦弱，一个小小的玩笑就使他选择了这样一个毫无机缘的可怜的乡间女招待，竟然作为他的最佳伴侣，进入了生活。”

托马斯失控了，他的“三三原则”、他的“性友谊”、他的“轮换周期”，都消失得无影无踪。他不明白，无法回答和特丽莎的一切“究竟是出于疯狂，还是爱”。他恍然大悟：人的生命只有一次，我们既不能把它与以前的生活相比较，也无法让它完美之后再来度过。因此“我们经历着生活中突然临头的一切，毫无防备，就像演员进入第一次排练。如果生活的第一次排练便是生活本身，那生活有什么价值呢”？所有的疑问都归结到一个落点：**“生活总像一张草图”，而且是一张“没有什么目的的草图，永远也不会成为一幅图画”。**

米兰·昆德拉就这样把一个非常重大的问题提炼出来：生活可以非常轻，像托马斯与200多个女人的“性友谊”，他周旋自如，滑动在快乐的表层上；生活也可以非常重，像托马斯遇上特丽莎，一切都预想不到，未来也朦胧不清，全部都交付给无所依托的生命草图。**多少人都在追求生活的确定性，为了确定，给爱情约定了种种条件。太多的婚姻嫁给了条件、迎娶了条件，而没有不顾一切的必**

然。敢不敢捞起草筐中漂来的孩子？托马斯没有办法，爱情总是行动快于思虑。当他还在沉思“与特丽莎结合或独居，哪个更好呢”，忽然接到电话，“话筒里传来特丽莎的声音。电话是从车站打来的。他格外高兴。……第二天夜里，特丽莎来了，肩上挂着个提包，看起来比以前更加优雅，腋下还夹了本厚厚的《安娜·卡列尼娜》。她看来情绪不错，甚至有点兴高采烈；努力想使托马斯相信她只是碰巧路过这，她来布拉格有点事”。就在这一瞬间，托马斯决定和她共同生活。“两个星期以来他总是犹豫；甚至未能说服自己去寄一张向特丽莎问好的明信片，而现在怎么会突然作出这个决定？他自己也暗暗吃惊。托马斯在向自己的原则挑战。”

真实的爱情，是生命的自我发现，这时整个世界都变了一种温度。米兰·昆德拉在这本书里写到，男人差不多都属于两种类型：

第一种是“抒情性的”，在所有女人身上寻求一个女人，“这个女人存在于他们一如既往的主观梦想之中”。这种男人本质上是在女人身上寻求他们自己，寻求他们的理想。但理想的女性是如此之少，于是他们一次又一次失望，情感曲折多变，而且还给自我抹上了一层浪漫的美色，让“多情善感的女人”感动，于是被他们的放纵追逐。

第二种是“叙事性的”，狂热地想占有女性世界无穷的姿色，多多益善。他们“对女人不带任何主观的理想”，对一切女人都感兴趣，因此也就没有什么失望。他们像珍宝收藏家那样对待女性，自己也“感到有些不好意思，为了避免朋友们的难为情，他们从不与情妇在公众场合露面”。

托马斯属于哪一种呢？米兰·昆德拉将他定义为“叙事性的”，而且是“风流老手”，是生活得很“轻”的游戏者。这样的男人，在没有遇到真正的爱情时，生活充满了娱乐感。“做爱之后，他有一种抑制不住的强烈愿望，想要一个人独处。他厌恶半夜在一个陌生的身体旁醒来，讨厌早上与一个外来人共同起床，不愿意别人偷听他在浴室里刷牙，也不愿意为了一顿早餐而任人摆布。”他在心里为自己构筑了一道高墙，任何女人都不得进入，他只能用自己的身体与女性对话，而灵魂却要保持孤独。只有遇上特丽莎之后，他的心理高墙不由自主地坍塌了，他发现了“他与其他女人的冒险活动完全不存在的那一点，那是推动他一次次征服之外的某种东西”。

这是一种什么东西呢？一般的小说并不深入探讨这一点，有情人走到一起就行了。但米兰·昆德拉不同，他在这本小说中不停地向深处挖掘，他要写出，爱上一个人是多么沉重，又是多么幸福的事。托马斯爱上了特丽莎，但托马斯并不了解她，“她睡在他床上时，他跪在她身边，意识到是什么人把她放在草筐里顺水漂来”。这个古老的比喻并不仅仅是美好，也是充满风险的，如米兰·昆德拉书中写道：“比喻是危险的。爱情始于一个比喻，这就是说，当一个女人往我们的诗情记忆里送入第一个词，这一刻便开始了爱情。”

他们两个人从这个比喻开始的爱情，会遇到什么风风雨雨呢？

强权的利刃，如何更换万物的头部？

下面我们继续读《生命中不能承受之轻》。

托马斯不由自主地爱上了特丽莎，两个人睡醒之后，他发现特丽莎紧紧握着他的手。他十分吃惊，却又有“隐隐透出来的莫名快意”。这个向来畏惧和女性一起过夜的男子，有了一种崭新的感觉：“同女人做爱和同女人睡觉是两种互不相关的感情，岂止不同，简直对立。爱情不会使人产生性交的欲望（即对无数女人的激望），却会引起同眠共寝的欲求（只限于对一个女人的欲求）。”这是多么温馨的体会，同眠共寝的暖情，远远大于性欲，身体和爱情虽然互不排斥，却也有了质的区别。这和托马斯以前的那些“性友谊”，完全是两个方向。这很神奇，是爱情中才有的拥抱感。

特丽莎也十分兴奋，“他们俩都盼着一起睡觉”，渴望做爱之后紧紧相拥的愉悦。她睡得很香，“只要在他的怀抱里，无论有多激动，她都睡得着”。这对特丽莎来说，是出生以来最幸福的时光。特丽莎的妈妈非常漂亮，未出嫁时有一大群追求者，其中九个求婚者曾围着她跪成一圈，“她站在中间像个公主，不知挑选谁好：第一个最英俊，第二个最聪明，第三个最富裕，第四个最健壮，第五个门第显赫，第六个背诗如流，第七个见多识广，第八个精于小提琴，而第九个极富有男子气。他们都用同一种姿势跪着，膝盖上的功夫相差无几”。女性在爱情选择时往往被不规不矩的男人带向悲剧，特丽莎的妈妈竟然选择了第九个男人，只是因为“与他性交时尽管她一再叮嘱‘小心’‘多多小心’，他却故意为所欲为，使她怀了孕，找不到人打胎而不得不嫁给他”。特丽莎出世时，妈妈默默无语，“牵挂着自已的另外八个求婚者，想起来他们都比第九个好”。不幸的婚姻常常有一种不幸的解脱方式，特丽莎的妈妈遇到了一个离过两次婚的骗子，抛下了丈夫与特丽莎，跟这个神经质的男人私奔了。那个“最有男子气的人”备受打击，到处胡言乱语，触犯政治禁忌，被警方抓起来，死在监狱里。特丽莎与母亲随着骗子继父来到一个小镇住下来，随后几年，“母亲又生了三个孩子，当她重新照镜子时，发现自己又老又丑”。而继父“却跟一个又一个女人胡来”，伤心的母亲永远都在妒忌，却又无力反抗。因为母亲的痛苦，特丽莎从小就沉浸在赎罪的沉郁中。她觉得自己是“母亲命运最主要的罪源”，是“那最有男子气的男人的精子和那最漂亮的女人的卵子的荒谬结合”。母亲无休止地提醒她，“母亲就意味着牺牲一切”，在特丽莎听起来，这意味着自己作为一个女儿，是“无法赎补的罪过”。为此，“她愿做一切事以讨得母亲的欢心，特丽莎交出自己的全部工资，做家务，照顾弟妹，用整个星期天打扫房屋和洗东西”。她天资聪颖，很喜欢读书，却在15岁时，被母亲领出了学校，当了女招待。她只好见缝插针地读书，“无论什么时候洗衣服，盆边总搁着一本书。她去翻书页，洗衣水滴在书上”。

托马斯并不了解特丽莎的这些过去，更体察不到“她的灵魂——那悲伤、怯懦、自我封闭的心灵——隐藏在身体内的底层，羞于显露自己”。特丽莎的精神中积累着底层社会生活中的典型创伤：物质贫穷，精神破碎，意外频出。特丽莎的心理阴影更加深重：“每次特丽莎洗澡，继父都往浴室里钻。”母亲不关窗帘，“在灯下光着身子走，特丽莎很快跑过去把窗帘拉上，唯恐街那边的行人看见她母亲。但她听到母亲在自己身后爆发出大笑”。为了走出原生家庭，特丽莎“期待着找到一个与别人不同的躯体，期待自己脸上显示出从最底层释放出来的水手一样的灵魂”。这就是为什么那一天她在餐馆里初见托马斯，听到托马斯叫她，刹那间感到“那声叫唤的意义太大了，因为这位呼唤者既不知道她母亲，也不知道那帮醉鬼，对他们日复一日单调的猥亵脏话也一无所知，他的上流身份使他超凡出众。”

这是特丽莎的心理，托马斯能看到特丽莎的这一面吗？丝毫没有。**男女初遇，总是看到最美好的外层，一切都明亮。但其实，每个人都像月亮，都有寒冷的另一面，当它转动过来，就会蓦然给人惊心的沉重感。寻常的人间交往，每个人都不会展示自己的这一面，但进入爱情，就再也无法掩盖。爱情本身就是赤裸的，它剥去了日常的装饰，将洪荒时代徐徐打开，将每个人最原始的本相展露无遗。**

这正是特丽莎面对托马斯的冲动，她“感到灵魂从血管里和毛孔里冲出体外，向他展示开来”。

与托马斯生活在一起后，特丽莎更加敏感而紧张，“她对生活的全部渴望都系在一根绳子上：托马斯的声音，因为正是这个声音曾经把她那怯懦的灵魂从她体内深处召唤了出来”。这孤悬一线的精神依赖使她陷入焦虑，她总是做噩梦，梦见自己“赤身裸体与一大群裸身女人绕着游泳池行走，悬挂在圆形屋顶上篮子里的托马斯，冲着她们吼叫，要她们唱歌、下跪。只要一个人跪得不好，他便朝她开枪”。米兰·昆德拉写到这里，开始走出叙事，转动到精神分析的视角，追溯特丽莎潜意识中的自我：那些女人是在为她们的整齐划一而兴高采烈，被托马斯枪杀使她们的欢乐又更上一层楼，狂欢庆贺“在死亡中实现她们更绝对的同一”。而特丽莎为什么在噩梦中痛苦？因为她“不能告诉托马斯，自己来到他这里，是为了逃离母亲的世界，那个所有躯体毫无差别的世界。她来到他这里，是为了使自己有一个独一无二的不可取代的躯体”。但托马斯并没有意识到这一点，“他还是把特丽莎与其他女人等量齐观：吻她们是一个样，抚摸她们也是一个样，对待特丽莎以及其他女人的身体绝对无所区分。托马斯把特丽莎又送回到她企图逃离的世界，送回那些女人中间，与她们赤身裸体地走在一起”。

但我们也不该责备托马斯，托马斯怎么可能无缘无故地懂得特丽莎呢？一切都需要某种伟大的力量来打开，让他们彼此看到灵魂深处的同一性。他们两个人的阶层差异太大了，互相观望的视角只能看到有限的局部。只有被时代冲压到一个水平线上，他们才会看到真正的彼此。中唐时期有一个著名的故事：禅门居士庞蕴父女四处游历，路过一座拱桥时，庞蕴跌了一跤，扑倒在地。女儿灵照见状，立刻伏倒在父亲身旁。庞蕴问女儿：“你这是干什么？”灵照说：

“见爸爸跌倒，我来扶你！”庞蕴听了，会心一笑：把人搀起来是一种扶，而主动倒下，与跌倒的人处于一个层面上，这更是一种扶啊！后一种“扶”取消了倒地与站立的区别，是高度精神化的心灵相契，让人更加欣喜。

这个故事与《生命中不能承受之轻》形成鲜明对照，米兰·昆德拉写到一个情节：与托马斯共同生活的特丽莎“走路开始步履不稳了，几乎每天都摔跤，或者碰到什么东西，至少也得给什么东西绊一下。一种无法克制的要倒下去的欲念支配着她。她生活在不断晕眩的状态之中。常常摔倒的她总是说：‘扶我起来吧。’托马斯不断耐心地把她扶起来”。但此时托马斯“扶”的只是特丽莎的身体，真正让托马斯认识到特丽莎内心世界的，还是轰然到来的社会灾变。这场灾变正在悄悄酝酿，脚步声让人难以察觉，人们还在原有的轨道中努力生活。

在托马斯的帮助下，特丽莎得到了一份摄影的工作，她对拍照产生了好奇，于是，“托马斯的朋友萨宾娜借给她三、四本著名摄影家的专著，又邀她去一个咖啡馆，给她解释书上的照片，使她对每幅作品都增添了不少兴趣。她静静地凝神倾听，那模样，教授们从他们学生的脸上是不常看到的。多亏萨宾娜，她渐渐明白了照片与绘画之间的关系。她还常常让托马斯带她参观布拉格举办的每一个展览。不久，她的摄影作品便刊登在她所服务的那份图片周刊上，最后，她离开暗室并进了专业摄影师的行列”。

特丽莎的神速进展，似乎是一个奇迹，她的创造力从何而来？米兰·昆德拉在这里展现了他的独特观察：底层人民往往蕴藏着极大的文化创造力，人和人的差异并不在于阶层地位的高低，而在于有没有生生不息的生命力。

书中感叹，特丽莎这样一个“被迫终日给人上酒、给弟妹洗衣的少女，不被允许去追求‘上进’的人势必积存着极大的生命潜在力。这种力量是那些一读书就昏昏欲睡的大学生们做梦都想象不到的。特丽莎读的书比他们丰富，也从生活中学到了许多，只是她自己没有认识到这一点。大学生与特丽莎这样的自学者的差别与其说在于知识面，还不如说在于他们的生命力以及自信心”。战国时期的思想家韩非子早就说过，“宰相必起于州部，猛将必发于卒伍”，秦末的农民陈胜更是发出了“王侯将相，宁有种乎”的豪言。《生命中不能承受之轻》中的托马斯之所以能够相遇特丽莎，最基本的契合点是他没有贵族化，尽管托马斯身处社会精英阶层，但却有一双平视一切生灵的眼睛。倘若他高高在上，信奉“一流的专业，上流的生活”，那他永远不可能与特丽莎走到一起。**人类生活中多少人迈不过这道坎，让爱情变成“门当户对”的狭窄通道。阶层平衡的爱情适合风平浪静的时代，纸做的小船也能随风远航。然而历史的飓风一旦到来，爱情之船的龙骨立刻受到考验。当原有的社会架构倾斜坍塌的时候，多少“爱情”瞬间消失，而托马斯和特丽莎却在大浪淘沙中展现出熠熠闪光的本色。**

飓风很快到来，迅猛狂暴，横扫了1968年的捷克斯洛伐克。这一年的2月15日，捷克斯洛伐克冰球队奇迹般地战胜苏联队，获得冬季奥运会的冠军。无数年轻人冲上街头，狂欢庆祝。人们开始公开谈论社会改革，街头到处飘散着摇滚乐、爵士乐的气息。剧院开始上演《谁在害怕弗朗茨·卡夫卡》，将以往官方批判的“资产阶级文学”堂而皇之地搬上了舞台。布拉格向来是个十分西化的中欧城市，与苏联那种肃穆的东正教文化氛围有着根本性的差异。在悄悄出现的宽松政治气氛中，布拉格的自由之风日甚一日地蔓延，引起苏联当政者的强烈不满，一个规模庞大的进攻计划正在逐步成形。8月20日，靴子终于落地，苏联坦克轰隆隆地开进了捷克斯洛伐克。

伞兵幽灵般降落在首都中心，毫不费力地抓走了捷克斯洛伐克领导人杜布切克。杜布切克被带走时告诉办公室主任，一定不能让苏联人得到自己的公文包，因为里面有不想让苏联人看到的文件。等他一周后回到办公室，发现公文包空无一物，这时他才明白，这个办公室主任原来是苏联的间谍。

就在这时，特丽莎开始爆发出真正的生命能量，她和其他热血澎湃的捷克摄影家和摄影记者都认识到："要为久远的未来保存暴力的嘴脸，只有他们是最好的完成这一工作的人了。"特丽莎走出了个人的生活史，疾步跨入大历史的影像记录中，"在形势有所缓解的大街上转，摄下侵略军的士兵和军官。侵略者们不知道怎么办。他们用心地听取过上司的指示，知道怎么对付向他们开火和扔石头的情况，却没有接到过怎样对待这些摄影镜头的命令。她拍了一卷又一卷，把大约一半还没冲洗的胶卷送给那些外国新闻记者。她的很多照片都登上了西方报纸：坦克；示威的拳头；毁坏的房屋；血染的红白蓝三色捷克国旗所覆盖着的尸体；骑摩托车的青年挥舞着长杆捷克斯洛伐克国旗高速包围着入侵坦克；少女们穿着短得难以置信的裙子，任意与马路上的行人接吻，来挑逗面前那些可怜的性饥渴的入侵士兵"。在艰难中长大的特丽莎，此时展现出岩石般的承重力，她无形中实现了精神内部的转换，从一个被托马斯拯救的卑微女人转化为民族命运的承担者。她在小说中的分量从"轻"变成了"重"，新的生命价值正在伸开枝叶。

这场大入侵，给世界留下了深刻的印象，一位名叫寇德卡的剧院摄影师大放光芒。他拍下了一系列现场照片，其中有一张是一个年轻人戴着手表的手臂，时间显示了苏联坦克开入布拉格的那一瞬间。捷克人愤怒而绝望，一位女士甚至打电话给总统斯沃博达，请他开枪自杀，以表达捷克民族的抗议。而更多的人选择离开，多达

10 万人逃出了捷克仁斯洛伐克，流落在四面八方。托马斯和特丽莎也随着逃亡的人群来到瑞士城市苏黎世，特丽莎随身带着她在布拉格拍摄的大量苏军入侵现场照。她期待将这些照片传播到全世界，告诉人们捷克斯洛伐克人民遭受的磨难。于是她将 50 张自己精心处理的照片，送到瑞士一家发行量极大的新闻图片杂志。“编辑和蔼地接待了特丽莎，请她坐，看了看照片又夸奖了一通，然后解释，事件的特定时间已经过去了，它们已不可能有发表的机会。特丽莎反驳：‘可这一切在布拉格并没有过去！’她用自己糟糕的德语努力向对方解释，就是在此刻，尽管国家被攻占了，一切都在与他们作对，但工厂里建立工人委员会，学生们罢课走出学校要求苏联撤军，整个国家都在把心里话吼出来。”

但那位和蔼的编辑只是冷静地说：“这儿没有人关心这一切。”

特丽莎想在国外开辟新战场的希望破灭了，她的生活陷入了虚空，“在一个陌生国家里生活，就意味着在离地面很高的空中踩钢丝，没有她自己的国土之网来支撑她：家庭、朋友、同事，还有从小就熟悉的语言可帮助她轻易地说出她想说的话。在布拉格，只有在某种心灵需要时，她才依靠托马斯，可现在事事都得依靠他。如果在这里托马斯抛弃了她，她怎么办？她一辈子都要在失去他的恐惧中生活吗？”特丽莎不满意于自己的软弱，这种软弱在过去可以自我原谅，但在经历了苏军入侵、经历了自己用摄影镜头的反抗后，特丽莎已经不能接受对托马斯的依赖。托马斯在瑞士活得很好，他被一家大医院聘用，拥有能和特丽莎一起过上优渥生活的收入。托马斯的精神格局，此时暴露出中产阶级那不上不下的局限性。他在异国随波浮沉，忙碌于医院的工作中，甚至还找到了新情人。特丽莎恍然发现，托马斯也是一个弱者，她和托马斯的结识“一开始就是一种错误，腋下的那本《安娜·卡列尼娜》不过是一个假证件，它使托马斯想入非非。他们相爱，但他们都使对方的生活如地狱一般。相爱的事实，仅仅能证明这不是他们的错，不是他们的行为，以及变化无常的感情的错，而是他们不相配：托马斯是强壮的，而她是虚弱的。可是，当这位强者都弱得不能伤害这位弱者时，弱者也就不得不强起来以离去”。

在《生命中不能承受之轻》中，这是非常关键的一段。特丽莎和托马斯在瑞士可以轻松地生存下去，在远离祖国的安全距离中躲避历史的沉重。但特丽莎不能承受这种“轻”，她需要脚踏土地生活，而不能“在离地面很高的空中踩钢丝”。成长于底层的人最能感受地表的温度，上流社会的人们往往缺乏这样的肌肤感。托马斯在瑞士也可以如鱼得水，但特丽莎就不能忍受远离故土的虚无。面向祖国的向心力给了特丽莎内在的力量，她在这个需要承担家国责任的历史关头，本能地决定要返回捷克。她的这一决定带动了托马斯，故事的发动机出现了角度转换，女性变成主角，成为故事发展的决定性因素。

他们在苏黎世住了六七个月，之后，特丽莎毅然回到了布拉格，她给托马斯留下一封信。信上说她原来以为国外的生活会改变自己，以为经历过苏联入侵事件以后她会长大，会变得聪明而强壮，但她现在明白她高估了自己。“她成了他的负担，不愿意继续成为负担。”托马斯看了信，服了安眠药，可一夜没合眼。他反复考虑眼下的形势，知道他的祖国已经同世界上任何国家都断了通讯，不可能通过电话电报找回特丽莎，因为特丽莎拍了那些苏军入侵的照片，“今后当局也绝不会让她出国旅行，与她的分离看来已成定局”。

特丽莎毅然回到了布拉格，走的时候没有告诉托马斯。但五天后，托马斯突然出现在特丽莎面前，两个人面对面，仿佛“站在雪原中央，冻得瑟瑟发抖”。他们靠在了一起，就像一对还没有亲吻过的情侣。托马斯问:“一切都好吗?”特丽莎说:“我在等着。”托马斯问她:“等什么?”她没有回答,“她不能对他说,她一直在等着他”。

小说中的这一段写得很简洁,但含义无穷。特丽莎的离开,使托马斯寝食难安,他在驱车离开苏黎世回布拉格的路上,“一面想着对特丽莎的爱,一面柔声重复着‘es muss sein!(非如此不可)’”。虽然他一路也怀疑“是否真的非如此不可”,但他还是义无反顾,特丽莎“把他带入了牢笼,使得他再也无法脱身”。托马斯的内心深处,藏着一个不安歇的灵魂,他总是处于自我矛盾中,哪怕是选择医生这个职业,也是因为有一种亵渎上帝的快感:“上帝亲手创造了人体,又在其外小心地包上一层皮肤,再封好,不让人类的肉眼看到其内部,但他万万没料到,外科医生竟然敢把手伸进这人体的内部。当初,托马斯面对上了麻醉的病人,第一次以麻利的动作切开皮肤,割出一条又直又精确的口子(就像剪一块没有生命的布料、裁一件上衣、一条裙子或是窗帘什么的)时,他体会到一阵强烈但短暂的亵渎神灵的感觉。”特丽莎身上有什么东西吸引着他,让他不可分离呢?米兰·昆德拉很小心,并没有给出清晰的答案。这完全符合爱情的本来面貌:**语言达不到的地方,就是爱情的栖息之地。所有说得出来的爱,都是表面的。一个人心里犹犹豫豫,脚步却狂奔过去的人,那就是真爱了。**托马斯的心情,何尝不是如此呢?

回到捷克的托马斯“感到绝望”,很晚才入睡。特丽莎醒了,她默默想到,她和托马斯的生活位置彻底转变了:托马斯回到布拉格“是因为她。因为她,托马斯的命运改变了。从现在起,不再是托马斯对她负有责任,从今往后,该她对他负责了”。

这徘徊不去的念头让她沉重,“这份责任在她看来已超出了自己的能力”。但特丽莎并不担忧,因为她回想起来,昨天托马斯突然出现在门口，“没过多久，布拉格的一座教堂敲响了六点钟。他们第一次相遇，特丽莎是六点钟下的班。她看见托马斯坐在对面的一条黄色长凳上，不早不晚，她也是听见了六点的钟声”。这巧合让她感受到“一下子从惶惶不安中解救出来的一种美感，让她全身心都充满了一种对生活崭新的渴望。偶然的幸运之鸟再一次飞落在她的肩头。她含着热泪，无限幸福地听着他在身边呼吸”。

在这个时刻，小说让我们看到了“不可承受之重”的生命内涵：托马斯和特丽莎都选择了面向沉重的生活，只有在这沉重的承担中，他们才有可能“无限幸福”地听到对方的呼吸。这部小说也是在这个地方，点出了一个人生的道理：**人性的弱点是回避艰难，但爱情总是让人迎难而上。没有爱情的人可以生活在可承受的“轻”中，一生轻飘飘地度过。而已经爱上的人不顾一切，只能用“重”来衡量生命的分量。**“非如此不可”，这是特丽莎带给托马斯的圣灵之光，这个“被人放在草筐里顺水漂来的孩子”，原来是上帝的使者。

历史太长，人生太短，爱情的成败只在一瞬间

特丽莎和托马斯回到捷克之后，发现整个国家发生了一个巨大的变化，到处都是苏联人的痕迹。他们开车去一个小镇，六年之前他们在这儿住过几天。熟悉的旅馆被更改了名字，现在叫“贝加尔旅社”。几乎所有的街道都充满了苏联味儿，街道的名字变成了斯大林格勒街、列宁格勒街、基辅街、罗斯托夫街、奥德萨街……全是苏联的地名。还有柴可夫斯基疗养院、托尔斯泰疗养院、普希金酒吧、高尔基剧院。城市中心的广场被改为莫斯科广场，整个小镇似

乎都被苏联淹没了。“特丽莎突然记起苏联入侵的那几天，每个城镇的人都把街道路牌拔掉了，住宅号牌也不见了。整个国家一夜之间成了无名的世界。苏联部队在乡下转了整整几天，不知自己来到了哪里。军官们搜寻并企图占领报社、电视台、电台，但没能找到它们。无论什么时候他们问路，人们不是对他们耸耸肩，就是告诉他们错误的地名和方向。”捷克人的这种抵抗方式，让苏联人暂时找不到东南西北，但是对捷克人自己的伤害也很大。特丽莎想到：“失去名字对于一个国家来说是相当危险的。那些街道和建筑再也不能恢复它们原来的名字了。结果，一个捷克矿泉小镇，突然演变为一个虚构的袖珍俄罗斯。”

回到失去了名字的捷克，托马斯和特丽莎应该怎么生活呢？他们发现，自己的私人空间失去了防护，随时都有一双无形的眼睛在监视着他们。特别是电台上播出了一档节目，让他们感觉到无处不在的威胁。在这个节目上，公布了一位名叫普罗恰茨卡的小说家的私下谈话，他在谈话中讽刺朋友，还讽刺了一些政治人物。另外还有一档节目是关于捷克移民问题的。这个节目里也有很多私人谈话，都被电台公开播放了。这说明很多公民的个人生活被监控、被窃听，秘密警察监视着大家的生活。这让特丽莎回忆起她的少女时期，她说：“我 14 岁的时候写了一本秘密日记。我怕有人看到它，把它藏在顶楼上。妈妈发现了它，有一天吃饭，我们都埋头喝着汤，她从口袋里拿出我的日记说：‘好了，诸位现在仔细听一听。’她读了几句，就哈哈大笑，他们都笑得无法吃饭。”特丽莎沉重地想到，捷克现在的状况，似乎是七年前的母亲世界又卷土重来，前后左右把她团团围住。“那天早上她对托马斯谈起，母亲如何在饭桌前边读她的秘密日记边发出狂笑。当一种茶余饭后的私下交谈都拿到电台广播时，这说明什么呢？不说明这个世界正在变成一个集中营吗？”

更大的麻烦和痛苦还在后面。

托马斯从苏黎世回到布拉格以后，继续在他原来的医院工作。一天，主治医生把他叫去，对他说："你必须收回那篇关于俄狄浦斯的文章。"托马斯想起来，1968年春天，他和当时所有的知识分子们一样，常读一种印数达30万份的捷克作家联盟的周报。这家周报从当局那里获得了相当的自主权，而且还涉及一些禁忌问题。正是这家报纸提出了一个问题：执政当局建立初期，为了"英勇地捍卫"新制度，大搞政治审判，处死了很多无辜的人，这个罪责应该由谁来承担？托马斯看到以后，联想起古希腊悲剧《俄狄浦斯王》。在这个悲剧中，俄狄浦斯王无意中犯了杀父娶母的大罪。他万分自责，挖掉了自己的双眼，将自己放逐。托马斯认为，这里面的主要问题是：难道一个人因为无知而杀了不该杀的人，就可以说自己一身清白？"难道因为坐在王位上的是个傻子，就可以对他的臣民完全不负责吗？……我们都知道那些宣判荒诞不经，被处死者冤屈清白，检查官先生怎么还可以捶胸顿足大声疾呼地为自己的心灵纯洁辩护呢？我的良心是好的！我不知道！我是个信奉者！难道不正是他的'我不知道''我是个信奉者'造成了无可弥补的罪孽么？"有了这些思考，托马斯在文章中不但回顾了俄狄浦斯的故事，还称赞俄狄浦斯王的伟大忏悔精神，他说："俄狄浦斯不知道他娶的是自己的母亲。他知道事实真相后，不认为自己是清白无辜的，他无法忍受这种'不知道'造成的惨景。他刺瞎了双眼，从底比斯出走流浪。"文章写好以后送给了周报，一个月后，这篇文章在倒数第二版见报了。

现在，主治医生让托马斯把这篇文章收回去，实际上是让他写一份忏悔书。在整个捷克都被苏联占领的局势下，写这样的忏悔书，无疑是让托马斯抛弃自己的独立人格，表示自己对侵略者的效忠。这对托马斯来说是一个严峻的考验，他知道，一旦拒绝，他将失去高级医生的工作，被迫在贫困线上生存。从历史来看，太多的知识分子都面临着这样的困境。公元263年，魏国的司马昭加快了篡权的节奏，让大文人阮籍给他写劝进表。阮籍以往都是装糊涂，故意喝得大醉，躲过司马昭的各种要求。这一次司马昭没给他留有余地，把他扣在府中不放，盯着他写。阮籍这时候可以以死抗争，但他还是妥协，给司马昭写了。一个月以后，阮籍便郁郁而终，他的良心完全被这篇不该写的文章压垮了。托马斯此时也面临着人生最严肃的选择，正像莎士比亚《哈姆雷特》里所说，"生存，还是毁灭？"他没有马上回答，而是对主治医生说："给我一个星期想一想。"

托马斯还没有说出自己的选择，医院里却传开了谣言，纷纷说托马斯为了自保，已经在写自我批评的声明。有一些人趋利避害，"被迫与苏联占领当局公开言归于好"，他们看到托马斯，"开始对他古怪地笑，这种笑他从来没有见过：是一种有着秘密勾当的时候才出现的笑容，会意而又忸怩，正像两个男人在一家妓院偶然相逢时的笑，双方都有些窘迫，同时又都高兴地觉得他们有着共同感情"。而另一些人坚决不与苏联占领当局合作，他们冷嘲热讽托马斯，说他写了这样的声明，"从那以后，他便不开口了，再不会说长道短，再不会有丝毫异议。只要他一露头，这份声明就会变成铅字，他就无地自容。总之，这是个相当好的办法，没有比这更好了"。

托马斯的处境无比烦恼：他"突然捕捉到了一个奇怪的事实：人人都朝他笑，人人都希望他写那个收回声明，人人都会因此而高兴！第一种人高兴，是因为他将他们的懦弱抬高身价，使他们过去的行为看来是小事一桩，能归还他们失去的名声。第二种人高兴，是因为他们能视自己的荣耀为特权，决不愿意让出，甚至会慢慢培养出一种对懦弱者的暗暗喜爱。要是没有这些懦弱者，他们的英勇将会立即变成一种无人景仰羡慕的苦差事，平凡而单调"。

孤独的托马斯开始失眠。他“第一次发现自己陷入了困境，数不清的目光都凝聚在他身上，他无法接应它们，既不能用目光也不能用言语来回答它们。他听任每一个人的摆布，听任人们在医院内外议论着他（其时紧张的布拉格正谣言四起，谁背叛，谁告密，谁勾结，传谣速度快如电报不可思议）。他虽然知道但毫无办法。他对谣言如此不堪忍受感到惊奇，对自己如此苦于焦灼感到不可理解。他们对他的兴趣令人不快，如同你碰我撞的挤迫，如同噩梦中一伙人七手八脚将我们的衣服撕扯”。

关键的时刻到来，他终于想定了，去了主治医生那里，告诉对方“他不会写一个字”。因为这个回答，他被迫离开了医院，在一家离布拉格约 50 英里的乡村诊所里干活儿，每天乘火车往返两地。一年后，他在布拉格郊外的一个小诊所里开始干更低的职位，每天给病人“开开病假条，送他们去找某些专科大夫。他看自己与其是医生，还不如说是个管家仆人”。

这样的生活他并不后悔，他保持住了自己的良知。在某些历史时期，沉重的生活是一种光荣。他拒绝了苟且，在重压下艰难地站立着，在站立中承担着历史的正义。

有一天，快下班的时候，诊所来了一个 50 来岁的男人，他说自己是国家内务部的代表，“邀请托马斯到马路那边去喝一杯”。谈话中他说：“我们知道，你在苏黎世有极好的职位，我们非常赞赏你的回国。这是一种高尚的行为，你认识到了你的岗位在这里。”他又像责怪托马斯似的，说：“可你的岗位应该在手术台上才对！”

“我太同意了。”托马斯说。

这个中年人为托马斯准备了一份声明样稿，让他签字，然后发表在报纸上。

“托马斯读了样稿上写的东西，吓了一跳。这比两年前主治医生要他签的声明糟糕多了。不是停留在收回俄狄浦斯读后感的问题，还包含了亲苏、许愿效忠当局、谴责知识分子、说他们是想挑起内战等等内容。”托马斯知道事情很严重，机灵地说，他“愿意自己来写，给了警察局一点希望，也给自己争取了一点时间。就在第二天，他在那个诊所辞了职”。他的新选择是去当一名窗户擦洗工，他主动“降到社会等级的最低一层”，这样，“警察不会再抓住他不放，不会对他再有所兴趣。一旦他落到社会阶层的最低一级，他们就再不能以他的名义登什么声明了。道理很简单，没有人会信以为真。这种耻辱性的公开声明只会与青云直上的签名者有关，而不会与栽跟头的签名者有缘”。

托马斯就是这样在社会阶梯上一点点下落，从备受尊敬的医生变为擦玻璃的劳工。他每天“拿着刷子和长竿，在布拉格大街上逛荡”。“卖货的姑娘叫他‘大夫’，向他请教有关她们感冒、背痛、经期不正常的问题。看着他往玻璃上浇水，把刷子绑在长竿的一端，开始洗起来，她们似乎有些不好意思。只要她们有机会摆脱开顾客，就一定会从他手里夺过长竿，帮他去洗”。这个托马斯头顶着统治者圈定的大罪，重压一天天增加。然而他并不愁闷，这是他自己选择的生活，虽艰辛却快乐，“感觉自己年轻了十岁”。以前的托马斯游戏于女人之间，他迷恋的不纯粹是性快乐，更沉溺于发现“使每个女人做爱时异于他人的百万分之一部分”。在他看来，人类生活的其他领域都是开放的，无须人去发现，“只有性问题上的百万分之一的区别是珍贵的，不是人人都可以进入的领域，只能用攻克来对付它。”他的性游戏，“不是一种求取欢乐的欲望，而是一种要征服世界的决心”。现在，他终于觉得“布拉格近来变得这么丑恶”，顿悟到他以往有一些似是而非的“非如此不可”，他多年对女色的追求，也是其中一种。他渴望一个“绝对的假日”，从这些虚妄的“非如此不可”中解脱。他问自己：“他能告假离开医院的手术台，为什么不能告假离开世界的手术台？为什么不能离开女人们那百万分之一的虚幻的差异？为什么不能离开那把想像中切开女人们保险箱的解剖刀？”

此时的托马斯，有着一种回归生命根本的急切渴望，要过一种自然而自由的生活。因此当他听到特丽莎建议，两个人一起搬到乡下去，“回到大自然去”的时候，欣然同意，因为“大自然总是原来的样子”。

但是他并不知道，特丽莎提出这样的建议，也源于她内心的极度痛苦。

回到捷克以后，特丽莎被摄影杂志社解雇，“他们终究不能原谅她，因为她曾经拍了一个星期的入侵坦克”。通过朋友她找了一份酒吧招待员的工作，发现酒吧里都是“被入侵者砸了饭碗的人”。酒吧的会计是一位神学教授，坐在服务台里的是一位大使，“他曾在外国电视里抗议苏联入侵”。

这一天，酒吧里来了一个大约16岁的少年，他要一杯白兰地。特丽莎拒绝，因为根据国家法律规定，未成年人不得饮酒。那少年一言不发起身离开，半个小时之后又满身酒气地回来，要一杯饮料，哈哈大笑说“我想看见你，我爱你”，然后走了。一个特丽莎熟悉的秃顶矮个子男人喝着伏特加走过来，故意指责特丽莎给少年喝酒。这是无理取闹。特丽莎正在无奈中，一个“正好走近酒柜的高个头男人”阻止了那个秃头男人。特丽莎非常感谢，和高个子男人一番交谈后，知道他就住在附近，是个工程师，那一天在这个酒吧“纯属碰巧”。这工程师“开始劝诱她去他的住宅”，其中的性挑逗十分明显。前两次邀请，特丽莎都回绝了，第三次却答应了：身处逆境中的她想起托马斯“反复地对她说，爱情与性交毫无共同之处”，特丽莎想“实践一下托马斯的话，证实一下他的话”。

到了那个工程师的住处，他把她“拉到自己怀里，手放在她的乳房上。太奇怪了，手的抚摸立刻消除了她最后的一丝惶恐。她意识到工程师的手只涉及到她的身体，她的灵魂完全置之度外。只是身体，仅仅是身体，是背叛了她的身体，是被她送入世界与其他身体并存的身体。”但这仅仅是一瞬的幻觉，随后“她盯着工程师的脸，意识到她决不会允许自己的肉体——灵魂留下了印戳的肉体，由一个她一无所知也不希望有所知的人来拥抱，不允许自己的肉体从中取乐。她沉浸在仇恨的迷醉中，集了一口痰，朝这个陌生人脸上吐去”。

特丽莎从极度体验的悬崖边上走了回来，她明白自己不可能像托马斯以前那样放纵身体，不可能投入生命的“轻”。她母亲的破碎人生证实了一个关于“轻”的逻辑：人一旦向轻飘飘的生活移动，就会不可遏制地向更轻的地方滑落，失重，是这种生活永远的斜面。特丽莎在生存的刀锋上获得了顿悟，她如释重负地回到了工作的酒吧。

酒吧里的那位前大使对特里莎说，那个引诱特丽莎的工程师“是个秘密警察”。他告诉她，秘密警察有三种：“第一种是旧式的，他们只是偷听人们说些什么，向上司汇报。第二种的职能就是威吓人，他们要人们明白我们都在他们的掌控之中，要让我们害怕。你那个喝酒的秃头熟人就属于这一类。第三种的职能，就是制造假象来损害我们的名声，他们需要设计陷阱，强迫人们与他们合作。”特丽莎立即联想起那个工程师，他有可能就是警察局派来的。那个喝醉了又宣称爱她的那个少年、那个秃头喝酒人、那个故意为她辩护的工程师——“这三个人都在预先安排的方案中扮演着不同的角色，目的是软化她，使她上钩！”

度过劫波的特丽莎和托马斯都走到了人生的关键时刻：他们曾经在时代的风云中负重而行，也曾经在“轻”的诱惑中迷茫趔趄。现在，抛却了一切外在的拥有，他们恍然发现，两个人真正互相看见了，他们的世界就是彼此。小说中所以有了这样一段纯情的深夜情景：

托马斯直挺挺地在床上坐起来。特丽莎在他身旁深深地呼吸。……他突然回想起柏拉图《对话录》中有一个著名的假说：原来的人都是两性人，自从上帝把人一劈为二，所有的这一半都在世界上漫游着，寻找那另一半。爱情，就是我们渴求着失去了的那一半自己。托马斯自问，“有一个人用一个草筐把特丽莎送给了他，假如后来他又碰到了那位意味着自己的一半的女人，那又怎么办呢？他更爱哪一位？来自草篮的女子，还是来自柏拉图假说的女子？他试图想象，自己与那梦中女子生活在理想的世界里，他看见在他们理想房舍敞开的窗前，特丽莎孤零零地一个人走过，停下来朝他打望，眼中流露出无尽的悲哀。他受不了她的那一瞥，又一次感到特丽莎的痛楚痛在自己心里，又一次被同情所折磨，深深地沉入特丽莎的灵魂。他从窗子里跳出去，但她苦涩地要他待在他感觉快乐的地方，做出那些唐突、生硬的动作，使他烦闷不快。他抓住对方那双紧张的手，压在自己的双手之间使它们镇定。他知道，眼下以及将来，他将抛弃快乐的房舍，眼下以及将来，他将放弃他的天堂和梦中女郎，他将背叛他爱情的“非如此不可”，伴随特丽莎离去，伴随那六个偶然性所生下来的女人。他一直坐在床上，看着躺在身旁的这个女人，在睡梦中特丽莎还抓着他的手。他觉出一种对她无法言表的爱。这一刻她一定睡得不沉，因为她睁开了双眼，用疑虑的目光打量着他。

“你在看什么呢？”她问。

他知道不该弄醒她，应该哄她继续睡觉。他试图作出一种回答，往她脑子里种下一种新的梦境。

“我在看星星。”他说。

“不要说你在看星星了，你骗我。你在往下看。”

“那是因为我们在飞机上，星星在我们下面。”

“哦，飞机上。”特丽莎把他的手攥得更紧了，随后又昏昏欲睡。托马斯知道，特丽莎正从飞机的圆形窗户往外看，飞机正在群星之上高高飞翔。

而特丽莎眼中的托马斯，也完全变了样：“她不能使自己的目光从他身上移开：他看上去像一位老人，头发变灰了，今非昔比了，不在于从医生变成了司机，而在于不再年轻了。”他不可能再次回到一流医院的手术台前，他已经变成了一个干粗活的工人。这样的天翻地覆，到底是因为什么呢？她“久久地观察丈夫，突然感到一阵强烈的自责：托马斯从苏黎世返回布拉格是她的错，他离开布拉格也是她的错，甚至就是在这里，她未能给他留下一丝安宁。她总是隐秘地责怪托马斯爱她爱得不够，把自己的爱视为无可指责，视为对他的一种屈尊恩赐。现在，她看出了自己是不公正的：如果她真是怀着伟大的爱去爱托马斯，就应该在国外坚持到底！托马斯在那里是快乐的，新的一片生活正在向他展开！然而她离开了他！确实，那时她自信是宽宏大量地给他以自由。但是，她的宽宏大量不仅仅是个托辞吗？她始终知道托马斯会回家来到自己身边的！她召唤托马斯一步一步随着她下来，像山林女妖把毫无疑心的村民诱入沼泽，把他们抛在那里任其沉没。她还利用那个胃痛之夜骗他迁往农村！

她是多么狡诈啊！她召唤托马斯跟随着自己，似乎希望一次又一次测试他，测试托马斯对她的爱；她坚持不懈地召唤他，以致现在他就在这里，疲惫不堪，霜染鬓发，手指僵硬，再也不能捉稳解剖刀了。现在他们已经山穷水尽了，还能向哪里去呢？他们不可能再获准出国了，不可能再找到一种回布拉格的办法了：那里不会有人给他们工作。他们甚至没有理由移居到另一个村庄”。

特丽莎满心歉意地意识到，她运用了弱者的优势，伤害了托马斯：“她总是对自己说，她用了自己一生的软弱来反对托马斯。我们所有的人总是倾向于认为，强力是罪犯，而软弱是纯真的受害者。但现在特丽莎意识到，在她这里真理恰恰相反。即使是她那些梦，在一个男人的感觉中仅仅是软弱而非坚强的梦，也展示了她对托马斯的伤害，迫使他退却。她的软弱是侵略性的，一直迫使他投降，直到最后完全丧失强力，变成了一只她怀中的兔子。”

特丽莎的自我感觉，并没有准确描述她和托马斯的爱情真相。当女性真心爱上一个男人，她总是变得敏感，变得忘我，变得不顾一切。真爱中的女人，是女儿、妻子、母亲的综合体，给自己规定了无边的责任。当一个女人觉得自己什么都没做好的时候，那是因为她得到了爱人无限的爱，她要用一生的真情去回报，她要把对方看成第一位的存在。

托马斯很明白这一点，特丽莎对他说：“你生活中的一切，都是我的错。由于我的错，你的句号打在这里，低得不可能再低了。”托马斯问她：“你没注意到我在这里很快乐？”特丽莎回答：“外科是你的事业。”托马斯斩钉截铁地说：“追求事业是愚蠢的，特丽莎，我没有事业。任何人也没有。认识到你是自由的，不被所有的事业束缚，这才是一种极度的解脱。”特丽莎听了，“把头靠着托马斯的肩膀，正如他们在飞机中一起飞过浓浓雨云时一样。她体验到奇异的快乐和同样奇异的悲凉。悲凉意味着：我们处在最后一站。快乐意味着：我们在一起。悲凉是形式，快乐是内容。快乐注入在悲凉之中”。

有几个男人能够得到特丽莎这样的深情？在这暖光闪闪的情感高潮中，米兰·昆德拉忍不住站出来仰天长问：“仁慈的上帝，他们走完了所有的路程，只是为了让特丽莎相信他爱她吗？”

令人感叹的是，就在他们飞翔到爱情的最高点的时候，突然坠落了：他们一直住在一个村子里，托马斯当了集体农庄的司机。“那条路曲曲折折经过几座山，有一次他们在突然加速时撞坏了车，翻到陡峭的山坡下，身体摔成了肉酱。后来据警察说，汽车的刹车糟糕透顶。”

他们的人生是幸福的，还是不幸的？一部《生命中不能承受之轻》，向读者问的就是这样一个问题。回答的奥秘，就在于你生活在“轻”还是“重”里。在千年万年的时间尺度中，我们可以看到人类的生活有螺旋式的相似性，悲剧和喜剧都在一次次重演。但在一个人的生命中，太多的悲欢都是转瞬即逝，永不复还。人生很短，很多理想、很多愿望、很多爱，都无法实现。难道因为如此，我们就逃避生命的沉重，滑入无意义的轻松？一个人如何选择，世界其实无所谓，从根本上说，没有一个人在世界上是不可缺少的，也没有一个人在世界上是多余的。仔细思考一下生命的“轻”与“重”，本质上是对自己人生价值最大的尊重。想到这里，我们才会真正懂得米兰·昆德拉在这部小说开头写下的话：“也许最沉重的负担同时也是一种生活最为充实的象征，负担越沉，我们的生活也就越贴近大地，越趋近真切和实在。相反，完全没有负担，人便变得比大气还轻，会高高地飞起。离别大地亦即离别真实的生活，他将变得似真非真，运动自由而毫无意义。”

7

Boris Pasternak

《日瓦戈医生》

Доктор Живаго

为什么第二次相见

才敢毫无顾忌地抓住爱？

历史的震颤中，知识分子何去何从？

今天我们来讲讲俄罗斯作家帕斯捷尔纳克的长篇小说《日瓦戈医生》。这部小说大概写了 10 年，从 1946 年 1 月一直写到 1955 年 12 月，问世之后，遭遇极为曲折，也变成文学史上的一个奇迹。

1956 年，帕斯捷尔纳克把书稿寄给苏联最著名的文学杂志《新世界》，但被拒绝出版。当时帕斯捷尔纳克有一个情人叫伊文斯卡娅，她认识意大利出版商费尔特里内利，这个人是意大利共产党员，他读了《日瓦戈医生》，觉得特别了不起，于是把原稿带到了意大利，想马上出版。帕斯捷尔纳克知道以后，提出一个要求，就是这本小说必须在苏联国内出版以后，才能在国外出版。为了实现这一点，帕斯捷尔纳克和伊文斯卡娅全力与苏联当时的出版机构联系，甚至还提出来，如果稿子里有什么当局不满意的地方，可以删减，把一些所谓的敏感内容删掉。但即使这样也不行，苏联的那些出版机构都拒绝出版这部书。苏联还派人要求费尔特里内利把这本小说的手稿交还苏联当局，便于"修改"。紧急之下，1957 年费尔特里内利以最快速度出版了《日瓦戈医生》的意大利文版，这一下子就挡不住了，欧洲多家出版社连续出版了英文、法文、德文版，此书立即成为西方社会的畅销书。

更加轰动的是，1958 年 10 月 23 日，瑞典文学院评选委员会宣布，授予帕斯捷尔纳克诺贝尔文学奖，这是一个奇迹，诺贝尔文学奖从来没有以这么快的速度颁发给一本刚出版的作品，这要放在当时的“冷战”背景下理解。那时候以苏联为首的社会主义阵营和以美国为首的西方资本主义阵营正在激烈地对抗，被苏联体制否定的一本书，自然会被西方看重，《日瓦戈医生》这本书获得诺贝尔奖，毫无疑问具有浓厚的政治色彩。瑞典的诺贝尔文学奖评选委员会的授奖词里甚至一句也没提《日瓦戈医生》，只是说奖励帕斯捷尔纳克在“当代抒情诗和伟大的俄罗斯叙事文学传统领域所取得的重大成就”。这句话隐含地把奖项授予《日瓦戈医生》。帕斯捷尔纳克得知自己获奖，喜不自禁，马上向评奖委员会发电报表示感谢：“无比感激、激动、光荣、惶恐、羞愧。”然而喜悦戛然而止，第二天清晨，苏联作家协会的领导人费定严厉地指示帕斯捷尔纳克公开声明拒绝诺贝尔文学奖。帕斯捷尔纳克严正拒绝了这一要求，并且给苏联作家协会主席团写信：“任何力量也无法使我拒绝人家给予我——一个生活在俄罗斯的当代作家，即苏联作家——的荣誉。但诺贝尔文学奖金我准备转赠给苏联保卫和平委员会。我知道在社会舆论压力下必定会提出开除我作协会籍的问题。我并未期待你们会公正对待我。你们可以枪毙我，将我流放，你们什么事都干得出来。我预先宽恕你们。但你们用不着过于匆忙。这不会给你们带来幸福，也不会增添光彩。你们记住，几年后你们将不得不为我平反昭雪。在你们的实践中这已经不是第一次了。”

帕斯捷尔纳克的这封信写得很强硬，但再强硬也硬不过政治的高压。当时的苏联最高领导人赫鲁晓夫并没有看过《日瓦戈医生》，但他只听了那些作家协会头头的一面之词，就同意反击帕斯捷尔纳克。当局瞄准了帕斯捷尔纳克的情人伊文斯卡娅，停止了她的工作。帕斯捷尔纳克和伊文斯卡娅电话讨论之后，知道不得不妥协，于是，他给诺贝尔文学奖评委会又发了一份电报：“鉴于我所从属的社会对这种荣誉所作的解释，我必须拒绝这份决定授予我的、我本不配获得的奖金。希望勿因我自愿拒绝而不快。”然后他马上给苏共中央发电报：“请恢复伊文斯卡娅的工作，我已拒绝奖金。”即使这样，苏共中央还是打算把这个“政治异己”驱逐出境。印度总理尼赫鲁听闻后，火速给苏联领导人赫鲁晓夫打电话，表示他本人“准备担任保卫帕斯捷尔纳克委员会主席”。因为印度当时是不结盟国家的领导国家，所以影响很大，顾忌到国际影响，苏联当局总算没有把帕斯捷尔纳克赶出国境。

因为诺贝尔奖问题引起的波澜告一段落，但余波未了。1964 年，法国作家、存在主义哲学家萨特获得诺贝尔文学奖，但他也拒绝了。为什么拒绝？首先当然是因为萨特是一个追求自由的人，他认为生命存在的本质就是自由，被授予诺贝尔文学奖这个行为本身，意味着不自由，是别人给你的一个“限定”，因为获奖而变成了“他人眼中的物”，这是萨特不能接受的。但这还不是主要的原因，最主要的原因是萨特的政治立场，他属于左翼自由知识分子。1968 年法国“五月风暴”的时候，萨特上街到处散发传单。他的政治立场比较偏于社会主义国家，对于诺贝尔文学奖 1958 年授予《日瓦戈医生》，他说：“诺贝尔奖在客观上是给予西方作家和东方叛逆者的一种荣誉。”这唯一一部获得诺贝尔奖的苏联文学作品，只是在国外才得以发行，而在它的本国却是一本禁书。从这个立场出发，萨特拒绝诺贝尔文学奖也是必然的。但他的这个拒绝完全是主动的，没有政治高压强迫他，与帕斯捷尔纳克的情形相当不同。一本《日瓦戈医生》，引起这么大的风波，由此我们可以知道，这本书很不简单，很有历史分量。我们今天阅读这本书时，整个世界早已改变，苏联已经解体了，所以我们才有条件在这么大的一个历史变迁里去重新体会《日瓦戈医生》，在新的文化视野下体察它的丰富价值。

讲《日瓦戈医生》，我们先要了解一下帕斯捷尔纳克这个人。

1890年2月10日，帕斯捷尔纳克出生在莫斯科的一个艺术家庭。父亲是著名的画家，母亲是钢琴家。他从小就受到浓厚的艺术熏陶。很多艺术家在他们家聚集，包括音乐家拉赫玛尼诺夫、思想家罗斯托夫、德国诗人里尔克。其中对他们家影响最大的是列夫·托尔斯泰，帕斯捷尔纳克的父母原来和俄国大多数人一样，都是东正教的信徒。后来受托尔斯泰的影响，转变皈依到基督教运动中。这个运动主要是讲爱，就是要以爱对待世界，哪怕是对待仇敌。所以爱就变成了一个绝对的信仰和律令。托尔斯泰的小说《复活》在杂志连载的时候，帕斯捷尔纳克的父亲主动给这部小说的每一章画插图，给杂志寄过去。在1910年11月的寒冷天气里，托尔斯泰离家出走，倒在一个小车站附近的路边，奄奄一息。人们发现了他，送到附近火车站的站长家里。帕斯捷尔纳克的父亲带着20岁的他，匆匆赶到小车站，给托尔斯泰画了临终肖像。父亲对“托尔斯泰主义”的虔诚，深深影响着帕斯捷尔纳克，让他在少年、青年时期，深深沉浸于爱的执着、爱的思考中。

托尔斯泰逝世时，帕斯捷尔纳克正在莫斯科大学法律系学习，不久又转到了历史语文系哲学班。1912年，他又去了德国的马尔堡大学，他研究新康德主义哲学，新康德主义是一种非常注重人类社会道德的哲学，特别重视人和人之间的道德原则，认为所谓历史的进步就是道德观念的进步。新康德主义并不是一种完全的理想主义，也认识到人类社会的复杂性，新康德主义所讲的道德原则实际上是作为一种乌托邦存在的，是人类永无止境的追求目标。

帕斯捷尔纳克为什么要去德国马尔堡学习新康德主义呢？因为这所大学有一个著名的马尔堡学派，领军人物是新康德主义的权威柯恩。帕斯捷尔纳克到马尔堡大学的时候，柯恩已经是68岁了，享有很高的声誉。在德国学习期间，帕斯捷尔纳克认识了一批未来派诗人，其中包括著名的未来主义诗人马雅可夫斯基和勒布罗夫，他们交往频繁，这对他后来的诗歌创作产生了影响。也就在这个时候，他开始在一些诗歌杂志上发表诗作，逐步展开了他的文学天赋。1914 年，他出版了自己的第一部诗集《云雾中的双子星座》。从他的求学和创作经历看，跨度很大，尤其是哲学和文学，这两个领域在他精神世界中融合在一起，使他在理性中燃烧起感性的炙热，又在感性的敏锐中沉淀着理性的明澈，这在作家中是很少见的，因此他的作品充满思考性，而思考性中又不失生活的肌肤感。

1914 年，第一次世界大战爆发，帕斯捷尔纳克不顾马尔堡大学的挽留，毅然回到苏联，为祖国尽力。他回去之后，去了乌拉尔地区的一个工厂当了个办事员。虽然他很想上战场，但没办法去。他三岁的时候从马上掉下来，右腿摔断了，痊愈后留下了残疾，右腿比左腿短了三厘米，因此没法服兵役。不过也因祸得福，这让他有了充裕的时间在后方写作，1916 年他又出版了第二本诗集《在街垒之上》。1917 年，俄罗斯十月革命爆发，他从乌拉尔回到莫斯科，到政府的教育部图书馆工作。但工作对他来说只是谋生，挚爱的还是诗歌写作，进入 20 世纪 20 年代之后，他的诗歌创作源源不断，成为当时未来主义诗派的代表人物之一。他的创作虽然进入爆发期，但他的家庭处境却越来越艰难。他那画家父亲与红色时代的激进文化格格不入，曾经被革命政权流放。到了 1921 年，他的父母带着他的两个妹妹流亡到德国去了。帕斯捷尔纳克没有去，他的文学生命在苏联。这并不是说他的文学生涯在苏联很顺遂，恰恰相反，他深深感觉到革命时代文化环境的压力。20 世纪 20 年代之后，苏联兴盛的是无产阶级文学，十分强调革命的主题，要求作家写出社会主义新生活的历史性飞跃。帕斯捷尔纳克的文化遗传是偏向艺术和自由的，他只想把自己内心的声音传达出来，而不是做一个时代的传声筒。他在马尔堡大学系统学习过的新康德主义，这更加使他忠诚于人的道德立场，坚持人和人之间富于人性的道德关系；也这让帕斯捷尔纳克和当时的不少青年作家们有了不可弥补的思想差异。那些青年作家大多数从底层上来，对新社会的情感很朴素，热衷于“改造”旧社会，满怀激情地歌颂新社会，人很单纯，但缺乏广阔的文化视野。在他们看来，帕斯捷尔纳克过于孤傲，过于沉陷于个人情绪。我们来看一首帕斯捷尔纳克写的诗，体会一下他的诗风：

你不要激动，别哭泣，别竭虑殚精
耗尽心力，也不要让心受磨难，
你在我身边，在我之中，在我胸中，
像柱石，像朋友，像一个机缘。

对未来的信念让我不惶恐
在你面前大言不惭，夸夸其谈。
我们不是生命，也非精神联盟——
我们在用力砍去双重的欺骗。

它从萎靡者们伤寒病似的苦闷里
走向各纬度典型的大气！
它是我的手，我的兄弟。
它像一封信送到你那里。

像信一样，快把它大大撕开，
去和地平线互致信函，

去战胜精力衰竭，疲惫不堪，
来一番阿尔卑斯般的交谈。

这首诗选自他的诗歌集《第二次诞生》，意境宏远而开阔，很有现代感，诗句闪烁着鲜明的审美个性，与急匆匆的革命步调相去甚远。按常理说，这样的诗人早就应该被革命洪流冲到沙滩上了，但帕索捷尔纳克仿佛有一种神奇的命运，他不投靠政治，政治却总是抓着他。当时的苏联领导人中布哈林特别欣赏帕斯捷尔纳克，不但褒扬他，甚至在 1934 年的苏联作家第一次代表大会上，还把他树立为诗人的榜样。不过好景不长，1935 年，苏联最高领导人斯大林宣布，另一个未来主义诗人马雅可夫斯基才是诗人的楷模，帕斯捷尔纳克在政治上不合格。那个喜欢帕斯捷尔纳克的布哈林的遭遇更悲惨，他在政治斗争中被清算，1938 年被斯大林枪毙了。

这下帕斯捷尔纳克的处境艰难了，很多杂志不敢发表他的作品。无奈之下，他开始大量翻译欧洲经典作品，在悠久的欧洲文明中尽情呼吸。他翻译的莎士比亚十四行诗、歌德的《浮士德》大受欢迎，他也被称为最好的翻译家。因为帕斯捷尔纳克是个诗人，语言非常抒情，具有高度的原创性，不受语言习惯束缚，故而特别传神。令他没有想到的是，他翻译的一些格鲁吉亚诗人的作品，被斯大林读到了。斯大林是格鲁吉亚人，他读了以后非常高兴，夸奖帕斯捷尔纳克翻译得好。这时候帕斯捷尔纳克已经被关到集中营，即将受到严厉审讯。得知斯大林欣赏帕索捷尔纳克的翻译，有关部门赶紧把他放了。就是这么神奇，帕斯捷尔纳克逃过了一场厄运。1941 年，苏联卫国战争爆发，帕斯捷尔纳克毅然上前线，写了不少战地文学，表现出英勇的献身精神。他的内心里有着多种多样的文化继承，但他始终是一个热爱祖国、热爱人民的人。他与那些简单的革命作家不同的是，他对世界的感情有一个不变的人性标准，这里面不仅有泛爱的托尔斯泰主义，有新康德主义的道德观，更有对土地上万千生灵的怜悯。有了这样的人性标准，他与当时苏联的政治步调有时候合拍，有时候不合拍，鲜活地显示出一个独立作家的必然命运。

1945年，第二次世界大战结束，帕斯捷尔纳克经人推荐成为诺贝尔文学奖的候选人。这使反对西方“意识形态进攻”的苏联当局十分恼火，从此之后，帕斯捷尔纳克的处境就彻底逆转了。杂志上、报纸上开始批判他的诗歌，说他写的只是个人情感，缺乏时代的声音，缺乏人民的立场。这迫使帕斯捷尔纳克不得不思索20世纪初期以来独立知识分子的命运，大历史与个人自由到底是什么关系；群体政治运动与人的生命价值应该如何衡量；革命给知识分子带来了什么；爱情在大动荡年代有什么样的可能……于是，1946年开始，他动笔创作《日瓦戈医生》。这一年他56岁，人生阅历的积累已经相当丰富，用中国人的话来说，已经“知天命”了，他要写的，正是大革命波涛中知识分子的“天命”。这是当时苏联文学中的一个巨大空白，只有帕斯捷尔纳克这样的人才可能用自己的生命、经历来填补：他15岁的时候亲眼看到俄国革命，后来又经历了1918年的俄国二月革命，后来是同一年的布尔什维克十月革命，整个社会发生的种种变化惊心动魄，尤其是20世纪30年代苏联的大肃反、第二次世界大战、苏联高度集权的斯大林，太多人在其中凋零。俄罗斯大地上发生的历史变迁震撼着全人类，1914年，俄罗斯约有1.2亿人，到了20世纪20年代增长到1.5亿人左右。当时整个世界的人口不过17亿人左右，在俄罗斯这么大的人口规模中，在这么历史悠久的文化共同体里，发生了那么宏大的一场场战争和政治运动，发生了那么多触目惊心的生生死死，诗歌远远不足以描绘这么大的历史场面。因此，诗人帕斯捷尔纳克要写一部长篇小说，用这样的体裁去写出一种史诗来，写出有独立人格的知识分子在那个时代的坎坷命运。

苏联当局知道帕斯捷尔纳克要写这样一部小说，立刻想办法阻止。阻止的方法很干脆：把他的情人伊文斯卡娅抓起来，送进劳改营关了5年。没想到这办法根本不管用，帕斯捷尔纳克还是不停笔，一直坚持写到1956年，奇迹般地完成了这部小说。之后的事情并不在帕斯捷尔纳克的控制之中，特别是获得诺贝尔文学奖引起的政治风浪，对他来说竟然变成了一场失控的命运过山车，给他造成了巨大的精神打击。1958年获奖之后，仅仅两年，他就因为癌症和精神抑郁去世了。直到1982年，苏联政府才逐步为帕斯捷尔纳克恢复名誉。1987年，苏联作家协会专门成立了“帕斯捷尔纳克文学遗产委员会”，1988年《日瓦戈医生》在苏联正式出版。1989年12月，帕斯捷尔纳克的儿子为父亲代领了诺贝尔文学奖，此时距离1958年的获奖，已经过去31年。

一本50余万字的长篇小说，为什么会有这么大的历史影响？我们要仔细地读一下这部小说，才可以理解其中的内涵。美国文学评论家威尔逊说：“《日瓦戈医生》体现的是革命、历史、生命哲学和文化恋母情结，它是人类文学史和道德史上的重要事件，是与20世纪最伟大的革命相辉映的诗化小说。”这个评价十分精当，我们只有把《日瓦戈医生》放到俄国1861年“解放农奴”后的大历史中才能看到它的伟大价值，同时也要放到俄罗斯文学的历史传统中才能看到《日瓦戈医生》的精神创新。这部小说中写了三个男人，两个女人，这五个主要人物，是帕斯捷尔纳克对俄罗斯人的民族性格、历史命运的高度概括，既写出了他们的不同道路，也写出了他们的毁灭，更写出了他们的重生。在吊诡无常的人类生活中，《日瓦戈医生》想写出一种美好，这种美好的核心是自由，如同书中所写：“世界上的每一次震颤，都各有其计划和目的，但把它们聚合起来，它们又自然而然地沉浸在将其联结的生命之流中。人们工作、奋斗，每个人都被他自己所关心的目标所操纵。但那些其中的因果关系，如果不是由某种更高的意识——超越的自由所统辖的话，就无法舒展地运行。这样的自由来自：感受到所有人的生命都互相关联；它源于一个必然，所有的生命都必然互相流通。这是一种快乐的体验，觉得所有的事情不但发生在这埋葬死者的国度，同时也发生在别的地方。这地方有些人称之为上帝的国，有些人称之为历史，还有些人称呼它别的名字。”

帕斯捷尔纳克是如何描写这一切的呢？

日瓦戈和冬妮娅为什么没有“生命之爱”？

小说一开始，主人公日瓦戈才 10 岁，他面临了第一次痛苦的人生经历，那就是父亲的去世，有个叫米沙的孩子在火车上亲眼目睹了事情的经过。一列正在行驶的火车突然紧急刹车，因为有一个中年人跳车自杀，这个中年人就是日瓦戈的父亲。在米沙的眼中，日瓦戈的父亲是个非常善良的人，他好几次来到米沙家的包厢，态度诚恳地请教一些与财产有关的法律问题，股票、债券、破产，等等，看起来特别焦虑。和日瓦戈父亲在一起的是一个律师，名叫科马罗夫斯基，这是书中极为重要的一个人物。他总是拉着日瓦戈的父亲去喝酒，引诱他喝得酩酊大醉、神志混乱。那一天，日瓦戈的父亲一边喝着酒一边诉苦，说他自己两个多月都没睡觉了，只要酒一醒就痛苦万分。他说着说着，就冲向火车车厢的门口，猛然跳了出去。

日瓦戈的父亲为什么会痛苦万分到自杀呢？因为破产了。他曾经家财万贯，有日瓦戈工厂、日瓦戈银行、日瓦戈商号，但是最后都没有了。律师科马罗夫斯基引诱他去西伯利亚、去欧洲到处游逛，把钱挥霍一空，其实这些钱都被科马罗夫斯基骗走了。妈妈几年前已经去世，父亲一死，日瓦戈顿时陷入困境。富人家的孩子向来不愁衣食，往往比较天真，对社会也没有什么防范心，心理年龄比穷苦人家的孩子更幼稚。突然间变成一个孤儿，眼前一片茫然，“小男孩两手捂起脸，放声大哭起来。一片云彩迎面飞来，将冰冷的雨点浇在他的脸上和手上”。这不仅仅是物质生活的无依无靠，更是精神上的飘零。他父亲长期游走在外，他的母亲有肺病，经常要去欧洲诊疗，每次诊疗都带着日瓦戈，去法国南部或者意大利的北方，这让日瓦戈大开眼界，对广大的世界充满好奇和热爱。这种经历使他和别的孩子有些不一样，他的生活一直不安宁，性格深处久而久之有一种流荡性，既宽广又不安。他的妈妈是一个非常单纯的女性，对所有人都心怀仁慈之心，这对日瓦戈来说是细水长流的精神哺育，所以书里说：“日瓦戈和他母亲一样，有一种同一切人平等相处的高贵感情。他也和她一样，看一切事情都凭第一次印象，而且，一开头是怎么想的，他就怎么说，只要这些想法还没改变。”也就是说，日瓦戈很率真，没有什么心机。这样的孩子，如果是在一个稳定的持续的和平社会中长大，尽管失去了父母，也可以在有序的社会生活里逐渐适应，建立起自己的生活，他未来面临的各种人生问题，都会在正常的社会里一点点地化解。但是日瓦戈面前的这个俄罗斯社会，却正在撞向一场翻天覆地的革命，全部生存逻辑都将被打乱，每个人都不知道自己在时代大动荡中的命运会是如何。

故事的开头是在1903年，这是一个什么年代呢？是1905年俄国革命的前夕。俄国的沙皇亚历山大二世1861年开始社会改革，宣布废除农奴制。这听起来是巨大的进步，是俄罗斯历史上从未有过的事。在这之前，沙皇专制高度集权，19 世纪初期执政的尼古拉一世依靠警察暴力治国，不准任何人发出反对的声音，书报检查空前严格，大学里面连哲学课都不能上。这和西欧蓬勃发展的民主浪潮格格不入，与俄罗斯知识分子从国外吸收的自由价值观严重对立，因此整个尼古拉一世统治时期到处都有非常强烈的思想反抗，反抗的声音主要针对国家农奴制度。什么叫国家农奴制度？就是在俄罗斯，人身不自由的农民占了一半多，他们被强制性地归属到大大小小的贵族农奴主统治之下，形成沙皇统治的政治基础。农民作为最底层的生产者贫困不堪，收获几乎全都变成国家征收的人头税，而且每周还要给农奴主义务劳动三四天，一旦有什么“违规”之处，就立刻会被农奴主送进监狱。

这样不平等的、残酷的制度怎么能持久呢？在一片反抗声中，1861 年，沙皇亚历山大二世开始改革，其中最重要的一条就是废除农奴制度，但时间不长，1881 年，亚历山大二世被那些反对他的人炸死了。他的儿子亚历山大三世上台之后，从父亲的政治立场上大大后退，又强化了专制统治，引起社会更大的不满。1894 年，亚历山大三世死了，他的大儿子尼古拉二世继承皇位，整个俄罗斯社会的政治风向变得更复杂了。西欧那边的工业化如火如荼，而俄罗斯却大大落后了，它也想追上去。整个俄国对国家发展的主张众说纷纭，反对沙皇专制的人分成主张君主立宪的自由派和主张社会主义的革命派，互不相让。但他们反对沙皇专制的态度是共同的，自然也受到沙皇专制政府的严厉打击，鞭挞、流放、绞刑遍地都是。不过，反抗的力量也很强，很多高官被暗杀。1904 年，8 万工人在圣彼得堡皇宫前请愿，沙皇的宫殿卫兵开枪扫射，死伤 1000 多人。整个俄国社会都愤怒了，国家处在分裂瓦解的边缘，社会进入大规模的动荡期。

生活对于日瓦戈这样一个失去了父母的孩子变得非常严峻，他的孤立无依，被到处断裂的社会环境放大了。但这本小说并没有把日瓦戈写成常见的那种孤儿流浪记，例如狄更斯的《雾都孤儿》。在狄更斯笔下，孤儿奥利弗主要的痛苦是物质穷困，是底层的普遍苦难。帕斯捷尔纳克不打算写这样的故事，他要写的重点是精神磨难，是心灵坎坷。所以，在他笔下的日瓦戈，物质生活仍然保持在上流社会的水准，因为他的舅舅把他接走了。他舅舅叫尼古拉·尼古拉耶维奇，这个人很不简单，是个热爱思考的人。“尼古拉·尼古拉耶维奇当过教士，探讨过托尔斯泰主义，又不断地向前探索。他渴望有一种切实有益的主义，这种主义能够在千变万化中指明真正的道路，使世界有所好转，这种主义应当是妇孺都能看得到、听得清的，就像天空的闪电与滚雷。他渴求的是新的东西。”他后来成为了具有重大社会影响的文化人，“跻身于当代文学大家、大学教授、革命哲学家之行列”。这对日瓦戈来说就太重要了，潜移默化地塑造了他的文化格局。一个人如果从小关注的只是些针头线脑，生命就很封闭，长大了就会无意识地将这个世界观带到不断展开的人生经历中，将一切社会生活都装到自己的小小算计中，很难与大世界同步，释放不出温暖人间的热度。而日瓦戈十岁之后跟随舅舅生活，遇到了社会上那些很优秀的人，每天都受熏陶，对他的思想气质有强大的塑造力。尤其重要的一点，是他舅舅那个圈子的批判性思想，让日瓦戈渐渐知道，要在大历史、大社会的视野中，理性地看待当时社会不同的主张、不同的观念，不能放弃独立的思想。舅舅告诉日瓦戈：“确实有些人是很有才华的，但时下最风行的是搞各种各样的团体和会社。不管这些团体信奉的是索洛维约夫、康德，还是马克思，反正都是随声附和，是庸才的藏身之所。人只能单独地探求真理，只有这样，才能摆脱那些歪曲真理的人的影响。”

舅舅带着日瓦戈从伏尔加河畔的小城去了首都圣彼得堡，后来又送日瓦戈寄住在好朋友、著名的化学家格罗麦科教授莫斯科的家中，然后自己一人去乡野读书和写作去了。格罗麦科教授家里有个名叫冬妮娅的女儿，年龄比日瓦戈小一点儿，这个小女孩的出现，让我们豁然明白，这部小说让日瓦戈在俄罗斯走来走去，真正的目的地就是格罗麦科教授家，就是要让日瓦戈与冬妮娅会合，让主人公遇上一生中最重要的两个女人之一。读到这里，读者不难感觉到青梅竹马的氛围，一种美好的期待悄然而生，同时也有些悬念：在那个动乱的年代里，这一对年轻人会如期获得人生的幸福吗？

初看起来，一切都顺理成章。日瓦戈和冬妮娅在格罗麦科教授家里一起成长，后来日瓦戈选了医学专业，冬妮娅选了法律专业。两个年轻人如兄妹一样，感情水乳交融。冬妮娅的妈妈安娜·伊万诺芙娜最大的心愿，就是这两个年轻人结为夫妻。“她一面咳嗽，一面把这两个年轻人挨在一起的手抓在自己的手里，让他们的两只手在一起紧紧贴了好一阵子。然后，安娜·伊万诺芙娜控制住自己的声音和呼吸说：‘如果我死了，你们不要分开。你们是天生的一对儿。你们结婚吧。这是我对你们说的话。’她说完这一句，就哭了起来。”

不但冬妮娅的父母期待这对年轻人成家，过上平淡幸福的生活，日瓦戈自己对生活的选择，也是中规中矩。他走的是一条非常理性的人生道路，高中毕业后选择医学，就正是他这种选择的体现。他喜欢艺术，喜欢历史，喜欢写作。他中学时就写散文，甚至还写过一本传记。他想把自己平时所看到的、所想到的东西都写到他的文字里。但是日瓦戈觉得自己太年轻了，写不好这么丰富的社会，无法写成一本深刻而厚重的书。所以他开始写诗。“他之所以敢于写诗，是因为觉得自己的诗有热烈的感情和独特性。他认为这两个特点，即热烈的感情和独特性，是艺术的现实性的标志，而缺乏现实性的艺术，全是空洞无物的，是无益的。”为了追求现实性，他在选择大学专业的时候，并没有考虑去攻读艺术专业。“不管他多么喜欢艺术和历史，他在选择终生事业时却没有多加考虑。他认为，不能把艺术当作事业，正如不能把天生的乐观和多愁善感当作职业一样。他对物理学和生物学很感兴趣，并且认为，在实际生活中，应当从事一种对社会有益的职业，所以他选择了医学。”按照日瓦戈这种“现实性”法则，他“正常”地与冬妮娅结婚，也是完全符合他的人生逻辑的。冬妮娅不但代表着青梅竹马的美好，也象征着上层社会高贵女子的温馨品格。冬妮娅从小就是他的玩伴，给了他人性的暖光，融化了日瓦戈潜意识中的孤独，也使他认可了冬妮娅代表的这个社会。有了冬妮娅，年轻的日瓦戈遗忘了自己的孤儿身份，快乐地与上流阶层漫步同行，欣于所遇，乐天知命。

日瓦戈的这种感觉实际上是很表面的，他并不知道自己的真实存在。一个人在年轻的时候，最大的危险是不知道自己的内心矛盾。日瓦戈觉得自己选择了一个很扎实的职业，还要和一个美丽的上层女子结婚，多么美满。他并不明白，自己是一个双重身份的人，自己的童年、少年、青年都是寄人篱下的流浪儿，仅仅只是过得很体面而已。他潜意识中的创伤需要在成长中愈合，需要在精神的奋斗中伸展内心坚韧的枝叶。而他现在的快乐生活，本质上是别人给与的，他的幸福婚姻，并没有经历过筚路蓝缕的探寻，缺乏坚实的精神内核。如果日瓦戈所处的生存环境是个稳定的、常态的社会，他的未来不会有太大的问题，他作为一个医生，会和现实社会之间建立起一种越来越稳固的专业关系，他和冬妮娅的爱情婚姻也会恩恩爱爱，沿着平滑的年轮循序渐进地走下去。如果是这样，日瓦戈身上另一种更重要的潜质——诗人气质就永远不会爆发，他不过是活成了一个标准的绅士。但历史不允许他这样活下去，很快读者将看到，大动荡的社会革命打碎了他的所有预期，在残酷的历史暴力中，他没有任何可能安稳地当一个医生，革命的铁锤，将他的生命急速地打造成了一首悲凉的诗。

日瓦戈和冬妮娅婚姻的另一个空白，是他们没有一段真正的恋爱过程。

整个小说里边并没有写日瓦戈和冬妮娅是如何热烈相爱的，更没有浪漫的表白、深情的斗气、为爱的猜忌、抒情的出游……一切都像水到渠成，结婚了，生孩子了，合理性贯穿在每一步中。冬妮娅似乎为标准而生，具有好女人的全方位品质，善良、温柔、体贴、宽容、勤劳……极度完美。但这里面埋藏了一个非常大的问题：在优渥家庭里面长大的冬妮娅，没有经历过日瓦戈那飘摇的童年，没有体会过冰凉的孤独，没有走过冰天雪地的无助，两个人的心理世界，在基础部分有巨大的差异。这样的差异鲜明地体现在日瓦戈对待尸体的感觉上，他能够在尸体的冰凉中看到死亡之美，书里这么写：

> 在日瓦戈一年级的时候，有一个学期他整天在大学的地下室里学习解剖尸体。他顺着弯弯的阶梯走下地下室。解剖室里有许多头发蓬乱的大学生，有的站成一堆，有的单独站着。有些人把许多骨头摆在身边，翻着破烂的教科书，死记硬背；有些人一声不响地在角落里解剖着尸体；还有一些人在说笑打诨，追赶停尸间的石头地上一群一群跑着的老鼠。在黑乎乎的停尸间里，有许多白白的尸体像磷光一样隐隐闪着亮光，有不明原因的死者，有不明身份的自杀的年轻女子，有保存完好的溺水女子。因为注射了明矾，他们都显得年轻而丰润。把尸体剖开，切开，做成标本，不论切得多么碎，人体的美依然如故，所以，

在把一具完整的美人鱼般的尸体粗暴地摔向镀锌的解剖台时，会感到美得令人吃惊，等到把胳膊或骨头切下来时，依然会感到美得惊人。地下室里充满了福尔马林和碳酸的气味，充满了神秘感，所有这些僵直了的尸体的不明的命运是神秘的，生命本身是神秘的，就像回家或者来到自己的大本营里一样，来到这地下室里的死亡本身也是神秘的。

这一段描写表现了日瓦戈的深层意识，他在“尸体”这个生命的终结点看到了神秘之美。他在父母的早早去世中熟悉了死亡，随后自己的命运被抛入虚空和未知。他后来尽管成长于富裕之家，但这只是幸运，而不是幸福。一切幸运都是单薄的，幸运背后是不可知的神秘，他的心灵深处终究是孤独的。**这种深在的孤独本来可以被爱情的喷发打破，让他在灯火阑珊蓦然看见的一刹那，握住灵魂伴侣的命运之手，让眼中燃起凤凰涅槃之火。爱情往往会强力推动人的生命瞬间跃升，推动生命的关键性转折，因为爱是内外结合，是心底火山的猛烈爆发，相爱的人像钢铁融化，像春花怒放，最终实现心灵的本然。**但日瓦戈没有，他获得了甜蜜，却也保留了孤独。他的生存经历既有苦难又有温暖，冬妮娅代表着温暖，却不能化解苦难。

《日瓦戈医生》的大转折出现了：俄罗斯相对的和平时期戛然而止，在1917年陷入大动乱。1917年先是“二月革命”，把沙皇打倒了，后来的“十月革命”更加猛烈，经济制度、政治制度、日常生活全部变了样，整个社会都将要重组。日瓦戈作为一个医生，随着医疗队来到了前线救死扶伤，结果自己“被一阵爆炸的气浪冲倒，一粒榴霰弹把他打伤。日瓦戈倒在街心里，浑身是血，失去了知觉”。待他苏醒过来，已经躺在了野战医院。这医院十分简陋，却是决定日瓦戈一生的命运枢纽，他在这里猝不及防地遇上了真正的命中之爱：在一个“温暖的二月下旬”，日瓦戈正在看“在军邮局里积压了很久，现在一股脑儿送来的冬妮娅的很多来信”，忽然“风沙沙地吹动着信纸和报纸，传来轻轻的脚步声。日瓦戈抬起眼睛看去。走进来的是拉拉”。

这个拉拉年轻美丽，日瓦戈不是初见，但从未相识。她是一个底层的女孩，却与上流社会有暧昧的关联，在日瓦戈的眼中，拉拉是一个堕落的边缘人。若是没有战争，日瓦戈永远不会和她有什么交往，但战争把原有的秩序打乱了，原有的社会结构、社会阶层也崩坏了，许多不相干的人奇怪又必然地碰到了一起，日瓦戈和拉拉，正是这样。日瓦戈知道拉拉已经结婚，他在给妻子的信中写道：

> 我现在和安季波娃在一起工作，她是莫斯科来的一位护士，是乌拉尔人。你该记得，在你母亲去世的那个可怕的夜里，有一个姑娘在圣诞节晚会上对检察官开了一枪。后来大概她受过审讯。我记得，我那时候对你说过，我曾经在一个下等旅馆里见过这个女大学生，那时候她还是一个中学生，那是一个风雪交加的夜，我和你爸爸一起到了那个旅馆，现在不记得为什么事去的了，只记得好像是在武装暴动的时候。那个姑娘就是这个安季波娃。

冬妮娅的回信迅速而悲伤，“在这封泪痕斑斑、字迹模糊的信里，冬妮娅叫丈夫不要回莫斯科，干脆跟着那个好得不得了的护士去乌拉尔，因为他一生和她有那么多的巧遇和缘分，是她冬妮娅的平凡的一生无法相比的”。日瓦戈赶紧给她回信：“我虽然和安季波娃住在一座楼房里，可是我至今还不知道她的房间在哪儿，而且我也不想知道。”

真的不想知道吗？女人的直觉和男人的巧辩都是常见的，只有发生的事实才能证明一切——几个月之后，拉拉要离开野战医院了，日瓦戈在餐厅的一角找到了她，两个人有了一番心意起伏的对话。日瓦戈禁不住要说说“心底所有的秘密”，说说“我的妻子儿子，说说我的一生”。这些掏心窝子的话，都是面对最爱的的人才会倾泻而出，拉拉岂能不明白？日瓦戈感叹：“整个俄罗斯的屋顶掀掉了，咱们和所有的老百姓都在露天之下了。没有人管咱们了。自由了！”更重要的是，“每个人都活跃起来，新生了，所有的人都在变化，转变。可以说，每个人都遇到两种革命，一种是自身的，另一种是社会的”。日瓦戈的声音“忽然哆嗦起来，开始激动了”。拉拉停了一会儿熨斗，“郑重地、惊愕地看了看他”。日瓦戈开始“没头没脑地胡乱说起来”：

> 在万众欢腾之中，我常常遇到您神秘而忧郁的目光，那目光游移不定，好像是在遥远的地方、遥远的国度里。我多么希望我看到的不是这种目光，希望看到您脸上满意的表情，希望您满意自己的命运，丝毫无求于人。多么希望您的一位什么亲人，您的朋友或者丈夫（最好是一位军人），抓住我的手，要求我不要为您的命运担心，不必操心、过问您的事。那我就抽回我的手，再不问了……哦，我失言了！对不起，请原谅。

这深情的爱怜之言说得不能再明白了，完全“泄露了他的情感”。这是他人生中的第一次表白，表白之后，日瓦戈“带着无法克制的尴尬心情站起身来，走到窗前。他背朝着房里，用手托着腮，胳膊肘撑在窗台上，用漫不经心的、视而不见的目光朝黑乎乎的花园里望着，希望镇静一下”。

表白之后，他是多么希望听到拉拉同等热情的回应，这是所有男人的愿望。但拉拉的反应却像夏天的雪花，清凉地落在日瓦戈的心里。她仿佛自言自语地说：“啊，我就是怕这种事儿呀！多么不好的误会呀！日瓦戈，不能这样呀……”她平静地让日瓦戈去喝杯茶，“等您再回来，还是要像我已经看惯了的、我希望看到的样子。”

她和颜悦色地拒绝了日瓦戈：“我知道，这是您做得到的。就请您这样吧。”

一个星期后，拉拉就走了。她难道不爱日瓦戈吗？并非如此，她“每天值班都要在早晨和傍晚查两次病房，同日瓦戈以及同其他病房的病人交谈几句无关紧要的话”。她对日瓦戈很有好感，“这人真怪，真好奇。人很年轻，却很不亲热。鼻子翘翘的，不能说很漂亮。不过，从好的方面来说，他很聪明，头脑灵活，挺招人喜欢”。

但她不能爱日瓦戈，她有自己的孩子，有一个曾经爱过的丈夫。更重要的是，她有伤痕累累的过去，她不想打破现在的生活。

难道日瓦戈和拉拉就此分别永不相见了？绝不！历史将告诉他们，革命和战火已经推翻了所有的常理，爱情被遍地的硝烟和死亡重新定义，它如同美丽的悲剧，变成了人间不可抛弃的最后一片树叶。在爱之下，一切禁忌都不值一提。这乱世的至理，只有在他们第二次相见时才彻底明白。

为什么拉拉在日瓦戈眼中有这么大的魅力？

上一节讲到，日瓦戈在战地医院向拉拉表白了心意，但被拒绝，一个星期之后拉拉走了。不久，日瓦戈也离开了医院，回到了莫斯科。

在回家的路上，日瓦戈心潮澎湃，两种全然不同的心绪此起彼伏，“有时缠得紧紧的，有时抖落开”。“有一种心绪想的是冬妮娅、家庭和原来十分安定的生活，那种生活充满了诗意，是亲切的、纯洁的”。而第二种心绪是新鲜的，“这种新鲜东西是另外的、完全不同的！这不是在自己心目中已经习惯了的、从旧东西中产生的那种新东西，而是不由人意、不可遏止、像迅雷一样突然的、来自现实的新东西。战争、战争的血腥气、战争的恐怖、战争的惨无人道和野蛮，都是这样的新东西。战争的考验和战争教给人们的处世秘诀，是这样的新东西。经历了战争的偏僻城镇和人，是这样的新东西。还有革命，不是1905年大学生们所想象的那种革命，而是现在的、从战争中诞生的、流血的、在所不惜的、由有经验的革命家布尔什维克领导的士兵革命，也是这样的新东西”。战争与和平，革命与承继，两种生活给人截然不同的生命感，让人的感觉也发生了翻天覆地的变化。战争与革命中的美，需要更沧桑、更坚韧、更鲜艳的人性，这让日瓦戈愈发想念拉拉：“拉拉因为战争出来漂泊，过着动乱不宁的生活，毫无怨尤，很少说话，硬是不肯表露自己的痛苦，而且几乎以不表示怨尤为美，这也是新鲜的。”

为什么拉拉在日瓦戈眼中有这么大的魅力？那是因为她充满着生命的复杂和寻觅。

拉拉的妈妈基莎尔是法国后裔，但是已经俄国化了。她的丈夫是个比利时工程师，那时也去世了。法国和比利时都属于拉丁文化，热情奔放，对生活纤细敏感。南美的那些葡萄牙后裔、西班牙后裔，都是属于大的拉丁文化的一部分。这种文化与冷静严峻的日耳曼文化、理性规范的盎格鲁—萨克逊文化区别相当大。因为丈夫去世，35岁的基莎尔太太带着一儿一女，从乌拉尔地区来到莫斯科，“把儿子送进士官学校，把女儿送进女子中学”。为了不让自己的为数不多的积蓄坐吃山空，她买下了一个不大的成衣店。

而这一切都和那个害死日瓦戈父亲的科马罗夫斯基有关：“基莎尔太太这样做，是采纳了科马罗夫斯基律师的主意。科马罗夫斯基是丈夫的好友，是基莎尔太太信得过的人，也是一个精明的生意人，他对俄罗斯商业界的情形了如指掌。她迁往莫斯科的事，也是在信中和他商量的。他在车站迎接他们，带他们穿过整个莫斯科城区，来到军械胡同，进了黑山公寓，住进为他们租的一套带家具的房间。”这个健壮的中年男人安顿好基莎尔一家人，“眼睛盯了拉拉一阵子，盯得拉拉脸都红了”。

基莎尔是个精神上的弱者，“胆子非常小，怕男人怕得要死。正因为怕和没有主见，她一会儿投进这个男人的怀抱，一会儿投进那个男人的怀抱”。科马罗夫斯基顺理成章地变成她的情人。这让中学生拉拉格外迷茫，在母女关系中，母亲往往就是女儿的文化模子，然而基莎尔对于拉拉来说，并不是一个好的示范，女儿内心深处并不想跟随母亲的脚步，这就放大了拉拉的精神空白，她不知道应该如何应对这城市生存的苍茫。作为一个小店主的女儿，在一般意义上来说属于社会的中下层，普遍的愿望是过上更高一层的生活，况且拉拉挺漂亮，16 岁的女孩儿，容颜动人，正处于女孩子好奇心丰盈的生命转折点，再向前一步，就成年了，成人社会的大门，即将打开。但是，在拉拉面前，横亘着科马罗夫斯基强壮的身影。他野心勃勃，纵横捭阖，屈伸自如，无论在什么社会浪潮中，都能审时度势，获取先机。他没有很强的专业性，却是无师自通的钻营高手，很清楚自己要什么，目标明确，具备超强的社会生存力。他最大的强项是不受什么道德约束，更不受什么政治准则的规范，一切以我为准，实行彻底的实用主义和机会主义。这个男人特别善于应对复杂的社会变化，顺畅地对接着不同社会阶层的人。

这个通吃型的人浑身都是劲儿，肌肉发达的身板，散发着超群的男性荷尔蒙气息。从进化论的角度看，女性对于这样的男性，无论从生物性上还是社会性上，都有无形的崇拜感。拉拉明白，全家人的生活都依靠着科马罗夫斯基，她在心底里也有对他的依赖感。但这种依赖感来得太不是时候，拉拉 16 岁了，正处于成人化的门槛上，“拉拉学习很好，不是因为求知心切，而是为了得到奖学金，她必须成为好学生，要成为好学生，必须刻苦学习。她不光学习好，还很会做家务，常常在成衣店帮忙，替母亲跑腿。她沉静、潇洒，而且她的一切：那轻盈的举止、那身段、声音、那灰色的眼睛和金色的头发——都显得异常和谐”。除了人们看到的这些美好，她还有另外的感受，一个女孩向女人发育的身体脉动。在七月的暖风中，她“仰面躺着，两手放在脑后。……她从左肩膀头和右脚大指头，感觉出自己长大了，把被窝塞满了。肩膀和脚是这样，而其余的一切——她本身，她的心或者发育得十分匀称、急切渴求生活的身体——或多或少也是这样”。大自然赋予女性的规律，让她的每一个细胞都燃烧着莫名的渴求。

这时候的科马罗夫斯基变得异常危险，他如此之强的占有欲，随时可能打破拉拉的心理防备。机会果然来了，有一个舞会，科马罗夫斯基邀基莎尔一起去。但基莎尔身体不舒服，让拉拉代替自己去舞会。拉拉第一次来到这样的舞会，华尔兹的旋律，完全隔绝了她与日常生活的联系，拉拉整个身心都在旋转，她心想：“华尔兹真是一种疯狂的玩意儿！转呀，转呀，什么也不想。当音乐在演奏的时候，时间不知不觉过去了，就像小说中的生活那样。”兴奋中她愿意让科马罗夫斯基紧紧地楼抱着自己，“让别人对自己这样放肆，是出于夸耀心情，想要别人明白，自己已经是大姑娘了。她没想到科马罗夫斯基跳舞跳得这样好。他的双臂有多么灵活，搂她的腰搂得多么稳当！”就在这强烈的晕眩中，华丽的炙热氛围隔绝了所有的女性常识，她不由自主地失去了童贞。

回家的路上，“一路上她就像掉了魂似的走着，回到家里，她才明白发生了什么事。家里人都睡了。她又陷入迷惘状态中。她怅然坐在母亲的梳妆台前……她成了法国小说中的那种女子，明天她还要去上学，同那些女孩子坐在一起，她们和她相比，都还是一些纯洁的小孩子呢。天啊，天啊，怎么会发生这种事儿呢！”拉拉从这一天开始，走上了和其他女孩不一样的道路。

每个人在精神上都有三重性：真实的自我、感觉中的自我、理想中的自我。而此刻的拉拉，感觉中的自我是个罪人，她已经感受不到自己的美好，更不敢想象理想中的自我。她沉陷在难以自拔的精神泥潭，生活的方向一片混乱：“这真是中了邪魔呀！假如科马罗夫斯基闯进拉拉的生活，引起的只是她的厌恶的话，她会起来反抗、挣脱他的。但是事情却不这么简单。她感到得意的是，一个论年龄可以给她做父亲的头发斑白的美男子，一个常常在大会上受到鼓掌欢迎、报纸上常常报道的人，竟会为她花费金钱和时间，称她天使，带她上戏院或音乐厅，让她‘见世面’。因为她还是一个穿棕色长衣的未成年的中学生呀，只懂得天真烂漫地开开玩笑，淘淘气。科马罗夫斯基在马车里当着车夫的面或者在剧院包厢的众目睽睽之下大胆地勾引她，使她心醉，使她那沉睡的芳心不住地跳动。”然而“心醉”并不长久，“沮丧心情和害怕心情却牢牢扎下了根。她整天昏昏欲睡。因为夜晚睡不好觉，因为经常哭和经常头疼，因为功课负担重，因为身体疲劳，她整日里昏昏沉沉。科马罗夫斯基是她的灾星，她痛恨他”。可让她万般无奈的是，她的痛恨之中又饱含着依依不舍，因为她发现，在这近乎乱伦的男女关系中，科马罗夫斯基忽然变成了弱者："不是她在科马罗夫斯基的手掌里，而是他在她的手掌里。拉拉看得出，科马罗夫斯基是怎样需要她。"归根到底，她恨他，也爱他，16岁的拉拉，心灵深处四分五裂，恓惶地站在人生的刀锋上。

不仅是拉拉，科马罗夫斯基也坠入彷徨。单纯无邪的拉拉像一面镜子，让这个在社会泥潭里摸爬滚打已久的男人忽然有了点儿原罪感。"他小声呼唤着，合上了眼睛，脑海中出现了她那枕在他的手臂上的头，那睡着了的头在睡梦中垂着眼睫毛，全不知道有人一连几个小时地看着她。她的一头秀发披散在枕头上，那种蓬松的美使他眼花缭乱，心荡神驰。……不能一味地这样缠绵相思、寻愁觅恨！科马罗夫斯基想，自己又不是小孩子，应该明白，如果由于他的迷恋，他的亡友的女儿，这个幼小的女孩子，成为他爱得发狂的对象的话，他将会有什么样的结果。要悬崖勒马！要对得起自己，不能改变自己以往的一切，否则一切都要完了。"

科马罗夫斯基看上去十分强势，但在这个时候也变得特别软弱。世界上没有彻底的好人，也没有彻底的坏人，所谓善恶，最根本的区别在于一瞬间的意志：是善念压倒恶念，还是恶念压倒善念。恋爱中的拉拉和科马罗夫斯基既不大善，也不大恶，他们内心大起大伏，难以一刀两断。科马罗夫斯基第一次感觉到人生失控。"他多么不害臊地跪在她的脚下，哀求说：'不能这样过下去。咱们这样混下去，不得了！你要朝下坡路滑下去。咱们还是告诉你妈妈吧。让我娶了你。'"而拉拉虽然知道他说的"都是空话"，但还是常常披着掩盖真容的面纱，去"那座可怕的饭店"和他幽会。"饭店的侍者和顾客们都用那样的目光盯着他们，好像要剥去他们的衣服。拉拉只有一个劲儿地问自己：难道相爱的人低人一等吗？"

真正使他们的疯狂关系猝然停止的，是拉拉的妈妈，她发现了科马罗夫斯基和拉拉的私情，绝望中吞下大量碘酒自杀。日瓦戈跟随格罗麦科教授前去急救，看到“一个半裸体的女人躺在床上，大声哭着，头耷拉在一只洗脸盆上面，头发一绺一绺地粘在一起，浑身湿漉漉的，又是水，又是泪，又是汗。”突然，在房间暗处的屏风后面走出来一个男子，“这是一个结实、魁梧、脸刮得光光的、神气十足的人。他高举着煤油灯走出来，走到一个姑娘在旁边睡觉的餐桌前，把煤油灯放进灯架里。灯光一照，姑娘醒了。她对那人笑了笑，就眯起眼睛，伸了个懒腰。这时姑娘和那个男子演起了哑剧，他们彼此一句话也不说，只是交换目光”。日瓦戈一眼就看出来这一对男女之间隐藏着不可人知的秘密，并且和基莎尔的自杀有关。

这是他第一次看到拉拉，正是1906年的初春。“他的心由于这种未曾体验过的心情，感到憋得难受。这就是他和米沙、冬妮娅常常议论并且莫名其妙地称之为‘下流’的东西，就是那种又可怕、又吸引人、不接触时在口头上很容易摆脱的东西。”五年之后的圣诞节之夜，他又一次看到了拉拉。这个长大了的姑娘早已不再和科马罗夫斯基来往，但在1911年圣诞节，她“做出了一个不幸的决定”：向科马罗夫斯基要一笔钱，还清债务。她为什么会欠债？因为她那不争气的哥哥把同学们的一大笔钱拿去赌博，都输光了。拉拉只好向自己当家庭教师的东家借了这笔钱，替哥哥还债。拉拉想从科马罗夫斯基那里要到钱之后，真正开始自己的独立生活。她以为，“在过去种种事情之后，在她已经脱身好几年以后，他一定会像个男子汉大丈夫一样，不需任何解释，不附带任何肮脏的条件，无私地帮助她”。她来到科马罗夫斯基正在参加的圣诞舞会，出乎意料地看到他正和一个年轻的姑娘眉来眼去：“有一个拉拉不认识的姑娘从大厅里走进客厅里。科马罗夫斯基用拉拉非常熟悉的那种目光看了姑娘一眼。受到青睐的姑娘对科马罗夫斯基笑了笑，脸一红，顿时满脸放出光来。拉拉一看见这情景，差点儿叫起来。一阵受辱感使她的血往脸上直涌，她的额头和脖子都红了。她想：‘这是新的牺牲品。’拉拉好像在镜子里看见了自己和自己的过去。”愤怒之中，她一枪打向科马罗夫斯基，却击中了坐在他旁边的副检察长。

眼前的情景，让日瓦戈万分震惊：“一看见她，他就惊呆了。就是她！而且又是在这样不平常的场合！又有这个头发斑白的男人。”日瓦戈并不感到恐怖，却从姑娘的眼神中看到了不寻常的愤恨，看到孤注一掷的决绝，看到“她是多么高傲呀”！这一枪，震动了日瓦戈，他把自己的深层感情和拉拉联系在一起。这共同的感情不是爱，而是恨，是两个人对科马罗夫斯基共同的恨。优雅的日瓦戈打不出来的这一枪，被拉拉毅然打响了，这情节若是放在《哈姆雷特》里，就如奥菲利亚替哈姆雷特打死那个篡位的叔父，报了杀父之仇。

日瓦戈这些复杂的心情，拉拉浑然不知。她直到来到野战医院之前，根本不认识日瓦戈。此时的她已经嫁给了相恋已久的安季波夫。这个工人家庭的青年，结婚之夜才知道妻子竟然有着那么复杂的过去，瞬间从“幸福的顶峰”坠入到“绝望的深渊”。新婚之夜俨如一场“交代大会”，“丈夫的猜疑和妻子的坦白招认不断地相互交替。他在问，拉拉每回答一次，他的心就往下一沉，就好像他在往深渊里坠，他受伤的心跟不上新发现的事实”。安季波夫是个追求完美的青年，从家庭到社会，他都抱着理想主义的期待。拉拉的累累创伤，令他心里对未来的那些期盼都像落叶般凋零。他和拉拉结婚后一起到了乌拉尔的小城尤梁津，去一所学校教书。安季波夫常常“坐在底朝天的木船上望星星”，不明白自己：“为什么没有决心离开她；难道他不明白，拉拉爱的不是他，拉拉爱的是她对他尽的一种高尚的义务、一种伟大的职责？这种热情的、值得称道的责任心，和真正的家庭生活有什么共同之处呢？”安季波夫心里的灰暗思绪若是直率地向拉拉说出来，倒也是一种夫妻交流的最好方式。但他只会默默地想，在自我对话中越走越远，“他望了望星星，好像是征求他们的意见。星星不停地闪烁着，有密集的，有稀疏的，有大的，有小的，有蓝的，有色彩不停变化的。忽然星光渐渐暗了，院子和房子、木船以及坐在木船上的安季波夫被一道奔驰而来的强烈亮光照亮了，就好像有一个人打着火把从田野上朝大门口跑来。原来是一列兵车喷吐着带火的黄烟，穿过交道口向西驰去”。兵车的奔驰让安季波夫笑了，“他站起身来，回去睡觉。他想找的答案找到了”——他要参军，去鄂木斯克军事学校学习，离开拉拉。

拉拉的第二个男人，就这样远去了。尽管没有离婚，而且还时常听闻他的消息，但这对夫妻再也没有团聚。安季波夫在红军中一步步高升，但他从来没有主动去看望妻子。拉拉曾长途跋涉地寻找他，但始终找不到。为了尽快见到丈夫，拉拉“以护士的身份登上医疗队的火车，经过利斯基城，向匈牙利边境的麦佐 - 拉波尔奇进发，安季波夫的最后一封信就是从那个地方发出的”。到了那个地方，安季波夫还是杳无踪影。后来，拉拉学习了一些护理技术，从莫斯科来到前线医院当护士，她绝没有想到，在战地医院相遇的不是安季波夫，而是她生命中的第三个男人日瓦戈。见面的场面弥漫着血腥气：“有一个担架上躺着一个伤员，伤得特别可怕，惨不忍睹。有一块爆炸的炮弹壳的底片，把他的脸炸得粉碎，把舌头和牙齿炸成血肉模糊的一团，弹片从炸开的一边腮上进去，陷入颌骨当中，然而却没有把他炸死。这个已经没有人形的人用细得不像人声的声音短促地、断断续续地呻吟着，使听到的人都觉得，他是在恳求，恳求快点儿把他打死，免得让他这样活活地受罪。那个护士以为，那两个在担架旁边走的轻伤员是听了他的呻吟受不了，正准备徒手从他的腮里往外抠那块可怕的铁片。”日瓦戈一眼就认出来，那个护士就是拉拉。

两个人在生死线上的相逢，激发了日瓦戈前所未有的珍惜感。战场上的上一秒与下一秒也许就是死亡的分界线，在生死面前，瞬间获得了永恒的意义，爱情的价值再也不能用日常生活的道德来衡量了。日瓦戈身不由己地向拉拉表达了心意，但这纯净的表达不在正确的时间，拉拉还在寻找安季波夫，她还严格地遵循着女性的忠诚，坚守着婚姻的道德性。在这个时间点上，她不可能接受日瓦戈的爱，只有在一切坚守都化为碎片，毫无价值的时候，她才会悄然看到那一株随风摇曳的战地爱情是多么美好。

而这必然发生！

日瓦戈满心惆怅地回到莫斯科，当他“下了马车，走到大门口按门铃的时候，他的呼吸急促，心怦怦跳了起来。没有人来开门。他又按了一次。还是没有任何反应，他着急了，就一下接一下地按了起来，于是他看到旁边的小门打了开来，冬妮娅手扶着门站在那里。起初两个人都因为太突然，呆呆地愣住了，也没有听见彼此的叫声。但是因为在冬妮娅手里敞开的门有些像敞开的怀抱，这才提醒了他们，他们像发了疯似的互相扑过去拥抱起来”。但喜悦却像烟花，喷放之后，又归于沉寂。日瓦戈“在后来的几天里，他发现自己是那样的孤独。他不怪任何人。显然，他自己希望孤独，也就孤独起来”。莫斯科的政治形势越来越鲜红，在俄罗斯建立苏维埃政权并且实行无产阶级专政的政府公告到处可见，让日瓦戈感觉到“此时此刻的伟大和重要，他十分激动，一时回不过神来”。他喜欢这样的变化，“多么了不起的手术！巧妙的一刀，一下子就把多少年发臭的烂疮切除了！痛痛快快，干脆利索，一下子就把千百年来人们顶礼膜拜、奉若神明的不合理制度判了死刑”。日瓦戈终究还是个诗意的青年，他欢呼着改天换地的时代，并不知道革命也是一场深度地震，地面上的所有生存都将被打破，“日瓦戈一家穷困到了极点。一家人饿得奄奄一息”。无奈之下，日瓦戈一家只好远赴乌拉尔的尤梁津，那里的瓦雷金诺庄园，是冬妮娅的外婆家。

冬妮娅并不知道，那里也是拉拉的故乡，拉拉找不到自己的丈夫安季波夫，已经回到了尤梁津，日瓦戈和拉拉的重逢，就这样冥冥之中不可避免。这就是革命，一切皆有可能，无论悲喜，谁都无法预见。

男人有一种真爱，就是让最爱的人离开

日瓦戈和家人来到了尤梁津后，突然看到了拉拉。日瓦戈是在尤梁津的图书馆看到了她，“一眼便认出是拉拉”。她“穿着一件浅色方格短衫，腰间束了一条宽腰带，正全神贯注地在看书，像孩子一样微微往右偏着头，一动不动。她不时仰面沉思，或者眯起双眼凝视前方，然后又用手支着头，用铅笔在笔记簿上奋笔疾书……她的一切多么得体！她读书时的那副神情，好像读书不是人类的一种最高级活动，而是连动物也能办到的一种最简单的事，好像她是在挑水或是刮土豆皮”。日瓦戈并没有前去相认，而是从借书单上抄下拉拉的住址，悄悄地回到瓦雷金诺庄园。直到一年之后，他才去找她。

拉拉十分淡定：

“是什么风把您吹来的？来了已经一年多，竟抽不出空来？”

日瓦戈有些惊讶：“您听谁说的？”

“消息到处有，只看你听不听。再说我在阅览室里已经看见过您了。”

“那您为什么不叫我？”

“您不会非要叫我相信您没看到我吧。”

这对话感人至深，在有情人之间才会发生。若是寻常情意，哪会忍在心里一年多才相见呢？近乡情更怯，到了爱慕之人的身边，更是如履薄冰。这一对同命人，千回百折，总算走到了一起，但他们还是以“您”相称！

重逢的他们有说不完的话，很快日瓦戈就“留在拉拉家过夜”。拉拉不再期待她那见不到面的丈夫，她告诉日瓦戈，安季波夫率领红军攻打尤梁津时，“用大炮轰击我们。他明知我们在城里，但他从来没有打听过我们母女是否平安……他近在咫尺，竟不想办法来看看我们！这我实在想不通，无法理解。对我来说，这简直无法捉摸，这不是生活，而是古罗马时代的美德，当今最时髦的一种做法”。从这些看似只是女人的抱怨中，其实我们可以看到时代的冷酷。革命毁灭了人情，人们都脱离了轨道，都出现在不该出现的地方。日瓦戈和拉拉开始以“你”相称，犹如家人。在久盼的温暖中，他又“觉得自己是个罪犯”，因为这幸福包含着欺骗，向冬妮娅“隐瞒那些越来越严重，越来越不能容许的事”。一想到这里，“他喉咙里的东西再也咽不下去，他放下调羹，推开盘子，强忍着满眶的泪水”。

日瓦戈的进退两难，被红军游击队轻易解决了：游击队把他抓走了，因为革命队伍太需要医生。革命时代的爱情遭遇，总是被强大的外力急转弯一般改变，谁也无法抗拒。等到一年多后日瓦戈想方设法回到尤梁津，才知道妻子一家已经被驱逐出境，去了法国，只留下一封信，信里这样说：

> 你可以个人提出离境的申请，那时我们又可以团聚在一起了。我写是这样写，但我自己也不相信我们会有这个福分。最

不幸的是我爱你而你不爱我。我一直在为我这个想法寻找根据，想证明这样想是对的。我反复考虑，回顾我们的生活，检查我的所作所为，但我找不到起因，也想不起我做了什么事才招致如此的不幸。我总觉得你对我另眼相看，对我看不顺眼，就像从一面不平整的镜子里看我一样。但我是爱你的。唉，我不知道你能不能想象得出我何等爱你！我爱你身上所有的特点，不论是好的还是坏的；有些方面虽然平平常常，但它们不平常地结合在一起而使我感到珍贵；爱你那由于内心的美而显得端庄高雅的面容，虽然看起来它可能并不英俊；爱你的才情和智慧，它们填补了你所欠缺的坚强意志。这一切我都感到十分珍贵，在我心目中没有人超过你。不过请你听我告诉你：即使我不如此珍爱你，即使我不这样喜欢你，我仍然看不到我凄凉冷清这一痛心的事实，我仍然以为我爱你。只是因为我惧怕没有爱情是一种屈辱的致命的惩罚，才不知不觉地一再不肯承认我不爱你，无论是我、无论是你永远不会知道这件事。我的心不会告诉我，因为没有爱情几乎等于杀人，我不能使任何人受到这样的打击……当我们离开这决定我们命运的可怖的乌拉尔之前，我和拉拉有过短时间的接触。在我困难时，她一直跟我在一起。我分娩时，她帮了我很多忙，我对她十分感激。我应该坦率地说，她是个好人，但我也不愿说违心的话，她和我全然不同。我来到人世是要使生活过得单纯，寻找一条正确的出路，而她却是使生活复杂化，使人迷失方向。……我亲爱的，我心爱的，我的丈夫，我孩子们的爸爸，怎么竟落到了这个田地？我们此生再也不能相见了，我这些话的意思你能明白吗？明白吗？

冬妮娅的这封长信，在《日瓦戈医生》中极为重要，是打碎所有人心底的一声长叹。没有经历过恋爱的冬妮娅概然懂得自己“不知不觉地一再不肯承认我不爱你”，这是多么痛苦啊！两个从小一起长大的好孩子，并不等于能够情深意长地生活，爱情完全是另外一回事啊！“此生再也不能相见了”，而人只有“此生”，谁也不能重来一遍。冬妮娅是那么完美，却也因为完美而无法理解拉拉的曲折人生，不能谅解她“使生活复杂化，使人迷失方向”。冬妮娅代表的是社会的常识，是和平年代的主旋律，是人类美好的期望，但不是日瓦戈和拉拉的命运。这两个“例外”之人被历史复杂化了，思维和情感都发生了巨变，如同日瓦戈对拉拉所说：“如果你无所抱怨、无所遗憾的话，我就不会爱你爱得如此之深了。我不爱那些没跌过跤、没失过足的不犯错误的人。他们的美是僵死的、没有价值的。他们不懂得人生的美。”

日瓦戈和拉拉开始生活在一起，他们无论如何没有想到，科马罗夫斯基突然来到，他带来了一个惊心动魄的消息：安季波夫被当作革命队伍里的异类，已经被枪毙了。红色政权早就知道拉拉的身份，以前没有惊扰她，只是因为想让她当诱饵，诱捕逃亡的安季波夫。现在“诱饵”已经没有价值，拉拉很快就会被抓走。科马罗夫斯基刚刚被任命为远东地区边疆政府的部长，他可以将拉拉和日瓦戈带走，保障安全。他说得很明白：“关于你们的情况我了解到的比你们自己想到的要多得多。你们正处在悬崖边缘，这你们恐怕还蒙在鼓里。如果不及时采取对策，你们自由自在的日子以至活着的日子已经是屈指可数了。现在存在着一种共产主义模式，很少有人能适应。但谁也没有像您尤利·安得列耶维奇这样明目张胆地去反对这种生活方式与思维方式。我不明白为什么要去刺激人家。您讥嘲这个世界，侮辱这个世界。如果没人知道倒也罢了，但莫斯科一些重要人物对您的心思了解得一清二楚。您是个男子，无拘无束。如果您任性胡来，拿生命当儿戏，那是您的神圣权利。不过拉拉跟您不同，她是个母亲，孩子的性命、今后的命运都在她手里。她可不能跑到九霄云外去胡思乱想。我劝了她一个早上，要她认真对待这里的局势，但她不愿意听。请您运用一下您的权威力量，对拉拉施加影响。她无权把卡秋莎的安全当作儿戏，也不应该把我的话当作耳边风。”

科马罗夫斯基为什么要来搭救拉拉？这是个神秘的问题，这个在社会风浪中搏斗大半生的男人，也许到了反思和沉淀的阶段。他的一生恐怕也只谈过一场真正的恋爱，那就是和拉拉的不伦之恋。对拉拉他是动了真情的，在混乱的革命年代，他或许终于明白世上最珍贵的东西还是真挚的感情。他身上积累的油滑和心机太多，不可能立地成佛，但再污秽的人，一生中也会做几件善良的事，更何况还是为了当初的情人？

当然，这只是一种可能，人性，太难解。

日瓦戈几经思虑，痛苦地决定动员拉拉带着女儿跟科马罗夫斯基走，自己留守在瓦雷金诺。在这生离死别的时刻，他向拉拉说出了心里的秘密：“你是藏在我心中的一个像禁果似的秘密天使；在和平的天空下，你曾出现在我生命的源头，而在这战乱的年代，又眼看着我生命的结束。记得那时你还在高年级读书，那天夜里我看到你穿着一身深咖啡色的校服在旅馆半明半暗的房间里，和现在一样秀丽，令我惊叹。后来我常常想为你那时候射进我的内心、令我陶醉的光辉、那渐渐消失的光束与声音找个名称，因为从那时起，它们便在我的生命中流动，成为我认识世界万物的一把钥匙。这要感谢你。当你那穿着校服的身影从阴暗客房中走出来时，我虽然对你一无所知，但我痛苦地感到这个瘦削的女孩浑身像充满电流似的充满了世界上一切女性的美。只要走到她身边用手指一碰，迸出的火花便会照亮房间，我不是当场触电而死，便会终生带上渴慕与悲伤的电磁。我满眶泪水，整个身心都在闪亮、哭泣。我非常怜惜自己，但更怜惜你这个小姑娘。我非常惊异，心里在问：如果爱慕她，吸取她身上的电流是如此痛苦，那么，做女人，做电流，惹人爱慕，不是更要痛苦万倍吗？我到底都说出来了。这种心情可以令人发疯。我的心里一直是这样想的。”

这个选择了医生职业的日瓦戈，本性完全是个诗人，他在拉拉母亲自杀的那一夜看到的拉拉，如此神性地化痛苦为诗意，变成指引命运的天使，这才是他真实的诗人本色，是他天生地就的本心！这本心道德框不住，政治压不住，亲情拉不住，他就这样不顾一切地奔向了拉拉！

现在，为了深爱，为了解救，日瓦戈决然让拉拉带着孩子离开，而且是跟随着有杀父之仇的科马罗夫斯基。为爱放手，这是最高的境界。为了这份爱，他故意让拉拉和科马罗夫斯基先走，自己随后赶上来。其实，这是一句假话，就这样，残酷的分别时刻到来了，拉拉和孩子的雪橇渐渐远去：

> 日瓦戈站在门口，大衣斜披在他一个肩上。另一只手紧紧抓住台阶上一根细柱子上端，好像要把石柱子掐断似的。他的眼睛注视着前方。他看到山坡上有一小段路，两旁有几棵稀疏的桦树。这时落日的余晖正照在这片空地上。他们的雪橇随时会从浅谷里奔出来，来到这里。
>
> “永别了，永别了，”日瓦戈一面等待着雪橇在空地上出现，一面默默地重复着，把他这来自内心深处的话向傍晚的寒风吐露，“永别了，我唯一的爱人，我永远失去了你！”
>
> “出来了！出来了！”当雪橇从斜坡上像箭一般从下面飞出

来，掠过一棵棵桦树时，他那苍白的嘴唇单调急促地说着。雪橇好像要叫他高兴高兴，渐渐慢下来，在最后一棵桦树旁停了下来。

啊，他的心跳起来了，几乎要跳出胸膛，腿也发软了，他只觉得浑身软绵绵的，就像正从他肩上滑落的大衣！

“上帝啊，你是要把她送还给我吗？出了什么事？那落日照耀的地方在干什么？这是什么意思？他们为什么停下不走了？唉，完啦，雪橇又走了，又飞奔起来了。她大概是停下来再看这房子一眼，也许她是要看看他动身了没有，现在是否在追赶他们。他们走了，他们走了……要是太阳不过早地落山，他们还会出现一次，也就是最后一次，他们的雪橇会在前天晚上出现狼群的峡谷那边的空地上出现。”

这一时刻终于来临而且很快就过去了。暗红色的落日还悬挂在白雪皑皑的地平线上，白雪贪婪地吮吸着落日洒下的菠萝色光辉。

瞧，雪橇出现了，随即飞快地驶过。

“永别了，拉拉，来世再见吧！永别了，我的美人，永别了，我永恒的无尽的欢乐。”雪橇消失了。“我再也见不到你了，此生永远、永远也见不到你了。”

从此，日瓦戈孤身一人，在冰天雪地里写下一首首晶莹的诗。他后来历经磨难回到了莫斯科，艰辛地生存着。一天，他正在公交汽车上，“忽然觉得胸口一阵剧痛，这在以前还没有过，他意识到身体里什么东西破裂了，这一下要了他的命，一切都无法挽救了。……他开始从车后门的人群中往外挤，又惹起一阵谩骂声，人们踢他，朝他恶狠狠地喊叫。他也顾不了这许多，挤出了人群，踩着踏脚板下了电车，走了一步、两步、三步，咕咚一声摔倒在路上，再也没起来”。

拉拉这一天很偶然地来到莫斯科，她被神秘的命运领引，来到了日瓦戈的遗体边。回忆起和日瓦戈在一起的日子，“日瓦戈那种自由坦荡的精神又充满了她全身。她连忙从椅子上站起，感到一种无以名状的冲动。她多么想借助这种冲动冲出这痛苦的深渊，到外面去，到新鲜空气中去重温往日自由的欢乐，哪怕是重温一会儿也好。她仿佛觉得同他告别，尽情地俯在他身上痛哭，就是这样一种欢乐。”难舍之中，“她用自己的身体、自己的头、自己的胸膛、自己的心灵以及像心灵一样宽大的双臂紧紧抱住棺材、鲜花和他的遗体”。

葬礼之后，拉拉开始整理日瓦戈的诗歌。直到有一天，“她离开住的地方，便没再回来。看来是在街上被捕了。她也许死了，也许被送到北方数不清的普通集中营或女子集中营里，被编成代号列入名册。后来名册丢失了，她也被遗忘了”。

这是一个悲欣交集的故事，美好的生活总是那么短暂。时代的粗粝，让那么多善良美丽的生命过早地流逝，唯有爱的诗篇，漂留到后世的记忆，犹如帕斯捷尔纳克的诗行：

春天又在太阳穴的血管中突突跳动，
大地上的积雪融出了空洞，
冷清的夜晚，不见一只飞鸟，
只有雨珠悄然飘落，它来自高空。

8

García Márquez

《霍乱时期的爱情》

El amor en los tiempos del cólera

关键时刻，

为什么费尔米娜

会让情人“忘掉吧”？

马尔克斯的“魔幻人生”

今天我们来一起读哥伦比亚作家马尔克斯的长篇小说《霍乱时期的爱情》。

这部小说出版于1985年。而在这以前，1982年，马尔克斯获得了诺贝尔文学奖。获奖的作品是长篇小说《百年孤独》。《百年孤独》是我们中国读者特别熟悉的作品，尤其是这部作品的开头，几乎是每个作家都能背诵的名句：“多年以后，面对枪决执行队，奥雷里亚诺·布恩迪亚上校一定会想起他父亲带他去见识冰块的那个遥远的下午。”评论家称赞马尔克斯写出了时间的循环性，在循环性中表达了内卷性的封闭与孤独。然而对马尔克斯来说，这其实是特别现实主义的写法，完全来自他的童年记忆。他自己解释过，《百年孤独》这段开头的初始形象，是一个老人带着孩子去看冰块，马尔克斯说：“这个形象是来源于外祖父带我去看马戏团的单峰驼的那个时刻。在我们居住的阿拉卡塔卡，那个时候我根本就没有机会看到冰。香蕉公司的行政管理委员会曾经收到过某种冰冻的鲷鱼。那些看起来像岩石的红鲷鱼让我受到触动，于是我便问外祖父了。外祖父，向来什么都要给我解释的外祖父，说它们是冰冻了，所以看起来才像岩石。我问他‘冰冻’是什么意思，他便拉着我的手，把我带到委员会那儿，要求他们把一箱冰冻的鲷鱼打开，我便见识了冰。在单峰驼和冰之间做决定时，我自然是倾向于冰了，因为从文学的立场看，它更加容易引起联想。现在，让人感到难以置信的是，《百年孤独》居然是从这么简单的形象开始的。”这让人十分钦佩马尔克斯的文学天才：他的神秘想象力，奇异地引导着他从一个小小的冰块开始，写出了几百年被殖民的哥伦比亚国家历史，写出了哥伦比亚人和人之间，以及家族内部痛苦的变迁，用“孤独”概括了宏大叙事中的民族记忆。这本书奠定了马尔克斯伟大作家的历史地位，《纽约时报》评价说：“《百年孤独》是《创世纪》之后，首部值得全人类阅读的文学巨著。”这个评价可以说是无与伦比了。

更值得全世界读者注意的是马尔克斯的文学生涯。他是一个真正靠文学建筑起自己的生命，并且以文学给人类瑰丽想象的纯粹作家。他的人生，是文学原创性的一杆旗帜，既魔幻又充满现实主义的力量。什么样的生活最值得过？**马尔克斯的传奇一生证明：文学是人类最美好的生存方式之一，他 87 年的诗意历程是一本大书，为全世界的文学读者提供了完美的精神体验。**

1927 年 3 月 7 日，加夫列尔·加西亚·马尔克斯出生于哥伦比亚的阿拉卡塔卡。这是个很偏僻的临海小镇，在哥伦比亚的东北角，邻近委内瑞拉。整个哥伦比亚有 40 多万平方公里，差不多有四个多江苏省那么大，现在有将近 5000 万人口。它的最南端在赤道上，北部靠近加勒比海，西部是太平洋。在哥伦比亚西北特别是西面，靠近太平洋的地区，有很多山脉，山脉里有很多河谷，海拔在 1000 米到 2000 米之间，气候宜人。哥伦比亚的南部郁郁葱葱，温度非常高，热带雨林无边无际，潮湿的枯枝败叶飘着腐烂的气息，不太适合人居住，所以人就比较少。而北部、西部的山谷地带聚集了很多城镇，居民众多。这个地方原来都是印第安人，1492 年之后，哥伦布在大航海时代发现了美洲，大量的殖民者随之而来，这些主要来自欧洲的移民具有技术优势、装备优势，给当地带来了前所未有的变化，这个变化从某些方面来说是灾难性的。南美洲的印加帝国，是个拥有 5000 多万人的族群。但是欧洲人来了以后，把南美洲变成了一个资源的采掘地，特别是一些稀有资源被疯狂地开采。比如说，玻利维亚有一座山叫波托西，山下有个波托西城。这个城原来非常有名，1650 年左右的时候就已经拥有 16 万居民，成为当时世界上特别富有的城市。为什么呢？因为这个地方有白银，欧洲不产白银，所以白银就变成一个稀有之物。殖民者蜂拥而来，把这个地方开采得一干二净。波托西这个地方原来有 5000 个矿井，现在全关了。波托西对面还有一座山叫瓦卡西，现在被称为“哭泣过的山”。这个山名听起来就很悲伤。这个城市现在一塌糊涂，一片荒芜。其实这也是南美洲一个时期命运的象征。哥伦比亚也不例外，1536 年就变成了西班牙的殖民地。殖民者来了以后，在西部、西北部建立了很多居民点，因此这里也有很多工业。大量的人口聚集过来，进城的这些底层人民，没有钱也没什么专业技术，只能在最底层打工。进入 19 世纪，哥伦比亚掀起了一场又一场的独立运动，终于在 1819 年成立了哥伦比亚共和国。虽然独立了，但本质上美国和英国的跨国资本仍然垄断着哥伦比亚的铁路、石油、咖啡、香蕉种植，掠走了超额利润，使哥伦比亚底层的生存更加困苦。

马尔克斯出生的时候，阿拉卡塔卡小镇正处于香蕉产业的夕阳期，美国联合果品公司已经在这里经营了将近 20 年，火车在浓荫蔽日的香蕉种植园中穿行，熙熙攘攘的街道到处是挥金如土的暴发户。马尔克斯回忆：“那年月，真是挥金如土啊。达官权贵和巨商富贾们一面欣赏着裸体女人跳昆比亚舞，一面用钞票点火抽烟。诸如此类的传说把大批冒险家和妓女一窝蜂似的吸引到哥伦比亚北部沿海地区的这个偏僻的小镇上。”童年的马尔克斯经常和外祖父去看美国联合果品公司的居住地，“公司周围用一圈铁丝网围着。里面的一切似乎都很整洁凉爽，镇上的尘土以及烤人的炎热在这里一点儿不见踪影。里面还有池水澄蓝的游泳池，四周摆着小巧的桌子，支着遮阳的大伞；绿油油的草地像是从弗吉尼亚州搬过来的；姑娘们在草地上打着网球：这简直是把菲茨杰拉德笔下的世界移到了热带腹地。傍晚时分，那些美国姑娘坐着汽车到阿拉卡塔卡炎热的街道上去兜风。她们仍然穿着 20 年代的时装，那是人们在繁荣的 20 年代的蒙帕尔纳斯或者纽约广场饭店的走廊里会穿的那种服装。汽车的顶篷是活动的。这些姑娘们娇滴滴、喜盈盈，穿着白色透明的薄纱衣服，坐在两只大狼狗中间，好像不怕炎热炙烤。”

然而这只是火把燃尽的绝唱，马尔克斯年幼时，贪婪地赚快钱的美国公司撤走了，小镇快速败落，“众多陌生的面孔、大道上支起的帐篷、当街更换衣服的男人、张着雨伞端坐在箱笼上的妇女以及饿死在旅店马厩里的被丢弃的骡子所组成的那场狂风暴雨”，犹如一堆“枯枝败叶”。马尔克斯和妈妈走过小镇，“往昔那个人山人海、到处都是彩色阳伞的车站，如今已然衰微破败，没有一个人影。列车把他们母子俩丢在正午耀眼的寂静中，只有蝉忧郁的歌声不时打破这份寂静。火车继续它的旅程，似乎它刚刚经过的。是一个虚幻的镇子。一切都仿佛废墟，一派被遗弃的景象，一切都被炎热和遗忘吞没了。陈年积土落在老式的木头房子上，落在广场上打蔫的巴旦杏树上。……母亲遇见的第一个女友（当时她正坐在一个房间阴暗角落里的一架缝纫机前）第一眼竟没有认出她来。两个妇女彼此打量着，仿佛要透过各自疲惫衰老的外形，努力回忆起昔日少女时代美丽动人的容貌。女友的声音又是惊喜又是悲伤。‘大姐！’她站起身子，失声叫道。两人于是紧紧拥抱，放声大哭”。

这个场景，马尔克斯印象太深，他后来说：“我的第一部小说，就是从那时，从那次相遇受到启迪而诞生的。”这句话很重要，真正的含义正如一位著名记者所说："马尔克斯的所有小说，都来自那次相遇。"

贫困加剧了哥伦比亚的政治动荡，国内的自由派与保守派打个不停。马尔克斯的外祖父是自由派军队的上校，"受到全镇百姓的敬重。他毕生只碰到过一个人胆敢对他出言不逊，后来此人被他一枪结果了性命。这个强势的男人不仅在政治上激情澎湃，对女人的欲望也火焰熊熊，在全镇竟有几十个私生子"。马尔克斯8岁之前一直和这位生命力超强的外祖父生活在一起。随着父母双亲迁往苏克雷河港附近的辛塞镇，1940年，13岁的他被送到距离首都波哥大不远的一所著名中学。父亲对他期待很高，希望他沿着"一流中学""一流大学"的路径成为社会名流，改变自己家族中从来没有大学生的文化劣势。

马尔克斯的父亲绝对没有想到，儿子对这所著名高中的感觉是一片冰凉，完全是"一座修道院，没有暖气，也没有鲜花"，坐落在"一个离大海1000公里的遥远而又凄凉的镇子"上。这倒不是马尔克斯没有独立生活的能力，而是人文地理环境变化太大。阿拉卡塔卡一带属于海洋气候的加勒比地区，阳光灿烂，处处可见浓烈的蓝色和绿色。而波哥大一带却是安第斯山区，云雾弥漫，细雨飘飘，视野里都是"一种细腻的灰色和沉郁的绿色"。马尔克斯回忆道："还有人种上的差别。沿海居民是西班牙后裔安达卢西亚人、非洲黑人以及勇猛的加勒比印第安人，他们生性直率开朗，与矫揉造作格格不入，丝毫不把等级和礼仪放在眼里。他们喜欢舞蹈，音乐总是十分欢快，有着非洲的节奏和打击乐器的声响。但山区的哥伦比亚人就大不相同了，他们保持着西班牙中西部卡斯蒂利亚人刻板、讲究形式的特点，有着奇勃恰印第安人沉默寡言和多疑的性格；他们的保守和注重礼节是不动声色的，就连幽默都不易觉察。他们举止彬彬有礼，往往掩盖了骨子里好斗的性格，只要几杯酒下肚，这种秉性就常常会不合时宜地暴露出来。和围绕着安第斯山居民的景色一样，他们的音乐也是凄凄切切的：诉说着遗弃、离别，以及逝去的爱情。”对于马尔克斯这个来自加勒比沿海地区的13岁少年来说，他“蓦地意识到自己将不得不在这个陌生的世界生活了。他又惊又怕地看着首都如此凄凉的景象。夜幕渐渐四合，召唤人们去做晚祷的钟声响了起来。他透过出租汽车的小窗直勾勾地看着雨中灰暗的街道。想到要在这种殡葬般的氛围中生活好几个年头，他心里真是说不出的沉重。想到这里，他不禁放声大哭，使得来车站接他的学监大惑不解”。

环境的巨变其实也不是什么坏事，人的成长中有一种境遇叫“相反相成”。人文地理上的强烈反差，让少年马尔克斯迫切需要一个精神通道，去释放自己的压抑。他找到了文学，德国的《魔山》、法国的《三个火枪手》《巴黎圣母院》、英国的《水仙号上的黑水手》……更为幸运的是，当时的波哥大有一个“石头与天空”文学小组，那里都是些具有反叛精神的文学青年，他们给了马尔克斯阳光般的自由热量，使他沉浸在文学的大海中扬帆远游，一发不可收拾。马尔克斯后来感激地说：“如果没有‘石头与天空’，我真不敢说我会成为作家。”

1947年，20岁的马尔克斯考入了波哥大国立大学法律专业。这倒不是他热爱法学，而是来自他父母的期待。法官或律师社会地位高，能给全家人带来荣光。这种勉为其难的选择当然不会让马尔克斯安心，他人在法律系，过的却是文学系的日子：“那时候，我最为倾心的消遣是在星期天登上装有蓝色玻璃窗的有轨电车，只要花五分钱，就可以从玻利瓦尔广场到智利大街不停地兜风。我在有轨电车里度过了那些令人忧伤的下午，那些下午似乎拖着一条由其他无所事事的星期天连缀而成的没有尽头的尾巴。而我在这种放任兜风的旅途中所做的唯一的事情就是读诗，读诗，读诗！在城里坐一个街段的有轨电车，我可能就能读一个街段的诗，直到夜雨霏霏、华灯初上的时刻。然后，我跑遍老城里寂静无声的咖啡馆，去寻找一位仁人君子行个好陪我一起谈论我刚刚读完的那些诗篇，那些诗篇，那些诗篇。”突然有一天，马尔克斯从同学那儿借到一本奥地利作家卡夫卡的《变形记》，刚刚读了开头，他就震撼不已：“一天早晨，格里高尔·萨姆沙从不安的睡梦中醒来，发现自己躺在床上变成了一只巨大的甲虫。”这么简单的一句话让马尔克斯“哆哆嗦嗦”，心里惊叹，“他妈的，原来可以这么干哪”。第二天，他就破天荒地写出了他的第一篇短篇小说《第三次无奈》，从此彻底转向小说写作。

这次大转向，彻底改变了他的生活方式，“他不修边幅，总是夹着一本书出入咖啡馆。他可以在任何场所栖身过夜，所以给人的印象是一个浪荡的家伙。不过，这会儿他不再诗啊、诗啊的一个劲儿地读诗了，而是小说、小说，彻底迷上了读小说，先是读陀思妥耶夫斯基，后来是托尔斯泰、狄更斯，再后来是上世纪的法国作家福楼拜、司汤达、巴尔扎克、左拉。”这样的浪游日子没有持续多长时间，1948 年 4 月，波哥大爆发严重暴乱，马尔克斯租住的房子被焚毁，波哥大大学也无限期关闭。动乱之中，他转学到哥伦比亚北部加勒比海边的卡塔赫纳大学，边上学边写小说，还为卡塔赫纳日报《宇宙报》撰写每日评论。回到熟悉的加勒比海之畔，他的文学梦想更活跃了，很快认识了 100 多公里之外的工业大城巴兰基亚的一帮文学青年，这些人成立了一个“巴兰斯基文学小组”，热衷于现代主义文学。1950 年，马尔克斯干脆也搬到巴兰基亚，一面为《先驱报》写每日专栏，一面开始写作自己的第一个长篇小说《枯枝败叶》。

这个“巴兰斯基文学小组”对马尔克斯的影响很大。文学小组的成员都是一些非常年轻的小伙子，特别喜欢喝酒，性格豪放，聚在一起喜欢讨论大作家的作品，乔伊斯、斯坦贝克、考德威尔、多斯·帕索斯、海明威、舍伍德·安德森、德莱塞、福克纳……而讨论这一切的地点经常是妓院！马尔克斯十分怀念这段日子："对于我来说，那些年月不仅是我在文学上而且也是在生活上眼花缭乱同时又有所发现的时期。我们常常喝得酩酊大醉，一面谈论着文学，直到天明。每天晚上，我们至少要谈到 10 本我没有读过的书，第二天，他们就会借给我看，他们什么书都有。我们还有一个开书店的朋友，大家常常帮他制作订书单，每次只要从布宜诺斯艾利斯运来一箱书，我们就欢庆一番。"他为了写作，有段时间住在一家"妓女经常出没"的廉价旅馆。虽然廉价，他有时候还是没有过夜的房钱，于是把正在撰写的小说原稿交给看门人作为抵押。马尔克斯回忆："那家旅馆很大，房间的隔墙是硬纸板做的，所以，邻近房间里的一切秘密都能听得一清二楚。我可以辨认出许多政府高级官员的声音，使我感动的是，他们大部分人不是来寻欢作乐，而是来向他们的露水伴侣倾诉衷肠的。"

也就是在这个破旧的旅馆里，马尔克斯读到了英国女作家弗吉尼亚·伍尔夫的小说《达洛卫夫人》，他一刹那感到拨云见日，文学的天空更加清澈。后来他深情地回忆："如果我在 20 岁的时候没有读到《达洛卫夫人》中的这段话，可能今天我就是另一副样子了"。马尔克斯说的这段话是这样："但是，毫无疑问，车子里面坐着的是个大人物：'大人物遮掩着经过邦德街，凡夫俗子们伸手可及；他们可能是第一次也是最后一次离英国的君主、国家的不朽象征这么近。等到伦敦沦为一条杂草丛生的道路，这个星期三上午在人行道上匆匆走过的人们全都变成了白骨，几枚婚戒散落其中，还有无数腐烂的牙齿里的黄金填塞物，好奇的文物学家翻检时间的废墟，才能弄清车里的人是谁。’我记得，我是在一家旅馆的简陋的房间里，忍着酷热，一面轰蚊子，一面读这段话的。它完全改变了我的时间概念。也许，还使我在一瞬间隐约看到了马孔多毁灭的整个过程，预测到了它的最终结局。另外，我想，它难道不是《族长的秋天》的遥远的起因？而这本书正是描写人类的权力之谜，描写孤独和贫穷的。”马尔克斯曾经说过，《族长的秋天》是他自己感觉写得最好的小说，但他把这最心爱的作品归功于弗吉尼亚·伍尔夫，其中的崇敬之情溢于言表。

青春的日子就这样艰辛而恣意地过着，1954 年，马尔克斯搬回了波哥大，担任《观察家报》的特约撰稿人。1955 年，他的长篇小说《枯枝败叶》出版。这部小说只有九万来字，但意义重大。小说中第一次出现了一个叫做“马孔多”的小城，正是他的故乡阿拉卡塔卡的隐喻。从此，“马孔多”成为马尔克斯小说中的标志性地名，也是《百年孤独》的故事发生地。《枯枝败叶》中“香蕉公司”的无所不能、老上校一家祖孙三代的孤独困境，都是马尔克斯后来创作主题的缩影。

1955 年，马尔克斯的生活发生了巨大变化。作为《观察家报》的特约撰稿人，他写了一系列文章揭露政府的渎职，招来独裁政府的警告，被迫出国，去巴黎担任《观察家报》驻欧洲记者。第二年，《观察家报》被独裁政权关闭了，29 岁的他只好留在巴黎，在贫困中坚持写作。最穷的时候，他甚至搜集各种空瓶子卖给商店，勉强维生。此后的生活可谓颠沛流离，在东欧、委内瑞拉、古巴、美国、墨西哥、西班牙流亡般地迁徙。其间还在 1959 年结了婚，有了孩子。尽管生活动荡，但他始终保持了一个作家的蓬勃创造力，一部部小说接连问世：1959 年出版长篇小说《恶时辰》；1962 年出版短篇小说集《格兰德大妈的葬礼》和中篇小说《没有人给他写信的上校》；1965 年开始写作《百年孤独》，1967 年出版；1970 年出版《一个海难幸存者的故事》；1973 年出版短篇小说集《纯真的埃仁蒂拉》；1975 年出版《族长的秋天》；1981 年出版《一桩事先张扬的凶杀案》；1982 年获得诺贝尔文学奖；1985 年出版《霍乱时期的爱情》。随后还出版了短篇小说集《梦中的欢快葬礼和十二个异乡故事》、戏剧《对一个坐着的男人的爱的谩骂》。1999 年之后，他出了三卷本回忆录《活着为了讲述》第一卷、长篇小说《苦妓回忆录》。这极为不易，因为他 1999 年查出患上淋巴癌，接受化疗，因而造成脑部大量神经元损失。加上马尔克斯家族有老年痴呆遗传史，写作更加艰难。2006 年 1 月他宣布停止写作，但 2010 年还编辑整理了演讲集《我不是来演讲的》。

特别值得中国读者高兴的是，2010 年，病中的马尔克斯与他的女出版经纪人卡门经过长达两年之久的中国市场调查，终于同意正式授权中国出版《百年孤独》中文版。这听起来是件不可思议的事情，距离 1967 年的西班牙版已经相隔 43 年。其中的缘由，是 1990 年马尔克斯到中国访问，发现书店里有各种未经授权擅自出版的《百年孤独》《霍乱时期的爱情》。这让他大为惊讶，也很生气，发誓“死后 150 年都不授权中国出版他的作品，尤其是《百年孤独》”。这可真不是虚言，1992 年之后，中国正式加入《世界版权公约》，有 100 多家中国出版机构向马尔克斯提出版权申请，但他一概不答应。直到 2008 年，他被中国出版人的真诚所感动，几经考察，最终向中国出版界敞开了心扉。他多年坚持不授权，是对中国维护知识产权事业的极大推动。而他的正式授权，更是对中国出版界的巨大支持。这样一位伟大的作家，2014 年 4 月 18 日在墨西哥城去世了，但他在生命的最后阶段给与中国文学界的馈赠，让我们不再仅仅记住他所写的“孤独”，更有他跨越太平洋的温暖心意。

我们在怀念他的时候最有感触的是：南美是“混合经济”“混血文化”最发达的地方，他的身上有着极其丰富的文化因子：西班牙人、印第安人、欧洲人、非洲人、美国人、墨西哥人……他热爱人类文化中所有的精神花朵，热烈赞美犹太作家卡夫卡、英国作家伍尔夫、美国作家海明威，多元开放的文学之心在辽远的跨度中明亮地成长。同时他又无限热爱自己的文化根系，永远守护着“马孔多”这个心灵的故乡。这在第三世界面向欧美强势文化的时候，尤其显得珍贵。他的情怀源远流长：“在拉丁美洲，我们一直被教导自己是西班牙人。一方面，确实如此，因为西班牙因素组成了我们文化特性的一部分，这是无可否认的。不过我在那次安哥拉之行中发现，原来我们还是非洲人，或者说是混血儿。我们的文化是一种混合文化，是博采众长而丰富发展起来的，那时我才认识到这一点。在我的故乡，有些文化样式来源于非洲，与高原地区的土著民族文化大不相同。在我们加勒比地区，非洲黑奴与殖民时期之前的美洲土著居民的丰富想象力结合在一起了，后来又与安达卢西亚人的奇情异想、加利西亚人对超自然的崇拜融合在一起。这种以魔幻手法来描绘现实的才能来源于加勒比地区和巴西。正是在那儿，涌现出一种文学、一种音乐、一种像维弗雷多·林的作品那样的绘画，它们是那一地区的美学表达手段。加勒比教会我从另一种角度观察现实，把超自然的现象看作是我们日常生活的一个组成部分。加勒比地区是一个同别处截然不同的世界，它的第一部魔幻文学作品是《克里斯托弗·哥伦布日记》，这本书描述了各种奇异的植物以及神话般的世界。是啊，加勒比的历史充满了魔幻色彩，这种魔幻色彩是黑奴从他们的非洲老家带来的，也是瑞典、荷兰以及英国的海盗们带来的。这些海盗能在新奥尔良办一个歌剧院，能让太太小姐们的牙齿上镶满钻石。加勒比地区集中了各色人等，相互之间有很大差异，这在世界上别的地方是见不到的。我熟悉它的每一个岛屿：那儿有肤色像蜂蜜那样金黄、眼睛碧绿、扎黄色头巾的黑白混血女人；有混杂了印第安人血统的洗衣服和卖护身符的华人；有从他们所经营的象牙商店里出来到马路当中拉屎的、皮肤发绿的印度人；还有尘土飞扬、酷热难当的小镇，那儿一边是不堪风暴侵袭的小屋，一边矗立着装有防晒玻璃的摩天大楼；那里还有七种色彩的大海。得了，我一说起加勒比就没个完。它不仅是一个教会我写作的世界，也是唯一不让我感到自己是异乡人的地方。”

这番话，才是我们打开马尔克斯“魔幻现实主义”的秘钥，也是理解《霍乱时期的爱情》的关键。

青年的爱情像植物，一滴雨水就能打开

《霍乱时期的爱情》出版于1985年，这本书在马尔克斯的小说里面比较特别，它的时间线索很清晰，完全是一维向前的线性结构，没有《枯枝败叶》《百年孤独》那种循环和穿插，阅读压力小，叙事风格少了些魔幻主义，多了些现实主义。这本小说更关注哥伦比亚人民的情感，关注人们内心的爱、传统与现代的矛盾，关注心灵深处的种种困境。

《霍乱时期的爱情》的故事并不复杂：一个叫阿里萨的年轻人，20岁的时候爱上了一个小姑娘，叫费尔米娜，费尔米娜当时才16岁。阿里萨用尽心力，想方设法不断给她写信，两个人很简单地相爱了。但是费尔米娜的父亲粗暴地拆散了他们的恋情，他把费尔米娜带回自己的老家，在山里的乡村生活了一年多。当这对年轻人久别重逢的时候，费尔米娜忽然发现自己不爱他了。后来她就嫁给了

社会名流乌尔比诺医生，这个医生从法国留学回来，家境很好，是上流社会的精英。他们结婚的时候，相互的感觉都很清楚，乌尔比诺其实一点也不爱她，而费尔米娜也是不久就发现自己也很鄙视他。两个人就这样生活了 52 年。终于有一天，乌尔比诺意外去世了。老年的阿里萨又向费尔米娜表达了爱情，两个人毅然决定走到一起。他们乘在一条船上，船上飘着一面代表霍乱的旗帜，这样别的人都不能上船。小说结尾，两个人心里发出一生一世在一起的誓言，这个时候两个人都是 70 多岁的老人了。

这个故事听上去与常见的爱情小说不一样，很热烈，很浪漫，但同时又有很深切的痛苦，痛苦的成分远远大于浪漫。这里面的痛苦，用费尔米娜的话来说，就是“年轻的时候，上一代说你不懂爱情，所以不能决定自己的感情。老了的时候，年轻人又说你们太老了，已经不应该再谈爱情了”。费尔米娜这番话，说出了生命里极具悲剧性的感受。这让人想起思想家卢梭的话：“人生而自由，但无处不带着枷锁。”在现代社会，爱情是一个人最大的自由，谁也不能把你捆着去结婚。但精神的枷锁无时不在，很多人年轻时难以承受形形色色的压力，放弃了爱情这个最大的自由，用内心的枷锁重重地毁灭了青春。很多小说就写到这里，写成了悲剧。但《霍乱时期的爱情》不同，这本小说把生命的暮年写成了爱情的黄金时段，青春复活了，年轻时代所有的顾忌都抛弃在河水中，只有爱情的旗帜高高飘扬。这就把卢梭的话反过来了，可以说是**“人生而带着枷锁，但无处不存在着自由”。**

在《霍乱时期的爱情》里有两个关键词：一个是霍乱，另一个是爱情。这是两个尖锐对立的元素。霍乱代表了一种对生命沉重的压制，甚至是一种特别强烈的否定；而爱情是对自由的坚守，是对人美好的内心的一种珍惜。所以，我们读这部小说一定要从这两个最关键的概念入手。

我们先看霍乱，霍乱对哥伦比亚来说是一种流行的瘟疫。然而从表层追踪下去，霍乱更是一种社会的病症，主要来自底层社会的贫困。《霍乱时期的爱情》开篇的时间是20世纪20年代，但整个故事的时间线是从1880年开始的。马尔克斯说：“我把小说的时间向前推进了50年。作品中的人物在20年代或30年代已是上年纪的人了，这样环境的描写得从上一个世纪的80年代开始，因为这是一篇贯穿人物漫长一生的情史，是一生中不同年龄时期对爱情的思考，而不是像某些地方人们所指的那种老人爱情。为此，我不得不对上个世纪末的历史作一番研究，但没有打算搞得像历史学家们要求的那样严格和精确，因为我不喜欢卷入与历史学家的争论中去，他们掌握所有的史料，并且分秒不差地编写历史。不过我在描写殖民地时期的时代气氛上，比如那时的生活方式，劳动形式，人们的饮食、风俗习惯等是一丝不苟的。”从1880年到1930年，半个世纪的历史，哥伦比亚经历了持续不断的政治动荡，尤其是1899年至1902年爆发的自由党和保守党之间“千日战争”，撕裂了整个社会。美国、英国等外来资本控制了国民经济的命脉，加剧了贫富分化，大量的贫民窟像蚁穴一样野生在城市周边。《霍乱时期的爱情》一开始，就有惊心触目的描写：乌尔比诺医生去看他的一个朋友的遗体，回去的路上，他看到：

> 这个城市炎热干燥，充满恐怖的夜晚，花朵凋谢，食盐发霉。除了月桂树正在日渐衰败，人们正在烂泥塘中慢慢衰老以外，这座城市四个世纪以来，没有发生过任何变化。阵阵突降的灾难性的暴雨使厕所漫溢，把街道变成令人作呕的沼泽地。到了夏季，一种刺鼻、有如鲜红的粉末似的看不见的尘埃，被

狂风吹荡着，透过哪怕堵得再严实的缝隙钻进屋里。可怕的狂风，可以掀走屋顶，把孩子们吹到空中。

乌尔比诺医生不由地叹息：“这是块穷人的葬身之地。”

由书里的这段描写其实就可以理解，为什么贫民窟流行霍乱。霍乱作为一种甲级流行病，它最大的特点，是通过污水、粪便渗透到各种河流，渗透到各种各样生活的细节里去。穷人拥挤地生活在一起，卫生管控几乎是空白，泥污遍地，老鼠苍蝇乱窜，很难防止霍乱的蔓延。而富人们的处境就好得多，高宅大院、绿树丛丛，环境就隔绝了霍乱的侵入。所以霍乱听上去是一个疾病，但是从根本上说，是阶级不平等的象征。穷人在霍乱面前赤手空拳，毫无抵抗力。而富人相对来说高枕无忧，这时候我们就能明白为什么马尔克斯要写霍乱。霍乱衍生出来一个问题，就是不同阶层之间、富人和穷人之间、阶级之间相互的对立，既包括富人对穷人的排斥，也包括穷人对富人的不满和反抗。

这就有一个很重要的问题：面对阶级的差异，爱情应该怎么办呢？而这正是《霍乱时期的爱情》里面的情景：主人公阿里萨，一个 20 岁的青年、一个非常普通的邮电局报务员，爱上了 16 岁的费尔米娜。费尔米娜的父亲也来自底层，是西部山区的一个农民，但他后来靠贩卖骡马，还有其他一些黑幕交易挣了大钱，富二代费尔米娜的社会地位远远高于阿里萨。

阿里萨是个私生子，“母亲从年轻时就在那里经营一个小百货店，除此之外，还把旧衣服拆了当棉花卖给战争中的伤员。阿里萨是她的独子，是她跟著名的船主洛阿伊萨先生偶然结合所生”。阿里萨 10 岁时，父亲洛阿伊萨先生去世，没有给阿里萨留下任何财产，阿里萨“不得不辍学到邮局去当学徒，在那里他负责打开邮袋，分捡信件，在门口升起有关国家的国旗，通知人们哪个国家的邮件已经到了”。在邮局里，阿里萨学会了拍电报，还会拉一手悦耳的小提琴。电报和小提琴，这两个似乎互不相干的事物给他的生命带来了决定性的影响。

一天下午，阿里萨给一个名叫洛伦索·达萨的人送电报。“他在埃万赫利奥斯小公园里一座半倒塌的古老的房子里找到了那个人。那座房子的里院跟修道院相仿，花坛上长满杂草，中央有一个干涸的泉眼。”洛伦索·达萨很客气，“紧紧地握手同他告别，其实这对送电报的人来说是不必要的”。就在将要走出这所大院的时候，阿里萨“从窗户里看到一个成年的妇女和一个姑娘，她们坐在两张并排的椅子上，同时读一本摊在那个成年女人膝上的书。这种景象使他觉得奇怪：看起来像是女孩在教母亲读书。这个估计，只有一点不太准确，因为那个妇女是女孩的姑妈，而不是她的母亲，尽管她曾像母亲一样把她抚养成人。读书声没有中断，但女孩把头抬了起来，想知道是谁在窗口经过。谁也没有料到这偶然的一瞥，竟引起一场爱情大灾难，持续了半个世纪尚未结束”。

他看到是费尔米娜，“偶然的一瞥”，决定了一生。人生都有关键性的瞬间，在爱情中尤为如此。阿里萨 20 岁，费尔米娜 16 岁。这是恋爱的最佳时节，身体如芒果，翠绿转黄，散发出将要成熟的清香，心情还很青涩。这个年龄谈恋爱，身体快于脑子，行动大于思维，自然的力量像春天的花朵情不自禁地开放。这里面还有一个南美地域文化的背景，这地方原来居住的是印第安人。印第安人有一个关于生命的基本理解，相信万物有灵，无生无死。一个人快死了，他可能转成另外一个生命，就像植物腐烂了，可能变成一堆蘑菇。马尔克斯曾经说过在哥伦比亚自己的民族文化里，相信森林里败落的枯叶可以变成黄蝴蝶飞起来。别的民族的人说这是魔幻现实主义，但在哥伦比亚人自己的信念里，这就是真正的现实。也就是说，物质世界和精神世界是打通的，物质世界背后是一个广阔的生命丛林，世界是一个万物流转的灵性天地。在这样的文明中，社会只是其中小小的一部分，爱情本身既是精神的，也是自然的。这种生命观从根本上连接着人类的原始阶段，野性而自在。

阿里萨一眼就看上了费尔米娜，他如同美洲狮一样行动起来。他打听到这个洛伦索·达萨是从沼泽地的圣·胡安迁到这儿来的，家里只有一个40岁的独身妹妹和16岁的女儿费尔米娜。费尔米娜就读于一所收费高昂的女子学校，这所学校专门为闺秀们“开设如何做贤妻良母的家政课”。于是阿里萨每天早晨七点钟就坐在费尔米娜家附近，在她上学的必经之路旁的长椅上，“佯装在扁桃树下读诗”。在这个位置，他能看到费尔米娜家里的庭院，看到她每天走出家门。姑娘似乎根本没看见他，天天无动于衷地在他身前走过。“她走路时有一种天然的高傲，脑袋高高地昂起，目不斜视，步履轻快，尖鼻子，两臂交叉，把鼓鼓囊囊的书包抱在胸前”。寸步不离陪着她的，是穿着“棕褐色的教服”的姑妈，“谁也别想凑近那姑娘一步”。阿里萨“一天四次”看着她们来回走过，“把一些不可能的美德和想象出来的情感都安在她的身上，两个星期后，她成了阿里萨心目中的唯一存在”。为了打破这种“视而不见”的状态，阿里萨“决定给她写封信，用职业抄写员的清秀的字体写在一张纸的正反两面。这封信在他口袋里搁了几天。在琢磨如何把信交给她的同时，他每天睡觉之前都再补写几页。结果，最初的那张纸逐渐扩大成了一本情话词典，那些话都是他在公园里等待姑娘走过时从读过的许多书中背下来的”。这封信越写越长，最后“竟达到了70张纸，而且两面都写得密密麻麻”。

难道费尔米娜不知道这一切？如果是这样，那她就不是女孩子了。“事实上，那一天当费尔米娜心不在焉地给她姑妈读着课文，抬起头来看看谁从走廊里经过的一刹那，阿里萨落落寡欢的神态便给她留下了深刻的印象”。这个美貌的姑娘从“晚上吃饭时，父亲谈起那份电报，她便知道阿里萨到她家干什么来了，也知道他从事什么职业。这些消息使她兴趣大增，因为她跟当时许多人一样，认为电报的发明应该同魔法有点关系。因此，当她第一次看见阿里萨坐在小公园的树下读书时，便一眼认出了他，并且没有引起她丝毫的不安。”在情感关系中，女孩子总是隐藏得很深，绝不会将自己的“兴趣大增”表露出来。中年女性不然，她们阅世已深，进退有据，知道把握火候，更明白时机的重要性。费尔米娜的姑妈迅速明白，“这小伙子如此频繁地同她们相遇并不是偶然的”。这个单身女人年轻时爱过一个男子，却被家里认为门不当户不对，粗暴地打断了他们的情感。从此费尔米娜的姑妈心灰意冷，决心寡居一生。自己爱情的不幸，反而使她更盼望侄女不要重复自己的悲剧，希望费尔米娜勇敢地获得自主的爱情。因此尽管她“身穿教服，举止庄重，但还是具有生活的本能和复杂的心理”，一想到有一个男子对她的侄女发生兴趣，“她就难以遏止心中的激动”。她无比准确地对费尔米娜预言:“如果他真是爱你，总有一天他会凑过来，递给你一封信。”姑妈一语击中了费尔米娜的心扉，费尔米娜“全身的血液会沸腾起来，产生一种急切地想看到他的渴望。她从内心希望姑妈能够言中，祈求上帝给他勇气，把信交给她，她想知道信里到底说了些什么”。

费尔米娜和姑妈都没有想到，高手之中还有高手，那就是久经情场的特兰西托——阿里萨的妈妈。她看到儿子写的70页情书，“为儿子的纯真的爱情激动得流下了眼泪”。她用自己老道的“智慧和经验”引导他，告诉他绝对不要“把那封抒情诗般的长信交给姑娘，那只能使她在幻梦中大吃一惊”，因为这姑娘在“爱情上跟她儿子同样缺乏经验”。眼下的重点目标不是费尔米娜，“你要争取的第一个人，不应该是她，而应该是她的姑妈。”

两个中年女人的上场，顿时拉开了一场爱情大戏：两个年轻人都相望着、坚持着、焦虑着，却都没有迈出决定性的一步。眼看几个月过去了，寒假即将到来，上学路上的每日相看难以为继，费尔米娜的姑妈突然放开了闸门：“一月末的一个下午，姑妈突然把手中的活儿放在椅子上离开了，让侄女单独留在铺满扁桃树枯叶的柱廊里。阿里萨不假思索地认为，那是她们商量好了的一种安排，就鼓起勇气，穿过大街，走到费尔米娜跟前。他离她是那么近，以至于能听到她的呼吸和闻到她身上散发出的馨香——在以后的日子里，阿里萨就是通过各种芳香来辨认她的。阿里萨扬起头跟她讲话，那副果断的样子只是在半个世纪以后才再现过一次，而且也是出于同样的原因。‘我有个要求，请您接受我的一封信。’他对她说。”

女孩子的爱情线路都是弯曲的，哪怕心里乐得要爆炸，也不会直接收下对方的心意。费尔米娜回答：“在没有得到我父亲允许之前，我不能收下您的信。”

阿里萨“激动得浑身战栗”，又说了一遍：“请收下吧，这是生死攸关的大事。”这一句太重要，若是有点儿身份的中年男子，恐怕就不知所措，甚至自尊地默默退去了。唯有不知深浅的男孩，才像初生牛犊一样一直向前。女孩子喜欢的就是这样的不舍不放，撒腿就撤还算什么真爱呢？

于是费尔米娜告诉他：“请每天下午都到这里来，等待着我换椅子。”这是多么幸福的暗示，她要阿里萨等待自己发出的信号。终于到了下星期一，阿里萨坐在老地方，凝望着费尔米娜和姑妈在院子里看书。忽然，“当姑妈回到房间去时，费尔米娜站起身来，坐上了另一把椅子”。阿里萨立刻“在大礼服的扣眼里插上一朵山茶花，穿过街道，停在她的面前，说：‘这是我一生中最美好的机缘。’费尔米娜低着头，用目光扫视四周。在旱季的酷热中，街上空旷无人，只有风卷落叶在地上飘舞。‘把信给我吧。’她说。”

这是一个温馨的场面，两个相看了几个月的年轻人，终于接上了头。这段不算太漫长的寻爱故事中，阿里萨决不放弃的爱情追求，浓浓地映射着马尔克斯父亲的往事。他的父亲加夫列尔·埃利希奥·加西亚曾经是卡塔赫纳大学医学系的学生，但却突然放弃了学业，来到哥伦比亚东北角的海边小城阿拉卡塔卡，当上邮电局的报务员。工作刚定下来，他就开始物色结婚对象，“把全镇所有的姑娘都细细考虑了一遍，最后决定向路易萨求婚”，因为她端庄美丽，家庭名声很高。他不顾自己无钱无势，“毅然登门求亲，态度异常坚决，而事先却没有向姑娘说过或写过一句爱慕的话”。这突如其来的求婚理所当然遭到了姑娘全家的反对。为了避开这个莽撞的求婚者，路易萨的妈妈带着她去边远省份长途旅行。奇特的是，无论这一对母女到了哪里，都会有一封表达爱意的电报送到路易萨手里。这当然是马尔克斯爸爸的杰作，他充分利用自己是报务员的便利，让各地的报务员把爱情电报送到姑娘的住处。报务员们颇具骑士风度，倾尽全力帮助这个同行。这么浪漫的爱心传送，可把姑娘感动得要命，心里打定了主意，一定要嫁给这个痴情男人。在阿加莎·克里斯蒂的侦探小说《尼罗河上的惨案》里，大侦探波洛说过一句名言：“女人最大的心愿，就是被人爱。”马尔克斯的爸爸，真是太懂这句话，后来果然和钟情的姑娘结了婚。

《霍乱时期的爱情》接下来的情节几乎是顺理成章：经过一个多月的等待，费尔米娜的姑妈来到电报局，走到阿里萨的柜台前，“故意把一本蜥蜴皮封面的《每日祈祷书》放在柜台上，那本书里夹着一个有着烫金图案的亚麻纸信封”——里面是费尔米娜的情书！“阿里萨欣喜若狂，那天下午，他再也没做别的事，只是边吃玫瑰花边读信。他把那封信字斟句酌地读了一遍又一遍，一直读到半夜，读的遍数越多，吃的玫瑰花也越多，以致他母亲不得不像对待一头小牛犊那样哄着他，叫他吞服蓖麻油泻药。”

随后的一年，是两个人“如痴似狂地相爱的一年。他们天天都是白天思念，夜晚梦见，急切地等信和回信，除此之外他们什么也没有干”。神奇的是，这两个爱到沉醉的人，居然“不管是在那个神魂颠倒的春天，还是在第二年，他们都没有见过面、说过话”。费尔米娜“每天去学校时，把信放在途中的一个隐蔽之处，并且在信里告诉阿里萨，她希望在哪儿拿到他的回信。阿里萨也同样这么做”。教堂的洗礼盆、大树的空树洞、变为废墟的碉堡……都是传书的鸿雁，“有时候，他们的信件被雨水淋湿，沾满泥浆，拿到手时已被撕破。由于各种原因，有几封信已经丢失，但是他们总会找到办法重新建立起联系”。

阿里萨不但写信，还在星光闪亮的夜里跑到费尔米娜家旁边拉小夜曲，“那琴声使她得到了安慰，但她不敢相信阿里萨竟是这样的鲁莽。”这个时期，哥伦比亚内战纷乱，晚上六点后全城宵禁。阿里萨的琴声，引来了军事巡逻队，军人认定他是在用小提琴传送军事情报，马上抓起来，戴上手铐脚镣准备枪毙。三天之后他侥幸获释，他幸福满满，自豪于自己“是这座城市，乃至是全国唯一由于爱情的原因戴上五磅重铁镣的男人”。爱情这把火，往往是当事人自己烧出来的，没有高温焉能持久？就在这爱情的燃烧中，阿里萨和费尔米娜“狂热的通信已近两年”，阿里萨终于提出了结婚的请求。费尔米娜大吃一惊，“感到死神第一次在撕裂着她的心”。姑妈此时决定性地站出来，她悔恨自己“20岁需要决定自己的命运时，却没有冷静的头脑和勇气”，决不能看着侄女重蹈覆辙。

“告诉他你答应他啦，”姑妈对她说，“尽管你怕得要死，但是如果你拒绝了他，你会后悔一辈子的。”费尔米纳考虑了四个月，阿里萨幸福地收到她的信：“好吧，如果您答应不让我吃苦头，我就跟您结婚。”

幸福真的来到了吗？**爱情和其他一切事情都不一样，它总是在接近最高点的时候忽然断裂，或者在最低点柳暗花明。它不是一种量变的存在，它是随时可能质变的魔幻，因为它不是大树，不是河流，它是人心深处的无形，也是外部力量的冲荡。**到底是最坚硬的社会河床限定年轻人的情感，还是最柔软的内心之爱决定生命的走向？这一切都是《霍乱中的爱情》所要回答的问题。

爱情不怕阻隔，却沦陷于一瞬相逢的陌生

我们继续讲马尔克斯的长篇小说《霍乱时期的爱情》。

费尔米娜答应了阿里萨的求婚，两个人的生活顿时有了近在眼前的憧憬。费尔米纳“接受了姑妈的劝告，同意两年后结婚，而且绝对保持贞洁”。阿里萨也决心“一直对费尔米娜保持着童贞，世上没有任何力量和理由能够使他改变主意”。

两个人的婚姻大事似乎就这样确定无疑，但突变却在毫无防备中骤然到来。

一天清晨六点钟，费尔米娜的爸爸洛伦索·达萨来到电报局，扯住阿里萨的胳膊说：“请跟我来一下，小伙子。我们两个堂堂正正的男子汉，必须得面对面谈上五分钟。”——原来，费尔米娜在学校偷偷写情书，被女校长发现，还不肯说出情郎是谁，被毫不留情地开除了学籍。洛伦索·达萨愤怒至极，对女儿的卧室进行了搜查，

在箱子的夹层底里查出费尔米纳三年间收到的全部情书，“她怀着那样炙热的深情收藏着它们，就像阿里萨飞笔疾书写它们时一样”。洛伦索·达萨确信，“没有他妹妹的合谋，女儿同阿里萨之间如此困难的联系是不可能做到的”。他不由分说把妹妹赶回了老家，“可怜的姑妈，她唯一所有的便是一个独身女子的铺盖卷和一个月的生活费。那点钱她用手绢裹着，紧紧地握在手中。”30年之后，这个孤苦的女人死于“上帝雨露”麻疯病院。赶走妹妹之后，洛伦索·达萨随即身藏左轮手枪，“去找那个可恶的穷小子，以男子汉的气概谈上五分钟”。他找到阿里萨，直截了当告诉他：“在自己妻子去世时，他就打定了主意，一定要使他的女儿成为一位高贵的夫人。”女儿也很争气，“门门功课都是五分”。也是为了女儿，他卖掉山区家乡的全部土地和牲口，带着新的抱负和七万金比索迁到了现在这座城市，因为只有在这样的地方，“一个漂亮的又受过旧式教育的女子，才有可能靠着幸运的婚姻而获得新生”。而突然闯入的阿里萨是一个不速之客，对费尔米娜的锦绣未来“无疑是一个天外飞来的障碍”。

洛伦索·达萨声调忧伤地说：**“我到这儿来是向您提出一个请求，请您别挡我们的路。”**

阿里萨更加柔和但又更加不容蔑视地回答：“在不知道她怎么想之前，我什么也不能回答您。否则，那就是背叛。”

洛伦索·达萨压低了嗓门：“不要逼着我给您一枪。”

阿里萨“没有颤抖，他感到上帝在启示他”，高声说：“朝我开枪吧！没有比为爱情而死更光荣的事情了。”

无奈的洛伦索·达萨从牙缝里一个音节一个音节地挤出了四个字：“婊——子——养——的！”

这是一个多么可怜的父亲，表面上气势汹汹，内心里却无比虚弱。他很有钱，但都是做黑市买卖挣来的。黑暗重重的奋斗之路，丝毫没有给他丰饶的心灵，他精神深处是自卑的，这种自卑让他本能地追求上流社会的承认和接纳，以洗白自己的卑贱身份。他没有别的通道，只有让女儿变成淑女，通过女儿在婚姻中的脱胎换骨，摆脱自己所有的过去。洛伦索不是巴尔扎克笔下那个吝啬鬼葛朗台，他愿意为女儿付出全部，女儿的未来也是他的未来。他这一片爱女之心，让我们看到了另外一种东西，就是一种“向上爬”的精神霍乱，这种精神霍乱催生了无数的攀附性婚姻。生物性的霍乱象征的阶层差异，已经蔓延到人的精神意识深处。人人都希望过一种更好的生活，但什么是更好的生活？在费尔米娜的父亲看来，爱情并不重要，重要的是物质条件、社会地位。这样的理念在社会生活里屡见不鲜，根深蒂固，正像《霍乱时期的爱情》里一个女人说的话："肉体的爱情在腰部以下，精神的爱情在腰部以上。"在很多人的理念中，人的生存都是腰部以下的，腰部以上的都是虚无缥缈。

既然吓不退这个不怕死的阿里萨，洛伦索·达萨唯一的选择就是离开，带着女儿远走高飞。于是，“疯狂性的旅行”开始了。洛伦索·达萨强迫费尔米娜跟他走，“骡夫们结成一个长队，骑在骡背上，沿着覆盖着片片积雪的高寒山区的崎岖小道，整整走了 11 天”。旅途太艰苦，费尔米娜的臀部“失去了表皮，露出赤红的鲜肉”，好不容易到达洛伦索·达萨的故乡瓦列社帕尔镇。刚刚住下的第一夜，表姐伊尔德布兰达“从自己床铺的席子下面抽出一个国家电报局用火漆密封的马尼拉信封”。费尔米娜立即明白这是阿里萨的电报，“觉得有一股白栀子花的幽香涌上心头”。

阿里萨如何知道费尔米娜的行踪？原来，“洛伦索·达萨犯了个错误，他把出门的事用电报通知了他的小舅子利西马科·桑切斯，后者又把消息传递给了那群人数众多、错综复杂的散居在全省城乡的亲戚。由此阿里萨不仅了解到他们的全部旅程，而且还建成了一条长长的报务员关系线，循着费尔米纳的行踪，直追到卡博·德拉维拉的最后一个村落”。马尔克斯写的这个情节，完全不用想象力，这就是他爸爸当年的浪漫故事啊！两个年轻人就是这样，用前辈没有使用过的现代通信手段，继续着他们的古老爱情。这不仅看上去很美，而且证明了一个道理：**艰险的处境，往往是爱情的助燃剂，让恋人爆发出百分百的能量，冲破阻挡热恋的重重险阻。**

时间在群山中起伏，阿里萨和费尔米娜“频频传书递简”。山乡和遥远的城市之间，是一个个为这对恋人祝福的电报员，他们默契地保守着秘密，全力保障这条“爱情专线”的畅通。有一次为了尽快让这对年轻人联系上，“电报员掐断了途中七个电报站的线路”。这种目无法纪的行为，在爱情的花朵之下，也显得那么美丽，那么合理。马尔克斯在这里写的不是欧洲式的浪漫，而是南美文化特有的激情和张扬，正如智利诗人聂鲁达《和她在一起》中的诗句：

我们现在要做的
不仅仅是为了石竹和丁香，
也不是去寻找蜂糖；
需要用我们的手
去冲刷，去放火，
看这险恶的世道是否敢
向这坚定的四只手和四只眼睛挑战。

颇有戏剧性的是，费尔米娜在爱情滋养下的心情越来越快乐，洛伦索·达萨竟以为女儿渐渐忘记了阿里萨，“父女之间的关系终于渐趋融洽，安然相处”。将近两年后，这个放松了警惕的父亲决定带着女儿回到城市去，继续他对费尔米娜的驯化式富养。

读者看到这里应该豁然松了一口气，分离了将近两年的这对恋人，总算可以重聚了。小说的节奏似乎也是这个方向：阿里萨知道费尔米娜回来了，在给她的信里约定：两个人赶紧结婚，不顾一切打开甜蜜的两人世界。费尔米娜毫不犹豫答应了，这让阿里萨激动难抑，“围着她家的房子转来转去，观察里面的动静”。忽然他看到费尔米娜和同伴从大教堂广场上走过，她“比离别时更高了，身材更加匀称，线条更加分明，成年人的气质使她显得更加美丽”。阿里萨悄悄地跟随着她，只见她走进了城市里喧哗的杂货市场。这个名叫“代笔先生门洞”的街区，云集着形形色色的底层市民，费尔米娜从未来过，“她发现到处都有吸引人的东西。她兴致勃勃地闻闻箱子里的呢料散发出的芒草芳香，把印花丝绸裹在身上，对着‘金丝商店’那面穿衣镜里自己头插小流、手握彩扇那种小家碧玉的模样欣然发笑，继而又对自己的笑声感到好笑。在海员商店，她揭开一只盛着大西洋卤鳅鱼的大桶上的盖子，想起了童年时代在沼泽地的圣·胡安省和在东北度过的那些夜晚。她尝了尝带着一股甘草味儿的阿利康特血肠，买了两条留待礼拜六当早点，还买了几大块鳄鱼肉和一袋酒枣。在香料店里，纯粹是为了闻着好玩，她用双手搓了搓鼠尾草和荆芥，随后买了一小包干香石竹花苞和一小包大料”。让她更加快乐的是，她还“买了12码为他俩做台布用的亚麻布，又买了块举行婚礼时做床单的印花细布，这床单天亮时将洋溢着两人的气息，以及他们俩将在充满柔情蜜意的家里共享的各种佳品”。这个在信件和电报中谈了四年恋爱的女孩，多么渴望披上现实的婚纱啊！

阿里萨神魂飘荡地跟着她，看到“一个头戴花头巾的滚圆而漂亮的黑人妇女，笑吟吟地请她品尝一块穿在杀猪刀尖上的菠萝块儿，使她从陶醉中醒了过来。她取下那块菠萝，整个儿塞进嘴里，有滋有味儿地品尝着，用秋水似的眼睛扫视那挨肩擦背的人群”。

阿里萨站在她身后，说出了一句毁灭大半生的话：

“对戴王冠的仙女来说，这里可不是什么好地方。”

吃了一惊的费尔米娜“回过头来一看，在离自己的眼睛两巴掌远的地方，看见了两只冷若冰霜的眼睛，一张苍白的脸，两片因胆怯而咬紧了的嘴唇，就跟那天在望大弥撒时他第一次和她近在咫尺的情况一模一样，有所不同的只是热恋的激情变成了不满的冷峻。一刹那间，她发觉自己上了个天大的当，惊讶地在心里自问，怎么可能让一个如此冷酷无情的魔鬼长年累月地占据了自己的芳心。她仅仅来得及想：‘我的上帝哟，真是个可怜虫！’”

阿里萨勉强一笑，开口想说点什么，试图跟她一起走，但她把手一挥，把他从自己的生活中抹去了：“不必了，忘掉吧。”

马尔克斯的这一笔出乎所有读者的意料之外，爱情为什么一刹那关上了所有的花瓣？惊异之中细细体味，忽然顿悟，这是多么深刻的瞬间！这个转折写得太好，写出了隐藏在阿里萨的爱情中的一个大问题。阿里萨的内心其实有两个并行而对立的世界。他一方面以年轻人的冲力追求自由的爱情，但内心深处还是有底层的卑微。他冲口而出的这句话，无意识地暴露出他身在底层大众的自卑，这种自卑和阿尔米娜父亲的心态并无二致。这句话让费尔米娜万念俱灰，她这几年不管不顾，私下和阿里萨谈情说爱，就是要打破贫富贵贱的壁垒，走自己的真爱之路。让爱情高飞在所有的社会分层之上，这是她的天性，也是她的信仰。她喜欢阿里萨，是因为他大胆热烈，超出了世人的胆怯，敢于不顾一切给她写情书。这个在她眼中非常勇敢的青年，将近两年没见，说的第一句话却是如此猥琐，她怎能不绝望？

绝望中的她不仅让阿里萨“忘掉吧”，还在这天下午给他送去了一封寥寥数语的信：“今天，看到了您，我如梦初醒，我们之间的事，无非是幻想而已。”

这段恋情看起来就这样结束了，心如死水的费尔米娜很快嫁给了乌尔比诺医生。一般来说，对爱情彻底失望的人往往结婚很快，反正嫁给谁都一样。况且乌尔比诺看上去十分优秀，去欧洲留过学，医术精湛，是公认的社会精英。乌尔比诺爱不爱费尔米娜呢？他自己也说不清楚。他初见费尔米娜，是来给她看病：“乌尔比诺让病人坐起来，十二分小心地把她的睡衣解开到腰部以上，未经触摸的隆起的奶座、鲜嫩的乳头，犹如一道闪电照亮了阴暗的闺房。她急忙把两臂抱在胸前遮住。医生沉着地把她的双臂移开，没有看她的眼睛，直接用耳朵听诊，先听胸口，然后又听了脊背。”从这以后，28岁的乌尔比诺医生天天不请自来，夸奖费尔米娜“像一朵初开的玫瑰”。费尔米娜的爸爸“把这一切都看在眼里”，精心安排着女儿和这位前途无量的医生的相会，终于有一天，费尔米娜答应了他：“大夫，你去跟我父亲谈吧。”

此时的费尔米娜比任何时候都复杂，而她在自己最迷乱的时候，做出了人生的最重要选择。乌尔比诺很有钱，钱仿佛可以打通生存的所有坎坷，费尔米娜感觉看见了“一个一切都已安排妥当，完全没有突变的世界在她面前展现”。她知道，“做个有钱人有许多好处，当然也有许多坏处。但普天下有一半人梦寐以求的是尽可能永远做个有钱人”。她一方面“没有怀疑过自己的抉择是正确的，”却又“马上追悔莫及”。当费尔米娜必须做出嫁给乌尔比诺医生的决定时，“她发觉，既没有充足的理由拒绝阿里萨，也没有充足的理由要挑选这个医生，心里七上八下”。她闹不清“是理智中的哪些隐藏的原因”使她断然与阿里萨分手。只是在30多年之后，她才在蓦然间明白，妨碍她爱阿里萨的，她没有意识到的原因是：“阿里萨好像不是一个人，而是一个影子。”在情书不断的交往中，“费尔米娜对这个沉默寡言的求爱者知之甚少，他像冬天的燕子似的闯入了她的生活”。被父亲封闭性培养的她对这个小伙子充满爱的幻想，但从来就没有真正了解过。实际上阿里萨也是如此，小说中惆怅地写道：“数年之后，当阿里萨企图回忆被他自己以诗的灵感理想化了的姑娘究竟是什么模样时，他仍然未能把费尔米娜辨认出来。即使在阿里萨焦急地等待她的回信，偷偷地窥视她的行动的日子里，他看到的也只是在下午两点钟被橙黄色扁桃花卉映照得变了样的形象。扁桃树的繁花四季常开，周围永远春意盎然。”然而，情窦初开的年轻人谈恋爱，谁不是这样呢？爱情的扉页总是隐藏着看不到的秘密，只有人生一页页打开，甜酸苦辣的内容才会被深深地理解。

乌尔比诺医生是一个和阿里萨“恰恰相反的人”，他给费尔米娜的情书中既“没有阿里萨信里那种火热的感情，也没有像阿里萨那样做过那么多令人心醉的表白”。富有的乌尔比诺医生“只向她奉献尘世间的东西：保障、和谐、幸福”。费尔米娜疑惑：“这些数字一旦相加，也许等于爱情，近乎是爱情吧？”这些疑虑“使她心乱如麻，因为她也并不坚信爱情是她生活中最需要的东西”。但她有一点很清楚：她一点儿也不喜欢乌尔比诺医生，“反感的主要原因是，乌尔比诺太像、而不是太不像她爸爸梦寐以求地为女儿找的那个人”。但费尔米娜还是和这个外貌英俊、财富超人、少年得志的医生结婚了，她不敢错过这个机会：“她眼看就要满 21 岁了。21 岁是向命运屈服的秘密界限，这一点使她慌了手脚。这空前绝后的一分钟，就足以使她作出了上帝和人的金科玉律中规定的决定，至死方休。于是，一切疑虑都烟消云散了，她毫不内疚地做了理智向她指示的最正经的事情：用不带泪水的海绵在对阿里萨的记忆上一抹，把它全部擦掉了，在这个记忆原先占据的地方，她让它长上了一片茂盛的罂粟花。”决定之后，她心里想起了阿里萨，“她比平常更深地叹息了一声——最后的一声：‘可怜的人！’”

没有爱情的婚姻真的能幸福吗？马尔卡斯要在这本小说中打碎的，正是这种霍乱般的幻觉。“费尔米娜美满的婚姻，只维持到结婚旅行那段时间”，旅行结束一踏进丈夫家门，她就看到婆婆已经为她准备了“做古老的卡萨尔杜埃罗侯爵府主妇之用的11箱东西”。她看到了自己在这个家庭中被规定的角色，“差点儿昏死过去，因为她发觉，她成了这个错误家庭的囚徒”，对于婆婆和小姑来说，女人“被关进牢笼已经成为她们心中天经地义的事了”。而乌尔比诺“在母亲的威严面前吓得噤若寒蝉”，她到此时才发现，“她竟嫁了个不可救药的懦夫——一个因自己姓氏的社会显贵地位才显得轩昂不凡的可怜虫，但已为时太晚了”。

悲剧是人生最深刻的老师，费尔米娜明白了自己的可怕处境：“寂寞、公墓似的花园、没有窗户的巨大的房间里凝滞不动的时间，都使她感到压抑。漫漫长夜里，从邻近的疯人院里传来的疯女人的叫声，使她觉得自己也要疯了。每天都要布置宴请用的桌子，铺上绣花台布，摆上银餐具和灵堂里的蜡烛，让五个鬼影子似的人坐下来用一杯加奶咖啡和奶酪饼当晚饭吃的习惯，使她觉得羞耻。”她只能忍受，“决心忍受一切，包括羞辱，只希望上帝终有一天大发慈悲接婆婆归天。而婆婆则在祈祷中不遗余力地恳求上帝让死神同费尔米娜见面”。而可怜的乌尔比诺医生只会“为自己的懦弱自我解嘲”，他甚至有一套自我安慰的爱情哲学：“婚姻是一个只有靠上帝的无限仁慈才能存在的荒唐的创造。两个还不大了解的人，相互之间没有任何亲缘关系，性格不同，文化程度不同，甚至连性别也不同，突然就要在一块儿过日子，在同一张床上睡觉，共同面对两种也许是大相径庭的命运，这是大悖科学常理的。”

这一对在“心照不宣的敌意”中生活的夫妻，就这样“大悖科学常理”地生活着，“他们在一切场合露面：郊游，灯谜，文艺演出，募捐舞会，爱国运动，第一次乘坐气球。他们无处不在，而且几乎永远是发起人和主持者。在他们过得最不愉快的那些年里，每个人都觉得，没有谁比他们更幸福，没有哪对夫妇比他们更琴瑟和鸣。”两个精神上的弱者，还能怎样生活呢？华丽的袍子永远是虚假爱情的必需品，除非死亡到来的那一天，一切才可回归真相。

这一天来得太晚，足足晚了52年，乌尔比诺猝然离世了。这是小说中写得十分精彩的场面：乌尔比诺家里养着的一只鹦鹉突然飞跑了，几天之后好不容易看到它又飞了回来，停在树上。乌尔比诺医生搬来梯子搭在树上，用力往上爬，想把它抓下来，结果梯子一倾斜，乌尔比诺医生摔死了。这只鹦鹉是一个象征，它是一个不受控制的动物，它要飞翔，代表着大自然，也象征着自由。乌尔比诺医生想抓住它，控制它，但是失败了。

随着乌尔比诺医生的死去，《霍乱时期的爱情》进入了它的高光时刻。费尔米娜和阿里萨分手52年之后，在70多岁的高龄，终于又走到一起。他们同眠在一条飘着“霍乱”旗帜的船上，顺流而下，再也不畏惧世人的眼光。这是一种脱离常规的爱，比他们年轻时候的恋爱更有锐度，就像霍乱一样高热，神志不清，却开放出最绚烂的野性之花。

这部小说里有一句很深刻的话：“人不是从娘胎里出来就一成不变的，相反，生活会逼迫他一次又一次地脱胎换骨。”**现代人的生命充满了变化，谁能用一种传统的、一成不变的观念去理解？那只是弱者的幻觉。**

我们的生活会遭遇一次次失去，但是我们也可以把它找回来，

所需要的只是勇气，需要对真情永远的坚持。在书中，阿里萨的妈妈鼓动儿子：“趁年轻好好利用这个机会，尽力去尝遍所有痛苦，这种事儿可不是一辈子什么时候都会遇到的。”儿子悲伤自闭时，她不是怜悯，而是激励：“弱者永远无法进入爱情的王国，因为那是一个严酷、吝啬的国度。”

这话说得多好！一本《霍乱时期的爱情》，讲的就是这个真理。不管身处怎样薄情的世界，不管是面对霍乱，还是社会的重重阻碍，我们都应该坚持内心里那一份真情，让它贯通我们的一生。真情可能会在中途失去，但失去并不代表永远无法找回。**《霍乱时期的爱情》讲述的就是一个关于丢失与找回的故事，一个让我们永远对生活永不放弃的信念。唯有如此，我们才能获得一个有深度的生活，才会让生命在深情中成长。**

9

Yasunari Kawabata

《雪国》

ゆきぐに

即使徒劳也要爱，

哪怕活在人生的虚无中

无言的死，就是无限的活

今天我们来谈一谈日本作家川端康成的代表作《雪国》。

要谈川端康成，先要谈谈日本文化。1968 年他获得诺贝尔文学奖，瑞典文学院在授奖词中写道："这份奖励，旨在表彰您以卓越的感受性，并用您的小说技巧，体现了日本人纯净心灵的精髓。"可以说，在世界文学界看来，川端康成是日本精神的唯美代表，不了解日本文化，就无法理解川端康成。

日本这个离我们很近的海岛国家，从外部看，有很多外人看不懂的东西。一个比较典型的样本是京都的金阁寺，金阁寺的正名叫鹿苑寺，有七八百年的历史。这个寺里最著名的建筑就是金阁。金阁一共三层，一层二层之间没有房檐。第一层叫法水院，建筑风格是富贵人家居住的寝殿，正面 5 根柱子，侧面 3 根柱子，形成一个房间。第二层叫潮音洞，是一个佛堂结构，有格子窗。第三层也是佛堂，但却是禅宗样式，围栏跟第二层很不一样，用了逆莲柱。金阁的顶上立着一只凤凰，金灿灿的。1950 年，这栋美轮美奂的老建筑被一个小和尚一把火烧了，1955 年才重新建好。重建之前，只有第三层贴上了金箔，而这次重建，把第二、第三层全部贴满了，而且比一般建筑用的金箔厚了五倍，看起来金光闪闪，成为日本最受欢迎的历史古迹。这个建筑从逻辑上是说不通的，寝殿、日式佛堂、禅宗佛堂互不相关，放到一起是冲突的。但是设计师硬是把它们融为一体，通过金色的一体化视觉达到和谐，这是一种很微妙、很惊险、很精巧的构造，看起来很简单，其实很复杂。

这个金阁寺，颇有日本文化的内蕴，川端康成就是在这样的文化里边成长的。这种文化初看很华美，时间长了就会感到幽玄无底，一言难尽。“二战”期间，美国人类学家本尼迪克特为了研究日本人的性格，写了一本特别著名的书，那就是《菊与刀》。菊花是日本皇室的象征，刀是日本武士精神的体现，这两个东西非常矛盾，菊花耽美，刀剑好战，但在日本人的文化性格里面统一了。傲慢而崇礼、保守而善变、驯服而倔强、拘谨而狂放、勇猛而怯懦——这些对立的品格，共同铸造了日本的独特文化。身在这样的文化语境中，川端康成的心态是矛盾的。1935 年，他在刊登于《读卖新闻》的文艺随笔中写过：“日本这个国家很糟糕。没有文学精神，没有文学传统，乃是我们国土的罪孽。”1936 年，他又在《东京新闻》的一篇文章中写道：“近来散漫地读了一点日本的古典文学。例如王朝和江户的小说，阅读的方法，与读我们今天的作品没有多少不同。读过之后是失望的，空虚的凄寂感淹没了我。”然而这种悲凉又是他后来的精神支柱，1947 年他在随笔《哀愁》这样说：“战败后的我，只能返回日本古来的悲戚中去。我不相信战后的世态人心，不相信所谓的风俗，或者也不相信现实那个东西。”直到晚年，川端康成还是在感叹日本传统文化的隐没不显，忧心忡忡地说：“明治之后，随着国家的开放与振兴，曾出现伟大的文豪。但我觉得许多人在引进与学习西方文学方面，耗费了青春与精力，大半生都忙于启蒙工作，却没有立足东方和日本的传统，使自己的创作达到成熟的地步，他们是时代的牺牲者。”

川端康成为什么如此矛盾？这还是要从他的人生经历中去探寻，尤其是他的心路。

川端康成1899年出生于日本的大阪府三岛郡茨木市，他的祖上据说属于镰仓幕府时代的第三代执政官北条泰时家族，是贵族阶层。不过这个记载不是很可靠，川端康成在自己的文学自传里边也说：“我有北条泰时第31代或32代孙这样一个不甚可靠的宗谱。”这个北条泰时太遥远了，我们不必管它，值得注意的是川端康成的爷爷——川端三八郎。他是个上门女婿，入籍为川端家的长子。说起上门女婿，日本和中国差别极大。我们中国的很多上门女婿都心里想着哪一天经济实力充足了，就带着老婆孩子独立门户，脱离妻家。而日本文化不一样，上门女婿会死心塌地维护妻子家族，有时候自己原来的家族和妻子家的人有了冲突，上门女婿会特别卖力，毫不客气地把自己家族的人打回去。这个川端三八郎来到川端家，很想干出点儿振兴家门的事儿来，他搞各种新产业，废了稻田种茶树，还找来海藻提炼琼脂，但都失败了，把家折腾得越来越穷。不过有一件事他干得挺成功，那就是学医。他把传统医术和西洋医学混在一起，给村里人治疗各种病，还挺见效。特别是有一回流行疟疾，附近村庄都死了很多人，但川端康成爷爷这个村的村民因为吃了他配的药，都救活了。这让他名声大振，不过这种成功实在是太少了，在他的不断折腾中，川端家的财产一天天消失。在这一路下坡的家境中，1899年6月14日，川端康成出生了。很有意思的是，川端康成对于出生在这样一个家道中落的家庭，还感到有些幸运。他后来在《临终之眼》中写过：“艺术家不是一代人可以造就出来的。先祖的血脉经过几代人继承下来，才能开出一个花朵。也许有少数例外，但只要调查一下现代日本作家，就会发现他们大多出身世家。读读妇女杂志的流行文章、女明星的经历和成名故事等，便会知道她们都是名家之后，在父亲或祖父一代家道中落的。而出身卑贱然后自行发迹的姑娘几乎一个也没有。情况如此相似，实在令人吃惊。

若将电影公司玩具般的女演员也算做艺术的话，那么她们的故事大约也不只是为了虚荣和宣传而编造的吧。可以认为，世家代代相传的艺术教养流传下来，结果才能产生一个作家；但在另一方面，世家后代大抵是体弱多病的，犹如残烛的火焰即将燃到尽头一般，也可以把作家看成是行将灭绝的血统。”这真是让人感慨，这段话几乎是川端康成对自己命运的预言，对自己的命运，他到底是自豪呢，还是自怜呢？

川端康成的父亲是个医生，喜欢看书，家里有不少文学书籍。若是生活顺畅，川端必定能从父亲身上感受到亲情的同时，受到文学的滋养。可惜天有不测风云，川端康成出生后不到六个月，他的父亲就因为肺结核去世了。更加凄苦的是，一年之后，他的母亲也因为肺结核离世，尚无记忆的川端康成，一下子失去了双亲。悲伤的爷爷和奶奶带着他回到了故乡——大阪府三岛郡丰川村。痛失儿子儿媳的爷爷奶奶生怕川端康成有个三长两短，对他的关护达到了极致，不敢让他随意出门，甚至为了防止感冒，不让他理发，就这么小心翼翼地养到了 7 岁，1906 年春，川端康成上小学了。上学了更不放心，稍微有点儿头疼脑热，爷爷奶奶就不让他上学。这种状况没有持续多长时间，当年 9 月，川端康成的奶奶突然去世了，一个柔弱的儿童，此时身边只有一个半盲状态的爷爷了。

川端康成在获得诺贝尔奖的获奖词中引用了日本明惠上人的一首和歌：“冬月拨云相伴随，更怜风雪浸月身。”川端康成曾经书录这首诗赠给友人，诗的深处，或许渗透着他自己童年的悲哀吧？这种悲哀深埋在心底，是欲哭无泪的长痛。川端康成后来写道：爷爷和他都是容易动感情、容易落泪的人，但奶奶去世之后，“祖父不哭了，我也不哭了”。爷孙俩面对面，常常寂静无声。

寂寞中的川端康成爱上了读书，而且喜欢爬到树上看书，“像一个轻松干活的花匠，爬上院子里的厚皮香树，坐在粗大的树枝上看书”。他说:“我觉得在树上看书，比在房间里看书踏实得多。我一坐在树上，就好像坐在长途旅行的火车上一样，各种杂念全都抛到脑后去了。”最难熬的是夜晚，爷爷为了省钱，不肯买煤油点灯，家里只有烧菜油的传统灯笼。默坐在幽暗的房间里，川端康成难以忍受，几乎天天跑到小伙伴家里玩儿:“我走出家门，顿时觉得周身轻松，一溜烟儿地跑了起来。朋友家里温暖得很，我越是惦记孤苦伶仃的祖父，反而越发不愿意起身告辞，经常要过12点钟。当背后朋友家小门的铃声响完，便有一股悲凉的哀伤猛然袭来。走到自己家的树篱前，一面感到黑暗的恐怖，一面担心留在家里的祖父会不会死去，于是跌跌撞撞地跑起来。这是每晚的惯例。然后，悄悄爬到祖父的卧铺跟前，注视着他的睡脸，同时眼眶里充满泪水，后悔不该把他一人撂下。”矛盾的心情，在小小的川端康成心里，深深地蔓延着，他还是个孩子，但已经悄悄地感受了生存的无奈。

1914年5月25日，爷爷去世了。这一天，16岁的他正在中学参加日本皇太后葬礼的“遥拜”仪式，突然感到重病在家的爷爷不行了，急忙奔回家，大声喊“爷爷，我回来了”，爷爷含糊回答了一声“真快，好极了”，随后停止了呼吸。从此，川端康成彻底变成了孤儿。全村的人都很怜悯他，葬礼那天，“送葬的行列穿过村子时，每个十字路口都站着村里人。川端康成走在棺柩前头，从他们面前通过时，女人们便放声大哭，嘴里不断念叨着‘可怜哪，可怜哪’，川端康成只是感到不好意思，觉得很不自在。走过一个路口后，那些女人们又抄近道站在下一个路口，然后又和刚才一样大哭起来”。

爷爷去世后，川端康成变为“无父母之子，无家庭之子”，只能搬到中学住读了。他所在的大阪府茨木中学声誉卓著，对学生要求很严格。尤其是体育锻炼抓得很紧，赤脚远距离长跑是家常便饭。

体质羸弱的川端康成体育课成绩很差，但语文和汉文却很优秀。也就在这个阶段，他开始大量阅读日本和国外的文学名著，还尝试着写诗歌和散文，“想让自己写的东西变成活字的欲望，在他的心头顽强地抬起头来”。1916 年冬季，川端康成在大阪杂志《团栾》上发表了自己的第一篇作品《师柩在肩》，悼念学校刚刚去世的英文老师。

一个作家的生命，在孤独的青春中萌动了。回顾他的童年、少年，有一个极其重要的成长线索：爱看书。成为文学家的人，绝大部分都有这个特点。川端康成从小失去了父亲，但父亲爱读书的品质冥冥之中遗传给了他，让他在孤独中有了精神的伴侣。他的爷爷只有微薄的收入，但在支持川端康成买书方面毫不犹豫。川端康成读高中时经常去一个书店买书，那个书店可以半年结一次账。爷爷告诉他想买就买，别考虑钱。爷爷宁可忍饥挨饿，也要让孙子买下喜欢的书。读书有个规律：什么年龄该读的书当时没有读，以后再读，价值就完全不一样了。可以说，川端康成最大的幸运，是在最好的年龄读到了最合适的书，内在精神如春雨绵绵，滋润着未来的文学种子。

1917 年，川端康成将近 19 岁，他考上了日本最难考的东京第一高等学校。当时日本的“高等学校”等于大学预科。根据 1894 年 6 月颁布的“高等学校令”，高等学校“以专门学科为主，为升帝国大学者设大学预科”，被列入高等教育范畴。而东京第一高等学校是东京大学的预科，竞争者不计其数，川端康成从偏远的西部考入这所名校，着实不易。这在很大程度上决定了他在后面的生活会中遇到什么样的人，尤其是文学青年。他的生活圈子，彻底改变了。

东京是个大都会，与茨木小城截然不同。看歌剧、看电影、坐着电车逛街、咖啡馆聚会……都市的氛围，使川端康成消融了孤独感，怡然漂游在不拘一格的青春体验中。作家需要丰富的生活观察，来到东京的川端康成，豁然打开了一部生活的大书。他最爱的地方是浅草，浅草是一个最具有日本传统情味的城区，聚集着大量的底层居民。他写过一篇回忆性散文《浅草红团》，字里行间流溢着温情："浅草是万人的浅草。在浅草，所有的东西都活生生地表现出来。人们的种种欲望都在赤裸裸地舞动着。这是将所有的阶级、人种混杂起来的巨大潮流，无论黎明还是黄昏始终没有尽头、没有边际的潮流。浅草活着。大众时时刻刻在前进。大众的浅草是经常将一切东西的旧型熔化并使之变为新型的铸造厂。"多少人来到大城市，倾羡的是财富与权势，但川端康成的文学之心，让他始终面向底层众生，丝毫没有向着"人上人"奋斗的狂想，对于文学家来说，这是多么重要的基本意识。

1918 年的秋天，川端康成前去静冈县东部的伊豆半岛，进行了一次一个人的漫游。伊豆半岛是日本著名的温泉胜地，富士山的余脉贯通其中，逶迤入海。瀑布、山花、古寺、沙滩、海豚……久居大都市的川端康成想到这里呼吸新鲜空气，置换一下喧闹的心情。就是在伊豆半岛的修善寺，他遇上了几个江湖女艺人，其中有一个年龄很小的舞女，单纯稚气中又隐藏着微微的伤感，"她那双娇媚地闪动着的，亮晶晶的又大又黑的眼珠，是她全身最美的地方。双眼皮的线条，也优美得无以复加。她笑起来像一朵鲜花。"他一瞬间绽开了年轻的心怀，对小舞女恋恋难忘。尽管他们俩说话不多，但心灵深处的语言如樱花飘飘，起起落落。当他听到小舞女对嫂子说川端康成"是个好人"时，他禁不住流下了热泪。这次相遇让他感怀万分，1926 年，川端康成怀着追念写成了他最著名的小说之一《伊豆的舞女》，把自己的文学创作推升到经典作家的水准。这部小说的结尾，"我"乘船离去，和舞女在清晨的雾中告别，"船舱里的煤油灯熄灭了。船上的生鱼味和潮水味变得更加浓重。在黑暗中，少年的体温温暖着我。我任凭泪泉汹涌。我的头脑恍如变成了一池清水，一滴滴溢了出来”。读者感动之余，绵绵如缕地猜想着这两个年轻人的后续。实际上，生活现实与文学诗意往往有着坚硬的区隔，真实的情形是：川端康成和小舞女一家后来保持了一段通信联系，知道这家人从伊豆半岛去了伊势半岛的海角小城大岛港，定居下来开小饭馆维生。《伊豆的舞女》发表之后，传遍全日本，但这家人再也没有和川端康成联系，美丽的往事消散在无形中。也许这是这个小说最好的现实结局吧。

从伊豆半岛回到东京，川端康成活跃了许多，似乎是朦胧的情愫激发了他的生命能量，从小积累的内敛被一寸寸打破。他居然给商店的一个服务员写了长篇情书。但这并没有什么实际的进展，他的主要精力还是在读书写作上。1920 年 7 月，他如愿考上了东京大学文学部英文系。第二年，他发表了短篇小说《招魂节一景》，获得了菊池宽等老一辈文学家的高度评价。这篇小说一挥而就，“从夜里 12 点过后动笔，到天亮时毫不费力地写出了 20 页”。故事也不复杂：主人公是马戏团的 17 岁女艺人阿光。她正处于风华正茂的年龄，对未来有无限的憧憬，但她的前辈阿留已经进入演艺生涯的衰落期，“跟死了差不多”。这让阿光对前程充满恐惧，在骑马演出中意外掉落。小说的心态与场景描写惟妙惟肖，表达力极强，鲜明地体现出川端康成的文学天赋。从此，杂志与报纸开始向他约稿，23 岁的大学生，获得了日本职业作家的入场券。

创作之路一步步成功，却意外地遭遇了一场爱情失败，这是川端康成万万没有想到的。姑娘叫伊藤初代，身世飘零，从日本东北部的岩手县来到东京一个名叫“露兜树”的小咖啡馆当招待员。川端康成和同学常来这里，看着这个“病态般地苍白”，“好像将快活沉没到底层，一直凝视着自己深层孤独”的姑娘，川端康成心生怜惜，不由自主地爱上了她。后来咖啡馆的女主人爱上一个去中国台湾工作的日本人，于是把伊藤初代送到了日本中部城市岐阜的寺院，自己随情郎远赴台湾。1921 年 10 月，川端康成到岐阜向伊藤初代求婚，伊藤初代欣然同意。此时川端康成不到 23 岁，伊藤初代 15 岁。川端喜滋滋地回到东京筹备婚事，“每天早晨醒来，纷纷的喜泪都要打湿枕头”，不料一个月后忽然收到伊藤初代的信：“现在我有件事要向您道歉。我和您订立了牢固的婚约，但我这方面出现了某种非常情况。我无论如何也不能告诉您到底是什么情况。我现在说出这样的话，您会觉得奇怪吧？您会想让我说出这个非常来吧？与其说出这个非常，莫如让我死掉更幸福。请您把我忘掉，认为世上没有我这样一个人吧。”这到底是怎么回事？川端康成满头雾水，痛苦不堪。据研究家考证，这个巨大的迷隐藏着伊藤初代不可言说的伤痛，35 卷本《川端康成全集》补卷中有这样的文字：“千代在西方寺遭僧人性侵。”这是不是伊藤初代断绝婚约的根本原因呢？众说纷纭，但与川端分手的结局却是不可改变的。伊藤初代解除婚约后返回日本东北老家休养了一段时间，又来到东京，在一个名叫“美利坚”的咖啡馆打工，不久嫁给了咖啡馆老板。后来她生活困难，还来找过川端康成，而此时的川端已经结婚，两个人再也没有可能了。

川端康成真正的初恋，就这样不明不白地结束了，对一个作家来说，这也许是一件好事。如果他们如期结了婚，川端和伊藤生活在人间常态的轨道中，在幸福的小家里投入生命的全部，那样的话，川端康成还能不能写出那些凄美孤寂的小说？这是一个大大的悬念。这个在童年、少年时期不断失去亲人的飘零者，对温暖的生活有无限的渴望，一旦获得，那将会是多么依恋。但生活并没有给他这份幸运，诚如杜甫在《天末怀李白》中所写：“文章憎命达，魑魅喜人过。”伟大文学家的命运，都是心非所愿啊！

在生活的水与火中，川端康成要毕业了。东京大学对本科毕业论文的要求很高，有的学生会写上几百页。而川端康成的毕业论文只有寥寥 20 多页，换了别人，根本不可能过关。但东京大学国文系的主任教授藤村作很欣赏川端，认为他的文学创作成就足以证明他的学业水准。在这个主任教授的佑护下，川端康成 1924 年春天毕业了。毕业后他没有寻求任何工作，毅然坚持自由写作，无论多么穷，都坚持以文学打造自己的人生。这极不容易，特别是 1925 年结婚之后，生存的压力处处撞击着他，使他常常入不敷出。他租的房屋里没有写字台，只好将就着在啤酒箱、围棋盘上写稿。出门没钱买公交车票，请客付不出餐费，租房交不出租金……这种状况常常发生，朋友们不得不接济他。这种窘迫的处境其实很荒诞，川端康成的稿费收入在当时位居上流，困境大部分来自他们两口子不善理财的天性。朋友们印象最深的是，川端康成最穷的时候，家里竟然还养了十来条狗，花费不菲。这种天真，完全违背经济理性，但从审美的角度看，那可真是不可多得的天籁。

1935 年，川端康成离开了生活多年的东京，迁居到古城镰仓，再也没有离开。镰仓依山傍海，对日本文学艺术家有着神秘的吸引力，芥川龙之介、夏目漱石、太宰治、小津安二郎、三岛由纪夫、大佛次郎、涩泽龙彦，这些艺术家都在这里获得了艺术的灵感。而川端康成在这里，写下了他一系列著名的作品:《雪国》初版（1937）、《名人》（1942）、《千只鹤》（1949）、《山音》（1949）、《睡美人》（1960）、《古都》（1961）、《一只胳膊》（1963）、《东京人》（1966）。1968 年 10 月，他获得诺贝尔文学奖，跨入世界经典作家的行列。从一个孤儿，成长为一位文学巨匠，这是多么神奇的人生！然而谁也没有想到，这位文学大师的生命会在获得诺贝尔文学奖后的高峰阶段坠落：1972 年 4 月 16 日下午 2 点多，川端康成走出家门，直到夜里也没有回来。这样的事从来没有发生过，晚上将近 10 点，助手岛守敏惠找到川端的工作室，只见川端安卧在盥洗室里，垫着蓝色被褥，口含煤气管，枕边开着一瓶威士忌酒，已经死去。

大家惊慌失措地跑来，无论如何也找不到遗书，川端为什么自杀，成为难解之谜。人们震惊之下，想起他曾经写下的话："自杀而无遗书，是最好不过的了。无言的死，就是无限的活。"这和禅宗公案一样的话，是不是他早就给世人的预告？这惊世之谜，能不能在他的作品中找到踪迹？这也就是我们阅读《雪国》的一个角度。

余情：现代人的庸俗与漂流

《雪国》篇幅不长，8 万来字，虽然不长，但川端康成写这个小说却用了长达 13 年的时间。从 1935 年开始，川端康成陆续发表了《暮景镜》《朝雪镜》《徒劳》《芭茅花》《火枕》《雪中火灾》《银河》等十来篇短篇小说，这些都是后来《雪国》里的片段，直到 1948 年，川端康成才正式出版了完结版中篇小说《雪国》。

雪国是什么地方？这其实是个被渲染了的"艺名"，它的真正名字叫越后汤泽，在日本新潟县的南鱼沼郡，离日本海不远。现在从东京向西，乘火车一个半小时就可以到达。每到冬季，从日本海刮过来的湿润气流，被这个地方东面的三国山脉挡住，冷暖交汇，融为漫漫大雪，形成一片银色世界，因此人们形象地称这个地方为"雪国"。雪国虽冷，但温泉很多，引来了大量的游客，成为东京人喜欢前往的地方。而且新潟这个地方，人的性格都比较温和。这里是著名的政治家田中角荣的故乡，他在担任日本首相期间，和中国建立了外交关系，这个地方总的来说，是东京人特别喜欢去放松自己的地方。1934 年 5 月，川端康成来到这里，想找一些创作素材，他住进了一家名叫高半的旅馆，在这里，他认识了一个艺名叫松荣的艺妓。同年 12 月初，他第二次来到这儿，还是住在那家“高半旅馆”，这一次，他不但与松荣多次交谈，了解艺妓的生存状况，还向当地人详细了解了这里的风土人情。就是在这里，川端康成很快写出了短篇小说《暮景镜》和《朝雪镜》，这两个短篇后来经过修改，成为《雪国》的开头部分。第二年的 9 月底，他又来到“雪国”，与松荣有了更多的交往，并写出了短篇小说《故事》，这篇小说后来也成为《雪国》的一部分。晚年的川端康成回忆起自己写作《雪国》的过程时，感慨地说：“《雪国》写于 1934 年到 1937 年的四年间。按年龄说，是从 36 岁到 39 岁，属于 30 岁后半段的作品。它不是一口气写成的，而是联想式地写下来，断断续续登在杂志上的。因此，可以看出一些不统一、不调和之处。起初是打算为《文艺春秋》1935 年 1 月号写一个 40 页左右的短篇，按理说应当把材料都容纳在这一个短篇里，但由于到了《文艺春秋》的收稿截止日期未能写完，又决定为收稿日期较迟的同月号《改造》续写未完部分。此后随着写作时日的增加，余韵传到后来，终于变成与起初的计划不同的东西了。”

然而正是这“断断续续”写成的“不同的东西”，却成为世界文学中的经典，它最感人的部分，是写出了“驹子”这样一位令人感怀的女子。川端康成坦率地说：“驹子的悲哀也就是我的悲哀，因而才有打动人心的力量吧。”他甚至还说过：“与其说我是岛村，不如说我是驹子吧。”我们要感悟《雪国》，必须从驹子开始。

驹子出生于港市的贫寒之家，十五六岁就被卖到东京当陪酒侍女。她长得冰清玉洁，“玲珑而悬直的鼻梁，虽嫌单薄些，但在下方搭配着的小巧的紧闭的柔唇，却宛如美极了的水蛭节环，光滑而伸缩自如，在默默无言中也有一种动的感觉。如果嘴唇起了皱纹，或者色泽不好，就会显得不洁净。她的嘴唇却不是这样，而是滋润光泽的。两只眼睛，眼梢不翘起也不垂下，简直像有意描直了似的，虽逗人发笑，却恰到好处地镶嵌在两道微微下弯的浓密的短眉毛下。颧骨稍耸的圆脸，轮廓一般，但肤色恰似在白瓷上抹了一层淡淡的胭脂。脖颈底下的肌肉尚未丰满。她虽算不上是个美人，但比谁都要显得洁净。”一个经常到酒馆喝酒的男人怜悯她，出钱让她赎身，去学跳舞，学出来可以当舞妓，以后年龄增长，还可以当舞蹈老师。但天不佑人，这个男人一年半之后死了，驹子只好回到到港城，跟随一位三弦舞蹈女师傅学艺。师傅不久中了风，没法继续教舞，决定回到自己的家乡雪国。驹子随她而来，在这里一面干些杂活儿，一面参加一些游客的酒会，充当助兴的陪酒女。

驹子虽然身处社会底层，却有着一股面对生活千思百想的心劲儿。她每天都写日记，从不间断，“不论什么都不加隐瞒地如实记下来”。哪怕酒宴回来很晚，也不漏写，“换上睡衣就记。不是回来得很晚嘛，每每写到一半就睡着了”。她身世飘荡，没有攒下什么钱，“自己买不起日记本，只好花两三分钱买来一本杂记本，然后用规尺画上细格，也许是铅笔削得很尖，画出来的线整齐美观极了。所以从本子上角到下角，密密麻麻地写满了小字”。她还练字，没钱买练习书法的专用纸，就在旧报纸上写。更不寻常的是，她特别喜欢读小说，一边读一边记笔记，把作家和作品中的人物关系梳理一番，细细体会，“16 岁起就把读过的小说一一做了笔记，因此杂记本已经有 10 册之多”。这样心性很强的姑娘，若是出生在书香世家，那是多么灵秀清雅！然而她的原生家庭太低微，在等级森严的日本社会中，她无法过上自己喜欢的日子，身不由己地走在人世的边缘，沿着艺妓的方向漂流在雪国。

这里我们先要了解一些日本艺妓的生活。日本有三个很容易混淆的名称：艺伎、艺妓、色妓。第一个艺伎的“伎”，是单人旁的伎，这个“伎”指的是男艺人，第二个艺妓的“妓”是女字旁的妓，这个“妓”才是女性。艺妓卖艺不卖身，而色妓是出卖色相的女艺人。艺妓不是随便就能当的，要日积月累，达到一定的艺术水平才能入行。没有入行之前先要当舞妓或者歌妓，在居酒屋学习唱歌、弹琴、跳舞。从舞妓到艺妓，一般要三五年。艺妓吃的是青春饭，一旦结婚，马上就要退出圈子，因此职业生涯也不算长。在这个过程里，舞妓阶段花费不大，穿的和服由居酒屋女老板，也就是行规里称的“妈妈”提供，也算是女老板的一笔投资。待到升级为艺妓，开销陡然提升，和服、腰带、手绢、扇子，等等，一套下来可以达到上千万日元，等于七八十万元人民币。这些开销都需要艺妓自己解决。此时“卖艺不卖身”就往往开始有些变形了，一旦有富豪出钱包养某个艺妓，艺术、肉欲和金钱就会紧紧地勾连在一起，散发出暧昧的光泽。

驹子随着舞蹈师傅来到雪国时，她还处于陪酒女和舞妓的混合状态，在这个群山环抱的村落里寂寥地生活着。19 岁的青春年华，这个年轻的姑娘，应该怎样走出人生的下一步呢？这对她来说，是个迫在眉睫的大问题。能不能像社会绝大多数劳动女性那样，耕耘劳作，生儿育女，含辛茹苦地度过一生呢？这也是一种可能，雪国的女人们都这样走过了一辈子。

雪国是一个清美的山村，春天漫山遍野的白花，冬季星空晶莹，“仿佛可以听到整个冰封雪冻的地壳深处响起冰裂声。没有月亮。抬头仰望，满天星斗，多得令人难以置信。星辰闪闪竞耀，好像以虚幻的速度慢慢坠落下来。繁星移近眼前，把夜空越推越远，夜色也越来越深沉。这里的女人耕作收割，缫丝织衣。秋天里，村里挂满了晾晒的稻谷，从一株树干到另一株树干，拴上好几层竹子和木棒，像晒竿一样，把稻子挂在上面晾干，看起来仿佛立着一面高大的稻草屏风”。男人和女人甘苦相依，劳作中处处是简朴的画面：“姑娘轻轻地扭动了一下穿着雪裤的腰身，把一束稻子抛了上去，高高攀在晾晒架上的男子，灵巧地接住，连捋带理地把它们分开，挂在晒竿上，专心地重复着熟练而麻利的动作。”雪国的乡村姑娘还有一门绝活：“在雪中缫丝、织布，在雪水里漂洗，在雪地上晾晒，从纺纱到织布，一切都在雪中进行。”姑娘们用半年心血把绉纱织好，带到集市上售卖，“绉纱上都系有一张纸牌，记着纺织姑娘的姓名和地址，根据成绩来评定等级。这也成为选媳妇的依据。要不是从小开始学纺织，就是到了十五六岁乃至二十四五岁也是织不出优质绉纱来的。而人一上岁数，织出来的布面也失去了光泽。也许是姑娘们为了挤进第一流纺织女工的行列而努力锻炼技能的缘故，她们从旧历十月开始缫丝，到翌年二月中旬晾晒完毕，在这段冰封雪冻的日子里，别无他事可做，所以手工特别精细，把挚爱之情全部倾注在产品上”。轻盈的白麻绉纱都要“用地道的曝晒法曝晒一番。晨曦泼洒在曝晒于厚雪上的白麻绉纱上，不知是雪还是绉纱，染上了绮丽的红色”。白绉纱快要晒干的时候，“旭日初升，燃烧着璀璨的红霞，景色真是美不胜收”。

然而这样的女性生活与驹子有很大的距离。她很早就在东京和港市学习弹琴歌舞，接受过系统的才艺培养，她的言行举止渗透着礼仪和文雅。在传统社会中，舞女、艺妓生存在文化艺术的中心，游离在社会道德的边缘，面对劳动妇女日复一日的日常细节，她们往往不堪重负。贫苦的城乡底层民众数量庞大，勤劳善良，但精神生活十分闭塞，缺乏艺术的灵动，每一天都在无限的循环中渐渐老去。德国文学家歌德曾经在《少年维特之烦恼》中这样描绘农民的状态：“如果你问我此地的人怎样，我只能回答：‘到处都一样！’人类真像一个模子里出来的。多数人为了谋生，大部分时光用来干活，余暇无多，却为了这一点儿时间苦恼，千方百计设法消磨。唉，人类的命运呀！不过，他们都是些挺好的人呀！”在歌德看来，人类的悲哀，正是在千篇一律的物质生存中，“不那么孜孜不倦地驰骋自己的想象力，追忆以往的不幸，而是漠然地对待眼前的境遇，这样他们的痛苦就会减少”。所以说，对于在歌舞弹唱中长大的舞女艺妓看来，这样的农妇生涯，实在是太单调了。对驹子来说，她还不是艺妓，但在常人眼中，她是个经常陪游客喝酒的姑娘，有时一个月就要喝 90 多场，因此“虽不是艺妓，可有时也应召参加一些大型宴会什么的。这里没有年轻的女孩，中年女人倒很多，却不愿跳舞。这么一来，这姑娘就更显得可贵了。虽然她不常一个人去客栈旅客的房间，但也不能说是个无瑕的良家闺秀了”。已经不是良家闺秀，驹子想“从良”，社会的歧视就是一道巨大的障碍。

那么，能不能纵身一跳，彻底成为一名艺妓呢？这个选择对于驹子来说同样艰难。在日本历史上，“越后艺妓”一直是个名声在外的热门行业，因为越后汤泽这个地方冬季漫长，大雪厚重，冬季生活封闭沉闷，能歌善舞的艺妓就成为当地严冬生活的一道暖色，兴旺之时，曾经有高达 500 余名艺妓。成为艺妓的女子并不自由，她们没有固定的收入，只能得到客人给的小费，陪客人喝酒唱歌的报酬都被艺妓馆的老板拿走，充当投资艺妓的回报。在没有收回全部“培养费”之前，艺妓不得离开，更不能结婚。很多艺妓 30 岁之后风华渐衰，迅速沦为配角，四处飘零，孤老终生。驹子面对渺茫的未来，也很难下这样的决心。

心乱如麻之中，她唯一的投入，是忘我地练习弹三弦琴，边弹边唱。她那中风的师傅无法言传身教，驹子只能依靠二十来册《文化三弦谱》独自摸索，凄清而坚韧。“没有剧场的墙壁，没有听众，也没有都市的尘埃，琴声透过冬日澄澈的晨空，畅通无阻地响彻远方积雪的群山。虽然她并不自觉，但她总是以大自然的峡谷作为自己的听众，孤独地练习弹奏。久而久之，她的弹拨自然充满力量。这种孤独驱散了哀愁，蕴含着一种豪放的意志。”此时的她，心里深藏着一个最向往的选择：从来到雪国的游客中，寻找一位喜爱音乐、舞蹈，又有优渥家境的男子，在两情相悦的心意中，一起走向新的生活。

而这个人果然出现了，他叫岛村。

岛村来自东京，他“生长在东京闹市区，从小熟悉歌舞伎，学生时代偏爱传统舞蹈和舞剧”。岛村对舞蹈的热爱持之以恒，“广泛涉猎古代的记载，走访各流派的师傅，后来还结识了日本舞蹈的新秀，甚至还写起研究和评论文章来”。在纷纭的人间百态中，这是一种难得的文化个性。一个人的成长，要经过好几个阶段，起步常常从喜欢开始，对某种知识或才艺分外喜爱。喜欢持续不断，积累中逐渐放大，慢慢变成一个专注的学习者，然后沿着这个方向继续开拓，一步步转变为这个领域的初级生产者。大部分人通常就停留在这个阶段，比如说喜欢读小说的人，可以谈出不少关于小说的感受，甚至也能写出一点儿像模像样的小说作品，但始终无法达到专业水准，无法用小说创作建构出自己的人生。岛村也是一样，他的艺术水平超过了大多数普通爱好者，但还没有攀登到专业创作的境界，处于精神深处最迷茫的时期。他“对传统日本舞蹈的停滞状态，以及对自以为是的新尝试，自然也感到强烈的不满”，但又没有能力对传统艺术点铁成金，于是他陡然一个转身，“突然改行搞西方舞蹈，根本不去看日本舞蹈了”。这看起来仿佛是断然的叛离，其实是一种畏难而退的逃逸，他所谓的“搞西方舞蹈”，不过是一场虚幻。他从未“亲眼看到西方人的舞”，只是“凭借西方印刷品来写有关西方舞蹈的文章”，欣赏他“自己空想的舞蹈幻影”。这种空想“是由西方的文字和图片产生的，仿佛憧憬那不曾见过的爱情一样”。

岛村的这种精神状态表面上看起来，几乎是生活在浮世绘的虚幻中。但川端康成要写这样一个人，也有特定的历史背景。《雪国》中的故事发生于1935年左右，当时的日本军国主义气氛如野火烧山，到处是“报效天皇”的狂热。日本国内的文化潮流越来越专制，倾向社会主义的文学艺术被残酷镇压，小林多喜二等无产阶级作家死于非命，而没有跟上军国主义高调的现代主义、自由主义、感伤主义作家，也屡屡被排斥。这种状况一直持续到1945年日本投降。著名作家谷崎润一郎的小说《细雪》在报刊上刚刚连载，就被当局斥责为“对战争无动于衷、冷眼旁观”，风格“软绵绵、充满女人味”，勒令停止刊登。在这样的历史背景下，岛村的“逃逸感”未免带着些时代的悲情，他不愿意卷进城市中沸腾的军国主义狂热，想在虚无缥缈中寻得自己的一点儿小自由，营造出只属于自己的一方小天地。

怀着零余者淡淡的哀愁，岛村来到了雪国。这是处处发芽的五月，“已经过了雪崩危险期，到处一片嫩绿，是登山的季节了”。他之所以来到这里，是因为“无所事事，也许会自然而然地要去寻找保护色吧，所以他对途中每个地方的风土人情，都有一种本能的敏感，打山上下来，从这个乡村十分朴实的景致中，马上领略到一种悠闲宁静的气氛”。他在一家温泉客栈住下，马上让服务的女佣人去找一个艺妓，“约莫过了一个钟头，女佣把女子领来，岛村不禁一愣，正了正坐姿”。就算是对于深谙风情的岛村来说，这女子也超出了他的预想："女子给人的印象洁净得出奇，甚至令人想到她的脚趾弯里大概也是干净的。岛村不禁怀疑起自己的眼睛，是不是由于刚看过初夏群山的缘故。"

岛村看到驹子的第一眼，就看出这个女子的与众不同："她的衣着虽带几分艺妓的打扮，可是衣服下摆并没有拖在地上，而且只穿一件合身的柔软的单衣。唯有腰带很不相称，显得很昂贵。这副样子，看起来反而使人觉得有点可怜。"她的年龄和气质不太相称，早熟中隐约潜藏着沧桑，"她说是十九岁。果真如此的话，这十九岁的人看来倒像有二十一二岁了"。谈起音乐和舞蹈，"女子比他更了解演员的艺术风格和逸事。也许她正渴望着有这样一个话伴，所以津津乐道。谈着谈着，露出了烟花巷出身的女人的坦率天性"。不过岛村丝毫不觉得这个女子满目风尘，反而"把她看作是良家闺秀。加上他快一个星期没跟别人好好闲谈了，内心自然热情洋溢，首先从她身上感受到一种类似友情的东西。他从山上带来的感伤也浸染到了女子身上"。这和岛村来到雪国的心理状态大有关系，他想在这万物葱绿的时节感受大自然，寻找跟城市不一样的淳朴，与军国化的世俗拉开一点儿距离。眼前这个"洁净得出奇"的女子，是他心中期盼但是又不愿打破的"心理造境"，所以他不想向她宣泄肉欲，小心翼翼地维持这脆弱的美感，"突然叫她帮忙找个艺妓来"。

驹子的反应出乎岛村的预料，她说："真讨厌！我做梦也没想到你会托我干这种事！"岛村的解释却让驹子感动："要是和你发生那种事，明天也许就不想再见到你了，也不会有兴致跟你聊天了。我从山上来到这个村子，难得见人就感到亲热，所以不向你求欢。要知道我是个游客啊。"烟花女子虽然欢歌燕舞，但内心却是浓浓的自卑与屈辱。这样一个东京来的高等阶层男人，却对她如此尊重，这真是世上难寻啊。驹子不由地说："你这种人真少见啊！"

此时的岛村，显露出优渥人家长大的男人天真的一面。他只觉得驹子“过于洁净了。初见之下，岛村就把这种情色之事同她区分了开来”。然而他并不知道，驹子这时候深藏着另外一个身份：她还是一个被港市的男人包养的人。两年前，当驹子回到港市无依无靠之时，一个老男人跟她签了合约，让驹子成为他的地下情人，老男人给驹子钱让她跟三弦和舞蹈师傅学习技艺。驹子“打开始到如今，都讨厌那个人，同他总是有隔阂”。因为这事儿在港市太招眼，那个男人趁驹子的舞蹈师傅回雪国，“拜托她把驹子带走”。驹子“从来未曾想过把自己许配给他，这事太可悲了。由于年龄相差很大，他只是偶尔来一趟雪国”。驹子掐着指头算日子，自己和那个男人的“合约”还有不到一年就到期了，今后的生活在哪里？岛村的出现，让她眼前豁然一亮，似乎一切都有可能。

真的有可能吗？似乎有几分迹象。岛村毫无兴趣地打发了驹子勉强找来的艺妓，他“发觉自己忽然想一洗七天来在山里获得的精力，实际上是由于一开始遇见了驹子这样一个隽秀婀娜的女子”。他暧昧地和驹子说，自己想找的艺妓是“和你不相上下的，要不，日后见到你，是会遗憾的”。驹子欣然于心，嘴上说：“这与我不相干。你真逞能呀。”然而两个人的内心悄然涌起了温泉般的波澜，“他俩之间已经交融着一种与未唤那个艺妓时迥然不同的情感”。岛村豁然明白，“自己从一开头就是想找这个女子，可偏偏和平常一样拐弯抹角，不免讨厌起自己来。与此同时，越发觉得这个女子格外的美。从刚才她站在杉树背后喊自己开始，他就感到这个女子的倩影是多么美丽多姿啊”。

情愫就这样不可阻挡地燃烧起来，“当天夜里十点光景，女子从走廊上大声呼喊着岛村的名字，吧嗒一声便栽进他的房间里”。岛村有点迷惑，“刚想站起身来，女子就用指头戳进纸拉门，抓住格棂，顺势倒在他怀里了”。他稍松开手，“女子就瘫下来。岛村搂着她的脖子，女子的发髻差点被他的脸颊压散了。他顺势将手探入她的怀里”。男女之情，可能关山重重，可能鱼水交融，天翻地覆的变化，有时就在一瞬间。大醉的驹子，呼喊着冲入岛村的怀中，“听任他的摆布了”。高热的激情中，“她自己只顾乱写起来。说是要写自己喜欢的人的名字，于是一连写了二三十个戏剧演员和电影演员的名字，然后把‘岛村’二字连续写了无数遍。岛村的心里“渐渐地热起来了”，他喃喃地说：“啊，放心了。我这就放心了。”他感觉到自己的温存，“甚至有一种母性的感觉”。

这也许是岛村和驹子人生中的巅峰时刻了，他们都变得有点儿不像自己，超出了日常的自我控制。多少人生都是在这烈焰腾起的时刻彻底转变，凤凰涅槃一样焕然新生。这需要积累已久的压抑，需要火山爆发的力量，需要一去不返的决绝。驹子和岛村能够实现吗？这是《雪国》提出的第一个悬疑，一切都在朦胧中：两个人缠绵到天色微明，“在迷濛的雨中，对面的层峦和山麓的屋顶浮现了出来。女子仍然依依难舍，不忍离去。但她还是赶在客栈的人起床之前梳理好头发，生怕岛村送到大门口会被人发现，便慌慌张张跑也似的独自溜走了。当天，岛村也回了东京”。

两人相约，冬季岛村再来雪国，那时的他们，会有什么样的选择呢？

即使徒劳也要爱

岛村和驹子在初春的五月相遇，夜醉的驹子拥抱着他，把岛村的名字“连续写了无数遍”，相约冬季再次相见。199 天之后，在第一场初雪下过之后，岛村如约前往雪国。他在火车上“感到百无聊赖，发呆地凝望着不停活动的左手食指”。这个手指曾经抚摸过驹子冰冷的发髻，让岛村满心怜惜，“只有这个手指，才能使他清楚地感到就要去会见的那个女人”。

从东京到越后汤泽这个“雪国”并不算远，如果我们今天乘电气火车，不到两个小时。但在20世纪30年代的日本，蒸汽火车的速度要慢得多，几乎要开小半夜。在《雪国》中，火车不仅是现代交通工具，也是雪国连接外部现代社会的唯一通道。在日本人的眼中，火车承载着国家现代化的曲折历程，乘火车是踏入现代文明的身份标识。日本最早乘坐火车的是两个渔民，他们在19世纪40年代因为海难漂流到了美国。其中的一位叫中浜万次郎，他在美国住了11年，1851年回到日本，担任幕府将军的英语翻译。他热情描述火车的速度“快如飞鸟”，引起了上流社会的极大兴趣。1872年，启动明治维新五年之后，连接东京与横滨的29公里单线铁路建成，此后成百上千公里的铁路不断延伸，彻底改变了日本的空间距离和文化互动，为殖产兴业提供了坚实的基础。火车的起点与终点都在都市中，一群群城里人乘着火车穿过穷乡僻野，展现出城市生活蒸蒸日上的活力，让乡下人不但羡慕，而且萌生着“到城里去”的强烈欲望。

岛村这个乘着火车来看雪国女人的“外来者”，能不能给驹子带来新生存的希望呢？岛村自己也不清楚，他觉得奇怪的是，“越是急于把她清楚地回忆起来，印象就越模糊”。他对驹子的情感似有似无，犹如他对西洋音乐的钟情，更多的是释放自己百无聊赖的内心困倦。**驹子能和他聊舞蹈聊音乐，是个难得的红颜知己，但这份热度仅仅是在近距离的互动中，一旦分离到不算遥远的距离，内心就仿若游云一样变得不冷不热。**他答应过驹子，给她写信，还要给她寄舞蹈造型的书，但这些都没有兑现，他那细若游丝的记忆，很难化为真实的行动，去给盼望中的驹子送去希望。岛村是现代城市蜉蝣一族的一员，如同德国思想家本雅明在20世纪30年代曾经分析过的城市中“闲逛人”。这些人与乡村社会的传统农民不同，他们在城市空间中拥挤地共处于一个空间，彼此不相识，也不攀谈，每个人都只顾向前，心灵距离十分遥远。他们看上去很有活力，但精神深处都是冷漠，严重缺乏热爱他人、关心他人的社会情感。他们匿名于街市，既迷恋城市不断变幻的场景，又无奈地感受到浮世的漂流，他们眼前的一切都是瞬间的，让人既在其中，又在其外，难以建立深厚的至情。岛村与普通的“闲逛人”略有不同，他还有些艺术的“灵韵”，这份才情让他的心理更纤细，使他在男女之情上更敏锐，更有怜香惜玉的触动感，但绝不会燃烧到大情大爱的忘我，只会像牵牛花一样晨起夕落，小情小爱一线绵绵。

夜色中的列车喷着烟气逶迤而行，“穿过县界长长的隧道，便是雪国。夜空下一片白茫茫。火车在信号所前停了下来”。岛村忽然注意到，“一位姑娘从对面座位上站起身子，把岛村座位前的玻璃窗打开，一股冷空气卷袭进来”。姑娘将身子探出窗外，喊道：“站长先生！”手拎提灯的站长高兴地说：“哟，这不是叶子姑娘嘛！”

《雪国》中的又一个主要人物——叶子姑娘出现了。她立刻引起了岛村的瞩目：这是个漂亮、温馨的女孩，比驹子更年轻。她坐在岛村的斜对面，同行的是一位年轻男子。这男子重病在身，一路躺在长椅上，叶子姑娘无微不至地照顾着他。岛村“用过分好奇的目光盯住这个姑娘，自己增添了不少的感伤”。这正是世界上所有岛村式文艺中年男子的共同心性：面对美丽的青年女子，慕情总是像樱花骤开，却又有生不逢时的感怀。岛村不敢久看叶子，于是无意识地用手指在窗玻璃上画道道。蓦然，他心里一震：

上面竟清晰地映出一只女人的眼睛。他大吃一惊，几乎喊出声来。大概是他的心飞向了远方的缘故。他定神看时，什么也没有。映在玻璃窗上的，是对座那个女人的形象。外面昏暗下来，车厢里的灯亮了。这样，窗玻璃就成了一面镜子。然而，由于放了暖气，玻璃上蒙了一层水蒸气，在他用手指揩亮玻璃之前，那面镜子其实并不存在。玻璃上只映出姑娘一只眼睛，她反而显得更加美了。岛村把脸贴近车窗，装出一副带着旅愁观赏黄昏景色的模样，用手掌揩了揩窗玻璃。……大概这些都是在虚幻的镜中幻化出来的缘故吧。黄昏的景色在镜后移动着，镜面映现的虚像与镜后的实物在晃移，好像电影里的叠影一样。出场人物和背景没有任何联系。而且人物是一种透明的幻象，景物则是在夜霭中的朦胧暗流，两者消融在一起，描绘出一个超脱人世的象征世界。特别是当山野里的灯火映照在姑娘的脸上时，那种无法形容的美，使岛村的心都几乎为之颤动。

在遥远的山巅上空，还淡淡地残留着晚霞的余晖。透过车窗玻璃看见的景物轮廓，退到远方，虽没有消逝，但已经黯然失色。火车继续往前奔驰，在他看来，山野那平凡的姿态显得更加平凡。由于什么东西都不十分惹他注目，他内心反而好像隐隐地存在着一股巨大的感情激流。这自然是由于镜中浮现出姑娘的脸的缘故。只有身影映在窗玻璃上的部分，遮住了窗外的暮景，然而，景色却在姑娘的轮廓周围不断地移动，使人觉得姑娘的脸也像是透明的。是不是真的透明呢？这是一种错觉。因为从姑娘面影后面不停地掠过的暮景，仿佛是从她脸的前面流过。定睛细看，却又扑朔迷离。车厢里也不太明亮。窗玻璃上的映像，不像真的镜子那样清晰。没有反光。这使岛村看得入了神，他渐渐地忘却了镜子的存在，只觉得姑娘好像漂浮在流逝的暮景之中。这当儿，姑娘的脸上闪现着灯光，镜中映像的清晰度并没有减弱窗外的灯火。灯火也没有把映像抹去。灯火就这样从她的脸上闪过，但并没有把她的脸照亮。这是一束从远方投来的寒光，模模糊糊地照亮了她眼睛的周围。她的眼睛同灯光重叠的那一瞬间，就像在夕阳的余晖里飞舞的夜光虫，妖艳而美丽。

这是《雪国》中最著名的一段描写，如梦如幻，玄幽晶莹，叶子的镜像宛如尘世之外降下的神迹，震慑着岛村的身心。川端康成在东京大学毕业后踏上文学之路，首先投入的正是“新感觉派”的艺术天地，而这段描绘，将他的这份天赋发挥到了顶峰。什么是新感觉派？用日本20世纪20年代的代表作家横光利一的话来说，是“剥夺自然的外形，跃入事物自身之中的主观的、直感的触发物”。这样的艺术追求，注重的是瞬间主观的直觉，而不是客观的现实。川端康成当时也认为：“因为自我存在所以天地万物才存在，在自己的主观之内存在天地万物。以这种观点看事物，则强调主观的力量，相信主观的绝对性，其中有新的喜悦。再者，以天地万物之内存在自我之主观的观点看事物，便是主观的扩大，使主观自由地流动，更进一步则是自他一如，万物一如，天地万物尽皆失去界限，融为一个精神，构成一元世界；另外，在万物之内注入主观，使万物具有灵魂，这就成为多元的万有灵魂说。”岛村在列车上看到的镜面中的叶子已经被高度“心镜”化，“像在夕阳的余晖里飞舞的夜光虫，妖艳而美丽”。川端康成曾经说过，文学创作是一种“魔道”，而“入佛界易，入魔界难”，要从“妖艳”中感受“美丽”，只有怀着新感觉派“万物之内注入主观，使万物具有灵魂”的心意，方可达到。

日本新感觉派的理论主张融入了东西方各种文艺理论元素，比较复杂。而《雪国》中的岛村，也在面对叶子的惊鸿一瞥中纷纭起来。他是来看驹子的，但在即将到达雪国的那一刻，情迷意乱，他的雪国之行开始心猿意马，不再专注于驹子。他下车后，发现叶子和那个重病男子也下了车。向车站的人一打听，他才知道这个病中男子是驹子舞蹈师父的儿子，叶子是那师父家学艺的女子。岛村“感到仿佛有什么东西掠过自己的心头。但他对这种奇妙的因缘，并不觉得怎么奇怪，倒是对自己不觉得奇怪感到奇怪”。是什么东西掠过岛村的心头？是命中注定的情缘，还是必然虚无的物哀？也许同时俱有，一切皆在宿命，此身已非己有。因为一个叶子姑娘，上车时的岛村和下车时的岛村已经不是一个人，他面对驹子的时候，内心是个情感分裂的男人。

让岛村大吃一惊的是，他在温泉旅馆看到的驹子也不复从前：“在长廊尽头账房的拐角处，亭亭玉立地站着一个女子，她的衣服下摆铺展在乌亮的地板上，使人有一种冷冰冰的感觉。看到衣服下摆，岛村不由得一惊：她到底还是当艺妓了么？！”

和服的下摆拖到地下，这是日本艺妓的服装标志。驹子的身份，半年多的时间竟然发生了如此大的变化，这让岛村为之一震。当他后来知道，驹子当艺妓，是为了给师父的儿子治病，更是满心怜悯。他对叶子的神往暂时被压到了一边：“他被她慑服了，沉浸在美妙的喜悦之中，走到了楼梯口，他才突然把左拳伸到女子的眼前，竖起食指说：‘它最记得你呢。’”

驹子一把攥住他的指头，“没有松开”，反复地问：“你是说它还记得我吗？你是说它还记得我吗？”随后她“在被炉支架上屈指数起数来，数个没完没了”。岛村感到很奇怪，问：“你在数什么？”女子仍旧默默地屈指数了好一阵子，轻轻地说：“哦，第一百九十九天。正好是第一百九十九天。”岛村愕然：原来驹子在算岛村离开了多少日子！她把和岛村交往的分分秒秒都记在日记里，一天天地期待着他。

岛村不禁叹息：**“这完全是一种徒劳嘛。”**他不知道自己为什么要这样说，心头一片初冬的凄美：“就在此时，雪夜的宁静沁人心脾，那是因为被女子吸引住了。他明知对于这女子来说不会是徒劳的，却劈头给她一句‘徒劳’。这样说过之后，反而觉得她的存在变得更加纯真了。”岛村知道驹子很想离开雪国这封闭的山乡，重回东京的艺术氛围。但他明白自己不可能和她命运相连，帮助她实现愿望。他是个半虚无主义者，审美与现实严重脱节，一直在逃避中超度自己，毫无可能伸手度人。他心情悲凉地看着驹子：“看上去她那种对城市事物的憧憬，现在已隐藏在淳朴的绝望之中，变成一种天真的梦想。他强烈地感到，她这种情感与其说带有城市败北者那种傲慢的不满，不如说是一种单纯的徒劳。她自己没有显露出落寞的样子，然而在岛村的眼里，却成了难以想象的哀愁。如果一味沉溺在这种思绪里，连岛村自己恐怕也要陷入缥缈的感伤之中，以为生存本身就是一种徒劳。但是，山中的冷空气，把眼前这个女子脸上的红晕浸染得更加艳丽了。”

岛村挥之不去的“徒劳”感，在日本文化中是个久远的存在。其中的核心观念之一是“摩灭”。摩灭发生于时间之中，任何事物都无法逃脱。日本文艺批评家四方田犬彦写过一本《摩灭之赋》，把摩灭定义为“将时间的残酷化为艺术”，如似海中的珊瑚，“微小的珊瑚虫落生于世，群集成礁，缓慢生长，完成使命后，骸骨在水流中离散，碎片大小轻重不一，漂流的归宿地也不一样。我在环礁湖里捡起的那些小块，终究要被冲击得更加细碎，在摩擦中失去重量，最后，化为岸边的一粒沙”。从世俗的眼光看，人的一切期待和奋争，不过是短暂的逆行，终究要化为“摩灭”的空无。而艺术却是精神上的“反摩灭”，以“超越文字寓意的狰狞和颓废，以及从颓废中升华的欢乐”，从世上“最低微处充满污秽的人体轮廓中脱离，上升到了那充满圣性的高处”。

岛村不是一个真正的创造型艺术家，看到变成艺妓的驹子，虽然急迫地与她同眠，虽然也看到她清晨对镜，“镜子里晶莹闪烁着的原来是雪，在镜中的雪里现出了女子通红的脸颊。这是一种无法形容的纯洁的美”，但他只能停留在视觉中，不敢想为她承担任何重量。况且，就在这纯美的一瞥中，他还想起了叶子，“看见映着山上积雪的镜中的驹子时，岛村自然想起映在暮霭中的火车玻璃窗上的姑娘”。他没有把这件事告诉驹子，悄悄地埋在心中，变成横亘在他与驹子之间的一个秘密。这个秘密像个幽灵，时不时撩起岛村的情感涟漪。当他在阳光下走到驹子的住家，迷离的心情更加漂浮不定了：驹子寄身的小屋是那么的幽暗，“只有南面开了一个低矮的窗，但细格的纸门却是新糊的，光线很充足。墙壁也精心地贴上了毛边纸，使人觉得恍如钻进了一个旧纸箱。不过头上的屋顶全露出来，连接着窗子，房子显得很矮，黑压压的，笼罩着一种冷冷清清的气氛。他想，驹子大概也像蚕蛹那样，让透明的身躯栖居在这里吧。”看到这凄清的生存环境，岛村对驹子难免生出些怜惜，“有点不安了”。正在这时，叶子走进来，她“穿着雪裤轻盈地跨过了三弦琴盒。她手里提着一个夜壶。无论从她昨晚同站长谈话时那种亲昵的口气，还是从她身上穿的雪裤来看，叶子显然是这附近地方的姑娘。那条花哨的腰带在雪裤上露出了一半，所以雪裤红黄色和黑色相间的宽条纹非常显眼，毛料和服的长袖子也显得更加鲜艳。裤腿膝头稍上的地方开了叉，看起来有点臃肿，然而却特别硬挺，十分服帖，给人一种安稳的感觉”。

叶子仿佛丝毫没有感觉到岛村的关注，她“只尖利地瞅了岛村一眼，就一声不吭地走过了土间”。而岛村却念念在心，“走到外面，可是叶子的眼神依然在他的眼睛里闪耀，宛如远处的灯光，冷凄凄的”。为什么会这样呢？岛村自我感觉“大概是回忆起了昨晚的印象吧。昨晚岛村望着叶子映在窗玻璃上的脸，山野的灯火在她的脸上闪过，灯火同她的眼睛重叠，微微闪亮，美得无法形容，岛村的心也被牵动了”。被牵动的岛村隐约有些对驹子的负疚，“不禁又浮现出驹子映在镜中的在茫茫白雪衬托下的红脸来”。他一边走着一边欣赏山景，“心情不由得变得茫然若失，不知不觉间脚步也就加快了”。这细微的描写，宛如意识流的蔓延，点点滴滴映现出岛村漂流的内心。边缘化的精神状态，使他芦苇般随风摇曳，貌似飘逸自由，却没有自己的精神定向。**在任何社会中，男性都应该具备两种品质：像农夫一样质朴坚毅，有春种秋收的恒心；像水手一样自由，能在无垠的世界中探索前行。爱情之中的男性，最能体现内在的生命品质，真爱做的是真假选择，而不是利害权衡。**岛村为什么觉得叶子“美得无法形容”？根本的缘由，是叶子相对于驹子更年轻，没有驹子那复杂的经历，更少被“摩灭”的沉重感，装得下更多岛村超脱现实的艺术想象。驹子被人间的杂芜深深地压制，而叶子却还洋溢着少女的轻盈。对于岛村来说，爱恋叶子恍若一个童话，而相恋驹子却是蹒跚负重。他没有力量去执手驹子，倍感徒劳的心，本能地倾斜于叶子。

岛村的爱意渐渐远离驹子，不知不觉开始畏惧她的依恋，当听到驹子为他弹奏调式激越的三弦曲《劝进帐》时，岛村怅然了：“这弹拨的弦音要飘荡到什么地方去呢？岛村惊呆了，像给自己壮胆似的，曲着双臂，把头枕在上面躺了下来。《劝进帐》曲终之后，岛村这才松了一口气，心想：‘唉，这个女人在迷恋着我呢。这又是多么可悲啊！’”

几天后岛村要回东京，两人同眠，驹子心意怆然，说：“何必回去呢……你还是回东京去吧。我心里真难过啊。”岛村软软地说：“就是待下去，我也帮不上你什么忙呀。”驹子忽然激昂起来：“你就是这点不好，你就是这点不好！”她搂住岛村的脖子，“狂热得不能自已”，过了片刻，才睁开了温柔而湿润的眼睛说：“真的，你明天就回去吧。”

第二天，岛村和驹子来到雪国的火车站，火车还没来，“穿着雪裤的叶子打由小街拐到火车站的大路上，急匆匆地跑了过来”，她喘着粗气，告诉驹子：“啊，驹姐，行男哥他……驹姐！快回去！情况不好了。快！”

这个行男，正是驹子三弦舞蹈师父的儿子，他与驹子从小一起长大，据说还订过婚。听到这生死攸关的消息，驹子“闭上了眼睛，脸色刷地变白了”，但她还是断然摇头：“我在送客人，我不能回去。”

岛村吃惊地说：“还送什么呢，这就行啦。”

“不行！我不知道你还来不来。”

“会来的，会来的。”

叶子什么也没听见似的，焦急地拉住驹子说：“刚才给客栈挂电话，说你到了车站，我就赶来了。行男哥在找你呢。”

驹子一动不动地忍耐着，突然把她甩开，说：“不！”

这时候，驹子踉踉跄跄地走了两三步，就哇哇地想要呕吐，但什么也没吐出来，眼睛湿润，脸上起了鸡皮疙瘩。

叶子紧张起来，木呆呆地望着驹子。但是，由于那副表情过分认真，不知是怒是惊，还是悲伤。像假面具一样，显得非常单纯。她掉过脸来，冷不防抓住岛村的手，一味提高嗓门连求带逼地说：“哦，对不起，请你让她回去吧，让她回去吧！”

“好，我叫她回去！”岛村大声说，“快回去吧！傻瓜。”

“有你说的吗！”驹子一边对岛村说，一边把叶子从岛村身边推开。

这是一段让人震惊的描写，驹子对行男的绝情，彻底展露了她对岛村的一往情深。女性爱一个人必然是百分之百，她要抓住岛村回东京前的分分秒秒，依依不舍的心意中容不下任何他人，即使是曾经青梅竹马的少年玩伴。而男性大为不同，很多男性的情感可以兵分两路，对前任充满爱怜，对现任疼爱有加，兼容并蓄，泾渭合流。《诗经·陈风》唱道：“彼泽之陂，有蒲与荷。有美一人，硕大且俨。寤寐无为，辗转伏枕。”真情女子的爱，只容得下一人！

此情此景，岛村何尝不明白？他“不由得深受感动”，不再勉强驹子回去，“驹子也缄口不言了”。沉默中车站开始检票，岛村上车后望着候车室的窗边的驹子，“玻璃窗紧闭着。从火车上望去，她好像一个在乡村水果店里的奇怪的水果，独自被遗弃在煤烟熏黑了的玻璃箱内”。火车开动之后，“候车室里的玻璃窗豁然明亮起来，驹子的脸在亮光中闪闪浮现，眼看着又消失了。这张脸同早晨雪天映在镜中的那张脸一样，红扑扑的。在岛村看来，这又是介于梦幻与现实之间的另一种颜色。……岛村仿佛坐上了某种非现实的东西，失去了时间和距离的概念，陷入了迷离恍惚之中，徒然地让它载着自己的身躯奔驰。单调的车轮声，开始听的时候像是女子的絮絮话语。这话语断断续续，而且相当简短，但它却是女子竭力争取生存的象征。他听了十分难过，以致难以忘怀。然而，对渐渐远去的岛村来说，现在这已经是徒增几许旅愁的遥远的声音了。”

岛村的心在“摩灭”中越来越苍老，驹子的爱随着火车的远去，化为绵绵的愁绪，让他徒生满腹的浪迹感。对于一个走在人生边缘的零余者，还能有什么再生的激情呢？余生与余情，一天天消融着岛村的心境，他正走向寂灭。

银河与大火，两种不同的生命底色

第二年秋天，岛村又来到了驹子的山乡，这是他的第三次雪国之旅，景象萧瑟：“下了火车，最先映入眼帘的便是这山上的白花。从陡峭的山腰到山顶一带，遍地盛开着这种花，白花花的一片银色，好像倾泻在山上的秋阳一般。啊！岛村不由得动了感情。”

在熟悉的温泉旅馆，他又见到了驹子，将近一年未见，驹子对他的恋情更急切了，问岛村：“你了解我的心情吗？”岛村有口无心地回答：“当然了解。”驹子追问：“既然了解，那你说说看。喏，你说说看……你瞧，说不出来了吧。净撒谎。你这个人呀，挥霍无度，大大咧咧。你是不会了解我的。”驹子说岛村挥霍无度，实际上说的是他不懂得珍惜感情，而不是物质上的浪费。

说完之后，驹子声音低下去：“我很伤心啊。我太傻了。你明儿就回去吧。”

岛村真的不了解驹子吗？并不尽然，如《雪国》中所写：“驹子为什么闯进自己的生活中来呢？岛村是难以解释的。岛村了解驹子的一切，可是驹子却似乎一点也不了解岛村。驹子撞击墙壁的空虚回声，岛村听起来有如雪花飘落在自己的心田里。当然，岛村也不可能永远这样放荡不羁。”不可能永远这样放荡不羁——这才是岛村不能爱驹子的根本缘由。他“不是离不开这个地方，或者同驹子难舍难分，他来到雪国只是由于长期以来自然形成了等候驹子频频前来相会的习惯。而且驹子越是寂寞难过，岛村对自己的苛责也就越是严厉，仿佛自己不复存在。这就是说，他明知自己寂寞，却仅仅一动不动地待在那里”。

岛村听了驹子的话，有些伤情，但也难以辩解。他默默低头，茫然凝望着地下死去的昆虫：“随着秋凉，每天都有昆虫在他房间里的榻榻米上死去。硬翅的昆虫，一翻过身就再也飞不起来。蜜蜂还可以爬爬跌跌一番，再倒下才爬不起来。由于季节转换而自然死亡，乍看好像是静静地死去，可是走近细看，只见它们抽搐着腿脚和触角，痛苦地拼命挣扎着。这八叠大的榻榻米作为它们死亡的地方，未免显得太宽广了。岛村用两只手指把那些死骸捡起来准备扔掉时，偶尔也会想起留在家中的孩子们。有些飞蛾，看起来老贴在纱窗上，其实已经死掉了。有的像枯叶似的飘散，也有的打墙壁上落了下来。岛村把它们拿到手上，心想，为什么会长得这样美呢！”凄凉的美，可观而不可行，这正是岛村面对驹子的心情。

在《雪国》中，岛村的第三次前来，明显加大了叶子的出场频率，就在岛村来到的第二天清晨，他就看到了叶子的美丽身影：“土坡上围着一道芒草的篱笆。芒草绽满了淡黄色的花朵。细长的叶子一株株地伸展开来，形似喷泉，实在太美了。叶子在路旁向阳的地方铺上了草席子在打红小豆。红小豆辉光点点地从干豆秸里蹦了出来。叶子头上包着毛巾，大概没看见岛村吧。她叉开穿着雪裤的双腿，一边打红小豆，一边唱歌，歌声清澈得近乎悲戚，马上就能引起回声似的，‘蝶儿、蜻蜓，还有蟋蟀，在山上鸣叫啁啾；金琵琶、金钟儿，还有纺织娘’。”虽然只闻其声，但岛村的心怀已经如蝉翼般颤动起来。一天之后，岛村和驹子去看行男的墓地，“穿过寂静得几乎连冰水滴落的声音都能听见的杉林，沿着铁路走过滑雪场下方”，突然现出了叶子，“刹那间，她像戴着一副假面具，满脸严肃的神色，用熠熠的目光尖利地对这边睃了一眼。岛村冷不及防，向她行了一个礼，就在原地站住了”。叶子是来给行男上坟的，她“在坟前蹲下，双手合十膜拜起来”。而驹子不为所动，冷冷说了句“我呀，才不给行男上坟呢”，然后默然离开。而“叶子有点生气似的，低下头，从稻穗的入口回去了”。

岛村此次前来，更多的还是念想着叶子。他发现叶子也在这家温泉旅馆干活儿，“叶子总是在厨房里帮忙，从没赴宴陪过客。客人多了，厨房里女佣的声音也大起来，却没有听到叶子那优美的声音。负责岛村房间的那个女佣说，叶子有睡前入浴，在浴池里唱歌的怪癖，但岛村从没有听见过。”叶子像一个大磁场，让岛村面对驹子的时候“也就有点拘束了。尽管驹子是爱他的，但他自己有一种空虚感，总把驹子的爱情看作是一种美的徒劳。即使那样，驹子对生存的渴望反而像赤裸的肌肤，触到了他的身上。他可怜驹子，也可怜自己”。而叶子带给他的是阳光明媚，“他似乎觉得叶子的慧眼放射出一种像是看透这种情况的光芒。他被这个女子吸引了”。

终于有一天，《雪国》中的三人关系爆发出炙热的地火，赤裸裸地展示出情感深处的锋芒！

这一晚，驹子忙于应付酒宴，让叶子给岛村带一个纸条。叶子“像邮差似的伸手将纸条递过来，然后慌忙跪坐下来。当岛村打开这张折叠的纸条时，叶子已经杳无踪影”。一会儿，驹子“拖着碎乱的脚步走了进来”，问岛村：“那姑娘说了什么啦？惊人的妒忌之火在燃烧，你知道吗？”岛村十分惊讶，问驹子：“谁？”驹子并不明说，只是回答：“要烧死人的。”然后直接问岛村，喜不喜欢“那位姑娘”的“那种眼睛”。问罢“驹子打了个趔趄”，一把抓住梳妆台的边，“定睛照了照镜子，然后挺直身子，撩了撩衣服的下摆就走了出去”。过了一会儿，叶子又送来了驹子的一张纸条，这时的她，没有立刻走开，而是“用她那双尖利而美丽的眼睛睃了岛村一眼。岛村感到狼狈不堪。他以前也几次见过这位姑娘，每次总是给他留下感人的印象，可当她这样无所事事地坐在他跟前时，他反而感到特别不自在。她那副过分认真的样子，看起来仿佛总是处在一种异常事态之中”。

这是两个人第一次面对面长聊，紧张的岛村不由得说出自己对叶子的关注：“我见过你好几次了。最初那次是在回来的那趟火车上，你照顾一个病人，还向站长拜托你弟弟的事，你还记得吗？”叶子淡淡地回应一声“嗯”，岛村继续说着很投心的话：“听说你睡前要在浴池里唱歌，是吗？”叶子矜持地说：“哟，多不礼貌，真是的！”岛村觉得叶子的声音“优美得令人吃惊”，情不自禁地说出一句情味深深的话：“我觉得你的事我好像什么都知道。”叶子似乎并不惊奇，轻声问：“是吗，你听驹姐说的吧？”岛村此刻仿佛失去了自持，大有寓意地说：“她什么也没讲，甚至好像不太愿意谈你的事。”叶子突然打断了岛村的曲折表白，“悄悄地把脸背转过去”，清清楚楚地对岛村说：“驹姐是个好人，可是挺可怜的，请你好好待她。”说这话时，她“稍带点颤音”。

冰雪聪明的叶子姑娘，她什么事儿不明白呢！这个年轻的姑娘也无依无靠，前途茫茫。眼见驹子的贫困交加，她并不想重复同样的悲剧。善良的本性，让她深深担忧“师姐”驹子的未来，她明知岛村目光中的爱慕，却不能不让他适可而止，提醒他善待驹子。敏感的岛村此时不能再遮掩自己的本意，他直率地告诉叶子：“可是，我并不能为她做什么事。”叶子听到，“好像连身子也要颤抖起来了”。岛村是在明确地表达自己的情意，叶子似乎看到了生活中的一道暖光，随后两个人有了一段决定性的对话：

岛村把视线从她那充满警惕的脸上移开，带笑地说："也许我还是早点回东京去好。"

"我也要去东京呢。"

"什么时候？"

"什么时候都行。"叶子说。

"那么，我回去时带你去好吗？"

"好，就请你带我去吧。"她若无其事，然而语气却是认真的。

岛村大为吃惊："只要你家里人同意。"

"什么家里人，我只有一个在铁路上工作的弟弟，我自己决定就行。"

"在东京有什么地方可以投靠吗？"

"没有。"

"你同她商量过了吗？"

"你是说驹姐？她真可恨，我不告诉她。"叶子这么说过之后，也许是精神松懈了下来，眼睛有点湿润。她仰头望了望岛村。岛村感到有一股奇妙的吸引力，可不知怎的，这样一来，反而燃起了对驹子炽热的爱情。他觉得同一个不明身世的姑娘近似私奔地回到东京，也许是对驹子的一种深深的歉意，也是对自己的一种惩罚。

"你同男人走不害怕吗？"

"为什么要害怕呢？"

"总之，你要先考虑好在东京的落脚点，还有打算干什么。要不，岂不是太危险了吗？"

“一个女人总会有办法的。”叶子盯住岛村，非常优美地提高尾音说，“你不能雇我当女佣吗？”

此时的叶子，犹如换了一个人，竟然向岛村敞开心怀，说驹子“真可恨”。岛村问她“为什么怨恨驹子？”，她却不肯明说，只是再次交代岛村“请你好好对待驹姐”。无奈而莫名的岛村也只能再次表明“我什么也不能为她效劳呀”。泪水“从叶子的眼角簌簌地涌了出来，她抓起一只落在榻榻米上的小飞蛾，一边抽泣着一边说：‘驹姐说我快要发疯了。’”

“快要发疯了”——叶子的真性情毕露无疑。她处于社会的底层，也渴望走出这冰寒的大山，去东京另寻生路。岛村对她的情感倾注，尽管毫无可靠性，但已经十分难得。上流社会一份萤火般的余情，对叶子来说也是霞光般的希望。她期待岛村把自己带出去，甚至愿意到岛村家当女佣。这是不是爱情呢？也许不是，但世界上哪有那么纯粹的爱，很多感情，都是在不明不白的同路行走中悄悄发生的。对于漂泊的女性，有时候爱情并不是最重要的问题，生存才是第一位的，叶子眼前的这个岛村，正是改变自己命运的可能性。她想抓住，但又悲怜凋零中的驹子，她无法面对自己的复杂，她真的快“发疯了”，一面要岛村“好好对待驹姐”，一面要求岛村把自己带走，这样的叶子，只能生死由命了。

当叶子听到岛村答应带她去东京后，马上走出了房间，走进了旁边的女浴池，唱起歌来。而岛村却感到“一股寒意袭上心头”，他如此毫不犹豫地答应带走叶子，相比之下，他从未考虑将驹子从雪国带出去。他不能承受驹子的“沉重”，而年轻的叶子对于他来说，却是无负担的欣快。叶子与驹子完全不同，她走的不是艺妓的道路，而是像千千万万的年轻女子，打算过普通劳动女性的日子。她希望岛村带自己去东京，并不是求包养，而是劳动求生。这正是驹子缺乏的生存技能，驹子从小到大都封闭在舞妓、艺妓的圈子里，美则美矣，但同春种秋收的主流生活隔着无形的大山。驹子像大多数艺妓一样，期盼的是解救自己的“恩主”，而叶子不然，她能在人间烟火中自立，粗茶淡饭地生存。岛村知道这对驹子十分残酷，“同一个不明身世的姑娘近似私奔地回到东京，也许是对驹子的一种深深的歉意”，但对一个漂流人世的男人来说，这又是唯一的选择。岛村知道自己将驹子抛入了深渊，他并不是个狠心的人，内心的“寒意”混合着深深的惭愧和对自己的悲怜。

很快，驹子来了，她告诉岛村，看到叶子姑娘哭了，责问岛村：“是你把那姑娘弄哭了？”岛村心知肚明，不由地说：“这么说来，她真的有点疯了。”而且反问驹子：“不是你说她快要发疯的吗？她可能是一想起你这话，不服气，才哭起来的吧。”叶子姑娘第一次成为岛村和驹子交谈的主题。岛村要为叶子掩饰，心虚地告诉驹子：“她一本正经地托付我要好好待你。”驹子一眼看穿，咻咻地问：“真傻。可是，这样的事，你何必要对我宣扬呢？”岛村急忙应付：“宣扬？奇怪，我不明白，为什么一提到那个姑娘的事，你就那么意气用事。”驹子直截了当：“你想要她？”岛村言不由衷：“瞧你，说到哪儿去了！”驹子严肃地说：“不是跟你开玩笑。不知道为什么，我看见她，总觉得她将来可能成为我的沉重包袱。就说你吧，如果你喜欢她，好好观察观察她，你也会这样想的。”然后：

> 驹子把手搭在岛村的肩头上，依偎过去，突然摇摇头说：“不对。要是碰上像你这样的人，也许她还不至于发疯呢。你替我背这个包袱吧。”
>
> “你可不要这样说。”

“你以为我撒酒疯？每当想到她在你身边会受到你疼爱，我在山沟里过放荡生活这才痛快呢。”

驹子是多么无奈啊？爱情中的女性最敏感，她越来越感觉到岛村的情感漂移，一听到岛村谈起叶子，她就妒意难平。**川端康成在这里描写的是一个颇为艰深的问题：女性“姐妹情谊”的复杂与脆弱。**美国历史学家吉娜维斯曾经指出，全世界女性都深受男权压迫、性压迫、资本压迫，最应该在共同受压迫的基础上建立起互相关怀、互相支持的“姐妹情谊”，开辟与充满竞争的男性世界的伦理和价值观截然不同的新生活。呼吁“姐妹情谊”的人们都相信，“女性之间的情谊是她们团结起来对抗父权文化，颠覆男权话语，建立女性身份的武器”。但这其实是几千年来难以实现的乌托邦，在生存的竞争中，女性之间又有着天然的对抗性。尤其是在爱情与婚姻领域，女性的竞争是天然而决绝的。2003 年，日本女作家酒井顺子出版了她的成名作《败犬的远吠》，书中将女性婚姻大战中的失败者定义为“败犬”。她如此描述：“美丽又能干的女人，只要过了适婚年龄还是单身，就是一只败犬；平庸又无能的女人，只要结婚生子，就是一只胜犬。”这本书在当年引起巨大轰动，“败犬”一词被推选为“年度语”，这本书还获得日本第四届妇人公论文艺奖和第 20 届讲谈社散文奖。女性之间又爱又恨的驳杂情感，是轻飘飘的岛村万万想不到的。

《雪国》的情节写到这里，似乎已经逆转，故事的脉络变成了岛村与叶子。小说开始时那火车上的幻美一眼，难道真的变成了现实的爱情？川端康成不会这样把读者导向庸俗的爱情老套，他要在徒劳、摩灭之后，在小说的结局骤然揭示出人生的另一个危险：无常。这结局来得那么突然，又是那么灼热，将一切都燃烧殆尽——

年轻的叶子，在熊熊大火中死去。雪国的茧房着火了，叶子恰恰困在其中：

> 消防队员把一台水泵向着死灰复燃的火苗喷射出弧形的水柱。在那水柱前面突然出现一个女人的身体。她就是这样掉下来的。女人的身体，在空中挺成水平的姿势。岛村心头猛然一震，他似乎没有立刻感到危险和恐惧，就好像那是非现实世界的幻影。僵直的身体在半空中落下，变得柔软了。然而，她那副样子却像玩偶似的，毫无反抗，由于失去生命而显得自由了。在这瞬间，生与死仿佛都停歇了。如果说岛村脑中也闪过什么不安的念头，那就是他曾担心那副挺直了的女人的身躯，头部会不会朝下，腰身或膝头会不会折曲。看上去好像有那种动作，但是她终究还是直挺挺地掉落下来。

此情此景，让岛村的“脚尖也冰凉得痉挛起来”。他忽然想起“年前自己到这个温泉浴场同驹子相会，在火车上山野的灯火映在叶子脸上时的情景，心房又扑扑跳动起来。仿佛这一瞬间，火光也照亮了他同驹子共同度过的岁月。这当中也充满一种说不出的苦痛和悲哀”。而驹子冲上前抱起叶子，“仿佛抱着自己的牺牲和罪孽一样”。她抱起来的不但是叶子失去的未来，更是自己永远无法追回的过去。

整部《雪国》就这样结束了。三个主人公虽然都挣扎过、奔忙过，却都失去了生活的希望。人生到底应当如何走过？这永远没有完美的答案。时间总是带走我们最美好的部分，留下无穷的追念。《雪国》是纯美的，川端康成的笔下，大自然是多么晶莹明澈！在深秋的雪国仰望夜空，能看到星光闪烁的银河：“岛村也仰头叹了一声，仿佛自己的身体悠然飘上了银河当中。银河的亮光显得很近，像是要把岛村托起来似的。当年漫游各地的松尾芭蕉在波涛汹涌的海上所看见的银河，也许就像这样一条明亮的大河吧。茫茫的银河悬在眼前，仿佛要以它那赤裸裸的身体拥抱夜色苍茫的大地。真是美得令人惊叹。岛村觉得自己那小小的身影，反而从地面上映入了银河。缀满银河的星辰，耀光点点，清晰可见，连一朵朵光亮的云彩，看起来也像粒粒银沙子，明澈极了。”晶莹的大自然中，人的命运却那么起伏跌宕，无论驹子执拗的坚持，还是叶子梦幻的向往，都飘散在看不见的冥冥中。

在一片混乱的结局中，“岛村站稳了脚跟，抬头望去，银河好像哗啦一声，向他的心坎上倾泻了下来”。银河永驻夜空，倾泻的都是岛村的凄凉。两个年轻女性梦幻一样走过了他的雪国时光，坠落在他的虚无中。老子《道德经》有言：“天地不仁，以万物为刍狗。”绝美的大自然不动声色，静看人间一代又一代的来来去去。**岛村也许永远不会明白，世事艰难，却也要有一份赤子之心。与其把一切看做徒劳，不如忘却摩灭，飞蛾赴火一样投入真情，给短暂的人生一点儿温度。**川端康成反复地说自己不是岛村，而是驹子，这其中有多少感叹？一个抱着三弦对着大山慷慨弹奏的女子，是多么顽强而苍凉的生命！

10

Gustave Flaubert

《包法利夫人》

Madame Bovary

当生命的激情遇上薄凉的人间

为什么福楼拜说“我的身体里住着两个人”？

19 世纪 50 年代，欧洲和美国相继出版了两部特别重要的作品：一部是美国作家麦尔维尔的《大白鲸》，另一部就是法国作家福楼拜的《包法利夫人》。

为什么说这两部作品是这十年里最重要的小说？因为这两部作品有高度的时代性，代表了那个时代两个方面的巨大变化:《大白鲸》迸发着人类面对自然的空前征服感和攫取欲，代表着人类凭借着大规模机器生产的庞大力量，将人的野心不可遏制地投向大自然。而福楼拜的《包法利夫人》聚焦于女性的内心情感，激荡着女性对世界一切新鲜事物不可控制的欲念，还有女性情感深处对自己生命价值的新感觉。同时，这部小说既展现出女性空前放大的生活欲望和女性现实生活的有限性对撞，又释放出前所未有的痛苦。这两部小说的结局都是主人公毁灭，昭示了从那个时代以后人类心灵的基本矛盾，以及这种矛盾带来的悲剧。也就是说，1850 年之后，人类发生的争夺、沦陷、焦虑、孤独、迷失，都可以在这两部小说里找到起源。这是两部具有先知性的作品。

现在我们来读一读福楼拜的《包法利夫人》。

《包法利夫人》的作者福楼拜出生于 1821 年 12 月，1880 年 5 月去世，活了 59 岁，并不算长寿，但是从他出生到去世的这一段时期，是法国特别重要的一个历史阶段。1789 年法国爆发大革命，革命改变了这个国家的政治结构，三级议会改组成了国民公会，发布了《人权宣言》。之后的历史波澜起伏：一会儿是拿破仑称帝，争霸欧洲；一会儿是波旁王朝复辟，革命的浪潮和传统的力量拉锯般撕来撕去。福楼拜出生的时候，法国还处在波旁王朝的君主专制政体之中，但他 3 岁的时候，法国又变成了七月革命之后的七月王朝，实行君主立宪制。到他 27 岁的时候，1848 年，法国又发生了二月革命，建立了法兰西第二共和国，到了 1851 年，福楼拜 30 岁，拿破仑三世发动政变，又恢复了帝国。可以说，年轻的福楼拜看到了一个起伏动荡的社会，一个兵荒马乱的年代，因此，尽管福楼拜很年轻，但他的内心却有些苍老。不过从另外一方面看，这又是一个社会经济大发展的时代，18 世纪中后期英国工业革命带来新技术、新科学、新生产方式，尤其是大工厂、大机器的出现，给社会带来了巨大的变革力量，推动从农业社会转化为现代的工商业社会。人生活在这个时代就会有一点矛盾，如果只从物质生产、从社会生活的活跃度来看，可能觉得还不错，但是从精神方面看，明显感觉到人的沉沦，信仰、感情都商业化了，整个社会生活散发着金钱的气息。

除了时代带来的印迹，福楼拜本人的精神遗传也有些特点。他的父亲是法国香槟人，香槟这个地方在法国的东北方向，距离巴黎大概有 200 多公里。这里出产的香槟酒享誉世界，每年的产量高达 3 亿多瓶。因为出产香槟酒，这里的文化氛围充满了浪漫之情，每年都有围绕着香槟的热闹节庆，特别是香槟酒节，人们载歌载舞，痛饮香槟酒。拉丁文化本来就热情奔放，再有香槟酒助燃，那就更加激情澎湃了。而福楼拜的妈妈截然不同，她是法国诺曼底人，紧靠德意志。提起诺曼底，就会想起第二次世界大战的诺曼底登陆，福楼拜妈妈的家乡，比诺曼底登陆的地方还要靠北一点儿。诺曼底人的特点是严谨、坚定、理性，有一本描写德意志民族崛起历史的书，书名叫《钢铁之国》，如钢铁一般坚实，就是诺曼底人的气质。福楼拜从父母两方面都继承了一些文化因子。从父亲那里继承了香槟酒的感性，能够体察时代生活的细微变化。他对于自己出生以来的整个社会生活，感到深深的幻灭。这是什么样的社会生活呢？我们可以参考一下巴尔扎克的作品。巴尔扎克一辈子写了40多本长篇小说，里边都在讲什么？用巴尔扎克作品里的一句话来概括就是："您睡在您的金子上面，我睡在我的谋生工具上。"也就是说，社会生活的一切都用钱来计算。因为当时法国正处于工业化的大变动中，商业化的大潮，把以前温情脉脉的传统情感都冲垮了，人和人之间只有利益。所以，后来的评论家总结，巴尔扎克的所有小说其实只有一个主人公，那就是金钱。我们从现在的观点来看，金钱本身没有善恶，金钱本身不代表沉沦，但如果生活里边只有金钱了，他就会把人精神的一面、灵魂的一面排挤出去，让人单面化。其实这正是福楼拜感到特别伤痛的地方，他说过一句话："人生如此丑恶，唯一忍受的方法就是躲开。而要想躲开，唯有生活与艺术，唯有美和真理。"

而福楼拜的妈妈对他又有一种更深切的引导，那就是坚毅的诺曼底性格，这种性格使他能够隐忍，也使他面对世界上形形色色的人时，能保持一段冷静观察的距离。这种距离让他在后来的文学写作中不那么任情，多了一些外科医生般的冷峻。父母文化性格的差异，给了福楼拜内在的自我对立，他身上集中着两种可能，而且都很强烈。他曾经给一个名叫科莱的朋友写信，信里总结自己的特点："从文学的角度谈，在我身上存在着两个截然不同的人，一个酷爱大喊大叫，酷爱激情，酷爱鹰一样的展翅翱翔；另一个竭尽全力挖掘和搜索真实，喜爱准确地揭示细微的事实，对于重大事件态度也是如此。”福楼拜这样的人，在现实社会里常常会遭遇挫折，因为他没办法把自己全力以赴地协调起来，非常有锐度、有效率地去突破生存中遇到的障碍，常常会左支右绌。在他小的时候，很多人都觉得他性格有点问题，特别内向，见人不太会说话。其实这样的人常常蕴藏着特别强烈的情感，甚至是非常澎湃的生命力，某天在你想不到的时候突然迸发出来。

福楼拜 14 岁的时候，遇上了一位出版商的妻子，叫艾迪莎，已经结婚了，而福楼拜却一下子就爱上了人家，心里充满了对这个女人的依恋。这当然是无果之花，没法实现的。到了 19 岁的时候，他按照父亲的意愿去了巴黎大学学习法律。一个人身上如果充满文学的因子，最难受的就是学习法律，因为法律非常严谨，是逻辑性非常强的条文，必须强记硬背。福楼拜非常喜欢幻想，富于感受性，捧起法律书籍就觉得非常沉重。法不留情啊，对人的理解必须放在一边，只能从一个人的行为和后果合不合法这个角度去做出判断。福楼拜对这样的学习不感兴趣，大部分时间不在巴黎，而是留在鲁昂。鲁昂是他出生的地方，也是他一辈子生活的地方。鲁昂地处巴黎的西北方向，城市虽然不大，但非常漂亮，有一个名声极大的鲁昂大教堂，也是法国著名古典戏剧家莫里哀的故乡。整个城市沿塞纳河两边展开，无论阳光下还是风雨中都非常迷人。福楼拜出生的时候，英国工业革命的影响冲击到了鲁昂，这一带聚集了很多纺织厂，在当时的法国也是一个工商业比较活跃的地方。那么福楼拜在大学不好好学法律，大部分时间跑回鲁昂干什么呢？主要是看文学作品，还有写作。即使在巴黎的时候，他也把主要精力花在文学上，有一天他还去拜访了当时的法国最著名的文学家雨果。雨果的文学作品充满了诗意，具有伟大的浪漫精神和人道关怀，这对福楼拜来说影响深远。

1845年，福楼拜24岁的时候父亲去世了，他继承了不少遗产，随后他和妈妈住在市郊的一个别墅里，生活很稳定。稳定中他有一条清晰的生活主线，就是写作。写作过程中，他结识了一些女性，有不少情感故事，但是他没有和任何人结婚，直到1880年去世。这样的人生福楼拜满意不满意？总的来说是不满意的。他曾对法国著名作家龚古尔兄弟说过，“我的身体里住着两个人，一个是你们现在看到的紧缩的上身、沉甸甸的屁股，生来就是为了伏案写作的人；另一个喜欢到处游荡，是一个真正快乐的游荡者，并且迷恋着充满变化的生活。”今天看来，正是福楼拜的这种生活方式成就了他的文学写作，他的纠结、他无法排遣的苦闷，对于这个对生存感受细锐、对文字非常敏感的人，是一个特别好的推动。文学创作让他积蓄的能量蓬勃地释放出来，获得了心灵化的自救。

另外一个对福楼拜影响特别大的问题，是他的身体状况。他在巴黎学法律的时候，有一天突然口吐白沫伏倒在地，出现癫痫的症状。之后他经常中断学业返回鲁昂，和这个疾病也有很大的关系。这是他一生的忧患，经常要进行自我分析，想搞清楚自己的身体到底是怎么回事。他的父亲正好是一个医生，所以他经常看父亲的医科书籍，这使他对人的看法有不小的转变，对人的的肌体、生理、疾病、死亡有了精细的观察，并且以科学的分析去对待。他甚至将写作《包法利夫人》当作自我诊断、自我分析的过程，他后来有一次说过：“我就是包法利夫人。”

前面我们所讲的，都是从福楼拜的内在性格来解读。**但是一个文学作品为什么会引起整个社会的共振、引发读者的共情，并不能仅仅归结于作家的气质和心理状况，它也必然是因为作品触动了那个社会很多人的生存状况，撩动了不同的人的喜怒哀乐。**从这个角度看，我们现在读《包法利夫人》，它不局限于作家个人的自我表达，更重要的是他能够深切地体现出那个时代生活内在的本质、内在的精神矛盾。这是最需要我们理解的部分。

接下来，我们就来解读《包法利夫人》。这部28万字的长篇小说福楼拜写了5年多，于1857年出版。小说的情节并不复杂，讲的是一个名叫艾玛的女子，她是个乡村姑娘，出生在一个富裕农民的家庭。姑娘的家里有点钱，财富造成了她的父母对她的生活安排跟一般农家姑娘不一样。在当时的法国社会，富裕农民的地位不上不下，收入比贫苦农民当然要好得多，但又够不上乡绅阶层的台阶，更比不上老贵族、老骑士的社会声望。因此富裕农民对女儿的培养，总是希望她有优良的教养，懂得精致的生活方式，熟稔上流社会的礼仪，好让女儿最后能够嫁入一个上等人家，由此抬高整个家庭的门第。为了这个目的，他们一般会把女儿送到教会修道院的住宿学校学习，这种住宿学校的教育颇有一些贵族化的气质。从当时的法国教育大背景看，这也是国家当政者的要求。拿破仑当政之后，他大力投入国家教育，国家出面开办的学校越来越多。国家教育的课程，有科学知识，有宗教信仰，另外还有很多艺术的课程。拿破仑本人就是一个特别热爱艺术的皇帝，他在行军打仗的时候，总是带着歌德的小说《少年维特之烦恼》。

然而接受这种国家教育的女孩子很少。当时女孩子受教育有两个主要渠道：一个是家庭教育，不到学校去，请家庭教师来家里上课，或者由父母来给女孩子上课；还有一种就是去教会的寄宿学校。教会办的学校，宗教的气氛自然很浓厚，毕业出来的女学生无形中带了一些神圣女性的神韵，这样的女子很受当时法国社会的欣赏，出嫁的前景普遍较好。为了这个原因，艾玛的父母就把她送到了修道院的住宿学校。艾玛从修道院学习出来之后，不久就跟一个叫包法利的医生结婚了。这个包法利看上去有点木讷，人很勤快，性格平顺无奇。这个看起来没有什么个性的人结过一次婚，整个过程都是被他父母安排的。他第一次结婚的时候才20多岁，娶了一个45岁的女人。这个女人很有钱，每年有1200法郎的收入。“虽说长相难看，骨瘦如柴，满脸粉刺像春天的树芽，想娶她的却大有人在。”包法利以为结了婚就会就可以享受大丈夫的自由自在，行事花钱都不用受人管了。“不料这个家是他妻子说了算；他当着人家的面，有的话能说，有的话就不能说，每星期五必须守斋，平时得按她的心思穿戴打扮，得听她的吩咐盯住没付钱的病人，不放他们进门。他妻子拆看他的信件，窥伺他的行动，还隔着板壁偷听他在诊室里怎么给女病人看病。”这也不奇怪，这个女人是个寡妇，经历过失去男人的灾变，因此就对包法利控制得特别紧，穿衣吃饭的每个细节都要包法利顺从她。

有一天包法利医生出诊，患者是一个50来岁的富裕农民，太太早去世了。他不小心摔断了腿，请医生来接骨。其实包法利的医术并不太高明，整个手术有点提心吊胆，但是这一次他运气很好，非常顺利地完成了手术。这个摔断腿的中年农民正是艾玛的爸爸，包法利一眼就看上了艾玛，因为她很漂亮，书里是这么描写艾玛的：“她的颈脖露出在白色翻领上面。中间分开、紧贴两鬓的黑发，梳得非常光洁，看上去齐齐整整的分成两半，正中一条细细的缝顺着脑颅徐徐向上；两边的头发几乎盖没了耳朵根，拢到后脑勺缩成一个大发髻之前，呈波浪形地弯向太阳穴，这种发式乡村医生可是平生第一次看到。她的脸颊红嫣嫣的。上衣的两颗纽扣中间，像男人那样挂着一副玳瑁色单片眼镜。”从这天以后，包法利就经常往艾玛家里跑，说是关心艾玛爸爸的伤情，其实另有所思。他对自己45岁的太太是一点儿情感也没有，出门的时候欢天喜地，回到家里就愁眉苦脸，他的妻子迅速感觉到丈夫的变化，特别生气，很快去世了。

这正好给包法利创造了再婚的条件，于是他和艾玛结了婚。

但是结婚后艾玛发现包法利这个人特别平庸，跟那些街上庸碌的路人差不多，没有梦想，也没有激情，更不会去郊外游泳、参加舞会。“他俩生活上愈是亲近，内心里愈是疏远，无形间有了一种隔阂。包法利的谈话就像人行道一样平坦，人云亦云的见解好比过往的行人，连衣服也悉如原样，听的人既不会动情，也不会发笑，更不会浮想联翩。他说自己当初住在鲁昂的时候，从来也没发过兴去看一场巴黎来的角儿的演出。他不会游泳，不会击剑，也不会使枪，有一次艾玛问他小说里碰到的一个骑马术语，他也说不上来。”而艾玛本人在教会学校学过很多东西，跳舞、绘画、弹琴，爱好广泛，富有情趣。

这就有问题了，一个男人一个女人结婚，双方肯定是要做一些加减法，对方是什么人，跟他或她的共同点在哪里？自己的哪些特点是可以保留的，哪些准备让对方适应你，让对方改变；又有哪些是自己必须放弃的，以此来获得与对方的同步。如果你要做的减法十分难舍，是自己内心热爱的东西，那就很痛苦了。艾玛显然不愿意把自己降格，因为她觉得丈夫如此落后于时代，自己不能用下沉来跟丈夫对齐。在这样的心境下，她当然没有什么幸福感，艾玛叹息自己为什么要结婚：“天哪，我干吗要结婚呢？倘若当初一切都换个样子，不知她会不会碰上另一个男人；她兀自想象着这不曾发生过的情形，这种全然不同的生活，这个她并不认识的丈夫。反正，不管是谁，都不会是眼前这位的模样。他想必既英俊，又潇洒，气宇轩昂，风度迷人，也许就像当年修道院同学嫁的那些男人吧。她们这时候在做什么呢？城里有的是市声喧闹的街道，人头攒动的剧场，灯火辉煌的舞会，她们心醉神迷，生活在欢乐中。而她的生活却冷冰冰的，犹如天窗朝北的顶楼，百无聊赖像无声无息的蜘蛛，在暗处织网，布满心灵的旮旮旯旯。”

两个人就这么不冷不热地过着，某天生活忽然有了变化：艾玛跟随包法利去一位乡绅家里做客，遇上了一个巴黎来的子爵，也就是贵族序列“公侯伯子男”中的倒数第二位。他“背心领口开得很大，但非常贴身地勾勒出胸脯的轮廓，大家都亲热地称他子爵，这会儿，他第二回来邀请包法利夫人赏脸，一口说定他会带她跳，不会有问题的。他俩先是慢慢移步，随后愈跳愈快。两人转起圈来：周围的一切都在旋转，烛灯，家具，墙壁，地板，犹如一张圆盘绕轴不停地转。跳到门边，艾玛的裙裾擦过他的裤腿；两人的小腿碰上了；他低头注视着她，艾玛仰脸迎着他的目光；她一阵晕乎，停了一下。两人重又起舞；子爵猛地一下子，拉着她离开大厅，转进过道的一端，她气喘吁吁，险些跌倒，有一小会儿把头靠在了他的胸前。随后，两人依然转着圈，但跳得慢下来，跳着跳着，他把她送回了原处；艾玛仰身倚墙，举手蒙在眼睛上”。

此刻艾玛心里压抑的小火山陡然爆发了，仿佛更清晰地看到自己生活的粗俗和不耐，她心里一下子对法国来的这个贵族充满了向往，同时爱屋及乌，也从此一心向往着巴黎式的繁华。“巴黎！这巴黎到底是个什么样儿？多么了不起的名字！艾玛低声念叨着它，好让自己感到愉悦；它在耳边回荡，犹如大教堂里管风琴的和声；它在眼前闪烁，连发乳瓶上的标签也在熠熠生辉。”她太厌恶眼前的生活，“周围习见的一切，落寞沉闷的田野，愚蠢无聊的小布尔乔亚，平庸乏味的生活，在她仿佛只是人世间的一种例外，一种她不幸厕身其间的偶然。”她想越过这一切，走向“一望无垠的幸福与激情的广阔天地”。

女性的欲望一旦被激发，什么事情都可能发生。艾玛这位内心渴望非常强烈的女人，在工商时代的变迁中爆发出超越传统女性生活的精神需求，她的命运会如何？读者被带到巨大的疑问中。

艾玛：我是人世间的一种例外，人生是我不幸厕身其间的偶然

艾玛参加了鲁昂的舞会之后，对自己的生活更加不能忍受："第二天日子可真长。她在小园子里散步，沿着那几条小径来来回回，在花坛前站定，在果树前驻足，在神甫像前伫立，审视着这些往日那么熟稔的东西，心里不胜惊讶。舞会仿佛已是很久以前的事了！是谁，竟会使前天早晨和今天晚上相隔如此遥远？沃比萨尔之行，在她的生活中留下了一个窟窿，犹如暴风雨一夜之间在崇山峻岭劈出了长长的罅隙。"随后的日子里，回忆那次舞会成了艾玛的必修课。每逢星期三，她醒来便想："哦！一星期前——两星期前——三星期前，我还在那儿来着！"随着时光的拉长，舞会上那子爵的容貌在她记忆中模糊了，"细节已不复可辨，怅惘却留在了心间"。

此时此刻，实际上暴露了艾玛在精神深处的一个巨大空白：她是一个充满爱情幻想，每一个细胞都渴望着浪漫的年轻女人，包法利只看到她鲜艳的外表，着迷于她的"那么美"，不可自拔地沉陷在对她的想象中："有个像陀螺的嗡嗡声一样单调的声音始终在他耳边响着：'咳，你要是娶她就好了！你要是娶她就好了！'"夏尔·包法利当然也知道，艾玛"在圣于尔絮勒会女修道院的寄宿学校上的学，据说受过良好的教育，会跳舞，懂地理，会画画，会绣挂毯和弹钢琴"。但他完全不知道，艾玛嫁给他并不是出于爱情，而是无奈。她的父亲陷入经济困境，"欠着泥瓦匠和马具行老板不少钱，葡萄压榨机的轴又得换掉，眼看就非把那二十二阿克尔地产卖掉不可

了”。而艾玛在家里不但不能为他添加财富，反而是一个负担，他“正巴不得有人把她娶走”。聪明的艾玛何尝不知道父亲的心思？两年前母亲去世后，艾玛的心里一直孤独而飘荡，父亲这儿终究不是长居的地方，她多么渴望有一个自己的家！这是生存的急迫需要，这种需要遮蔽了她内心更深的爱情需要，她首先要做的，是把自己嫁出去。

于是出现了小说中颇为戏剧性的一幕：夏尔·包法利没有向艾玛当面求婚，而是向她的父亲说“我想跟您讲件事”。艾玛的父亲不待他讲出来，就直截了当直奔主题：“难道您的心思我还不明白吗！……我这就回屋里去。如果事情成了，您听着，您不用再进去，免得人多嘴杂，再说，她也会不好意思。不过，我也不想让您等得太心焦，我会推开窗挡板，让它靠住墙壁：您从树篱上面探过身来，打后面就能看得见。”说完他就往回走去，夏尔把马拴在树上，跑到小路上等着。半小时过去了，“随后他掏出表，眼看又过去了19分钟。蓦然间只听得墙壁上一声响；窗挡板推了开来，撑杆还直晃荡”。

人生如此重要的求婚，夏尔和艾玛就是这样被急着嫁女儿的老爹包办了。

艾玛唯一的要求，是“婚礼放在半夜里，点着火把举行”。父亲“觉得这个想法实在有点匪夷所思”，但只能勉为其难。艾玛知道自己“心中是有爱情的”，但婚后她立刻发现，“理应由这爱情生出的幸福，却并没来临”。这使她万分困惑：“莫非自己搞错了？她一心想弄明白，欢愉、激情、陶醉这些字眼，在生活中究竟指的是什么，当初在书上看到它们时，她觉得它们是多么美啊！”她很快就找到了答案：不是自己不配享有爱情，而是夏尔·包法利如此平庸，和她向往的生活南辕北辙。她“想去尝尝动荡的滋味。她爱大海，是因为它有波涛起伏，她爱青翠的树木，爱的是它们疏疏落落地点缀在断垣残壁之间。一切事物都得能让她有所得益；凡是无法使她的心灵即刻得到滋养的东西，就是没用的，就是可以置之不顾的——她的气质不是艺术型的，而是多愁善感的”。归根到底，她感觉自己“寻求的是情感，而不是景物”。她期待的男人，是她在修道院读书时憧憬的那种人间宝藏：“勇猛如狮子，温柔如羔羊，人品世间少有，衣着考究华丽，哭起来泪如泉涌。”她的梦想，是“生活在一座古老的小城堡里，像那些身穿长腰紧身胸衣的城堡主夫人一样，整天待在有三叶草装饰的尖顶拱门下面，双肘撑着石栏，手托下巴，眺望远处平野上一位骑黑马、戴白翎饰的骑士疾驰而来”。而眼前的夏尔·包法利像一个灰蒙蒙的罩子，让她看不见任何希望。她不由得想象：“为什么她就不能在瑞士山区别墅的阳台上凭栏眺望，就不能在苏格兰的一座茅舍里品味闲愁，而伴在旁边的，是一位身穿垂尾长长的黑丝绒礼服，衬衫袖口饰有花边，足蹬软靴，头戴尖顶帽的丈夫呢！”艾玛越想越悲伤，于是她坠入很多女人彩虹般的幻想：下一个男人更好！

她期待，她跃跃欲试！“在内心深处，她始终在等待发生一桩新的事情。就像遇难的水手，在孤苦无告之际，睁大绝望的眼睛四下张望，看雾蒙蒙的远处会不会出现一点白帆。她不知道这随风飘来的命运之舟会是什么，会把她带往何方的岸畔，也不知它是小小的帆船抑或三层甲板的大船，装着忧愁还是满载幸福。”

这个人很快出现了，他叫莱昂·迪皮伊，是一个“金黄头发的年轻人”，在法律事务所当书记员。他每天晚上在永镇的金狮客栈吃饭，夏尔和艾玛搬到永镇的第一个傍晚就遇上了他，他“默不作声地注视着她”，体贴地问候：“夫人想必有些累了吧？”

这份温柔撩动了艾玛的心波，她和他愉快地聊起来。他说他星期天会“手里拿着本书，眺望远处的落日”。她说“最好要在海边看”。他说“哦！我爱大海”。她说“在无边无际的大海上方，思绪会更自由自在地翱翔”。他们的共同话语如白云出岫，一朵接着一朵。他们谈德国音乐，谈意大利歌剧，谈他们格外喜欢的诗人……谈着谈着莱昂“不知不觉地把一只脚搁在了包法利夫人坐椅的横档上。她围着一条小巧的蓝绸领巾，像皱领那般托住打裥的直筒衣领；随着头部的动作，下半截脸蛋儿时而被衣领遮住，时而妩媚地露在外面。就这样，趁夏尔和药房老板聊天的当口，他俩挨近坐着，海阔天空地谈了起来，可谈着谈着话题总离不开他们共同感兴趣的既定中心。巴黎的节目，小说的题目，时新的四对舞，还有他们所不熟悉的社交圈，她生活过的托斯特，他俩眼下所在的永镇，兴之所至，无所不谈，直谈到晚饭吃罢”。

这似乎是冥冥中的灵魂相遇了，他们开始频频地见面，相谈中“分明在用眼睛说着更要紧的话；就在竭力找些琐事作话题的同时，他俩都感觉到有一种甜蜜的忧郁在沁入心田；它犹如心灵的倾诉，深沉而持续，在它面前任何话语都显得是多余的。他俩对这一新鲜而美妙的体验感到惊讶，但并不想向对方诉说这种感受，也不想去探究它的由来。未来的幸福，宛似热带的河岸，朝着广阔的前方传送充满乡土气息的湿热，拂去一阵香气馥郁的和风，让人如痴如梦地陶醉于其中，根本顾不上为望不见远处的地平线而担心”。

然而艾玛和莱昂还没达到奋不顾身的情感高峰，他们若是走到一起，一定需要坚定的爱情勇气和超越世俗的价值自信，而这正是他们所缺乏的。他们追求的诗意大部分来自小说，来自诗歌，来自音乐，来自戏剧——一句话，都来自别人的创造，而不是来源于自己的生命沧桑，来自他们人生冷暖的积淀。这样的感情容易开始，但难于成长，他们还太年轻，可以穿行在五彩的花丛中，但一旦遇上生活的复杂，他们就一片茫然。艾玛“爱恋着莱昂，她喜欢独自待着，为的就是能自在地享受思念的快乐。当面看见他，反而会干扰这种冥想的快感。听到他的脚步声，艾玛的心就怦怦直跳：可是，见了他的面，她的情绪就会低落下来，过后她自己也对此感到大惑不解，于是又平添了几分愁情”。她厌恶自己的这份“虚伪”，“不止一次地想到跟莱昂私奔，去到一个很远很远的地方，去尝试一种新的生活；可是每想到这儿，她的心头就会骤然现出一个黑黢黢望不见底的深渊”。而莱昂也在时而浪尖、时而波谷的剧烈起伏中。“他搜索枯肠，想不出用什么办法来向她表明心迹；既怕惹她不高兴，又为自己的怯懦感到羞愧，总是拿不定主意，伤心气馁，却又此情难舍，不由得暗自落泪。过后他终于横下一条心来；但写了信又撕掉，定了时间又拖宕。好几次他打算什么都不顾了，立即采取行动；可是一见到艾玛，这份决心顿时就化为乌有。”

这就是没有方向的感情啊！任何真诚的爱，都需要双方对未来清晰的追求，需要打造属于两个人的新生命空间的激情。而艾玛和莱昂的渴望都来自生活的缺失，他们都不喜欢现实芸芸众生的活法，但真正的生活在哪里呢？他们都期待对方给自己答案，而她和他的心中是否有阳光灿烂的答案呢？彼此看到的，都是苍茫。

两个人的感情仿佛走到了尽头，莱昂开始“厌倦了这没有结果的爱；再说，日复一日的生活始终没有变化，你既别想从中得到一点好处，也别指望会有任何盼头，这样的生活也开始让他感到不堪重负了”。他终于想起自己原来的求学计划：去巴黎的大学钻研法律。“既然他早晚得到那儿去念完法律课程，那他干吗不去呢？有谁拦住他了？于是他开始在心里盘算起来；他先安排的是生活起居。他在那儿要过一种艺术家的生活！他要去学弹吉他！他要着便袍，戴巴斯克软帽，穿蓝丝绒拖鞋！他甚至已经在想象中欣赏起了交叉挂在壁炉上方的一对花式剑，以及再上面的一副头骨和那把吉他。”年轻的他要去巴黎追寻生活的确定性，摆脱缥缈不定的内心感情。然而他并不知道，他正在走一条逃避之路，正在让自己和艾玛的情感不了了之。这份感情虽然朦胧不定，但任何真情都必须正面相对，即使分离，也应该庄重地告知和告别。一个年轻人，一旦有了第一次逃遁，它必然成为一种惯性，使今后的人生在逃避的轨道上下滑。法国思想家伏尔泰曾说：“一个人如果没有他那种年龄的神韵，那他也就会有他那种年龄特定的种种不幸。”什么是年轻人的“神韵”？不正是一往无前的勇气！莱昂的悲剧不是不善良，而是软弱。善良而软弱，这是普世可见的一大类男性，莱昂就是其中典型的存在。

终于在一个将要下雨的天气里，莱昂要走了。他叹着气对艾玛说：“好了，再见了！”艾玛蓦地抬起头来说：“哦，再见啦……您走吧！”静静中“他俩又四目相望了一会儿，随后他走了。走到下面菜市场，他停住脚步，躲在一根柱子后面，想最后看一眼这座白屋子和它的四扇绿色百叶窗。他依稀觉得屋里窗后有个人影；可就在这时，窗帘悄悄地从钩子上滑落下来，仿佛根本没人碰过它似的，长长的斜褶缓缓移动，倏地一下张开，就此静静地直垂在那儿，宛如一堵新粉刷的墙”。

多么惆怅，多么感伤！

一个没有爱的能力的人该怎么办呢？——“莱昂撒腿跑起来”。

在情感的打击中，受伤最重的肯定是那个跑不掉的人。

艾玛生命中的初恋，她的第一段婚外情，就这样断裂了。断裂与流逝不同，流逝是渐渐地烟消云散，像蒲公英轻飘飘地随风远去。视线里的流逝虽然怅然，甚至不舍，但心是认命的，冷静的。断裂来得突然，去得果断，脸上强作笑颜，心里却还有千丝万缕的割不断，苦苦地、酸酸地、甜甜地弥漫在记忆中，浸泡着溯游而上的时光。

莱昂虽已远离，但艾玛还活在他的身影里："浮现在眼前的莱昂，显得更高大，更英俊，更可爱，更缥缈；虽然他跟她已天各一方，但他并没有离开她；他还在那儿，屋里的四壁仍依稀留有他的身影。她依恋的目光在他走过的地毯、坐过的空椅上流连。小河依旧在流淌，在光滑的河岸边轻轻泛起阵阵涟漪。他俩一次次地在这河边漫步，听着微波荡漾的絮语，踩着覆满青苔的砾石。照在他俩身上的阳光多么明媚！他俩单独在花园深处树荫下度过的那些下午，又有多么美好！他没戴帽子，坐在一张细树干钉的椅子上，朗读着一本书；从原野吹来的清风，拂动他的书页和棚架上的旱金莲……哎！他走了，带走了她生活中唯一可爱的内容，带走了获得幸福唯一可能的希望！当这幸福出现在眼前时，她怎么就没去把它紧紧抓住呢！当这幸福要弃她而去之时，她为什么不伸出双手，不跪下双膝去拦住它呢？"

艾玛并没有意识到，与莱昂的恋情已经极大地改变了她的生命感受。从观念上说，现代人追寻的感情路线是先恋爱后结婚，如同简·奥斯丁在《傲慢与偏见》中所写："我也说不准究竟是在什么时间，在什么地点，看见了你什么样的风姿，听到了你什么样的谈吐，便是使得我开始爱上了你。那是在好久以前的事。等我发觉我自己开始爱上你的时候，我已是走了一半路了。"而实际生活中的人们却往往是先结婚，把"过日子"放在第一位，至于"日子"过起来有没有爱情，那就难说了。艾玛与夏尔·包法利走的是先结婚的路，随后是艾玛毫无爱情的荒凉感，荒凉中她越过了道德的界限，爱上了莱昂。她需要一场彻底的婚外恋，释放自己汹涌的情感需求，释放之后也许她会达到内心的平衡，也许她会激发出更猛烈的激情——这一切有待分解，而关键的时刻，莱昂却逃离了！这个爱的巨浪还没有达到顶峰，就骤然坠落，仿若一个魅力无穷的未完成式，力度惊人地蛰伏在她的心间，犹如燃烧的火山，犹如墙头上红杏。

只等一个替代品出现了。

这个人果然出现了，他叫罗尔多夫，一个富有的地主，“据说至少有 15000 利弗尔年金！”

女性最可怕的遭遇，是在情感的最大空白处出现一个风月老手。风月老手不但熟悉女性的身体，更善于洞察被瞄准的女性心理最薄弱的地方，温柔而精准地打击。当然，这需要足够的无耻，足够的光鲜，足够的语言本能。薄情的人谈恋爱不需要什么本钱，只需要长着眼睛的嘴巴。

这个罗尔多夫，堪称这方面的典范。

他在夏尔·包法利的诊所里第一次看见艾玛，就看出她的寂寞：“他一路颠颠跑跑地去出诊，撇下她一个人在家里补袜子。她有多无聊！她一准巴不得住在城里，每天晚上跳波尔卡！可怜的小娘们儿！她渴望爱情，就像案板上的鲤鱼渴望水。我敢断定，三句献殷勤的话一说，她就会爱得你要命！一定又温柔，又迷人！”在这个心醉痴迷的瞬间，罗尔多夫立刻想到另一个猫儿偷腥之后才有的问题：“不过事后怎么从中脱身呢？”因为他“隐隐约约觉着日后即使成了这件好事，只怕也少不了麻烦”。这方面他是老经验了，而且眼下还供养着一个情妇，“那是个鲁昂的女演员”。

当然，像一切欲火烧心的风流种子，罗尔多夫迅速下定了决心：“嗨！我一定要把她弄到手！”他走出夏尔·包法利的诊所，眼前“仿佛又浮现出艾玛在客厅里的身影，就像方才他见到的那样穿着衣服”。在野马奔腾般的想象中，“他把她的衣服都剥了下来”。

面对开满小花的田野，“他喊出声来，抡起手杖把前面的一个土块击得粉碎”。

与莱昂的怯怯生生相比，罗尔多夫最大的强项是行动力，快速果断的行动力是粉碎女性矜持和犹疑的不二法器。他算准艾玛肯定会参加永镇的农展会，因此从容地在熙熙攘攘的人群中相遇了她，自自然然地挽住她，清清淡淡地“说起天气怎么好，在草地上散步有多惬意等等”。看到草地上有些雏菊已经开花了，他像个单相思的追求者放出了爱的信号：“瞧这些雏菊多可爱！就这些，也够近边的恋人们预卜用了。”接着他补上了一句更加深情的话：“我想去摘一朵。您说呢？”

艾玛轻轻地问他：“莫非您也是恋人？”

罗多尔夫似乎有些惆怅：“哎哟！谁知道呢。”

望着艾玛犹疑的眼神，罗尔多夫加强了攻势。他知道艾玛担心什么，于是愤愤批驳人们对于情感中的道德责任的主流观点：“没完没了地说什么责任责任，我都听得发腻了。总有这么一帮子穿着法兰绒背心的老傻瓜、踹着脚炉拨弄念珠的老虔婆，在我们耳边不停地聒噪：‘责任！责任！’嗨！责任是什么！当然是去感受高尚的情感，去珍爱美好的事物，而不是去接受社会的种种陈规陋习，以及它强加于我们的耻辱。……为什么要对激情横加指责呢？这世上唯一美好的东西，难道不正是激情吗？英雄气概的源泉，创作灵感的源泉，诗歌、音乐、艺术乃至一切事物的源泉，难道不正是激情吗？”

艾玛听得很入神，小心地提醒他：“可是对社会的舆论，多少总得考虑一下，对它的道德准则也得遵守才是吧。”

罗多尔夫顿时慷慨起来：“喔！有两种道德准则：一种是不足道的，习俗的，为世人所接受的，它变化无常，叫得最凶，趴得最低，猥琐庸俗，就像您现在看见的这群傻瓜蠢货。而另一种，是永恒的，是无所不在而又凌驾万物的，就像我们周围的田野和给我们以光明的天空。”

说着这样充满男性荷尔蒙的豪言壮语，罗多尔夫索性挨近艾玛，加快了他的洗脑进度：“世道的险恶，人心的叵测，难道没激起您的愤慨吗？有哪一种感情不曾遭受过谴责？凡是高尚的天性，纯真的感情，都会受到骚扰，受到中伤，一旦有两个可怜的人儿终于相遇了，这股势力就会深文周纳，定要拆散他们而后快。然而他们偏要试试，两人拍击着翅膀，相互呼唤着。哦！没关系，半年一年，十年八年，迟早总有一天他们会相聚在一起，会彼此相亲相爱，因为命运就是这样安排的，他俩都是为对方而来到这世上的。”

艾玛终于进入了幻觉，她似乎“在跳着华尔兹，在枝形烛灯的光影里，由子爵挽着不停地旋转。而莱昂也离得不远，他就要过来了……然而她又始终感觉得到罗多尔夫的头在她旁边。于是这种甜蜜的感觉渗入了昔日的渴念，犹如被阵风扬起的沙粒，在弥散心头、令人陶醉的芳香里旋转飞舞”。

一切就从这里开始了，艾玛移花接木，爱的激情缓缓地从莱昂转动到罗尔多夫。

这个急剧的情感变化让人看得眼花缭乱，但毫无疑问，艾玛正在钻入圈套。罗尔多夫与莱昂截然不同，莱昂是一头情场上的初生牛犊，欲望更多地来自青春的本能。青春不是无敌的，每走一步都充满着未知和彷徨。尤其是面对女性，他还有着浪漫主义的仰望，爱情闪动着艺术的翅膀，在闪亮的诗意中凝望着爱恋的女人。而罗尔多夫是一个欲壑难填的猎手，所有的甜言蜜语都来自下半身。这样的人是残酷无情的，他的心从来都是为自己而跳动，和爱情相隔十万八千里。这样的人恰恰能说出最炙热的情话，因为他完全没有道德的底线，任凭被迷惑的对方坠入深渊，然后自己漠然离去。

艾玛像一头春天的麋鹿，踏着野花奔向罗尔多夫的枪口，她会面临着什么样的处境呢？读者的心都提了起来。

女性的命运：被遥远的巴黎召唤，被沉重的现实埋葬

农业展览会之后，相隔六个星期，罗尔多夫来到艾玛家，“当他走进客厅，瞧见艾玛脸色变白的时候，他明白自己的算计成功了”。他故意迟迟不来看艾玛，蓄意制造的就是艾玛这种掩不住的焦急和盼望。焦急之下的女人，哪里还顾得上分辨对方的情意真假呢？

他告诉艾玛，自己因为思念她生了一场大病：“是的，我无时无刻不在想念您！……想起您我就悲痛欲绝！噢！对不起！……我要离开您……永别了！……我要走得很远很远……让您以后再也听不见有人说起我！……可是……今天……我也不知道是什么力量把我推向您身边的！”

艾玛还是第一回听见有人对她说这些话，“就像一个人在蒸汽浴室里全身松软地舒展开来，整个儿都沐浴在这番话语的温暖之中”。她哽咽着说：“哦！您真好！”

罗尔多夫立刻趁热打铁，在艾玛心情滚烫的时候射出致命一箭：“不，我爱您，仅此而已！难道您没猜到吗！告诉我；一句话！一句话就够了！”

此后的大戏都是可以预料的，都在罗尔多夫的剧本设计中：为了缓解艾玛的“气闷”，他邀请艾玛第二天一起骑马上山，呼吸山林新鲜的空气。到了山上，什么事儿都可能发生，而且也真的发生了：“在一个小池塘旁边，浮萍给水面平添了一番绿意。凋零的睡莲凝立在灯心草间。听见草地上的脚步声，几只青蛙跳开躲了起来。”罗尔多夫拥住艾玛，艾玛依偎在他肩上，悠悠长叹：“哦！罗多尔

夫！……”随后“身子发软，流着泪，抖个不停地以手掩面，顺从了他”。

到此境地，罗尔多夫勾引艾玛的故事就不值得多写了。这个男人是个标准的“扁平人物”，他的手段丰富而老练，但欲望却十分动物化，欲望一旦实现，就忙于逃离。福楼拜深谙这一点，故事设计上仅仅把罗尔多夫看作艾玛生命中的短暂过客，情节很快就进入罗尔多夫如何逃离的阶段：“他不再像以往那样，说些情意绵绵的话让她感动得流泪，或者用充满激情的抚爱让她如痴如醉；到头来，他们高迈的爱情，从前仿佛是一条大河，她完全沉浸在其中，如今却眼看水在浅下去，河床变得干涸了；她还瞅见了河底的淤泥。她不愿相信这是真的；她对他倍加温柔；而罗多尔夫，却愈来愈不在意掩饰他的冷漠。”

眼见罗尔多夫一天天的情淡，艾玛涌现出爆炸性的力量：她要求罗尔多夫带她私奔，“把我带走！把我拐走！……喔！我求求你”！

再也无法糊弄下去的罗尔多夫当面答应了艾玛，回到家中却写了一封虚伪无比的分手信：

> 艾玛！请把我忘了吧！我当初为什么要认识您？您为什么要长得这么美？难道这是我的错吗？哦，天哪！不，不，这只能怪命运！
>
> 这世界是残酷的，艾玛。我们不管到哪儿，都无法从中逃脱。您会遇到无礼的盘问，会遭到诽谤，您得看人白眼，说不定还得受人凌辱。看您受人凌辱！哦！……我但愿能让您坐上女王宝座！我要把对您的思念，当作我的护身符！因为我要为自己对您的伤害，以自我流放作为惩罚。我走了。去哪儿？我

也不知道，我疯了！别了！愿您永远是宽容的！这个毁了您的不幸的人，愿您仍能记着他。把我的名字教给您的孩子，让她为我祈祷吧。

当您看到这封愁肠百结的信时，我已经在很远的地方了；我只想走得愈远愈好，为的是摆脱重见您一面的诱惑。请别过于伤感！我还会回来的；说不定到那一天，我俩还会再聚在一起，心如止水地谈到昔日的爱情。别了！

这封信几乎是所有假意人的一个范本：虚浮、冷酷、夸张、矫情，每个字都在掩护自私，却又显得一往情深。

罗尔多夫不会想到，这样一封信，实际上已经宣告了艾玛的精神死亡。艾玛爱上罗尔多夫是一个完整的过程，从心灵到身体彻底地交付。这和她与莱昂半途而废的相爱完全不同，莱昂是胆怯，而罗尔多夫是诱骗，诱骗来自处心积虑，来自对他人生命的无情捕捉。莎士比亚在《雅典的泰门》中说："凡是带欺骗性的东西，总是起一种魔术般的迷惑作用。"而"魔术"被揭穿之后，受骗者永远也不会再相信这个世界的美善。罗尔多夫给艾玛虚构了一个幸福的未来，一瞬间又将她推入深渊，这个灾变是摧毁性的——艾玛倚在窗口读着信，"仿佛有台打桩机在锤击前胸，一下快似一下，间隔很不均匀。她环顾四周，冀盼地面塌陷下去。为什么不来个一了百了？"也就在这一刹那，她突然看到"一辆蓝色轻便双轮马车驶经广场迅疾前去"，马车上坐着罗尔多夫，他正要逃向另外一个城市鲁昂。"艾玛一声尖叫，直挺挺地往后倒在地上。"

随后的43天，她虚弱地躺在床上，"不说话，也不听人说话，甚至似乎不觉得痛苦——仿佛她的肉体和灵魂一齐从烦躁中解脱出来，得到了安息"。之后，她发生了自己也万分惊讶的变化："她向往成为一位圣徒。她买来了念珠，佩上了护身符；她一心想在卧室床头放个镶嵌祖母绿的圣物盒，好让自己天天晚上吻吻它。”对尘世的绝望，化为对清心寡欲的超凡世界的向往，她第一次感到：“原来在尘世的幸福之外还有更崇高的至福，在形形色色的爱之上还有另一种爱，绵亘不尽，有增无减！在充满希望的种种幻景中，她依稀看见一个纯净明澄的幻境，飘浮于大地之上，与上天融为一体，令她憧憬之至。”

这奇异的转换中渗透着多少痛苦！艾玛生活的19世纪被称为“忏悔的黄金年代”，法国天主教文化的核心是“自省”，尤其是在防止通奸方面，忏悔被看作“自我拯救”的主要方式。在很多教堂都设立了橡木构筑的忏悔室，让有婚外私情的女子跪在神像前，脱去帽子，双手交叉，带着低低的面纱，将自己“罪恶的情欲”详细地告诉神父，表达深深的自我谴责。一般来说，在18世纪中期之前，女子忏悔后都会得到神父的宽恕，心灵得到再生的抚慰。而在18世纪中期之后，拒绝宽恕成为神父们的通常做法，这使有婚外情的女性们备感压力。艾玛狂热地投入宗教崇拜，也是一种绝望的赎罪，她努力用无限靠近神的方式来复活自己，这绝地的挣扎显得那样热烈，她不但沉浸于读经，读大量宗教伦理的书，还“无限度地施舍行善。她为穷人缝衣，给产妇送柴”。这般超常的举动，连教堂的神父都有些担心，“在他看来，艾玛的宗教信仰正因为过于炽烈，日后说不定会转向异端，甚至走火入魔”。

在这冰火之间的日子里，艾玛并没有注意到，有一双爱慕的眼睛在看着他。他叫絮斯丹，是药房的学徒，他完全知晓艾玛与罗尔多夫的私情，却还是倾心于艾玛的美好。他跟随着探望艾玛的女人们，“一起上楼来到卧室，然后就待在门口，站在那儿既不动弹，也不作声。包法利夫人根本就没注意到他在门口，管自梳妆起来。她先是取下梳子，很快地摇了摇头，把头发甩开；当他第一次瞥见这头秀发整个儿披散开来，一直垂到膝弯，瞧着这些乌黑发亮的发鬈，这可怜的孩子，就像骤然窥见了一片奇妙而新鲜的天地，耀眼的辉煌让他受惊不已。艾玛自然没有注意到这种默默的爱慕和羞怯。她压根儿不会想到爱情，从她的生活中消失的爱情，竟会在这儿，在她身边，在这件粗布衬衣里面，在为她的美艳而敞开的少年的心扉里怦怦地跳动着”。这个絮斯丹在小说中没有很大的叙事功能，但具有高度的象征性，他代表着单纯、善良、纯净，他对艾玛的持续不变的爱恋，代表着作者福楼拜对艾玛的人性评价，也表达着福楼拜对艾玛命运的叹息：她的生命一直有美好的可能相伴随，但她看不见，为什么看不见？因为她的爱情渴望是传奇的、放浪的、燃烧的。她在修道院学习的时候，“音乐课学的那些浪漫曲，尽是唱些长着金色翅膀的小天使、圣母马利亚、环礁湖和威尼斯轻舟的船夫，这些恬静的乐曲，让她透过风格的稚拙和曲调的轻飘，觑见了感情世界的诱人幻景”。对她影响最大的人，是来到修道院的一个老姑娘，她“出身贵族世家，先人当过宫廷侍从”，每个月到修道院来做一个星期的针线活。干活之余，她给姑娘们唱古老情歌，讲爱情小说，艾玛从她那里听到的都是“两情缱绻、旷男怨女、晕倒在危楼的落难贵妇、沿途遭人追杀的驿站车夫、页页都有的累垮的坐骑、阴森的树林、心灵的骚动、信誓旦旦、无语凝噎、眼泪和亲吻、月下的小舟和林中的夜莺”。如此激情的爱心，如何会注意到一个年轻学徒工的爱慕眼神呢？

倘若艾玛从此献身上帝，斩断人间千丝万缕的烦苦，那么她的余生将无比简单。但这并不是艾玛的本性，她只是在信仰的怀抱里暂歇，用极度的善行给自己疗伤，待到她略略恢复元气，必然会步履蹒跚地行走在人神之间，最后毁灭。她已经摇摇欲坠了，失去了对爱情的绝对相信，但她的心间余温尚存，她需要一次火山般的爆发，将未实现的渴望与能量倾泻出去。这是她的宿命，她不可能瞬间老去，只能礼花般地升起与坠落。

这只需要一个契机，而这个契机来得万分诡异——她竟然又遇上了莱昂！

她是在小城的音乐厅遇到他的：莱昂进了包厢，“风度洒脱地伸出手来：包法利夫人不由得也把手伸了过去，仿佛她是在听命于某种更强有力的意志。自从春雨淅淅沥沥落在绿叶上，他俩站在窗前话别的那个夜晚以后，她就没有再碰过这只手。但她很快想起目前身处的场合，这么冷场是很失礼的，于是竭力抛开那些回忆，结结巴巴地匆匆说道：‘哦！您好……怎么！您也在？’”

此时的两个人，已不是当初。分别三年，莱昂早已不再青涩，他在巴黎长了见识，也见惯了各种逢场作戏打情卖俏，心里减去了无数的单纯稚气，积累了世俗社会杂芜的欲望，整个生活化为一场寻欢，充满机会主义的娱乐性。当他在剧场包厢里看到艾玛的第一眼，脑子里腾起的念头犹如一个鱼钩，调动着激情：“他寻思，是该横下心来占有她了。再说，常跟那些爱闹着玩的女伴厮混，他已不复是那副怯生生的模样了，……面对这个小医生的妻子，他觉得挺自在，料定对方准会对自己着迷。”

于是，这个内心风尘仆仆的莱昂，露出纯情少年的表情，告诉艾玛：“我给您写信，可写好了又撕掉。我有时候心想，说不定机缘会把您带到我的跟前。我仿佛觉得在街角瞥见了您的身影：只要马车门帘里飘出一截披巾，一角面纱，和您的有点相像，我就会跟在车后追啊追啊……”他还凄然地倾吐，在巴黎，有天晚上他把遗嘱都写好了，让人把他裹在美丽的床罩里入殓，这幅有丝绒条纹的床罩，是艾玛过去送给他的。

听到这儿，艾玛不由得问道：“这是为什么？”

莱昂深情地叹道：“因为我爱您呀！”

说罢，他“打眼梢里瞅着她的脸色。犹如风儿骤起，吹散了满天乌云，曾让她那双蓝色眼眸显得黯然无光的愁绪忧思，顷刻间消散得无影无踪，整张脸变得容光焕发了”。

她终于回答道：“我早就想到了……”

莱昂知道自己已经得手，“庆幸自己终于闯过了这一关。”他直接告白：“可谁说我们就不能重新开始呢？……”

然而伤痕累累的艾玛还是心有余悸，她打断莱昂：“不，我的朋友，我太老了……您太年轻……忘了我吧！会有别的女人来爱您……您也会爱她们的。”但当莱昂惊讶之下“往后退去”的顷刻，她“骤然感到一阵隐隐约约的恐惧，只觉得对她来说，这种腼腆矜持比罗多尔夫张开双臂迎上来的肆无忌惮更加危险。她觉得从没见过如此俊俏的男人。他的举止中透出一种优雅动人的淳朴。他那弯弯纤细的长睫毛，这会儿垂了下去。皮肤柔嫩的脸颊泛起红晕——艾玛心想——是因为他渴望得到她，她感到一种难以抑制的冲动，直想去吻这脸颊”。

艾玛再一次沦陷了，此时的她挡得住罗尔多夫那样的油腻中年，她已经把这类男人看得透透；但面对莱昂这样心有城府，看上去却优雅动人、皮肤柔嫩的美男，她却无法穿透表面，看到他骨头里的冰冷无情。他满心得意，“觉得生活从未像现在这样美好”。她将变为他的情妇，她给他甜蜜的刺激：“长裙上的镶褶，金色的长柄眼镜，薄薄的高帮皮鞋，无不有着风情万千的优雅，是他平生所未曾领略过的。”打破她的妇节，格外让他兴奋，他渴望听到她的爱情表白，“更显得有一种不可言喻的诱惑”。

在教堂边，莱昂约来艾玛，叫来一辆马车，于是小说中最激情的狂纵场景出现了：

“先生去哪儿？”车夫问。

“随便去哪儿！”莱昂说着把艾玛推进车厢。沉甸甸的马车往前驶去。

它顺大桥街而下，穿过技艺广场、拿破仑河沿街和新桥，冷不丁停在皮埃尔·高乃依塑像跟前。

“往前走！”车厢里有个声音喊道。

车子重又上路，到了拉法耶特十字街口，就沿着下坡道一路疾驶进了火车站。

“别停，一直往前！”

……车夫不时从车座上朝那些小酒店投去绝望的目光。他不明白车厢里的那二位究竟着了什么魔，居然就是不肯让车停下。他试过好几次，每回都即刻听见身后传来怒气冲冲的喊声。于是他只得狠下心来鞭打那两匹汗涔涔的驽马，任凭车子怎么颠簸，怎么东磕西碰，全都置之度外，他蔫头耷脑，又渴又倦又伤心，差点儿哭了出来。在码头，在货车与车桶之间，在街上，在界石拐角处，城里的那些男男女女都睁大眼睛，惊愕地望着这幕外省难得一见的场景——一辆遮着帘子、比坟墓还密不透风的马车，不停地在眼前晃来晃去，颠簸得像条海船。

中午时分，在旷野上，阳光射得镀银旧车灯锃锃发亮的当口，从黄布小窗帘里探出只裸露的手来，把一团碎纸扔出窗外，纸屑像白蝴蝶似的随风飘散，落入远处开满紫红花朵的苜蓿地里。

随后，六点钟光景，马车停进博伏瓦齐纳街区一条小巷，下来一个女人，面纱放得很低，头也不回地往前走去。

此后的日子，如瀑布日夜坠落。艾玛每次和莱昂幽会前都发愿“一定要去爱个死去活来”，过后“却不得不承认全无新奇之感可言”。这种失望“很快又被新的希望所取代，她更狂热、更急切地要和他重续旧情”。狂热之中，“在这冷汗淋漓的额头和抖抖瑟瑟的嘴唇上，在这茫然的眼眸和双臂的抱紧里，都有某种异乎寻常的，朦胧而又令人悲伤的东西”。莱昂“眼看她如此老练，他心想，形形色色的痛苦和欢悦，她想必是早就都体验过了。往日令他心醉神迷的东西，这会儿有点让他害怕了。而且，他对这种日渐扩张的个性吞并感到厌恶。他为艾玛总是赢家而怨恨她。他甚至尽力想不再爱她”。

而艾玛也在狂爱中体会着虚无，但她已经接受了这个世界的荒凉，她在莱昂身上追求的不是幸福，而是空洞的欣快：“反正她不幸福，从没幸福过。为什么人生会这样不如意，为什么她依靠的东西，顷刻间就会化为泡影？……可是，如果真有那么个地方，有那么个健壮俊美的人儿，生性骁勇，既慷慨激昂又蕴藉风流，天使的形象，诗人的情怀，拨动青铜弦线的竖琴，朝向苍穹唱着哀婉的诗句，那为什么她偏偏就遇不上他呢？哦！又能有什么办法呢！再说，也并没有什么当真值得去寻觅的；全都是骗人的！每个微笑都藏着个无聊的呵欠，每次欢乐都蕴含着一场悲剧，兴致盎然背后永远是腻烦嫌恶，最甜蜜的吻留在你嘴唇上的，也只是对更酣畅的快感的无奈渴望。”

艾玛的内心无奈而悲凉，她没有别的出路，只好靠孤注一掷的狂野构造出向往的生活。她毫无节制地花钱：花大钱给莱昂买奢侈的用品，花大钱订高级的幽会场所，花大钱买鸵鸟毛、中国瓷器、衣柜……为了获得爱，为了建造“高品位”的生活格调，她已经不顾一切。她的放纵让莱昂大为惊讶，“他试过向她说明，不妨换个开销省些的旅店，他们照样可以过得挺好；可是她找出种种理由反对”。

艾玛拼尽全力维持的，是一个越来越大的爱情气泡，而且是个远远超出她的医生丈夫收入的昂贵气泡。为了让这个大气泡推迟爆裂，她到处欠钱：“她向费莉茜黛，向勒弗朗索瓦，向红十字旅店老板娘，向所有人借钱，见一个借一个。巴纳镇的尾款好不容易到了手，她付清了两张借据，可另外 1500 法郎又到期了。她重新续了借据，而且从此一发不可收拾！”

毁灭的日子终于到来了：她欠下了总计 8000 法郎的债务，每一笔都不能延期。无奈之中，她请求莱昂为她想办法，而莱昂冷若冰霜，抽身而去：“他想到的是这个女人还会给他带来的种种尴尬和闲言碎语，还有同事们每天早上围在炉子边的起哄取笑。再说，他就要升任首席书记员：是该收心的时候了。因而他不再吹长笛，不再耽于狂热的情感，不再去幻想。”——这个内心已经彻底功利化的年青人，决心结束自己“诗人的流风余韵”，回到功利主义的社会主流中。

艾玛走投无路，去求救于所有熟悉的男人，但毫无例外地被拒绝。只有一个愿意帮助她——公证人吉约曼。不过这个衣冠楚楚的男人并非出自同情，而是交换：“他伸手握住她的手，贪婪地吻了一下，……他的两只手在艾玛的袖口里往上探去，想摸她的胳臂。”这个“实在熬不过那股势头正猛的欲火”的体面人跪在地上膝行向前，“他拦腰一把抱住她”。

艾玛一边后退，一边喊：“先生，你这么乘人之危，真是太不要脸了！我可怜，可我不卖身！”说完她夺门而出。

面对吉约曼的无耻，艾玛对男性的所有期待走到了尽头，她奔到熟悉的药房，“苍白的脸色在夜色的衬托下显得异常白皙”。她走进通到配药间的甬道，登上楼，“直奔第三格搁板，取下那只大口瓶，拔去瓶塞，伸手进去，抓起一大把白色粉末，往嘴里塞去”。

她服下超量的砒霜，倒下了。临终前，“她想，这一切就要结束了，爱情的不忠，品行的不端，搅得灵魂永无宁日的贪婪，都就要结束了。现在她谁也不恨；一阵衰弱引起的恍惚，在她脑际弥散，人世间的声音，她只听见了这颗可怜见的心时断时续的哀鸣，温柔而邈远，犹如一阕乐曲远去的绝响”。

留下的，是无比哀痛的夏尔·包法利，一生痴爱她的丈夫。

夏尔守在艾玛的遗体旁，“似乎觉得她已经飘离躯壳，消融进周围的物件，消融在寂静、夜色、拂过的风儿和温润的袅袅香气之中。他蓦地瞥见她在托斯特的花园里，坐在靠树篱的长凳上，或是在鲁昂的街上，在他们寓所的门口，在贝尔托庄园的院子里。他还听见在苹果树下跳舞的小伙子快活的笑声；房间里处处有着她的秀发的香味，她的长裙在他怀里颤动，带着火花也似的声响。那正是这条缎裙呵！他久久地回想着逝去的幸福时光，回忆她的举手投足、音容笑貌。绝望的悲恸，一阵接一阵袭来，无穷无尽，如同潮水拍岸的浪涛。”

艾玛下葬后，夏尔为了偿还妻子留下的债务，“不得不一件件地卖掉那些银餐具，随后又变卖客厅里的家具。整个屋子渐渐变空了。”即使一天天变得贫穷，他还是尽心尽力保持着艾玛的那间卧室，让房间里的一切“依然跟从前一样”。

不久后的一个傍晚，夏尔·包法利“仰脸靠在墙上，眼睛闭着，嘴巴张开，双手握着一绺黑色的长发”去世了，那绺长发，是艾玛留下的。失去父亲的小女儿最后被送到姨妈家，贫困的姨妈又不得不把她送进了棉纺厂，成为血汗工厂里的悲惨童工。

读者看到小说的结局，不得不发问：艾玛为什么不爱夏尔·包法利呢？从传统的眼光看，这个男人本分、勤劳、爱家、护妻，只不过是缺一点儿艺术和浪漫气质。他不谙风情，缺乏才华，资质平平。但在19世纪的法国小城，这样的男人比比皆是啊！善良是他们最大的公约数，婚姻的基础难道不是道德的温暖吗？

然而，这正是包法利夫妇最大的悲剧！

19世纪是一个伟大的变革年代，世界经历了巨大的变化。日益普及的日心说和元素周期表，让那个时代的人从宏观到微观都打破了旧格局，人在科学的支撑下信心满满，处处释放着个人的野心。地表上最大的变化，是大城市的崛起，法国巴黎掀起生活方式的革命浪潮，重新定义着人生的坐标。艾玛生活中的精神焦点，无时无刻不在追逐着巴黎的节奏：

> 她买了张巴黎地图，手指按在图上游览京都。顺着林荫大道而上，每走到一个拐角，碰上街道交汇处，来到表示房屋的白色方块跟前，都要停一下。最终眼睛看累了，闭上眼睛，在黑暗中只见煤气灯随风晃荡，敞篷四轮马车在剧院柱廊前停住，哐啷一声放下踏板。她订了一份妇女杂志《花坛》和一份《沙龙精灵》。她一字不漏地细读有关首场公演、赛马和晚会的报道，关心每位初露头角的女歌星和每家新开张的店铺。她熟悉新款的时装和一流裁缝的店址，知道布洛涅游园会或歌剧院的日程安排。她仔细研究欧仁·苏小说里描写家具摆设的段落；她看巴尔扎克、乔治·桑的小说，寻求在想象中满足自己的贪欲。巴黎，浩瀚胜于大洋，因而在艾玛眼里仿佛在朱红的氤氲里闪闪发光。可是，那儿充满喧闹的躁动纷繁的生活，又是各有地界，分成若干不同场景的。艾玛只瞥见了其中的两

三种场景，它们却遮蔽了其他的场景，让她觉着这就是整个人生。

巴黎为什么对艾玛有如此的魔力？借用 18 世纪英国文学家塞缪尔·约翰逊称颂伦敦的话来说，恰如其分："当一个人厌倦了伦敦，那他也就厌倦了生活。"城市是人类文明的核心，英语中的"文明"（Civilization）一词来源于拉丁词"Civilis"，基本含义是"城市的、公民的"，也表示"公共的、政治的"，衍生出来"有教养的、有礼貌的、有文化的"含义。工业革命之后，城市获得了空前的扩张，工厂、商行、学校、剧院、艺术、时尚、出版社、节庆……尤其是法国，她对现代世界最大的贡献是 1789—1794 年的法国革命——自由、平等、博爱的旗帜在巴黎高高飘扬，彻底改变了人类社会的基本价值观念。在革命的浪潮中，女性第一次大规模走出家庭事务，获得了自己的社会发展空间，在物质生产、文化创造、生活消费领域释放出自己的巨大能量。文学领域出现了乔治·桑等反叛性十足的女作家，在女性社会生活方面也开始了历史性的转折：巴黎女性不再穿着洛可可时代的紧身衣，也抛弃了奢华压抑的繁琐装饰，兴起无腰身的宽松无袖女装。女性勇敢地选择着更宽松、更舒展的服装，自由解放自己的身体。有的先锋女性以夸张的服饰设计展露自己的个性，长长的绸裙拖地三米，走过繁华街市，犹如古希腊的女神。1815 年之后，性感第一次占据了女性服装的中心地位，上下一致的高腰裙被突出丰胸细腰的 A 字裙替代。城市文明在巴黎创造了全新的女性生命空间，艾玛这个洋溢着浪漫心怀的女性，怎么会不心驰神往？

而夏尔·包法利完全不同，他对巴黎毫无兴趣："从来也没发过兴去看一场巴黎来的角儿的演出。"他陶醉于妻子的美丽容颜，但从来没有看到她精神深处对自由的渴望。这是一种时代差，使艾玛对夏尔感情越来越疏离。她所住的小城距离巴黎200多公里，但她的心却时时刻刻与巴黎在一起，甚至演变为信仰般的图腾。当莱昂回到小城，勾引艾玛的时候，艾玛犹犹豫豫："这样做很不妥当，您知道吗？"而一旦莱昂说"有什么不妥当？在巴黎都这样！"，艾玛就立刻"下了决心"。

艾玛悲切地死去了，她至死也没有明白，她的悲剧就在于：她对巴黎的沉迷是消费性的，巴黎之美，核心是她的生产性。工业与商业、无数的专业分工、知识的传播与进化、文化的不断创新……这座现代城市，聚集了文明的最新发展，瑰丽的消费后面，是日新月异的人类创新。艾玛喜爱巴黎，但她只是看到她繁华的表面，而没有真正以自己艰辛的劳动，融入到巴黎伟大的创造中。她所有的浪漫，都建立在夏尔·包法利的收入上，这种愿望与劳动的分离，使她无法真正拥有这个不断打开的新世界，她只能画出一个虚幻的梦，在梦中与罗尔多夫、与莱昂"浪漫"相遇。她的身体已经离开了传统女性生活的藩篱，但心灵并没有找到现代女性的独立之路。在宏大的社会转型时代，多少女性面临这个困境啊！

这正是福楼拜的叹息："我的这本书如果写得好，会轻轻搔着女性的诸多疮疤。她们看书时，不止一个人会认出自己，莞尔一笑。"

图书在版编目（CIP）数据

梁永安：爱情这门课，你可别挂科！：跟梁老师重读文学经典 / 梁永安著 . — 上海 : 上海社会科学院出版社 , 2023

ISBN 978-7-5520-3879-8

Ⅰ . ①梁… Ⅱ . ①梁… Ⅲ . ①文学研究 – 世界 Ⅳ . ① I106

中国版本图书馆 CIP 数据核字 (2022) 第 092775 号

梁永安：爱情这门课，你可别挂科！——跟梁老师重读文学经典

著　　者：梁永安
责任编辑：赵秋蕙
特约编辑：黄珊珊
封面设计：知行兆远
出版发行：上海社会科学院出版社
上海市顺昌路 622 号　邮编 200025
电话总机 021-63315947　销售热线 021-53063735
http: //www. sassp. cn　E-mail: sassp@sassp. cn
印　　刷：北京中科印刷有限公司
开　　本：880 毫米 ×1230 毫米　1/32
印　　张：10.875
字　　数：260 千
版　　次：2023 年 3 月第 1 版　2023 年 3 月第 1 次印刷

ISBN　978-7-5520-3879-8/I · 452　　定价：59.80 元